HEYNE <

HANNAH
CONRAD

EIN
GRAF
AUF
ABWEGEN

Das Lilienpalais

Band 2

ROMAN

WILHELM HEYNE VERLAG
MÜNCHEN

MIX
Papier | Fördert
gute Waldnutzung
FSC® C014496
FSC
www.fsc.org

Penguin Random House Verlagsgruppe FSC® N001967

Originalausgabe 02/2023

Dieses Werk wurde vermittelt durch
die Literarische Agentur Michael Gaeb.
Redaktion: Regine Weisbrod
Printed in Germany
Umschlaggestaltung: t. mutzenbach design, München
unter Verwendung von Arcangel/Rekha Arcangel;
Shutterstock.com/Marina AFONSHINA
Satz: Leingärtner, Nabburg
Druck und Bindung: GGP Media GmbH, Pößneck
ISBN: 978-3-453-42655-9

www.heyne.de

München

Zum Ball lädt ein

Das Haus von Seybach

Henriette von Seybach:
Gräfin, verwitwet, Mutter von Carl von Seybach

Carl von Seybach:
Graf, Witwer, Obersthofmeister & Berater des Königs

Eloise von Seybach:
Carls an Schwindsucht verstorbene Ehefrau

Maximilian von Seybach:
Erbgraf, ältester Sohn von Carl, Arzt

Isabella von Seybach:
jüngste Tochter von Carl, »Nesthäkchen«

Johanna von Seybach:
Carls Nichte aus Königsberg, (Preußen)

Nanette:
Gouvernante des Hauses von Seybach

Auf die Tanzkarte möchten

Alexander von Reuss:

Erbgraf des Hauses von Reuss

Leopold von Löwenstein:

angehender Diplomat und Freund seit Kindertagen

Ferdinand v. Rückl:

Adliger, dessen Worte Stadt und Königreich bewegen*

Sophie de Neuville:

Erbin mit eigenwilligen Plänen

Julie von Hegenberg:

Adlige mit vielfältigen Interessen

Richard von Cranichsberg zu Treutheim:

Adliger mit märchenhaftem Vermögen*

Louisa:

Dienstbotin im Hause von Seybach

Unverzichtbar im Hintergrund sind

Afra Haberl:

Hausdame, Vorsteherin des weiblichen Gesindes

Finni:

Kammerzofe

Albrecht:

Kammerdiener

Matthias:

Lakai

Joseph (Sepp):

Hausvorstand*

Berti:

Köchin

Xaver:

Kutscher

Anna, Cilli & Bärbel:

Stubenmädchen

Gretel & Annelies:

Küchenhilfen

Georg (Schorsch):

Stalljunge

Anton:

Gärtner

Kätt:

neu in München, Hausmädchen*

In besonderen Rollen

5 Hunde:

Napoleon, Antoinette,
Ludovika, Henry, Caesar

Mit * markierte Personen tauchen in den anderen Bänden auf.

*»Wer tanzen will, folgt der Melodie seines Herzens,
aller Brüche und Narben zum Trotz.«*

NANETTE

MÜNCHEN,
ENDE MÄRZ 1828 …

1

Louisa

»Los, los, los!« Afra Haberl, die Hausdame der Familie von Seybach, warf einen gehetzten Blick auf ihre silberne Taschenuhr und ließ sie wieder in der Brusttasche ihres fein gestreiften Kleides verschwinden. »So eilt euch doch, Mädchen! Der junge Erbgraf wird jeden Moment hier eintreffen.« Mit zusammengekniffenen Augen beobachtete sie die Dienstbotinnen, die mit ihren Staubwedeln und Putzeimern zurück in die Küche liefen. Louisa, die als jüngste Dienstbotin im Palais besonders eilfertig war, huschte an der gebieterischen Hausdame vorbei. Dass Frau Haberl sie immer so triezen musste … Andererseits war das ihre Aufgabe. Wenn bei Maximilian von Seybachs Ankunft irgendetwas nicht perfekt war, würde man es auf sie zurückführen, also war es nur verständlich, dass sie die Mädchen so antrieb. Trotzdem hätte sie dies auch ein wenig freundlicher tun können, fand Louisa.

»Gretel, Annelies, hört auf zu tuscheln!«, ermahnte Afra Haberl gleich darauf die beiden Küchenhilfen. Jedes Mal, wenn jemand auf den Sohn des Hauses zu sprechen kam, wurden diese ganz aufgeregt und vergaßen alles um sich herum. »Für solche Albernheiten haben wir keine Zeit. Wie weit ist das Essen, Berti?«

Die mollige Köchin hob den Deckel eines Topfes an und pikste mit einer Fleischgabel so in den Braten, dass der Saft herausspritzte. »Ha, a Wiele wird des Fleisch scho no braucha«, sagte sie in ihrem schwäbischen Singsang.

Afra Haberl wandte den Blick zur Decke. »Der Herr weiß, warum ich das verdient habe«, murmelte sie.

Annelies und Gretel, die an dem großen Holztisch in der Küchenmitte Kartoffeln schälten, kicherten wieder. Wenn die Herrschaft gegessen hatte und sich der Abend dem ruhigeren Teil zuwandte, würden sich später hier die Dienstboten versammeln, die Reste genießen und sich über die aufgeschnappten Neuigkeiten austauschen. Das war der Vorteil, wenn im Lilienpalais, wie Herrschaft und Diener das Haus gleichermaßen liebevoll nannten, ein feierliches Abendessen gegeben wurde. Zwar sorgten die Vorbereitungen nahezu für eine Verdopplung der täglichen Arbeit, doch Carl von Seybach, der Hausherr, hatte sich noch nie lumpen lassen, wenn es um das Wohl seiner Angestellten ging.

»Dem Herrn han i hit scho a Gebet gschickt, wo sich gwäscht hot«, brummte Berti und wischte sich die Hände an einem Geschirrtuch ab. »Der Pudding isch nämlich nint worra.«

»Was soll das heißen?«, giftete Afra Haberl sofort. »In der Menübesprechung hatten wir ausdrücklich drei Gänge festgehalten: ein Rübensüppchen, den Sonntagsbraten und einen Pudding mit Obst.«

»Des woaß i scho, aber wega dem wurd der Pudding au it andersch.«

Die Hausdame wurde blass wie der weiß gestärkte Spitzenkragen an ihrem dunkelgrau gestreiften Kleid. »Gott sei mir gnädig«, murmelte sie erneut, und wieder kicherten die Mädchen. »Sag, Louisa! Wie weit ist das Zimmer des gnädigen Herrn?«

Louisa knickste und senkte leicht den Blick. »Alles ist vorbereitet, Frau Haberl«, erwiderte sie mit sanfter Stimme. Sie wusste, dass die Hausdame sie besonders kritisch beäugte, denn sie war als Letzte hier eingestellt worden. Seit einem knappen Jahr arbeitete sie im Hause derer von Seybach. Davor hatte sie eine Anstellung bei den Nachbarn angetreten, doch weil es bei den von Löwensteins nicht so gut gepasst hatte, hatte Carl von Seybach sie abgeworben.

»Gut, das werde ich mir gleich ansehen«, entschied Afra, raffte ihre Röcke und verließ die Küche.

»Mach dich auf ein Donnerwetter vom Gifthaberl gefasst, wenn du die Bettdecke auch nur einen Millimeter zu weit zurückgeschlagen hast«, gluckste Annelies.

»Keine Sorge, ich habe genau darauf geachtet.« Louisa schenkte ihr ein dankbares Lächeln. In den ersten Wochen hatte Frau Haberl sie deutlich spüren lassen, wie viel Glück sie hatte, im Lilienpalais sein zu dürfen. Kein gutes Haar hatte sie an Louisas Arbeiten gelassen, sie die Schuhe mehrfach putzen und die Kerzenleuchter nachpolieren lassen. Immerhin in den Küchenhilfen hatte Louisa gleich Verbündete gefunden.

»Ihr solla Erdepfel schela un it Maulaff feilhalta!«, ermahnte Berti sie, die einen großen Topf mit Wasser auf den Herd wuchtete. »Louisa, hosch dia Servierplatta scho poliert?«

Louisas Augen weiteten sich erschrocken. Das hatte sie in dem Eifer ganz vergessen. Seit der Brief des Erbgrafen angekommen war, befand sich das ganze Haus in Aufruhr.

»Na, hopp, bevor des Gifthaberl kunnt!« Berti zwinkerte ihr zu.

Louisa setzte sich zu den Dienstbotinnen an den Küchentisch und begann damit, die silbernen Servierplatten mit dem Familienwappen – ein Helm mit Schild, dessen obere Hälfte die bayrischen Rauten zeigte, die untere in Anlehnung an den Familiennamen einen sich dahinschlängelnden Bach – zu polieren.

»Ob der Erbgraf alleine anreist?« Gretel hielt einen Moment inne und blickte verträumt vor sich hin.

»Darauf hoffst du wohl, was?« Ein unsanfter Stoß von Annelies in die Rippen ließ Gretel mit dem Kartoffelschälen weitermachen.

»Jede hofft das«, verteidigte sich die Dienstbotin, und Louisa spürte, wie ihr Gesicht eine sanfte Röte überzog. Schnell senkte sie den Kopf noch ein wenig tiefer, damit es im Schein der Kerzen nicht auffiel.

»Eine gute Partie ist er, unser junger gnädiger Herr. Vor allem jetzt, wo er auch ein Doktor ist«, seufzte Annelies sehnsüchtig. »Und so lange schon lässt er die heiratsfähigen Damen Münchens zappeln. Aber von einem wie ihm kann unsereins nur träumen. Ein Skandal wäre das.«

»Sunsch hot des Personal jo nint zum Schwätza«, brummte Berti vom Herd aus.

»Soweit ich weiß, ist er um die Weihnachtszeit öfter mit Helene von Riepenhoff ausgegangen«, sagte Gretel.

Louisa musste schlucken, als sie daran dachte, wie oft er und die Komtess zusammen gesehen worden waren. »Man sagt sogar, dass er zum Neujahrsessen bei ihr im Hause eingeladen war.« Die Erinnerung daran versetzte ihr immer noch einen kleinen Stich.

»Bei dem großen Adventsball hat man sie auch des Öfteren zusammenstehen sehen«, meinte Annelies.

»Ja, aber getanzt hat er nicht mit ihr, oder?«, wandte Gretel ein.

»Die Erdepfel, Meidle!«, rief Berti mit durchdringender Stimme.

Die drei Dienstbotinnen warfen einander amüsierte Blicke zu und kicherten wieder.

»Vielleicht tanzt er ja nicht gerne?«, fragte Louisa neugierig, doch auf Bertis Räuspern hin schwieg jetzt auch sie.

»Louisa?«

Sie zuckte zusammen, als sie die Stimme der Hausdame hinter sich hörte. Sofort stand sie auf und sah Afra Haberl mit klopfendem Herzen an. »Ja, Frau Haberl?«

»Gute Arbeit.« Afras Lippen waren schmal wie die Nadelstreifen auf ihrem Kleid, als bereitete es ihr größte Mühe, das Kompliment auszusprechen. »Du hast heute eine Premiere: Du wirst beim Abendessen servieren. Anna ist leider unpässlich. Oben auf dem Dachboden steht eine Kleidertruhe. Nimm dir von dort eine Dienstbotenuniform. So kannst du dich keinesfalls sehen lassen.« Missbilligend blickte sie an Louisas dunkelbrauner Robe hinunter. Der grobe Stoff war nicht der beste, doch er wärmte gut, war schmutzresistent und reißfest, und ihre Familie hatte es einen ganzen Monatslohn gekostet, um für Louisas neue Anstellung dieses Kleid fertigen zu lassen.

Die Hausdame griff sich in ihre ergrauenden Locken, die sie fest nach hinten gesteckt hatte, und prüfte geistesabwesend, ob sich auch ja keine Haarsträhne aus ihrer strengen Frisur gelöst hatte. Das tat sie immer, wenn sie nachdachte. »Finni soll dir helfen. Es gibt bestimmt noch ein Kleid, das dir passt und in dem du der Herrschaft unter die Augen treten kannst. Und solltest du dich bewähren, lassen wir dir deine eigene Uniform schneidern – oder eines der Kleider für dich abändern«, fügte sie mit gekräuselten Lippen hinzu.

Louisa nickte, doch sie stand noch immer wie festgewachsen vor der Hausdame.

»Na los!«, rief diese. »Oder brauchst du eine gesonderte Einladung?«

»Nein, Frau Haberl.«

»Wir sehen uns in …« Sie zog wieder ihre silberne Taschenuhr aus der Brusttasche. »Sieben Minuten. Und lass dir von Finni zeigen, wie man einen ordentlichen Haarknoten macht.«

Louisa knickste und lief, zwei Stufen auf einmal nehmend, das hintere Treppenhaus des Stadtpalais nach oben in den zweiten Stock. Das vordere Treppenhaus mit der imposanten Glaskuppel, dem üppig begrünten Wintergarten, in dem es gerade zuging wie in einem Ameisenhaufen, und den beeindruckenden Balustraden war der Familie und deren Gästen vorbehalten. Louisa hatte noch am Mittag auf der Leiter gestanden und dort das Porträt Eloise von Seybachs, der verstorbenen Gemahlin des Hausherrn Carl, abgestaubt. Eine wunderschöne Dame mit blonden Locken, kunstvoll zu einer Frisur gesteckt, und dazu trug sie ein champagnerfarbenes Kleid, das sie elfenhaft und zart wirken ließ. Sie musste eine beeindruckende Frau gewesen sein, und manchmal fragte sich Louisa, ob der Schatten ihres Todes noch immer über dem Haus lag, denn die Gräfin war viel zu früh an Schwindsucht gestorben. Louisa hatte wie jede Woche die Lilien – Gräfin Eloises Lieblingsblumen, denen das Palais seinen Namen verdankte – aus der Bodenvase vor dem

Gemälde genommen und gegen einen frischen Strauß aus dem Gewächshaus getauscht.

Sie erreichte die zweite Etage, in der die privaten Gemächer der Herrschaft untergebracht waren. Zur Straße hin hatten Carl von Seybach und sein Sohn Maximilian ihre Zimmer, dahinter lagen die Räume der Hausherrin Gräfin Henriette, Carls Mutter. Dann kamen die Gemächer der Mädchen, wobei Fräulein Johannas Zimmer nach ihrer Hochzeit bald nur noch als Gästezimmer genutzt würde, zur Freude der Komtess Isabella, die dann wieder ihr Ankleidezimmer für sich allein hatte, wie Louisa aus Gesprächen mit Finni wusste. Doch die beiden Cousinen schienen ansonsten gut auszukommen.

Sicherlich freut sich auch Fräulein Johanna auf das Abendessen heute, dachte Louisa, denn zur Feier des Tages war ihr Verlobter Alexander von Reuss eingeladen, Maximilians Freund aus Kindertagen.

Ihr Herz hämmerte gegen ihren Brustkorb, und Louisa musste einen Augenblick am oberen Treppengeländer stehen bleiben und verschnaufen, doch dann machte sie sich gleich wieder auf – jetzt allerdings auf Zehenspitzen, denn man hatte ihr beigebracht, sich lautlos und unauffällig zu bewegen – und huschte über den breiten Flur zu Komtess Isabellas Ankleidezimmer. Sie ging davon aus, dass die Kammerzofe der Komtess noch bei den letzten Handgriffen an ihrer Garderobe half.

Zaghaft klopfte sie gegen die schwere Holztür mit den schönen Schnitzereien.

»Herein?«, erklang Isabellas honigwarme Stimme von drinnen.

Louisa öffnete die Tür und knickste. »Verzeihung, ich …«

»Ist er schon da?«, rief die Komtess außer sich vor Freude, doch Louisa schüttelte den Kopf.

»Warten Sie, Isabella!« Finni, die rotblonde Zofe, hatte Mühe, die Bänder des Kleides zu halten, das sie der schlanken Isabella gerade anzuziehen versuchte. »Die Schnürung muss sauber sitzen.«

»Das kannst du ruhig so lassen, sonst kann ich nachher nicht genügend von Bertis leckerem Krustenbraten essen«, entschied Komtess Isabella und hielt sich einen Schmuckkamm an ihr dunkles, welliges Haar, das Finni bereits zu einer kunstvollen Frisur aufgesteckt hatte.

»Ihre Großmutter wird mich dafür umbringen«, gab Finni zu bedenken.

Isabella winkte ab. »Bei so vielen Lagen Stoff wird sie gar nicht bemerken, wie das Kleid nun geschnürt ist. Unbequem ist es mit seinen Fischbeinstäben so oder so. Sei froh, dass du so ein bequemes Kleid tragen kannst, Louisa.«

Louisa sah sie an. »Frau Haberl schickt mich nach einem vorzeigbaren Kleid. Ich soll heute Abend beim Essen bedienen und brauche eine Dienstbotenuniform dafür.«

»Was? Das ist ja großartig«, freute sich Isabella. »Dann bist du endlich eine Stufe bei ihr aufgestiegen. Meine herzlichsten Glückwünsche.«

Louisa lächelte scheu. Sie wusste, dass die Worte der Komtess von Herzen kamen, doch ob das tatsächlich ein Grund zur Freude war, blieb abzuwarten. Außerdem fühlte sie sich nicht wohl, in Komtess Isabellas Anwesenheit in deren Gemächern zu sein, denn normalerweise brachte Louisa in den Morgenstunden nur unbemerkt frisches Wasser für die Frisiertische, zündete die Kaminfeuer an und leerte die Nachttöpfe. Dabei von der Herrschaft gesehen zu werden, galt als äußerst unschicklich. Wenn dann alle beim Frühstück saßen, lüftete Louisa die Betten und wischte dort Staub, wo Isabella von Seybach gerade ihren Schmuck ausgebreitet hatte. Hoffentlich fand sie keinen Krümel oder ein Staubkorn zur Beanstandung, wobei sich die Komtess bisher noch nie über etwas Derartiges beschwert hatte.

»Wie viel Zeit haben wir?«, fragte Finni und schloss mit einem energischen Knoten Isabellas Kleid.

»Au!«, rief Isabella und keuchte nach Luft.

»Verzeihung.«

»Jetzt vermutlich noch vier Minuten. Frau Haberl will mir gleich noch eine Einweisung geben.«

»Was?« Entsetzt drehte sich die Zofe zu ihr um. »Das sagst du erst jetzt? Los, komm, wir müssen ein Kleid für dich aussuchen! Ich bin gleich zurück, Komtess Isabella.« Sie griff nach Louisas Hand und zog sie mit sich aus dem schönen Gemach.

»Frau Haberl sagt, in der Truhe oben auf dem Dachboden gäbe es noch Dienstbotenkleider«, sagte Louisa, aber Finni winkte ab.

»Da ist keines dabei, das dir passt.« Gleich darauf stolperten sie in Finnis Schlafstube im hinteren Dienstbotenbereich, unweit von Isabellas Zimmern. Der Raum war ein paar Fußbreit größer als ihr eigenes Zimmer. Denn Louisa hatte die Mansarde unter dem Dach bezogen, weil sie als Letzte ins Haus gekommen war und es sonst keinen Platz mehr für sie gegeben hatte. Es war dort zugig und kühl, und die steile Holztreppe war in der Dunkelheit nur mit einer Kerze in der Hand eine Herausforderung, aber immerhin musste sie nicht in den Hängeböden der Zwischendecke schlafen, wie sie es schon von manch anderen Dienstboten gehört hatte.

»Setz dich!«, befahl Finni, und Louisa nahm auf dem Bett Platz. »Das hier ist gut«, entschied sie gleich darauf und tauchte mit einem dunkelgrauen, bodenlangen Kleid und einer weißen Schürze wieder aus ihrem Kleiderschrank auf. »Das kannst du haben, es sollte dir passen.« Sie war vor Louisa getreten und hielt es ihr vor den Körper. Louisas Figur war ein wenig weiblicher als Finnis, dafür war Finni ein Stückchen größer, doch fürs Erste sollte es gehen. Mit einem aufmunternden Lächeln sah ihre Freundin sie an.

Louisa fuhr mit den Fingerspitzen über den schweren, tadellos gewebten Stoff, die feinen schwarzen Streifen entlang.

»Wirklich?«, hauchte sie.

»Aber klar. Du wirst es in Zukunft öfter brauchen. Und dann wird es endlich Zeit, dass du dein eigenes bekommst. Du hast dich jetzt lange genug verdient gemacht.« Die Zofe zog Louisa auf die

Beine und half ihr beim Auskleiden. »Keine Widerworte, dafür haben wir ohnehin keine Zeit mehr.«

Rasch war Louisa aus ihrem Kleid gestiegen, und kurz darauf hatte Finni das andere über ihren Körper geworfen. Mit geschickten Fingern schloss Finni die Knöpfe auf dem Rücken und band ihr die weiße Schürze um. Dann nahm sie Louisas blonde Haare zu einem Dutt zusammen, steckte die gestärkte weiße Haube fest, sodass sie kokett ein wenig schräg saß, und warf einen letzten prüfenden Blick in den Spiegel. »So wird es gehen«, entschied sie, nachdem sie mit ein paar Klammern noch eine vorwitzige Locke in den Haarknoten an Louisas Hinterkopf befestigt hatte. »Nächstes Mal zeige ich dir, wie man ihn steckt, dann kannst du es selbst. Aber für jetzt muss es reichen, sonst kommst du zu spät.«

»Ich danke dir.« Louisa stand auf, umarmte ihre Freundin, raffte ihre Röcke und lief mit eiligen Schritten die Dienstbotentreppe wieder nach unten, wo Afra Haberl an der Tür zum Speisezimmer bereits auf sie wartete. Sie zog ihre Taschenuhr hervor, warf mit hochgezogener Augenbraue einen Blick darauf und nickte kaum merklich. »Pünktlich auf die Sekunde.«

Louisa schenkte ihr ein zaghaftes Lächeln, doch es blieb unerwidert. Sie musste sich beherrschen, um nicht zu tief einzuatmen und der Hausdame zu zeigen, wie knapp die Zeit bemessen war. Das hatte sie sicherlich absichtlich getan, um Louisa an der nächstmöglichen Stelle wieder abstrafen zu können – aber davon ließ sie sich nicht einschüchtern. Sie hatte zwar bei den von Löwensteins einen unglücklichen Start gehabt, als sie vor fünf Jahren aus Garching für ihre erste Anstellung nach München gekommen war, aber sie lernte schnell, und sie wusste, worauf es ankam, wenn sie ihre Stellung hier nicht verlieren wollte. Sie war gut.

Sei pünktlich, demütig und freundlich, hatte ihr ihre Mutter eingeschärft, bevor sie damals ihre Eltern und ihre jüngeren Geschwister verlassen hatte. Jeder Mund, der nicht mehr gestopft werden musste, war ein Segen, und so hatte man Louisa mit ihren dreizehn

Jahren aus Garching nach München in ein Anstellungsverhältnis geschickt. Lerne, so viel du kannst. Dann wirst du deinem zukünftigen Mann einen guten Haushalt führen und deinen Kindern eine liebende Mutter sein.

Louisas Augen brannten bei der Erinnerung daran. Das Leben hier war hart, und sie vermisste ihre Familie schmerzlich. Nicht einmal an ihren freien Sonntagen, die ihr alle zwei Wochen zustanden, konnte sie ihre Familie besuchen. Dafür war der Weg zu Fuß mit dreieinhalb Stunden einfach zu weit. Nur äußerst selten machte sie sich schon im Morgengrauen auf, wenn das Heimweh zu groß wurde und die Sehnsucht nach Caroline, ihrer jüngeren Schwester, sie übermannte. Caro, um die sie sich damals gekümmert hatte, nachdem ihre Mutter eine Fehlgeburt mit Komplikationen erlitten hatte.

Die Hausdame legte die Hand auf die Klinke der doppelflügeligen Tür des Speisesaals und maß Louisa mit kühlem Blick. »Ich werde dir jetzt zeigen, wo du während des Essens zu stehen hast. Du wirst eine Beilage servieren, die Erbsen. Oder nein, das ist zu schwierig. Die könnten davonrollen. Wenn nur eine auf den kostbaren Seidenteppich fällt, wird man es mir anlasten, dich nicht besser eingewiesen zu haben. Du nimmst die Kartoffeln, das ist einfacher für den Anfang.« Afra öffnete den rechten Flügel der Tür, und als Louisa jetzt das Meißner Porzellan auf der gestärkten Brokattischdecke sah, das sie vorhin noch selbst aufgedeckt hatte, und wie das Silberbesteck mit den makellos polierten Weingläsern im Kerzenschein um die Wette glänzte, wurde auch sie von einer eigentümlichen Vorfreude ergriffen. Es musste ein Traum sein, nur ein einziges Mal an einer so herrlich gedeckten Tafel zu sitzen und hier speisen zu dürfen.

»Du hast hier zu stehen«, erklärte die Hausdame in strengem Tonfall und deutete auf einen Platz neben dem offenen Kamin. »Und denke immer daran: Du hältst dich im Hintergrund, beobachtest die Herrschaften dezent, aber aufmerksam, sodass du bei

Bedarf nachlegen kannst. Vermeide es, dass man dir ein Zeichen gibt. Schon ehe eine Beilage auf dem Teller zur Neige geht, musst du es bemerken und nachlegen.«

Louisa nickte. Im Hintergrund halten, beobachten, frühzeitig nachlegen, wiederholte sie in Gedanken.

»Man darf dich dabei nicht hören. Du sollst schließlich nicht stören«, schärfte Afra Haberl ihr noch einmal ein. »Kein Knarzen der Dielen, soweit möglich. Kein Klirren der Gabel, kein Schaben des Löffels. Sonst klingt es, als gäbe es nicht genug Essen im Haus.«

Wieder nickte Louisa angespannt. Die Hausdame wollte den Raum gerade verlassen, da drehte sie sich noch einmal zu Louisa um. »Und noch etwas.« Afras Blick wurde eisern und hart. »Über was auch immer sich die Herrschaft heute Abend unterhält, du darfst mit keinem Laut, keinem Mucks, ja nicht einmal mit einem Mienenspiel zu erkennen geben, dass du den Tischgesprächen folgst. Und egal, was bei Tisch besprochen wird, es bleibt hier in diesem Saal. Kein Klatsch, kein Tratsch und keine Gerüchte unter dem Personal.«

Louisa nickte abermals und hielt den Atem an. Ihr Puls beschleunigte sich unwillkürlich. Was würde sie heute wohl erfahren, wenn Maximilian von Seybach von seiner sechswöchigen Studienreise zurückgekommen war? Dieses Mal würde sie es mit eigenen Ohren hören und nicht erst aus den Gesprächen beim Dienstbotenessen aufschnappen. Denn natürlich redete die Dienerschaft nur allzu gern über ihre Herrschaft.

»Gott stehe mir bei, dass das eine gute Entscheidung ist«, murmelte Afra Haberl, doch noch ehe sie weitere Stoßgebete aussprechen konnte, hörten sie von draußen aufgeregtes Stimmengewirr und Poltern im Treppenhaus.

»Sie kommen!«, rief Schorsch, der Stallbursche. »Die Kutsche fährt vor!«

Louisas Herz begann aufgeregt zu hämmern. Fast war es, als schlage es in einem Rhythmus mit Komtess Isabellas eiligen Schritten, die dumpf von der Treppe zu vernehmen waren. Sicherlich würde sich Henriette von Seybach über das unziemliche Verhalten ihrer Enkelin später echauffieren, aber konnte man es der Komtess verübeln, dass sie sich nach dieser langen Zeit auf ihren Bruder freute?

»Jetzt gilt es also«, sagte Afra Haberl und straffte die Schultern, doch ihr Satz ging in Isabellas freudigem Jubelschrei unter.

»Max!«, rief das Nesthäkchen des Hauses. »Du bist wieder da! Endlich!«

2

Maximilian

Maximilian von Seybach stieg aus dem Zweispänner, während der Kutscher ihm die Tür aufhielt. Er nickte Xaver dankbar zu, als dieser ihm seinen Spazierstock reichte. Die lange Fahrt hatte ihm zugesetzt, und sein Bein bereitete ihm Schmerzen. Seit einem Reitunfall in seiner Jugend litt er unter einer Falschgelenkbildung, daher brauchte er jetzt die kleine Unterstützung. Vor der Treppe des Haupteingangs angekommen, umschloss seine Hand den goldenen Falken fester, der den Knauf des Ebenholzstocks bildete. Als er die vier Stufen erklomm, die zum Lilienpalais hinaufführten, traten seine Fingerknöchel weiß hervor. Ein brennender Stich zog durch sein rechtes Schienbein, ausgehend von der Narbe, die seit vielen Jahren die Haut entstellte. Unter dem gütigen Blick seines Kammerdieners erreichte Maximilian endlich das eindrucksvolle Portal. Albrecht, dem man seine fünfundsechzig Lebensjahre nicht ansah, nahm ihm den Reisemantel von den Schultern und nickte ihm wohlwollend zu. »Willkommen zu Hause, Herr Dr. von Seybach.«

»Vielen Dank.« Maximilian reichte ihm auch seinen Spazierstock, denn er wollte sich vor seiner Familie keine Blöße geben. Er hasste es, schwach zu wirken.

Er betrat den üppig begrünten Wintergarten, der als Eingangshalle diente. Im blank polierten Marmor spiegelten sich die Kerzenflammen der Silberleuchter. Die Kissen auf dem roten Seidenkanapee waren aufgeschüttelt und luden Maximilian regelrecht ein, eine kleine Pause einzulegen, doch er biss die Zähne zusammen und ging weiter. Es strengte ihn an, nicht zu humpeln. Zum Glück würde die Abendgesellschaft zuerst im großen Speisesaal im Parterre essen. So blieb ihm der lange Aufstieg in die oberen Stockwerke zunächst erspart.

Als er die Eingangshalle durchquerte, sah er sich unauffällig um. Sie war nicht da. Natürlich nicht. Maximilian verspürte einen leisen Stich. Vor knapp einem Jahr war er hier Louisa, ihrer neuen Dienstbotin, begegnet. Er sah es noch vor sich, wie sie schüchtern und ein wenig verloren dagestanden hatte. Eigentlich hatte er an diesem Tag auf Auguste von Schönburg gewartet, die seine Großmutter zum Tee eingeladen hatte. Wieder eine adlige Dame, mit der er sich beim Parlieren ohnehin nur langweilen würde und die er nicht zu heiraten beabsichtigte. Also hatte er beschlossen, einfach zu gehen, zumal die Komtess von Schönburg nicht pünktlich zugegen war. Und da es ihn zudem geärgert hatte, dass man schon wieder versuchte, ihn in eine vermeintlich angemessene Ehe zu drängen, gingen die Pferde mit ihm durch.

»Ich werde niemanden zum Tee empfangen, an dem ich kein Interesse habe«, hatte er seiner Großmutter entschieden erklärt. »Und dann verspätet sie sich auch noch. Was soll ich mit so einer Partie? Da kann ich genauso gut mit Alexander und Leopold ausreiten.«

»Sie wird sicherlich jeden Moment hier sein, wer weiß, was ihr dazwischengekommen ist. Und du wirst hier warten und sie begrüßen, wie es sich gehört«, beharrte Henriette.

Mit erhobenem Haupt ging Maximilian daraufhin aus dem Empfangszimmer des ersten Stocks, trat ans Geländer und sah hinunter. Und zu seiner Überraschung stand da tatsächlich eine Frau, allerdings nicht Auguste von Schönburg, sondern Louisa.

Um seine Mundwinkel zuckte es, als er die verschüchtert wirkende Dienstbotin in ihrer dunkelbraunen Robe erblickte. Eigentlich wollte er sich nur einen Spaß mit seiner Großmutter erlauben, als er übertrieben laut rief: »Fürwahr, Großmutter, sie ist da! Dann werde ich meine Zukünftige mal begrüßen.« Ein wenig ungelenk stieg er dann die Stufen zu ihr hinab, nahm ihre Hand und führte sie sanft an seine Lippen. Und als er dann Louisa gegenüberstand und ihr direkt in die Augen sah, in dieses tiefe Blaugrau, stockte ihm der Atem. Eine Farbe, so leuchtend blau und klar wie der Himmel an einem Wintermorgen, ging es ihm durch den Kopf. Für einen Moment vergaß er alles andere um sich herum, vergaß, wohin er wollte und weshalb er diesen Groll in sich verspürt hatte.

»Sie erlauben, Teuerste?«, raunte er und deutete einen Kuss an. In diesem Augenblick hatte er das Gefühl, dass aus seinem Spiel Ernst geworden war.

»Maximilian!«, hatte Henriette von Seybachs Stimme durch das Entree gehallt. »Mach dich nicht lächerlich. Du weißt ebenso gut wie ich, dass das unsere neue Dienstbotin ist.«

»Ach, das ist wirklich zu schade«, antwortete Maximilian seufzend, weil er der Situation ein wenig Leichtigkeit verleihen wollte. Doch er merkte selbst, dass er Louisa mit seinen Worten verletzt hatte, denn die Dienstbotin hatte den Blick gesenkt und fixierte fest den Boden zwischen ihnen. Um es wiedergutzumachen, wandte er sich zu dem lebensgroßen Porträt seiner Mutter, zog eine Lilie aus der Blumenvase und überreichte sie Louisa. Eine schwache Entschuldigung zwar, aber immerhin eine, die ihn vor seiner Großmutter nicht ins Lächerliche zog.

»Nun, da deine für mich Auserwählte anscheinend heute überhaupt nicht mehr erscheint, werde ich die Zeit jetzt sinnvoll nutzen und meine Freunde nicht länger warten lassen.« Maximilian hatte vor Louisa leicht den Zylinder gezogen und auf direktem Wege das Haus verlassen.

Sein Blick wanderte bei der Erinnerung die imposante Treppe hinauf und dann zur Decke. Die beeindruckende Glaskuppel fing tagsüber das Sonnenlicht und brach es tausendfach, sodass die Farben auf dem Marmor wie unzählige Regenbogenteilchen tanzten, und wenn die Dienstboten die Lichter gelöscht hatten, konnte man in klaren Nächten die Sterne sehen.

An der Balustrade des zweiten Stocks erblickte Maximilian seine

Großmutter Henriette von Seybach, eine Frau, die Würde und Grazie ausstrahlte. Maximilian winkte ihr zu, doch die Gräfin nickte nur förmlich.

Oh Großmutter, dachte Maximilian, wann wirst du nur endlich deinen Stolz und deine Haltung ablegen und einmal wahre Gefühle zeigen? Er wusste, dass sie sich sehr über seine Rückkehr freute. Maximilian warf einen Blick auf das nahezu lebensgroße Gemälde auf der linken Seite der Treppe, vor dem auch heute wieder die Pokalvase mit einem opulenten Lilienstrauß stand. In einem goldenen Rahmen hieß Eloise von Seybach jeden Besucher mit ihrem gütigen Blick willkommen. Sie hätte es sich gewiss nicht nehmen lassen, ihre Freude zu zeigen, und ihren Sohn bei seiner Ankunft mit einer warmen Umarmung begrüßt. Sechs Jahre war sie nun schon tot – und der Schmerz war noch genauso groß wie damals. Wie sehr er sie doch vermisste!

»Max, du bist wieder da! Endlich!« Das war Isabellas Stimme, und im selben Augenblick kam seine Schwester auf ihn zugestürmt und fiel ihm um den Hals.

Maximilian hatte Mühe, sich auf den Beinen zu halten, so ungestüm war die Begrüßung durch das jüngste Familienmitglied. Bestimmt blieb das auch seiner Großmutter nicht verborgen, und sie würde sich später mit ihrem Tadel an Isabella nicht zurückhalten. So ein Verhalten geziemte sich nicht für eine von Seybach.

»Oh, ich freu mich so!«, rief Isabella.

»Ich konnte es auch kaum erwarten, Schwesterherz. Lass dich ansehen.« Maximilian legte ihr die Hände um die Taille und schob sie ein Stück von sich – erleichtert, sich so unbemerkt auf sie stützen zu können. »Gut siehst du aus. Das machen bestimmt die vielen Ausflüge ins Theater.« Er zwinkerte, und Isabella zwinkerte wissend zurück.

Gleich darauf schoss ein kastanienbrauner, langhaariger Hund mit schmalem Kopf und schlankem Körper auf ihn zu. Sein tiefes Bellen hallte vom Marmor der Eingangshalle wider. Das war Caesar,

Isabellas irischer Setter. Leopold, Maximilians Freund und Nachbar der von Seybachs, hatte ihn Isabella Anfang des Jahres nach einer Jagdgesellschaft mitgebracht, weil er aufgrund seines hohen Alters seinen Pflichten nicht mehr nachgekommen war. Und die tierliebe Isabella hatte ihn kurzerhand aufgenommen. Isabellas vier andere Hunde waren vermutlich im Dienstbotentrakt eingesperrt. Zu oft schon hatten sie bei der Ankunft von Gästen für ein Malheur gesorgt. Maximilians Cousine Johanna hatte Mühe, Caesar an der Leine zu halten, und es gelang ihr nicht, den Hund zurückzuziehen, als er jetzt an Maximilian emporsprang und seine Vorderpfoten auf seinen Bauch stützte. Maximilian geriet aus dem Gleichgewicht, fing sich mit einem Schritt zurück aber wieder. Ein herzhaftes Schlecken über sein Gesicht folgte, und er verzog halb überrascht, halb erfreut den Mund.

»Caesar, du Ungestümer!«, tadelte Maximilian das Tier seiner Schwester, doch dabei kraulte er liebevoll das kleine weiße Abzeichen an dessen Brust.

»Entschuldige«, sagte Isabella sofort und nahm den Hund am Halsband, um ihn von Maximilian wegzuziehen. »Aber du weißt ja, wie er ist. Er freut sich genauso wie wir, dass du endlich wieder da bist.«

»Kein Problem.« Maximilian streichelte lächelnd über den treu dreinblickenden Hundekopf.

»Da komme ich ja genau rechtzeitig vom Spaziergang mit ihm zurück«, sagte Johanna. »Und ich habe mich schon gewundert, weshalb er so an der Leine zieht. Hallo, Maximilian.« Seine Cousine umarmte ihn ebenfalls und deutete einen Wangenkuss an. Wahrscheinlich würde Großmutter auch das nicht gutheißen, aber ihr hatte Johannas heißes Blut ja schon im letzten Jahr bei ihrer Ankunft missfallen. Dazu hatte seine Cousine mit ihrem Äußeren, vor allem mit dem honigblonden Haar und den grünen Augen, der Männerwelt von München ganz schön den Kopf verdreht. Allen voran Alexander, seinem besten Freund.

»Wo ist es denn?«, fragte Isabella.

»Was meinst du?«

»Na, mein Geschenk. Ich weiß doch, dass du mir etwas mitgebracht hast.«

Maximilian schmunzelte. Er kam nie mit leeren Händen von einer längeren Reise zurück. Und jetzt, nach seiner sechswöchigen Studienreise nach Montpellier, freute er sich umso mehr darauf, die strahlenden Gesichter seiner Liebsten zu sehen, wenn er ihnen die individuell ausgesuchten Überraschungen überreichte. Auch die Dienstboten bedachte er stets mit kleinen Aufmerksamkeiten, schließlich gehörten sie genauso zum Haus wie seine Familie, und er sah gerne die Freude in ihren Gesichtern, wenn sie ihre Päckchen auswickelten, da solche Momente etwas Besonderes für sie waren.

»Xaver und Albrecht laden im Moment die Kutsche aus«, sagte er. »Ich habe sie schon angewiesen, zuerst die Reisetasche ins Empfangszimmer zu bringen und danach meine Sachen nach oben zu tragen.«

»Jetzt lass den Jungen doch erst einmal ankommen«, dröhnte Carl von Seybachs Stimme durch das Entree. »Grüß Gott, mein Sohn.« Der Hausherr klopfte Maximilian wohlwollend auf die Schulter. Von ihm hatte Maximilian die Statur geerbt, ebenso das markante Kinn sowie das dunkelbraune Haar, das bei seinem Vater mittlerweile jedoch vollständig ergraut war. »Wie ich sehe, hat dir deine Reise nicht geschadet.«

Maximilian nickte. Es bedeutete ihm viel, dass sein Vater seine Bemühungen als Mediziner anerkannte. Anfangs war Carl von Seybach von den Plänen seines Sohnes, Arzt zu werden, nicht begeistert gewesen, denn er hatte sich für ihn eine Position bei Hofe gewünscht. Doch nachdem Eloise verstorben war, war Maximilians Wunsch schier ins Unermessliche gewachsen. Er wollte Menschen helfen, wollte die Schwindsucht bekämpfen, damit sie niemanden mehr dahinraffen konnte. Sein persönliches Schicksal wurde sein Antrieb, und er lernte eifriger denn je. Das hatte auch sein Vater erkannt und ihn seitdem unterstützt. Nach seinem Studium hatte er seinem Sohn geholfen, die Studienreise nach Montpellier zu organisieren, und Maximilian war dort erneut klar geworden, wie dringend gute Ärzte gebraucht wurden; vor allem von denjenigen, denen eine ordentliche medizinische Versorgung immer noch vorenthalten blieb. In der französischen Stadt hatte er gesehen, wie groß das Leid in den unteren Gesellschaftsschichten war.

»Komm, lass uns auf deine Rückkehr anstoßen.«

»Das wird wohl warten können, bis mein Enkelsohn auch mich anständig begrüßt hat. *Chaque chose en son temps*«, ließ sich da Henriette von Seybach vernehmen. »Schließlich renne ich nicht wie ein von der Tarantel gestochenes Jungfohlen mit wehenden Röcken durch die Gänge, um mich bei der Begrüßungszeremonie vorzudrängeln.«

Da war er, der Seitenhieb gegen Isabella. Maximilian verbiss sich ein Lachen. Als ob man sich in seiner Familie bei inoffiziellen Anlässen je an die Rangordnung einer Begrüßungszeremonie gehalten hätte. Aber es war doch allzu offensichtlich, dass seine Großmutter als Familienälteste pikiert darüber war, von ihm nicht als Erste begrüßt worden zu sein – sah man von dem stillen Gruß zwischen ihnen einmal ab.

Henriette von Seybach lief würdevoll die letzten Stufen nach unten und kam auf die kleine Gruppe zu, wobei ihr Stock bei jedem Schritt auf dem Marmor widerhallte. »Grüß Gott, Maximilian.« Sie streckte ihm die Hand entgegen und erlaubte ihm einen Handkuss.

»Großmutter …« Maximilian deutete ein Nicken an, doch er senkte den Blick dabei nicht. Zu neugierig war er, ob Henriette von Seybach ihre Strenge aufrechterhalten konnte. Sie konnte es nicht. Für einen winzigen Moment zuckte es um ihre Mundwinkel, was ihn tief in sich hineinlächeln ließ. Er wusste, dass seine Großmutter immer nur das Beste für ihre Sprösslinge wollte, wie hart auch immer sie sich nach außen hin zeigen mochte. Caesar stupste gegen Maximilians Hand, wohl auf der Suche nach einer Leckerei, und schleckte ihm gleich darauf die Handfläche ab, während Maximilian den verfressenen Rüden kraulte.

»Isabella, sorg bitte dafür, dass dieses Tier endlich die Eingangshalle verlässt«, wies Henriette ihre Enkeltochter an.

Isabella nahm von Johanna die Leine und übergab sie an eine Dienstbotin. Unauffällig warf Johanna im selben Moment einen kurzen Blick zum Eingang. Bestimmt sehnte sie Alexanders Ankunft herbei.

»Aber jetzt gehen wir ins Empfangszimmer«, entschied Carl von Seybach. »Dort wartet ein schöner Aperitif auf uns. Siebzehnachtundneunziger-Jahrgang, dreißig Jahre in einem Fino-Sherry-Fass gereift. Solche wohlgehüteten Schätze hält Berti für uns nur zu den besonderen Anlässen bereit.«

Henriette verdrehte die Augen angesichts der Fachsimpelei ihres Sohnes. Anders als Isabella, die junge Komtess kicherte bloß und hängte sich bei ihrem Bruder ein, der nur zu gern ihren Arm nahm, um sich darauf zu stützen. Johanna ging ihnen nach. Gemeinsam folgten sie Carl und ihrer Großmutter ins Empfangszimmer. Dort wartete ein Diener mit einem Silbertablett und kredenzte den Sherry. Maximilian nahm eines der Gläser und stieß mit seinem Vater an.

»Auf deine Rückkehr!«, verkündete der Hausherr in sonorem Bass, und alle hoben ihr Glas.

Maximilian war erleichtert, als er endlich in einem tannengrünen Sessel Platz nehmen und das Bein ausstrecken konnte. Er stellte sein Sherryglas auf den Nussbaumtisch neben sich und ließ sich von Albrecht die Reisetasche reichen, in die er die Geschenke für seine Familie eingepackt hatte.

»Das hier ist für dich«, sagte er und übergab Isabella ein Paket, das die Größe eines Wagenrads hatte.

Seine Schwester riss neugierig das Papier beiseite und strahlte, als der edle Federhut aus sonnengelber Seide in der Hutschachtel zum Vorschein kam. An der Krempe war neben der Feder eine ausladende Seidenblume befestigt. Die Geschwister tauschten einen kurzen Blick, der Maximilian bestätigte, dass Isabella ihre Freude haben würde, eine ihrer Theaterrollen damit zu proben.

»Oh Maximilian, der ist fantastisch für mein Theater…« Sie hielt kurz inne. »Meine Theaterbesuche«, verbesserte sie sich dann.

Maximilian lächelte. Als Nächstes überreichte er Carl und seiner Großmutter die für sie bestimmten Pakete. Sein Vater probierte bald darauf eine Nase voller Schnupftabak mit Kirschgeschmack, und Henriette von Seybach schmückte den Kragen ihres schwarzen, spitzenbesetzten Kleides – die Farbe, die sie seit dem Tod ihres Gemahls trug – mit einer edlen Brosche.

Kurz darauf traf Alexander ein, den Maximilian ebenfalls nicht vergessen hatte. Nach der Begrüßung schenkte er seiner Cousine silbern schimmernde Handschuhe aus Seide. »Ein Modeaccessoire, das man nicht nur in Montpellier, sondern auch in Paris gerade trägt«, versicherte er ihr. Sein Freund aus Kindertagen erhielt eine Flasche Cognac. »Damit wir die Abende auch wieder einmal zusammen genießen können«, scherzte Maximilian. »Wie man hört, bekommt man dich kaum zu Gesicht, seit du mit Johanna verlobt bist.«

Alexander fuhr sich lachend durch sein schwarzbraunes Haar. »Nun, wenn du erst einmal die richtige Frau gefunden hast, wirst auch du die Zweisamkeit mit deiner zukünftigen Gemahlin zu schätzen wissen.«

»Ich hoffe, dass das noch eine Weile auf sich warten lässt«, entgegnete Maximilian. Er wollte sich lieber der Forschung in der Medizin widmen, als sich auf Bällen zu präsentieren, eine Frau zu finden und seinen Verpflichtungen als Stammhalter nachzukommen. Er genoss seine Ungebundenheit und hatte vor, dies so lange wie möglich beizubehalten.

»Jetzt, da wir vollzählig sind, lasst uns zu Tisch gehen«, entschied Carl von Seybach. »Es gibt noch einige Ankündigungen zu machen.«

Die Familie folgte dem Hausherrn in den angrenzenden Speisesaal. Vor den Fenstern, die tagsüber den Blick auf die Ludwigstraße freigaben, waren die goldgelben Vorhänge zugezogen worden, und der Saal erstrahlte in warmem Kerzenlicht. Der Kronleuchter über dem breiten Esstisch funkelte wie ein geschliffener Diamant, und Maximilian konnte sich bildlich vorstellen, wie heute Mittag eine der Dienstbotinnen ihn noch einmal nachpoliert hatte. Henriette hatte veranlasst, das gute Meißner Porzellan mit dem Goldrand aufzudecken. Maximilian wurde flau, und das lag keineswegs an dem fruchtig-herben Sherry, den er vorhin getrunken hatte. Wenn seine Großmutter so eindecken ließ, gab es dafür einen gewichtigen Grund. Was waren das für Ankündigungen, von denen sein Vater gesprochen hatte?

Das Rübensüppchen wurde aufgetragen, und Maximilian beobachtete die anwesende Dienerschaft. Cilli, Bärbel und Matthias bedienten heute bei Tisch. Anna fehlte, doch Maximilian entdeckte stattdessen Louisa. Anscheinend hatte die Dienstbotin, die normalerweise als Stubenmädchen die niedrigsten Aufgaben zu erledigen hatte, sich in seiner Abwesenheit bei Afra Haberl, der Hausdame, verdient gemacht. Das freute ihn, und ein Lächeln huschte über sein Gesicht, als sich ihre Blicke trafen, während sie mit ruhiger Hand Isabellas Weinglas füllte.

Rasch schaute sie beiseite, doch er hatte ihre wachen, klaren Augen gesehen. Ob es an der dunklen Dienstbotenrobe lag, dass sie heute in einem besonders kräftigen Blaugrau leuchteten – oder an den dichten, vollen Wimpern, die sie umrahmten? Maximilian hätte sich darin verlieren können …

Nach dem ersten Gang wechselte man von den unverfänglichen zu den brisanteren Themen.

»Da im letzten Jahr Konstanze von Crailsheim dem Baron das Jawort gegeben hat, bleiben in dieser Ballsaison nicht mehr so viele gute Partien übrig«, ließ sich die Großmutter vernehmen.

Maximilian, der sich gerade noch ein Stück Brot hatte schmecken lassen wollen, verschluckte sich bei ihren Worten beinahe. Er musste an sich halten, um nicht entnervt auszuatmen.

»Wieso?«, fragte er. »Findest du unsere Isabella etwa zu jung, um in diesem Jahr als beste Partie zu gelten?«

Isabella warf ihm einen warnenden Blick zu und gluckste amüsiert, vertuschte dies aber mit einem Hüsteln hinter vorgehaltener Serviette. Sie war eine geschickte Schauspielerin, das merkte man, auch wenn sie ihr Können nie auf einer Bühne würde präsentieren können. Die beiden Geschwister wussten, dass sie den Heiratsplänen ihrer Großmutter nicht entgehen konnten, doch sie machten sich einen Spaß daraus, Henriette damit aufzuziehen.

»Du weißt sehr wohl, wie ich das meine«, erwiderte Henriette mit spitzen Lippen.

»Aber du hast recht, liebe Großmutter, auch unsere Johanna ist ja Anfang des Jahres von meinem lieben Freund Alexander vom Markt genommen worden, wie du dich auszudrücken pflegst.«

»Ein wenig vorschnell, wie ich finde«, konterte Henriette mit knarzender Stimme und warf einen düsteren Blick auf Johannas Bauch. »Man hört so manches über diese so rasch geschlossene Verlobung.«

»Ich bin mir sicher, dass sie dich als Erstes informieren werden, sollte es diesbezüglich einen Anlass geben«, sagte Maximilian in betont höflichem Tonfall.

Alexander zwinkerte seinem Freund zu, während Johanna den Blick starr auf ihren Teller gerichtet hielt. Anscheinend sorgte das Thema im Hause von Seybach noch immer für Zwist.

»Was deine Großmutter damit eigentlich sagen will, mein Sohn«, mischte sich Carl von Seybach ein, »ist, dass es sehr wichtig ist, dass du bald eine angesehene Partie findest.«

»Weshalb?«, fragte Maximilian mit wachsendem Unmut. »Es gab doch auch bisher keinen Grund zur Eile.« Im Gegenteil, er hatte es genossen, dass ihm als Titelerben und einzigem Sohn des Hauses nahezu alle Freiheiten zugestanden worden waren. Wieso wollten sie ihm auf einmal Grenzen setzen?

In Gedanken ging Maximilian seine vermeintlichen »Missetaten« durch, doch bis auf sein Vergehen, dass er zuletzt Helene von Riepenhoff einen Korb gegeben hatte und sich bei Hofbällen und Tanzabenden stets abseits der Tanzfläche aufzuhalten pflegte, war er sich keiner Schuld bewusst. Warum also diese Dringlichkeit?

Er wollte nachfragen, doch da kam die Dienerschaft, um den nächsten Gang aufzutragen: Krustenbraten mit Lauchgemüse, Erbsen, Stangenbohnen und Kartoffeln, dunkle Soße und dazu ein erlesener Rotwein. Maximilians Leibgericht – irgendetwas passte hier nicht zusammen. Wenn sein Vater und seine Großmutter ihn wirklich zur Raison bringen wollten, hätten sie nicht versucht, ihn mit diesem Essen zu umgarnen.

Die Dienstboten zogen sich an den Rand des Speisesaals zurück, bereit, jederzeit Bertis köstliche Speisen nachzulegen. Maximilians Blick schweifte über Bärbel und Cilli und blieb wieder an Louisa haften. Sie trug ein anderes Kleid als sonst, eine graue Dienstbotenrobe mit feinen schwarzen Streifen, darüber eine blütenweiße Schürze, und ihre Haare waren zu einem festen Knoten zusammengesteckt und unter einer schräg sitzenden Haube fixiert. Schade, normalerweise lockten sich immer ein paar lose Haarsträhnen um das rundliche Gesicht und ließen sie liebreizend aussehen, fast wie eine von Isabellas Puppen. Diese Strenge und der starre Blick passten gar nicht zu ihr. Sie musste schrecklich nervös sein. Maximilian glaubte es an ihrer verkrampften Haltung zu erkennen. Sosehr sie auch versuchte, den Rücken gerade und das Tablett auf Brusthöhe zu halten – wenn er genau hinsah, konnte er sehen, wie das edle Silbertablett vibrierte. Und auf ihren schön geschwungenen Lippen lag kein Lächeln, sondern nur die Anspannung. Die Arme, dachte er, und wieder wurde sein Herz eigenartig weich.

»Maximilian, es ist so, dass ich für dich am Hofe eine ehrbare Stellung auftun konnte«, ergriff sein Vater jetzt das Wort. »Du sollst der nächste Leibarzt des Königs werden.«

»Wie bitte?« Maximilians Augen wurden groß. Von diesen Bemühungen seines Vaters hatte er bis eben überhaupt nichts gewusst, und er hätte ihn auch niemals darum gebeten. Er hatte sich eine Stelle im Krankenhaus gesucht, die er im Herbst antreten wollte, wobei er insgeheim von eigenen Behandlungsräumen träumte. Allein die Vorstellung, zukünftig am Hofe zu dienen und den König zu behandeln, widerstrebte ihm zutiefst. Maximilian wollte forschen, helfen und etwas in der Welt bewegen. Ganz gewiss wollte er sich nicht um die Wehwehchen eines Adligen kümmern, der Wichtigeres zu tun hatte, als vermeintlich krank im Bett über seine nächsten Regierungsabsichten zu sinnieren.

»Du wirst dort das Ansehen unserer Familie mehren«, verkündete Carl von Seybach stolz. »Mein Sohn, der Leibarzt des Königs.«

Maximilian war der Appetit vergangen, auch wenn Berti wieder einmal exzellent gekocht hatte. Er legte das Besteck mit dem Familienwappen nieder, fuhr mit den Fingerspitzen über den Schlüssel, der über dem Helm eingraviert war und über dem eine Krone schwebte – ein Zeichen, wie nahe die Familie dem königlichen Hof stand.

»Und damit du auch ehrbar dort auftreten und dich auf den Bällen und Gesellschaften angemessen bewegen kannst, habe ich dafür gesorgt, dass du die passende Frau an deiner Seite haben wirst«, fügte seine Großmutter hinzu. »Sophie de Neuville erwartet in den kommenden Tagen deine Aufwartung. Mit ihrer Familie ist bereits alles geklärt, ihr seid so gut wie verlobt.«

»Ich habe mich wohl verhört!«, entfuhr es Maximilian, der so wütend aufgesprungen war, dass sein Stuhl über die Holzdielen schabte.

Im selben Moment erklang ein metallenes Scheppern, gefolgt von einem entsetzten Aufschrei. Alle Blicke wanderten zum offenen Kamin, wo Cilli und Matthias neben Louisa knieten, die dabei war, mit den Händen die Kartoffeln vom Teppich aufzulesen.

»Der gute Seidenteppich!«, rief Henriette bestürzt.

»Die Kartoffeln!«, entfuhr es Alexander, dem anscheinend das Interieur derer von Seybach nicht so sehr am Herzen lag wie das ausgezeichnete Essen.

Carl von Seybach schüttelte kaum merklich den Kopf, während Johanna, Maximilian und Isabella mitleidig zu den Dienstboten sahen.

»Schnell, hol Eimer und Putzzeug!«, wies Cilli Bärbel an, die wie eine Salzsäule dastand und dem Schauspiel zusah.

Kaum einen Moment später hatte Afra Haberl die Tür zum Speisezimmer aufgerissen. Sie musste den Lärm von draußen gehört haben.

»Grundgütiger!«, rief sie und schlug sich die Hand vor den Mund. »Es tut mir außerordentlich leid, dass dies geschehen ist«, wandte sie sich sogleich an die Familie von Seybach. »Ich bitte vielmals um Entschuldigung.«

»Siehst du, genau das passiert bei solchen irrwitzigen Vorschlägen. Und was meine Antwort dazu angeht: Sie lautet ›Nein!‹ In beiden Fällen!«, wandte er sich nun an seinen Vater. Er hob sein Weinglas und leerte es in einem Zug. Dann lief er mit festem Schritt in Richtung Tür, was ihm sein Bein mit brennenden Schmerzen dankte, die wie Flammen den gesamten Körper emporstiegen. Als er an den Dienstboten vorbeikam, die noch immer mit dem Seidenteppich beschäftigt waren, zog es ihm das Herz zusammen, Louisa auf dem Boden kniend zu sehen, wie sie das Malheur zu beseitigen versuchte, die Wangen vor Scham gerötet.

Sie hob den Kopf, und ihre Blicke trafen sich erneut für einen Sekundenbruchteil. Ihre blaugrauen Augen waren mit Tränen gefüllt. Maximilian presste fest die Lippen zusammen. Er konnte nichts für sie tun. Nachher würde sie sich eine saftige Moralpredigt von Afra Haberl und einen Berg zusätzlicher Arbeiten abholen. Es oblag ihm nicht, die Hausdame zurechtzuweisen. Es wäre an Henriette gewesen, darüber zu walten, die Strafe milde ausfallen zu lassen, doch wie er seine Großmutter kannte, würde diese kein

Erbarmen mit Louisa zeigen. Das befeuerte seine Wut, und so verließ er erhobenen Hauptes das Speisezimmer. Das rechte Bein zog er nach, was ihn noch mehr in Rage versetzte.

3

Louisa

Louisa stand auf einer Leiter und fuhr mit dem Staubwedel aus Straußenfedern über die Buchrücken, die sich auf den Regalbrettern aneinanderreihten. Danach würde sie die Regale mit einem feuchten Lappen abwischen und den langen Lesetisch sowie die puderfarbene Sitzgruppe mit einer Mischung aus Bienenwachs und Leinöl pflegen. Allein für die deckenhohen Bücherregale würde sie bis weit nach Mitternacht brauchen, denn die Bibliothek derer von Seybach beherbergte so viele Exemplare, dass sie vermutlich nicht einmal zehn Gelehrte zusammen in einem Leben lesen konnten. Louisa seufzte. Das alles nur wegen ein paar Kartoffeln … Zum Glück hatte Berti ihr versprochen, ihr wenigstens einen Rest des Abendessens aufzubewahren, nachdem Afra Haberl in der Küche ihr Donnerwetter auf sie hatte herabfahren lassen. Betreten hatten die Dienstboten einander angesehen oder auf ihre Schuhspitzen geschielt, während jeder von ihnen sichtlich froh gewesen war, nicht in Louisas Haut zu stecken. Und schuld an dem ganzen Malheur war der Plan der Gräfin Henriette von Seybach, ihren Enkel Maximilian zu verheiraten.

Louisa kämpfte erneut gegen die aufsteigenden Tränen an, wenn sie daran dachte. Aber was hatte sie geglaubt? Dass sie als Dienstbotin ernstlich eine Chance bei ihm hatte? Wohl kaum. Natürlich schwärmte auch sie wie so viele Mädchen in ihrem Alter – vom Gesindetrakt bis zur Beletage – für den gut aussehenden Junggesellen, aber sie wusste selbst, dass für einen Erbgrafen nur eine Dame aus höheren Kreisen infrage kam. Eine wie sie bemerkte er doch gar nicht, auch wenn er ihr hin und wieder ein Lächeln schenkte. So wie vorhin, dachte Louisa, und ein warmes Gefühl schlich sich in ihr Herz. Zu viel darauf einbilden durfte sie sich allerdings nicht. Maximilian von Seybach war zwar freundlich, höflich, zuvorkommend – aber das musste er auch sein in seiner Stellung. Für ihn als Sohn des Hauses und Erbgrafen war es eine Selbstverständlichkeit, das Personal anständig zu behandeln. Tief in ihrem Inneren wusste Louisa, dass der studierte Mediziner irgendwann zu einer anderen Frau gehören würde, dass eine adlige Dame an seiner Seite stehen und ihm ihr Lächeln, einen sinnlichen Kuss und bald darauf sicherlich auch Kinder schenken würde, doch der Gedanke schnitt ihr so tief ins Herz wie Bertis Fleischmesser in den Krustenbraten. Allein, wenn sie an seine Damenbegleitung auf dem Adventsball dachte, hätte Louisa gleich noch einmal vor Wut und Verzweiflung weinen mögen. Diese Frauen trugen Kleider aus raschelnder Seide und feine Handschuhe bis zum Ellbogen, während Louisa in unförmiger brauner Wolle und mit von den Kaminen rußverschmierten Händen dastand, dazu diamantbesetzte Diademe und Halsketten, die mit den Kronleuchtern, die Louisa am Vorabend poliert hatte, um die Wette funkelten. Die Damen sprachen über die letzte Theateraufführung, die sie gemeinsam besucht hatten, oder das schöne Konzert, während Louisa den raschen Trippelschritten der Mäuse lauschte, wenn sie die Speisekammer fegen musste, oder abends wach in ihrer Mansarde lag und auf das Knarzen der Balken horchte. Dennoch hatte Maximilian nie einer dieser Damen einen Antrag gemacht. Mit der Zeit hatte Louisa sich dann das Träumen erlaubt, hatte gehofft, wie Aschenputtel zu sein – ein Märchen, das Isabella den Dienstboten einmal in ihren berüchtigten Ein-Frau-Stücken vorgespielt hatte und von dem Louisa seitdem sehr angetan war. Sie hatte Anna gebeten, ihr aus dem in Leder gebundenen Buch mit den Hausmärchen der Gebrüder Grimm vorzulesen, das in dem Regal mit der Büste von König Ludwig stand, aber Anna hatte keine Lust gehabt und sich an ihrem freien Tag lieber am See vergnügen wollen. Wie gerne hätte Louisa Konversation betrieben wie die feinen Damen! Doch dazu hätte sie Zugang zu all diesen Werken haben müssen, die vor ihr standen. Fast schien es ihr im Kerzenlicht, als flüsterten die Bücher ihr ihre Geheimnisse zu.

Louisa legte den Kopf in den Nacken und ließ den Blick über die hohen Regale wandern, die Empore hinauf, auf der weitere Bücherregale standen. Ein ganzer Raum voller Geschichten, voller neuer, unbekannter und fremder Welten … Kein Wunder, dass Komtess Isabella so angetan von ihnen war. Wenigstens hatte Afra Haberl sie nicht auch noch beauftragt, die Bücher dort oben zu reinigen. Louisa hielt sich mit einer Hand an der Leiter fest und zog eines der Exemplare vor sich aus dem Regal. Behutsam schlug sie es auf, fuhr über das helle Papier, das sich glatt unter den Fingerspitzen anfühlte. Als sie durch die Seiten blätterte, raschelten sie verheißungsvoll. Wenn sie doch nur die Buchstaben entziffern könnte. Sie schlug eine weitere Seite um und sah sich die Farbtafel an, auf der mehrere Blumen in zartem Rosa abgebildet waren. Anscheinend ein Gartenbuch. Louisa sah Blumen in Blau, Violett und Gelb, dann Gräser, Sträucher und schließlich Bäume, von denen sie einige kannte. Sie hatte sie auf ihrem Weg nach Hause gesehen, manche auch in Kübeln vor Fenstern oder sogar im Englischen Garten, während die Gelehrten sie zwischen dicken Buchrücken studierten oder die Wohlhabenden sie von Gärtnern in ihren Gewächshäusern züchten ließen. Da war Kamille, die ihre Mutter sammelte und zu einem Tee aufgoss, wenn einer von ihnen Bauchschmerzen hatte oder ihrem Vater nach einem Besuch beim Stammtisch am nächsten Morgen übel war. Die gelben Arnikablüten erkannte sie auch. Die angesetzte Tinktur von Walli, der Nachbarsfrau, hatte sie mehr als einmal auf die aufgeschundenen Knie ihrer Brüder geträufelt. Was da wohl alles über die Pflanzen stand?

»Suchst du etwas Bestimmtes?«

Vor Schreck ließ Louisa das Buch fallen, das dumpf auf das rautenförmige Parkett aufschlug, und wäre fast selbst von der Leiter gestürzt, wenn sie sich nicht noch im letzten Moment an die oberste Sprosse geklammert hätte. »Herr Dr. von Seybach …«, stotterte Louisa. »Verzeihen Sie, ich habe Sie nicht kommen hören.«

»Nein, ich muss um Verzeihung bitten. Ich wollte dich nicht erschrecken, Louisa.« Maximilian von Seybach bückte sich und gab ihr das Buch zurück, das sie rasch wieder ins Regal stellte. »Dann hat Afra dir also aufgetragen, die Bibliothek zu putzen?«

Louisa nickte. »Ich verlasse selbstverständlich den Raum, wenn Sie ihn für Ihre Arbeit nutzen wollen. Ich dachte bloß, Sie hätten sich zusammen mit Ihrer Familie in die Beletage zurückgezogen.« Sie raffte ihre Röcke und stieg von der Leiter, so schnell es die vielen Stofflagen zuließen.

»Bitte, bleib«, sagte der Erbgraf mit einer besänftigenden Handbewegung. »Ich wollte dir wirklich keine Umstände bereiten. Ich wollte mich nur ein wenig zurückziehen. Von dem ganzen Tabakrauch meines Vaters schwirrt mir der Kopf, und meine Großmutter nötigt meine Cousine, die fünfte Schubert-Sonate in Folge zu spielen, während Isabella dazu singen muss.«

Louisa kicherte, doch dann biss sie sich auf die Unterlippe und wurde sofort wieder ernst. »Verzeihung«, murmelte sie, denn natürlich durfte sie nicht über die Herrschaft lachen.

»Nein, bitte. Du solltest Großmutter schwärmen hören: ›Inniger Gesang und brennende Leidenschaft treffen auf Natürlichkeit und Anmut. *C'est vraiment de l'art. Merveilleux!*‹« Er verdrehte die Augen. »Für mich klingt es eher so, als wollte Johanna mittlerweile ihre Violine zersägen, und Isabella ist auch schon beinahe heiser.«

Jetzt musste Louisa erneut lachen, aber als sie dieses Mal in Maximilians Augen sah, bemerkte sie das Funkeln darin. Ob es an den zuckenden Kerzenflammen lag, die die Bibliothek spärlich erhellten?

»Ich lausche gerne der Musik«, sagte sie halblaut, »auch wenn ich davon nichts verstehe.«

»Oh, glaub mir, mehrere Schubert-Stücke hintereinander, und auch dir vergeht die Lust daran. Ich würde mich nur allzu gerne einmal über etwas anderes austauschen als über Allegro moderato und den langsamen Satz der weichen, schwingenden Melodie.«

»Worüber denn zum Beispiel?« Louisa wusste, dass es ihr nicht gestattet war, mit Maximilian von Seybach so zu sprechen, denn vertrauliche Gespräche mit der Herrschaft waren nicht erlaubt, doch sie war zu neugierig, von seinen Gedanken zu erfahren.

Verwundert hob Maximilian die Brauen. Anscheinend hatte er nicht mit ihrer Frage gerechnet. Doch dann ließ er sich auf einem Kanapee nieder und streckte seufzend das Bein aus. »In Montpellier habe ich junge Frauen an der Cholera dahinsiechen sehen und Männer, die wegen der prekären Verhältnisse in den Fabriken zum Krüppel wurden, aber Hauptsache, die nächste Ballsaison gestaltet sich erquicklich.« Er presste die Lippen zusammen. »Wir könnten so viel mehr für die Schwächeren und Ärmeren tun, stattdessen unterhalten wir uns über vergoldete Uhren, die kommende Jagdsaison oder Spitzenrüschen an Ballkleidern.«

Louisa hörte ihm aufmerksam zu. Maximilian von Seybach, der rundherum von Luxus umgeben war, hatte einen Blick für die untersten Schichten der Gesellschaft? Wie konnte das sein?

»Auf meiner Studienreise habe ich ein Seminar besucht, bei dem es um die Verbreitung von Krankheiten ging. Der dozierende Arzt war davon überzeugt, dass man den Ausbruch ebendieser verhindern könne, wenn man nur rechtzeitig handele.«

»Und wie?«, fragte Louisa.

»Hygiene.« Als Maximilian bemerkte, dass Louisa mit diesem Wort nicht viel anfangen konnte, beugte er sich zu ihr. »Sauberkeit«, setzte er erklärend hinzu. »Krankheiten verbreiten sich anscheinend dort am meisten, wo Kuhmist und Lebensmittel direkt nebeneinanderliegen, wo dasselbe Wasser zum Waschen, Putzen und Trinken verwendet wird.«

»Nicht alle armen Leute leben in Zuständen, wie Sie sie schildern«, sagte Louisa, denn sie fühlte sich auf einmal von seinen Worten angegriffen. Ihre Mutter hatte stets darauf geachtet, dass ihr Zuhause vorzeigbar war. »Bei uns herrscht Ordnung und Sauberkeit.«

»Verzeih mir«, sagte der Erbgraf. »Du hast recht. Ich weiß kaum etwas darüber, wie euereins lebt. Bitte, rücke mein Bild zurecht.«

Seine Worte und erst recht die Bitte, die er geäußert hatte, irritierten Louisa.

»Erzähl mir von deinem Zuhause.«

»Von meinem Zuhause?«, wiederholte Louisa. Sie sah ihn noch immer ungläubig an und schüttelte leicht den Kopf. »Aber was wollen Sie denn darüber wissen?«

»Wie lebt ihr?« In Maximilians Stimme klang kein Hohn mit, keine Überheblichkeit. »Erzähl mir von eurem Alltag.«

»Nun …« Louisa räusperte sich und trat von einem Bein aufs andere. »Ich habe vier Schwestern und drei Brüder. Wir wohnen zusammen mit meinen Eltern in einer Wohnung mit zwei Zimmern.« Sie brach ab. Es war ihr unangenehm, Maximilian die bescheidenen Verhältnisse, in denen ihre Familie lebte, zu schildern, während er in einem Stadtpalais zu Hause war und keine Zimmer kannte, durch die der Wind pfiff.

»Nur weiter«, ermunterte er sie.

»Tagsüber sind meine jüngeren Geschwister draußen und spielen auf der Straße. Bis auf Laura, sie ist noch zu klein.« Sie lächelte, als sie an den Säugling dachte, der vor einem knappen Jahr auf die Welt gekommen war. »Resl, also Theresa, meine älteste Schwester, hat auch eine Stellung als Hausmädchen gefunden, und Franz ist verheiratet und ebenfalls aus dem Haus.«

»Und die anderen?«, fragte Maximilian.

Louisa zuckte mit den Schultern. »Tobias, Caro und Laura leben noch bei meinen Eltern. Früher haben wir uns zusammen die Wohnstube geteilt. Nur das Jüngste durfte bei meinen Eltern im Ehebett schlafen. Wir anderen hatten Matten oder schliefen gemeinsam auf der Bank. Bevor ich hierhergekommen bin, konnte ich mir gar nicht vorstellen, dass so große Räume sogar leer sind, während wir kaum Platz zum Schlafen finden.« Beschämt sah sie zu Boden, denn was sie gerade ausgesprochen hatte, grenzte an eine Beleidigung. Hätte sie doch nur gründlicher nachgedacht, bevor sie etwas sagte!

»Nein, du hast recht, Louisa«, sagte Maximilian, der ihren Blick anscheinend richtig deutete. »In so engen Wohnverhältnissen werden Krankheiten sogar begünstigt. Wart ihr oft krank, du und deine Geschwister?«

Louisa lachte freudlos auf. »Ständig! Es ist kaum ein Tag vergangen, an dem nicht jemand von uns etwas hatte. Unsere Zimmer waren zugig und kalt, noch dazu eng, und wenn einer gehustet hat, dann taten es bald auch die anderen. Magdalena und Thomas ...« Sie verstummte, als sie an ihre verstorbenen Geschwister dachte.

»Was ist mit ihnen?«, fragte Maximilian behutsam, doch Louisa schluckte schwer und wandte blinzelnd den Kopf zur Seite.

Da schien er zu verstehen. »Es tut mir leid«, sagte Maximilian von Seybach mit ernster Stimme. Er musste gemerkt haben, dass Louisa mit ihren Erinnerungen kämpfte.

»Ich wünschte, wir hätten Medizin für sie gehabt oder Geld für einen Arzt.«

»Stell dir eine Welt vor, in der sie gar nicht erst erkrankt wären. In der es klares, reines Wasser gibt, Straßen, die sauber sind und nicht stinken, Wohnräume, warm und groß genug für die Familien.«

»Das gibt es nicht«, widersprach Louisa sofort. »Sie machen sich über mich lustig.«

»Keineswegs, Louisa. Eines Tages wird es das alles geben. Die Menschen werden begreifen, dass sie ihre Nachttöpfe nicht einfach aus dem Fenster oder auf die Straße leeren dürfen, dass dadurch Krankheiten entstehen. Sie werden verstehen, dass sie sauberes Trinkwasser und Abwasser trennen müssen.«

»Und wie soll das gehen?«, fragte Louisa. Für sie klang das nach dem Hirngespinst eines Adligen, der zu viel Zeit mit Büchern und zu wenig in der Realität verbracht hatte. Maximilian von Seybach hatte sicherlich nie Kohlen geschleppt oder Stufen geschrubbt, Holz für den Kamin gehackt oder versucht, auf dem Schwarzmarkt das gewilderte Fleisch gegen Kartoffeln und Kohl einzutauschen.

»Durch ein getrenntes Rohrsystem, durch welches das Wasser geleitet wird, zum Beispiel. Wie der Abwasserkanal vom Promenadeplatz zum Hofgraben. Und man bräuchte noch viele weitere solcher Kanäle, auch für sauberes Wasser.«

Louisa stieß ungläubig die Luft aus. »Sie wollen die Isar einsperren? Das ist unmöglich!«

Maximilian lachte. »Nein, man müsste einen Teil davon abzweigen und für die Häuser zur Verfügung stellen.«

»Haben Sie eine Vorstellung davon, wie groß das sein müsste?«

»Riesig!«, stimmte Maximilian ihr zu, und wieder blitzte etwas in seinen Augen auf. »Es müssten die ganzen Städte damit versorgt werden – und die Dörfer auf dem Land. Flüsse und Bäche sollten nicht mehr dafür genutzt werden, Abwasser vom Waschen oder Putzen, vom Geschirrspülen oder den Nachttöpfen darin zu entsorgen. Vor allem nicht, wenn andere wiederum darin baden und ihr Wasser zum Kochen holen.«

»Das sind Träume!«, rief Louisa. »So etwas wird es niemals geben.«

»Ich glaube daran«, widersprach Maximilian mit fester Stimme. »Und einige andere tun das auch. Wir stehen noch ganz am Anfang unserer Ideen.«

Louisa sah ihn einen Moment lang an. Dann lächelte sie matt. »Ich wünschte, Sie könnten es ändern«, murmelte sie. »Man bräuchte auch etwas, damit das Armsein weggeht. Denn auch wer sich kein Brot kaufen kann oder Schimmliges essen muss, wird krank.« Sie schluckte. »Verzeihen Sie, ich muss wieder an meine Arbeit.«

Louisa wollte sich umdrehen und gehen, doch da spürte sie Maximilians Hand an ihrem Arm. Wärme ging von seinen Fingern aus, seine Berührung war sanft, aber bestimmt. Louisa hielt ungläubig den Atem an. Der Sohn des Hauses berührte sie, als sei es das Selbstverständlichste auf der Welt. Ihr Puls beschleunigte sich, ihre Knie wurden weich, ihr Herz pochte auf einmal lauter. Als sie aufblickte, ließ er sie rasch wieder los, doch seine Lippen waren leicht geöffnet, und sein Brustkorb hob und senkte sich ein wenig schneller.

»Warte«, sagte er. »Du hast einen aufgeweckten Geist. Und du siehst die Dinge aus einer anderen Perspektive. Was, denkst du, sollte man tun, damit es den Menschen in ärmeren Verhältnissen besser geht?«

Louisa zögerte. »Es sollte nicht bettelarm und unsagbar reich geben …«, sagte sie nachdenklich. Sie presste die Lippen zusammen, als sie bemerkte, was sie da gerade ausgesprochen hatte, rechnete damit, dass Maximilian über sie lachen würde, dass er sie für so eine forsche Aussage zurechtwies, doch er tat nichts dergleichen. Er wartete, bis sie weitersprach. »Man müsste für jeden Einzelnen sorgen. Alle bräuchten ausreichend zu essen, und für jeden müsste es ein warmes Bett geben. Besseren Lohn für unsere Arbeit …« Sie brach ab. »Entschuldigen Sie. Ich verliere meine Stelle, wenn ich weiterspreche. Die Besitztümer sind ungleich verteilt, und ich muss den Staub von Ihren Büchern wischen. Sonst haben Sie dreckige Finger und ich keine Stellung, und dann lebe ich wirklich bald in Armut und Dreck.« Und muss darauf hoffen, dass ein adliger Arzt sich meiner erbarmt, weil ich mir keine Versorgung leisten kann, fügte sie in Gedanken hinzu.

»Nein«, murmelte Maximilian von Seybach. »Alles, was du mir anvertraust, bleibt unter uns.«

Du kannst mir viel erzählen, dachte Louisa grimmig, sosehr sie sich auch wünschte, sie könnte sich ihm anvertrauen. Sie ärgerte sich, dass sie sich beim Sprechen so ereifert hatte. Beim nächsten Mal musste sie auf der Hut sein.

Der Erbgraf sah sie einen Moment an, musterte sie aufmerksam, und Louisa spürte wieder, wie ihr Herz zu flattern begann. »Wenn jemand weiß, was am dringendsten gebraucht wird, dann bist du es.«

»Sie sind der Erste, der das sagt«, sagte sie halblaut. »Normalerweise hört mir niemand zu.« Sie sah zu Boden.

»Louisa ...« Seine Stimme war sanft. »Jeder kann Großes verrichten.«

»Natürlich. Und unsereins vor allem riesige Butterflecken auf Seidenteppichen.«

Maximilian schüttelte amüsiert den Kopf. »Wenn du einen Wunsch frei hättest ... Was würdest du dir wünschen?«

»Einen Wunsch?«, wiederholte sie verwundert, und Maximilian nickte. »Einen großen Stapel Holz.« Sie dachte daran, wie sie in den Wintermonaten oftmals nicht schlafen konnte, weil alles so klamm war. Und wie ihr Vater einmal betrunken nach Hause gestürzt war und beinahe die Eckbank zum Verheizen zerhackt hätte, da er das Geld für das Brennholz beim Glücksspiel verloren hatte.

»Und wofür brauchst du den?«, fragte er verwundert.

»Im Winter müssen wir bei jedem Holzscheit überlegen, wie lange die übrigen noch reichen werden.«

»Das tut mir leid.« Er zögerte. »Fällt dir noch ein anderer Wunsch ein?«

»Eine volle Speisekammer, die sich immer nachfüllt, wenn man etwas herausgenommen hat. Dann müsste meine Familie nicht jeden Tag Kohlsuppe essen. Oder Haferbrei.« Sie schüttelte wieder den Kopf. »Das sind zwei seltsame Wünsche, nicht wahr?«

»In der Tat«, bestätigte der Erbgraf. Als sich jetzt ihre Blicke trafen, sah sie, dass ein Lächeln über sein Gesicht huschte. »Warte hier«, sagte er.

Louisa entging nicht, wie er angestrengt das rechte Bein belastete, als er die Bibliothek verließ. Der Ärmste ... Vermutlich hatte ihm die lange Reise zugesetzt. Als er von dem hell erleuchteten Flur abging und kurz darauf im Empfangszimmer verschwand, zögerte

Louisa. Sollte sie hier stehen bleiben und warten? Sollte sie nicht lieber weiterputzen? Was, wenn die Gräfin von Seybach sie so untätig herumstehen sah? Womit könnte sie ihre Trödelei rechtfertigen? Louisa biss sich auf die Unterlippe. Maximilian von Seybach hatte mit ihr gesprochen … Wieder flatterte es in ihrer Magengrube wie auf einer bunten Maiwiese. Nein, sie durfte nicht … Sie durfte sich nicht in den jungen Grafen verlieben! Zu spät, schalt sie sich selbst in Gedanken. Es war längst um sie geschehen. Bereits am ersten Tag hier im Lilienpalais hatte sie ihr Herz an ihn verschenkt.

Damals hatte sie allein und ein wenig hilflos in der großen Eingangshalle gestanden. Frau Haberl hatte wegen eines Vorfalls im Gesindetrakt von ihrer Einführungsrede absehen müssen. Also hatte Louisa auf sie gewartet, als Maximilian von Seybach mit stolz erhobenem Haupt an das Geländer des ersten Stocks getreten war und zu ihr hinabgeblickt hatte. Eigentlich hatte er wohl nur seinen Spott mit ihr getrieben, als er sie vor den Augen seiner Großmutter als seine Zukünftige begrüßt und ihr einen Handkuss gegeben hatte, um Henriette von Seybach zu brüskieren, doch als sich ihre Blicke damals zum ersten Mal getroffen hatten, hatte sie für einen Moment alles andere um sich herum vergessen. Aus seinen grünbraunen Augen hatte er sie angesehen, und ihre Hand hatte federleicht in seiner gelegen, als er sie sanft an seine Lippen geführt hatte. Eine Berührung, die sich so gut angefühlt hatte … Doch als sich Louisa der Berührung bewusst geworden war, hatte sie schnell die Hand zurückgezogen und den Blick gesenkt. Was bildete sich dieser Kerl eigentlich ein, sie so zum Gespött zu machen? Wenn sie an seine Worte dachte, schoss ihr noch immer die Röte ins Gesicht. Allerdings schien er gemerkt zu haben, dass er sie mit seinem Verhalten vorgeführt hatte, denn er war zu dem lebensgroßen Porträt der jungen Gräfin gegangen, hatte eine Lilie aus Seide aus der Blumenvase gezogen und sie ihr überreicht.

Louisa hatte völlig unbeholfen dagestanden. Sie hatte das Brummen der Hausherrin aus dem oberen Stockwerk vernommen und rasch die Blume in die Vase zurückgesteckt, ehe sie sich noch einen Tadel von Frau Haberl einholte, und dann war der Moment ebenso schnell vorüber gewesen, wie er gekommen war – zurück blieb nur noch die Erinnerung daran.

Und doch war es dabei nicht geblieben. Einige Wochen später waren sie sich erneut so vertraut begegnet. Louisa hatte an diesem Tag bitterlich weinend in der Waschküche neben der Mangel gesessen und hätte eigentlich die herrschaftliche Kleidung plätten sollen, als der Sohn des Hauses den Kopf in das Zimmer gegenüber der Küche hereinstreckte. Sie vermutete, dass Maximilian auf dem Weg in den Garten gewesen war, doch er musste ihr Schluchzen gehört haben.

»Was ist denn passiert?«, fragte er entsetzt, trat zu ihr und schloss die Tür hinter sich.

»Frau Haberl«, brachte Louisa wimmernd hervor. »Sie lässt mich nicht zu meiner Familie gehen. Heute Morgen ist mir ein Wäschestück der Komtess am Bach beim Ausspülen davongeschwommen, und jetzt hat sie mir Hausarrest erteilt. Dabei hat meine Schwester doch Geburtstag.« Sie versuchte sich zu beruhigen, doch bei seinem mitleidigen Blick quollen nur immer neue Tränen hervor und liefen ihr über die Wange, und wieder entfleuchte ein Schluchzen ihrer Kehle.

»Das tut mir sehr leid«, sagte Maximilian, und sie spürte die Aufrichtigkeit in seinen Worten. Und dann reichte er ihr einfach sein Taschentuch! »Hier, nimm, und trockne dir die Tränen.«

Louisa sah ihn verunsichert an, sie wagte nicht, nach diesem kostbaren Stück Stoff zu greifen, das sogar sein Monogramm trug, doch Maximilian ließ die Hand nicht sinken, bis sie das Taschentuch nahm und sich die Tränen abtupfte.

»Geht es dir jetzt ein wenig besser?«, hatte er dann gefragt, und Louisa hatte bloß genickt. Denn sie hatte einen dicken Kloß im Hals gehabt, weil er so fürsorglich, so aufrichtig gewesen war, und wenn sie gesprochen hätte, hätte sie sicherlich erneut zu weinen begonnen.

Als sie jetzt Schritte hörte, verkrampften sich ihre Finger um eine Stofffalte ihres Rockes, doch sie erkannte bald, dass es Maximilian war, der zurückkam, in der Hand hielt er ein in Packpapier eingeschlagenes Päckchen, das er ihr jetzt überreichte.

»Für mich?«, fragte sie überrascht, und Maximilian nickte.

»Vielleicht hast du schon gehört, dass ich von jeder Reise meiner Familie und den Angestellten des Hauses etwas mitbringe. Du hast noch nichts bekommen.«

Louisa sah auf das Päckchen, das unter ihren Fingern nachgab. Es war ein wenig größer als die Platzsets derer von Seybach und mit einem Paketband umwickelt. Vorsichtig zog sie an der Schleife, die sich langsam löste. Ihre Hände zitterten, als sie jetzt das Band abstreifte und das Papier raschelnd auffaltete. Darunter kam ein samtweiches dunkelblaues Webtuch aus feinster Wolle zum Vorschein. Es musste ein Vermögen gekostet haben. Louisa versuchte sich vorzustellen, wie lange sie für ein solches Tuch wohl arbeiten musste.

»Das kann ich nicht annehmen«, murmelte sie, während das Papier knisternd zu Boden fiel.

»Doch, das kannst und wirst du«, widersprach Maximilian und nahm ihr lächelnd das Tuch aus den Händen. Dabei streiften sich ihre Fingerspitzen, und Louisa warf ihm einen sehnsüchtigen Blick zu. Wenn er doch nur wüsste, welche Gefühle er in ihr entfachte.

Der Erbgraf entfaltete das Tuch und legte es behutsam um Louisas Schultern. »Blau steht dir«, sagte er mit einer eigentümlich rauen Stimme. »Es bringt deine Augen zum Leuchten.«

»Das sind die Kerzen«, flüsterte Louisa.

Maximilian hob die Hand, als wollte er ihr eine Haarsträhne hinters Ohr streichen, doch da hörten sie Schritte auf dem Flur, und gleich darauf stand Isabella in der Tür.

»Ach, hier bist du«, sagte sie und lachte unbeschwert. »Maximilian, unser Bücherwurm. Los, komm, Großmutter vermisst dich schon und fragt, wo du bleibst. Sie möchte, dass du uns am Pianoforte begleitest.«

Maximilian räusperte sich und ließ die Hand sinken. Louisa knickste kurz.

»Ich komme«, murmelte er, wandte sich ab und ging.

Louisa sah ihm wehmütig hinterher. War das alles gerade wirklich geschehen? Das dicke Tuch lag federleicht auf ihren Schultern und wärmte sie, wie es eine Umarmung von Maximilian in ihrer Vorstellung tun würde. In ihrem Kopf drehten sich die Gedanken wie bei einem Tanz am Neujahrsball. Doch dann hörte sie Isabellas glockenhelles Lachen aus dem Treppenhaus hallen, das sie zurück zu ihrer Aufgabe hier in der Bibliothek brachte.

4

Maximilian

Im Stall roch es nach Heu und warmen Pferdeleibern. Maximilian liebte diesen Geruch. Schon als Kind hatte er sich gerne in den Stallungen aufgehalten, die zu dem Patrizierhaus nahe dem Marienplatz gehörten, ehe sein Vater, Isabella und er vor zwei Jahren in das Palais in der Ludwigstraße gezogen waren, um mehr Platz zu haben, wie es sich seine Mutter gewünscht hatte. Am liebsten hatte er sich in einer leeren Pferdebox versteckt, es sich auf dem Stroh gemütlich gemacht und sich dort zusammen mit Isabella Abenteuergeschichten ausgedacht. Sie hatten über dicken Atlanten mit Seemannskarten aus der väterlichen Bibliothek gebrütet, und Isabella hatte davon geträumt, als Piratin über die Weltmeere zu segeln, während Maximilian ihre Beute an die Armenhäuser verteilen wollte. Meist wurden ihre Zukunftspläne jäh von Xaver, dem Kutscher, unterbrochen, der sie dabei erwischte, wie sie den Heuberg zerwühlten, der als Futter für die Pferde hergerichtet worden war. Maximilian erinnerte sich noch gut an den Tag, als ihm sein Vater die erste Reitstunde gegeben hatte. Carl hatte es sich nicht nehmen lassen, seinem fünfjährigen Sohn selbst das Reiten beizubringen. Voller Stolz hatte er Maximilian im Englischen Garten auf seine Fuchsstute Rubina gesetzt, die Zügel in die Hand genommen und ihn über die Wege geführt. Er hatte ihn streng, aber wohlmeinend ein ums andere Mal getadelt, bis Maximilian schließlich aufrecht und gerade im Sattel saß, die Fußspitzen in Richtung Pferdemaul zeigten und er die Hände so ruhig hielt, dass er zwei gefüllte Wassergläser hätte darauf balancieren können, ohne dass er etwas dabei verschüttete. Und dann, endlich, hatte ihm sein Vater die heiß begehrten Lederriemen überreicht und Maximilian die ersten Meter allein reiten lassen. Doch was anfangs noch so vielversprechend ausgesehen hatte, war wenig später in einer Hetzjagd geendet, weil Rubina durch einen Salutschuss erschreckt wurde und durchgegangen war. Carl war rufend und mit wehendem Gehrock hinter ihnen hergerannt, als sein Sohn mit der Fuchsstute über die gepflegten Rasenflächen galoppierte. Doch zur Überraschung des Vaters hatte Maximilian gelacht und gejuchzt. Maximilians Mundwinkel zuckten noch immer, wenn er sich daran erinnerte. Seitdem war er kaum mehr von einem Pferd herunterzubekommen gewesen, bis zu jenem verhängnisvollen Tag, an dem sich sein Leben für immer verändert hatte.

Mit festem Schritt durchquerte Maximilian den Hauptgang, von dem die Boxen abgingen. Wie sehr er das Klack-klack-klack seiner Schiene bei jedem Schritt hasste. Er bemühte sich, den Schuh leiser aufzusetzen, um das verabscheute Geräusch zu unterdrücken. Hätte er doch nur seinen Stock mitgenommen … Doch wem wollte er etwas vormachen? Hier im Lilienpalais wussten alle von seiner Vergangenheit, von der Dienstbotin bis zur Kammerzofe, jedenfalls alle, die damals schon zugegen gewesen waren, und die, die erst danach eingestellt worden waren, hatten es sicherlich inzwischen erfahren.

»Grüß Sie Gott, Herr Dr. von Seybach«, riss Georg, der Stallbursche, ihn aus seinen trüben Gedanken.

»Guten Morgen, Schorsch.« Maximilian nickte ihm zu. »Ist meine Stute gesattelt?«

»Sie steht am Eingang.«

»Vielen Dank. Ich nehme an, meine Schwester und meine Großmutter fahren nachher mit der Kutsche zum Ostergottesdienst?«

»So ist es, Graf von Seybach«, bestätigte Schorsch. »Ich werde Appolonia und Rigoletto gleich anspannen.«

Maximilian sah, dass die beiden braunen Kutschpferde bereits am Putzplatz standen. Wenn es um die Tiere ging, war Schorsch über die Maßen genau. Er hatte den Ruf, privat ein wenig schludriger zu sein, aber die Arbeit im Stall erledigte er vorbildlich.

»Wo ist Jago?«, erkundigte sich Maximilian und ließ den Blick über die Boxen schweifen. Der Vollblüter seines Vaters fehlte.

»Der Graf von Seybach senior hat heute früh noch was am Hof erledigen müssen«, informierte Schorsch ihn. Er nahm sich die braune Schiebermütze vom Kopf und fuhr sich durch sein aschblondes Haar. »Er will dann direkt vom König zur Messe reiten.«

»Gut, dann sehen wir uns später dort.« Maximilian drehte sich zu Soraja, der weißen Araberstute, die in diesem Moment hinter ihm schnaubte. Sie war das Pferd seiner Mutter gewesen, ein Geschenk von Carl zu ihrem fünfzehnten Hochzeitstag. »Ach, und Schorsch?« Der Stallbursche wartete auf die Anordnung, die gleich folgte. »Gönn ihr heute ein bisschen Bewegung! Meine Mutter wäre an einem solchen Tag sicherlich mit ihr ausgeritten.«

»Sehr wohl, Herr Dr. von Seybach.«

Maximilian schritt, so gut er es vermochte, an den Boxen entlang. Nestor und Calypso, Isabellas Pferde, kamen neugierig auf ihn zu und beschnupperten ihn prüfend, ob er nicht eine Karotte oder ein Zuckerl für sie eingesteckt hatte. Natürlich hatte er.

Nestor und Calypso. Nicht nur bei der Namensgebung ihrer geliebten Hunde, auch bei den Pferden war Isabellas Liebe zur Literatur zu erkennen. Und ihre Leidenschaft für das Theater war unter anderem an den Namen der Kutschpferde abzulesen. Maximilian erreichte die letzte Box. Dort stand ein schlankes, graziles Pferd mit tiefdunklem schokoladenbraunem Fell. Feuerherz. Anmutig warf es den Kopf in den Nacken, beobachtete ihn mit seinen dunklen Augen und ließ die Ohren nervös spielen.

»Hallo, mein Schöner«, murmelte Maximilian. Er streckte die Hand über die hölzerne Boxentür aus, doch es dauerte einen Moment, bis Feuerherz tänzelnd ein paar Schritte auf ihn zukam. Auch nach all den Jahren hatte er seinen eigenen Kopf, und sein Geist schien nie zu ruhen. Isabella war ja der Ansicht, er hätte ihn besser Shakespeare getauft, aber Maximilian war davon überzeugt, dass Feuerherz genau der richtige Name für sein Pferd war. Zärtlich streichelte er dem Tier über die Blässe, die sich schlank und dünn von der Stirn bis zum weichen Maul zog. »Wie geht es dir?«

Feuerherz schnaubte in seine Hand, und Maximilian lächelte. Seit dem Unfall war sein Hengst nicht mehr reitbar, doch er hatte darauf bestanden, Feuerherz zu behalten, denn er hatte dieses Tier vom ersten Moment an geliebt. Und den Hengst hatte damals keine Schuld getroffen. Es war nicht leicht gewesen, Carl davon zu überzeugen, kostete ein nicht nutzbares Pferd doch jede Menge Geld, aber schließlich hatte der Vierzehnjährige gewonnen, nicht zuletzt dank eines guten Wortes seiner Mutter, dass man das Tier immer noch als Zuchtpferd verwenden könne. Sein Herz zog sich bei dem Gedanken an Eloise zusammen. Nanette, seine Gouvernante, war gerade mal ein Jahr bei ihnen im Haus gewesen, als seine Mutter verstorben war. Eigentlich waren Isabella und er da schon fast zu alt für eine Gouvernante gewesen, aber Carl hatte darauf bestanden, sie einzustellen, und wie sich dann ein Jahr später gezeigt hatte, war es ein Glücksfall gewesen, dass sich sein Vater in dieser Angelegenheit gegen Henriette von Seybach durchgesetzt hatte. Nanette war Isabella und ihm eine große Stütze gewesen, als das Haus Trauer trug, sie war ihnen in der Zeit eher zu einer Freundin geworden, kannte jedes Leid, jeden Schmerz ihrer Zöglinge, aber auch jeden verrückten Plan Isabellas und jeden nächtlichen Streifzug seinerseits durch die Wirtshäuser und neuerdings in den Club ohne Namen in der Portia-Prangers-Gasse. Der Himmel wusste, wie Nanette jedes Mal davon erfuhr. Sie hatte ihre Augen überall, und wer konnte sagen, welche Geheimnisse sie sonst noch hütete, war sie doch selbst stets verschlossen und zurückhaltend, wenn es um ihre Vergangenheit ging. Doch die beiden von Seybach'schen Kinder konnten bei ihr auf Verschwiegenheit zählen, und das machte sie zu einer wertvollen Vertrauten.

»Heute Nachmittag, nach dem großen Familiendiner, führe ich dich aus«, versprach er dem Braunen, dessen Muskeln unter dem kurzen, glänzenden Fell bei jedem Schritt spielten. Feuerherz brauchte seine Bewegung, und auf Langeweile reagierte er genauso empfindlich wie auf unbekannte Situationen. Maximilian verzog die Lippen. Sie waren sich in vielem so ähnlich. Er wollte dem Pferd über den Hals streicheln, doch Feuerherz drehte sich unter seinen Fingerspitzen weg, schnupperte interessiert über den Boden, nur um im nächsten Moment den Kopf hochzureißen und ihn mit großen dunklen Augen unbewegt zu mustern. Lediglich seine Ohren spielten wieder nervös. »Bis später«, verabschiedete sich Maximilian. »Ich treffe jetzt meine Spezln.«

Er ging zum Hoftor, wo Melodie angebunden auf ihn wartete. Die bayrische Warmblutstute war einige Nuancen heller als Feuerherz und von einem warmen Rotbraun, das knieabwärts in ein Schwarzbraun überging. Sie hatte einen eleganten Körperbau, und mit ihrem Stockmaß von gut einem Meter siebzig war sie nur eine Handbreit kleiner als Maximilian selbst. Die dichte, lange Mähne, die ihr weit über den Hals fiel, und der hoch angesetzte Schweif waren dunkel, beinahe schwarz, und verliehen ihr ein stolzes Aussehen. Zärtlich liebkoste er ihren geraden, markanten Kopf mit der weißen Blässe auf der Stirn, die einem Sichelmond glich. In Melodie hatte er eine warmherzige Begleiterin gefunden, freundlich und anhänglich. Sie stupste ihn liebevoll mit ihrem weichen Maul gegen die Schulter, und als sie jetzt an seinem Hals schnaubte, erschauerte er lachend.

»Hey«, rief Maximilian empört. »Doch nicht hier!«

»Pferdeküsse sind selten intim.«

Maximilian fuhr überrascht herum, wobei ihn seine Beinschiene hinderte. Wie ungelenk er sich doch mit diesem Ding vorkam. Es wurde Zeit, dass er sich endlich in den Sattel setzte. Nur dort fühlte er sich frei, konnte sich mithilfe seines Pferdes uneingeschränkt bewegen.

Xaver, der Kutscher, zwinkerte ihm zu. »Guten Morgen, Herr Dr. von Seybach.«

»Grüß Gott.«

»Heute so früh schon zum Ausritt bereit?«

»Durchaus. Und selbstverständlich stehen dringende Besprechungen mit meinen Freunden an. Aber zum Kirchgang bin ich pünktlich«, versprach er.

»Die werten Herren, immer was zu tun«, scherzte der Fünfzigjährige. »Viel mehr als auf die Kirche freue ich mich jedoch auf Bertis Essen. Ich bin gespannt, was sie uns dieses Jahr zu Ostern zaubert.«

»Das dürfen Sie sein, Xaver. Meine Großmutter hat mit ihr wieder ein vorzügliches Menü zusammengestellt.«

Der Kutscher rieb sich den Bauch. »Das glaube ich nur zu gern«, sagte er. Jeder liebte Bertis Kochkünste, und die Köchin ließ für Xaver durchaus einmal einen Kloß oder ein Stück vom sonntäglichen Braten mehr herausspringen, denn sie hatte ein Auge auf den Kutscher geworfen. Doch Xaver war nicht an ihr interessiert. Ganz anders als an ihren leckeren Menüs, und so wusste er ihre Schwärmerei geschickt zu nutzen. »Soll ich Ihnen den Schemel zum Aufsteigen holen?«, bot der Kutscher an, und Maximilian nickte.

Er fasste den Sattel und schwang das Bein über den Rücken der Stute. Endlich. Er saß auf. Maximilian schob seine schwarzen Lederstiefel in die Steigbügel und nahm die Zügel von Xaver entgegen. Sorgsam ordnete er die Lederriemen und die Reitgerte und atmete erleichtert auf. Vor Xaver musste er nichts verheimlichen. Er war damals schon im Haus gewesen und hatte Feuerherz nach dem Unfall versorgt. Er wusste, welchen langen Weg Maximilian gegangen war, bis er schließlich wieder im Sattel saß.

»Bis später, Xaver«, verabschiedete er sich, dann presste er sanft die Schenkel zusammen und trabte auf Melodie hinaus in den sonnigen Vormittag. Auch wenn der Morgen noch frisch war, versprach es dennoch, ein wunderschöner Tag zu werden. Vogelgezwitscher erfüllte die Luft, und die Menschen, die über die Ludwigstraße spazierten, trugen ihre Vorfreude auf den Ostersonntag mit sich. Ganz anders als die Dienstboten, die eilig ihren Pflichten nachkamen. Heute waren sie besonders gefragt, aber Maximilian wusste, dass manche von ihnen im Laufe des Nachmittags freibekommen würden, um mit ihren Familien und Freunden das Osterfest zu feiern, jedenfalls hielt es seine Familie so. Ob wohl auch Louisa zu ihren Liebsten gehen würde?

»Sag mal, träumst du?«, fragte da jemand, und kaum einen Wimpernschlag später spürte er ein Klopfen auf der Schulter.

»Leopold!«, rief Maximilian, als er den schlanken Mann mit den mandelbraunen Haaren auf dem Pferd neben sich bemerkte. »Ich hab dich nicht kommen hören.«

Sein Freund und Nachbar Leopold von Löwenstein grinste breit. »Na, du hängst ja auch mit den Gedanken in den Wolken. Wo warst du denn?«

»Das erzähle ich dir besser nicht, sonst machst du dich über mich lustig.«

Leopold zügelte seine Apfelschimmelstute. »Du schmunzelst ja schon wieder«, stellte er fest, während sie ihre Pferde in den Englischen Garten lenkten. Unter den Hufen knirschte der Kies der bestreuten Wege, und die Bäume, die in ihrem Frühlingskleid standen, wurden von der Sonne angestrahlt und leuchteten in noch saftigerem Grün. Eine Amsel flatterte unter heftigem Zwitschern davon, als ihre Pferde auf ihrer Höhe an der Wiese vorbeiritten, auf der sie wohl gerade nach Würmern gesucht hatte. »Ein Königreich für deine Gedanken.«

»Besser nicht.« Maximilian lachte. »Wobei dich Isabella für deine Zitatsicherheit aus Shakespeares Richard III. gewiss küssen würde.«

Leopold verdrehte die Augen. »Fang nicht schon wieder damit an.«

»Sagt bloß, ihr redet tatsächlich über Hochzeitspläne«, mischte sich jetzt auch Alexander ein. Er ritt auf seiner dunkelbraunen

Trakehner Stute, ein Geschenk von Maximilians Cousine Johanna zu seinem Geburtstag im März, geradewegs auf die beiden zu. »Dann ist mein Schwager in spe also beim Familiendiner letzte Woche auf den Geschmack gekommen? Das wird deine Großmutter aber freuen.«

»Ist das der Grund für deine Nachricht über den Finessensepperl, gemeinsam zur Ostermesse zu reiten?«, erkundigte sich Leopold neugierig. Maximilian hatte seine Freunde über den Krämer, der diskret Liebesbotschaften und geheime Briefchen übermittelte und sich damit etwas dazuverdiente, um dieses Treffen gebeten. »Sag nicht, deine Großmutter hat schon wieder jemand Neuen für dich auserkoren.«

»Hör mir bloß auf.« Maximilian lief ein Schauer über den Rücken. »Seit sich Johanna und Alexander verlobt haben, scheint bei Großmutter das Heiratsfieber ausgebrochen zu sein.« Er warf seinem Freund einen bösen Blick zu. »Sogar bei Isabella bekommen ihre Ambitionen Flügel, und ihre Absichten scheinen mittlerweile ernste Züge anzunehmen.«

»Ach, komm schon, Maximilian, es hätte dich deutlich schlechter treffen können«, frotzelte Alexander.

»Wieso, wen hat sie denn für dich auserwählt?«, fragte Leopold.

»Dieses Mal schwebt ihr Sophie de Neuville vor«, sagte Maximilian trocken.

»Oha, oha!«, triumphierte Leopold. »Und das, obwohl deine Frau Großmama noch immer Helene von Riepenhoff hinterhertrauert.«

»Und ist Henriette eigentlich je darüber hinweggekommen, dass unser Max der armen Katharina von Barnim das Herz gebrochen hat?«, fügte Alexander an.

Maximilian verdrehte die Augen. »Ihr zwei habt gut spotten. Du bist glücklich verlobt, Alexander, und es freut mich wirklich sehr für Johanna, dass sie Großmutters Kuppeleien nun entkommen ist. Henriette hat sie ja ganz schön gemaßregelt, als sie letzten Sommer aus Königsberg zu uns kam. Selbst das Tontaubenschießen bei Hofe, an dem mein Vater allmonatlich teilnimmt, wäre im Vergleich dazu ein niedliches Kaffeekränzchen gewesen. Und was dich betrifft, Leopold, so hat Isabella verlauten lassen, dass bei deiner Mutter ebenfalls der Ehrgeiz geweckt wurde, dich diese Ballsaison an die Frau zu bringen.«

»Ach, lass meine Mutter nur machen.« Leopold winkte ab. »Momentan ist sie so versteift darauf, meine Laufbahn im Ministerium zu planen, dass sie sich mit meiner Vermählung gewiss noch etwas Zeit lassen wird.«

»Das glaubst auch nur du«, erwiderte Alexander. »Sobald Henriette ihre Hochzeitsvorbereitungen für Johanna und mich konkretisiert, kommt sicherlich auch eine Konstantia von Löwenstein auf den Geschmack, was die Auswahl von cremefarbenen Platzdeckchen und Vanilletörtchen betrifft.«

Leopold von Löwenstein schüttelte sich im Sattel. »Du liebe Zeit«, murmelte er. »Gott bewahre … Da hoffe ich doch sehr, dass meine Mutter erst einmal mit Henriettes Plänen bezüglich unseres lieben Maximilians abgelenkt ist. Und natürlich mit deinen, Alexander, die sind ja auch deutlich konkreter.«

»Apropos, ich bin noch auf der Suche nach Trauzeugen, und meine Wahl ist auf euch, meine zwei engsten Freunde, gefallen. Erweist ihr mir die Ehre?«

»Selbstverständlich!«, sagte Maximilian, und auch Leopold stimmte erfreut zu.

»Aber mal im Ernst, Max, wie ausgereift sind denn mittlerweile die Pläne, was Sophie de Neuville betrifft?«, erkundigte sich Leopold.

»Großmutter will, dass ich ihr nach Ostern meine Aufwartung mache.«

»Na, wenn es weiter nichts ist … Dann triffst du sie eben ein-, zweimal zum Tee oder zu einem Spaziergang, plauderst auf eurem Sommerball mit ihr, und dann teilst du deiner Großmutter bedauernd mit, dass es leider doch nicht so gut zwischen euch passt. Du hast doch quasi Narrenfreiheit daheim. Mach es einfach wie damals mit Auguste von Schönburg. Der Armen hast du doch auf dem Tanzabend im Hause von Goldhofer aus Versehen den Rotwein übergegossen, woraufhin sie nicht nur tränenüberströmt vorzeitig das Fest verlassen, sondern auch das Interesse an dir verloren hat.«

»Weil sie ziemlich dreist versucht hat, mich zu küssen«, knurrte Maximilian bei der Erinnerung daran. Wenn man sie dabei gesehen hätte, hätte er sie ehelichen müssen und sie für den Rest seines Lebens an seiner Seite gehabt. »Ein Glück hat keiner ihrem Geschwätz geglaubt, ich hätte mich an sie rangemacht.«

»So oder so, ganz so einfach wird es dieses Mal nicht werden«, gab Alexander zu bedenken. »Gräfin Henriette scheint ziemlich darauf fixiert zu sein, dass es mit Sophie de Neuville klappt. Sie ist der Meinung, Max bräuchte eine angemessene Begleitung bei Hofe, wenn er dann bald Leibarzt des Königs wird.«

»Du wirst Leibarzt?«, fragte Leopold verwundert. »Davon hat Isabella mir gar nichts gesagt.«

»Das ist die neueste Bestrebung meines werten Herrn Vaters und Obersthofmeisters, dabei hatte ich mir eigentlich eine Stelle im Krankenhaus gesucht, die ich im Herbst antreten will.« Er spürte noch immer, wie sich sein Puls beschleunigte, wenn er an das Abendessen mit seiner Familie dachte. »Und damit ich bei Hofe nicht allein am Rand der Tanzfläche stehe, haben sie mir als Dekoration jetzt Sophie de Neuville herausgesucht.«

»Es hätte dich schlechter treffen können.« Alexander ließ sich zurückfallen und lenkte Una hinter die beiden anderen Tiere, um einem entgegenkommenden Reiter Platz zu machen. »Trotzdem tut sie mir leid. Johanna hat gesagt, sie tanze gerne und liebe Feiern. Da wird sie bestimmt nicht nur als Dekoration neben der Blumensäule stehen wollen. Außerdem parliert sie ausgezeichnet, und die anderen Damen scheinen mit ihr zu wetteifern, weil sie den Männern mit ihrer koketten Art ganz schön den Kopf zu verdrehen weiß, wenn ihr versteht, was ich meine.«

»Was das angeht, habe ich auch schon so einiges munkeln hören«, stimmte Maximilian ihm zu.

Leopold ließ einen Pfiff durch die Zähne entweichen.

»Nun ja, es ist ja nicht so, dass nur wir Männer unseren Spaß haben, nicht wahr, Max?« Alexander warf ihm einen vielsagenden Blick zu. »Und, wer weiß, vielleicht ist es nicht das Schlechteste, eine Frau mit ein bisschen Erfahrung zu haben.«

»So gesehen würde sie doch ganz gut zu unserem Max passen«, erwiderte Leopold und lächelte vielsagend. »Immerhin weiß auch Maximilian sinnliche Bekanntschaften zu schätzen.«

»Und ich dachte, ihr seid meine Freunde«, brummte Maximilian.

»Ach, Max, gräm dich nicht so. Wir scherzen doch nur ein wenig.«

»Nach Scherzen ist mir nicht zumute, wenn es um die Ehe geht.«

»Ist Sophie nicht auch das einzige Kind der de Neuvilles?«, fragte Leopold. »Das Ehepaar war schon recht alt, als ihr Nachwuchs endlich auf die Welt kam.«

Maximilian nickte. »Wahrscheinlich wird sie deshalb auch so überbehütet – kein Wunder, dass sie sich da heimlich in diverse Affären flüchtet. Das hält ja keiner aus. Aber sobald ich bei ihrer Familie vorspreche, werde ich sicherlich mit Argusaugen begutachtet. Die de Neuvilles nehmen die Zukunft ihrer Tochter sehr ernst, vor allem angesichts ihres Rufes.«

Leopold brachte wieder etwas Abstand zwischen die Pferde. »Da käme ihnen eine angesehene Partie mit Zukunft bei Hofe ja gerade recht, um sie zu zähmen.«

»So ist es«, bestätigte Maximilian.

»Ich sage es gerne noch einmal: Es ist nicht das Schlechteste, verheiratet zu sein«, gab Alexander zu bedenken, als er mit Una wieder zu ihnen aufschloss. »Mit der richtigen Frau an deiner Seite kannst du viel erreichen.«

»Sie ist aber nicht die Richtige!«, platzte es aus Maximilian heraus.

»Ach, dann ist an den Gerüchten um deine Affäre mit Francesca Thompson doch etwas dran?« Leopold hob überrascht die Brauen.

»Sehr zum Missfallen ihrer Konkurrentin Maria Senger«, frotzelte Alexander. »Die angelt sich ja auch gerne die besten Partien. Jedenfalls ist Maximilian neulich mit Francesca in der oberen Etage des Clubs verschwunden …«

Maximilian ärgerte sich über den Kommentar seines Freundes. Und noch mehr ärgerte er sich über sich selbst. Es war ein paar Tage nach seiner Ankunft gewesen, nach jenem verhängnisvollen Abend, als er gesehen hatte, wie Louisa die Regale in der Bibliothek abstauben musste. Nach einem erneuten Disput mit seinem Vater war er in den Club geflüchtet und hatte seinen Groll über die arrangierte Ehe und Louisas zusätzliche Arbeit mit Cognac herunterzuspülen versucht. Doch mit jedem Glas hatte er mehr und mehr Louisas Gesicht vor Augen gehabt, mit jedem Schluck hatte ihm ihr sanfter Blick und die Erinnerung an ihre vollen, schön geschwungenen Lippen tiefer ins Herz geschnitten. Und dann hatte er die Lippen einer anderen geküsst, um Louisas zu vergessen. Bereitwillig und vom Brandy benommen, hatte er sich von Francesca Thompson, der dunkelhaarigen Schauspielerin mit dem bronzefarbenen Teint, mit nach oben in eines der gemütlichen Zimmer ziehen lassen, hatte zugelassen, wie sie ihm das Hemd aufgeknöpft, über seine Brust gestreichelt und seinen Hals entlang geküsst hatte. Er musste zugeben, dass er ihre Nähe vermisst hatte, denn seit sie sich das erste Mal nach einer Vorstellung im Theater begegnet waren, hatte er Interesse an der schönen Schauspielerin gehabt. Seitdem hatten sie sich in losen Abständen immer mal wieder getroffen, hatten die Abende und auch manche Nacht miteinander verbracht, und ihre Liaison, aus der nichts Ernstes erwachsen sollte, hatte beide zufriedengestellt. An diesem Abend hatte er sich jedoch vorzustellen versucht, wie Louisas Küsse auf seiner Haut brennen würden, wie ihre Lippen wohl schmeckten, hatte gespürt, wie es in seiner Leistengegend zu pulsieren begann, als er sich an die Berührung ihrer

Fingerspitzen erinnerte, als er ihr das Webtuch aus der Hand genommen und um ihre Schultern gelegt hatte. Louisa, die Dienstbotin mit ihren wachen Augen und ihrem aufgeweckten Geist. Mit ihren Träumen und Wünschen, die Welt zu verbessern, Louisa mit ihren zarten Zügen, ihrer weichen Figur. Louisa, die er niemals bekommen würde. Er war selbst überrascht, wie sehr er sich zu ihr hingezogen fühlte, doch es zu leugnen war zwecklos: Er begehrte sie mit jeder Faser seines Körpers und wusste doch, dass er sie niemals berühren durfte.

Auch das Intermezzo mit Francesca hatte seine Gedanken an Louisa nicht vertreiben können. Im Gegenteil, er hatte sich danach nur noch stärker nach ihr gesehnt.

»Francesca Thompson ist es nicht, die sein Herz bewegt«, sagte Alexander trocken. »Wohl eher die Dienstbotin, die beim Diner die Kartoffeln hat fallen lassen.«

Maximilian erschrak. Er hatte mit seinen Freunden nie über seine Gefühle für Louisa gesprochen! War es so offensichtlich, dass er sie liebte? Oder kannten sie ihn einfach zu gut?

»Ach, wirklich?«, wunderte sich Leopold, und in seinen Augen blitzte etwas auf. »Welche denn?«

»Oh, du kennst sie«, sagte Alexander. »Es ist Louisa.«

»Louisa? Meine Schwester hat sie so gerne gehabt, bis sie ihre Stellung bei uns verloren hat.«

Alexander nickte bestätigend. »Du hättest mal seinen schmachtenden Blick sehen sollen.«

»Das ist doch nur wieder eine von deinen Affären.«

»Ja, macht euch nur lustig.« Die Fopperei seiner Freunde kränkte ihn.

»Max, dir ist doch klar, dass das keine Zukunft hat.« Leopold hatte offenbar gemerkt, dass er zu weit gegangen war. »Es mag ja sein, dass du etwas für sie empfindest, aber ist es das wert? Wenn du Louisa in die Bredouille bringst und sie erneut ihre Stellung verliert, wo soll sie dann noch Arbeit finden? Bei den Pechsiedern?«

Maximilian wusste selbst, dass seine Gefühle ins Leere liefen. Doch sosehr er auch versucht hatte, sie abzustellen, Louisa war in seinem Kopf allgegenwärtig. Abends, wenn er einschlief, morgens, wenn er aufwachte, überall war Louisa zugegen. Und wenn sein Begehren besonders groß war, konnte er es nicht verhindern, dass er die Augen schloss und seine Hand unter die Decke gleiten ließ, um die Sehnsucht endlich zu beenden – zumindest für den Moment.

»Mir wird schon was einfallen«, sagte Maximilian entschieden und gab Melodie die Sporen. Im Trab hängte er die anderen ab. Es ärgerte ihn, dass Alexander und Leopold seine Gefühle als Liebelei, als Getändel abgetan hatten. Louisa war so viel mehr. Sie war ihm schon weit vor seiner Abreise nach Montpellier nicht mehr aus dem Sinn gegangen, er hatte ihr Lächeln bemerkt oder wie sie errötete, wenn sie auf den Gängen an ihm vorbeihuschte. Maximilian konnte sich nicht helfen, er hatte diese Dienstbotin ins Herz geschlossen, und das Gespräch in der Bibliothek war der erste Moment gewesen, an dem er ihr hatte nahe sein und richtig mit ihr sprechen können – sah er von ihrem kurzen Austausch damals in der Wäschekammer ab, als er sie getröstet hatte. Sie war nicht nur schön, sondern offenbar auch klug und erfrischend ehrlich. Er würde es seinen Freunden zeigen. Irgendeine Möglichkeit würde es geben, um mehr Zeit mit ihr zu verbringen, sie besser kennenzulernen und sie gleichzeitig nicht auf gefährliches Terrain zu führen. Auch wenn er selbst noch nicht wusste, wie er das anstellen sollte und wozu dies führen würde, außer, dass es seine Sehnsucht weiter anstachelte. Dennoch, er musste einen Weg finden.

5

Louisa

Das letzte Lied der Ostermesse erklang. Voll und dröhnend schallten die Orgeltöne zu *Das Grab ist leer, der Held erwacht* durch den imposanten gotischen Bau der Frauenkirche. Louisa stand in einer der hinteren Reihen und versuchte, Maximilian zu entdecken, der mit seiner Familie in der Nähe des Altars saß, doch es gelang ihr nicht. Es waren einfach zu viele Menschen. Also ließ sie den Blick über die nach oben strebenden Pfeiler schweifen, die in die hellen Kreuze im Gewölbe zusammenliefen. Ihre Augen folgten einem Lichtstrahl, der durch eines der Buntglasfenster fiel und auf eine der Streben bunte Punkte malte. Sie lächelte. Louisa liebte die Kirchenfenster mit all ihren Farben. In ihrem tristen Alltag, wenn sie so traurig war wie heute, spendeten sie ihr ein wenig Trost. Mit den Fenstern hatte der Baumeister den Teufel geprellt, und sie erinnerten Louisa daran, dass das Gute am Ende doch obsiegte.

Als der letzte Ton verklungen war, strömten die Menschen nach draußen. Das Glockengeläut der Frauenkirche hallte nach der Ostermesse über den Platz, durch die Straßen und Gassen. Die Kirchgänger standen zusammen, wünschten einander gesegnete Ostern, klopften sich auf die Schultern oder fielen sich in die Arme und lachten. Louisa fröstelte, denn der Wind pfiff um das Gemäuer. Ein Schauer lief ihr über den Rücken und stellte die Härchen auf ihren Armen auf, wenn sie sich ausmalte, dass es der Teufel war, der noch immer vergebens versuchte, die beeindruckende Kirche einzureißen. Louisa zog ihr dunkelblaues Schultertuch fester um sich, sie fühlte sich einsam. Sie würde heute nicht zu ihrer Familie gehen können, wieder einmal. Wenigstens hatte sie im Gegensatz zu Berti an der Sonntagsmesse teilnehmen können. Der blieb nur, den Lammbraten mit Spätzle zuzubereiten, für den Louisa, Annelies und Gretel in aller Herrgottsfrühe das Gemüse geputzt hatten. Dafür durfte die Köchin dann in die Nachmittagsandacht gehen, während sie die Küche aufräumten.

Wie es Anna wohl ging? Die Arme war heute Morgen schon wieder unpässlich gewesen. Die ganze Zeit hatte sie sich in einen Eimer übergeben und sich dann zum Dienst gequält.

»Gesegnete Ostern, Louisa.« Louisa zuckte zusammen. Neben ihr stand Schorsch, der Stallbursche, und grinste sie an. »Ein feines Tuch hast du da«, stellte er fest. »Da muss unsereins ganz schön lange für schuften.«

Louisa raffte das Tuch noch fester vor ihrer Brust zusammen. Sie fühlte sich unwohl unter seinem Blick.

»Es war ein Geschenk von Herrn Dr. von Seybach«, brachte sie hervor, als ob sie sich dafür rechtfertigen müsste.

Schorsch stieß einen anerkennenden Pfiff durch die Zähne. »Der muss dich ja mögen. Mir hat er bloß ein paar Halstücher mitgebracht.«

»Die hast du auch nötig. Sieh dir mal an, wie dreckig deins heute ist. Wenigstens zu Ostern hättest du es wechseln können.« Sie würde nicht auf Schorschs zweideutige Anspielungen eingehen.

Schorsch zupfte verlegen an seinem roten Halstuch und zog sich dann seine Lederweste glatt. Er wollte etwas erwidern, aber Louisa nutzte seinen Moment der Unsicherheit und ließ ihn stehen.

»Nanette!«, rief sie und lief auf die Gouvernante mit der ausladenden Figur und dem grau schimmernden Haar zu, die gerade aus dem Portal der Kirche schritt. »Gesegnete Ostern!«

Nanette scharte die Dienstboten um sich, und gemeinsam traten sie den Rückweg an. Louisa konnte noch einen Blick auf Maximilian und Isabella und den werten Herrn von Seybach senior erhaschen, als diese sich auf dem Frauenplatz zu Komtess Johanna von Seybach und ihrem Verlobten Alexander von Reuss stellten. Das Paar unterhielt sich angeregt mit den von Löwensteins. Wie gern hätte sie auch dem Erbgrafen frohe Ostern gewünscht, doch erstens geziemte sich das nicht, und zweitens musste sie mit den anderen zurück und die letzten Vorbereitungen für das Sonntagsessen treffen. Außerdem wollte sie Anna zur Hand gehen, damit deren andauernde Unpässlichkeit nicht auffiel.

»Louisa, komm jetzt!« Finni hakte sich bei ihr unter und zog sie mit sich. »Die Herrschaften sind zu Ross und mit der Kutsche viel schneller als unsereins zu Fuß, da müssen wir uns sputen, dass wir noch vor ihnen zu Hause sind, wenn du so lange starrst. Was ist denn da so Spannendes?«

»Ach nichts. Ich dachte nur, was für ein schönes Kleid Komtess Isabella heute trägt.« Es stimmte. Schon bevor sie aufgebrochen waren, war Louisa von dem zart fließenden Stoff ganz verzaubert gewesen. Finni hatte der Komtess ein Kleid aus lindgrüner Seide ausgewählt, das in seiner Farbe und mit den Blumenborten an Kragen, Saum und Ärmeln den umstehenden Bäumen in ihrer Frühlingspracht ähnelte. Fast hätte man meinen können, Isabella wetteiferte mit ihnen. »Ich wünschte, ich hätte auch so ein schönes Kleid.« Sie blickte an ihrem schwarzen Sonntagskleid herunter. Man konnte es drehen und wenden, wie man wollte, sie würde in dem dunklen, robusten Stoff nie so feengleich aussehen wie die Komtess von Seybach, aber vielleicht lag deren Anmut auch an ihrer Schauspielkunst, denn ihr Auftreten in der Gesellschaft war stets würdevoll und liebreizend. Wobei Louisa und das Personal auch ganz andere Seiten von Isabella kannten, wenn diese eine ihrer Theaterrollen in der Küche oder im Gesindetrakt probte.

»Du hast einen schönen Charakter«, entgegnete Finni. »Das ist viel mehr wert als so eine feine Robe. Mit einem schönen Charakter kann man nämlich alles tragen.«

Jetzt musste Louisa doch lächeln. »Ach, Finni, was wäre ich nur ohne dich?«

»Eine Dienstbotin ohne eine beste Freundin?«, schlug Finni zwinkernd vor.

Als sie das Lilienpalais erreichten, widmete sich jede wieder ihren Aufgaben. Finni eilte in die Beletage, um Komtess Isabellas Kleid für das Familiendiner herauszusuchen, Bärbel und Cilli kleideten sich für das Servieren in ihre Dienstbotenroben, durch den Dienstbotentrakt tollten Isabellas Hunde Napoleon, Ludovika und Antoinette und trieben Berti beinahe in den Wahnsinn, wenn sie in die Küche kamen. Und Afra Haberl marschierte wie ein General durchs Haus und beanstandete jeden noch so kleinen Krümel, den sie fand. Anna war ziemlich blass um die Nase und hielt sich am Türrahmen fest.

»Anna, du wirst heute keinesfalls servieren. Du tauschst mit Louisa«, entschied die Hausdame.

Louisas Herz setzte einen Schlag aus. Sie sollte heute bedienen? Wahrscheinlich würde das Gifthaberl sie keine Sekunde aus den Augen lassen, denn gerade bei einem so hohen Fest wie dem Ostersonntag durfte kein Fauxpas geschehen. Und Afra kreidete ihr das Malheur mit den Kartoffeln von letzter Woche immer noch an.

»Oh Jesses! Wa soll i denn mit dera do in da Kuche?«, brummte Berti vom Herd aus, während sie den Spätzleteig über das Brett ins siedende Wasser schabte.

»Was weiß ich!«, erwiderte die Hausdame schroff. »Vielleicht kann sie Gemüse putzen oder Geschirr spülen. Bedienen wird sie jedenfalls nicht, so, wie sie aussieht.« Sie wandte sich um und verließ die Küche, da im Wintergarten Stimmen zu hören waren.

»Dia schwätzt an Babb! Anna taugt so it amol zum Dräbbehauswischa, so käsig, wia dia isch.« Berti nahm Anna am Ellbogen und führte sie zu dem großen Esstisch in der Mitte der Küche, wo sie sie Louisa gegenüber auf einen freien Platz drückte. »Du kriagsch erst amol a Gmiassupp. Un no a Brot mit Gsäz, des hebt dia Lebensgeischder.«

»Die arme Anna. Ausgerechnet jetzt an Ostern ist sie immer noch krank.« Annelies sah sie mitleidig an.

»Hoffentlich steckt sie uns nicht alle an«, befürchtete Gretel.

»Ha, mei, du schwätzt an Scheiß zemma, Gretel!«, rief Berti, als sie einen Teller Suppe schöpfte. »Schwonger isch des Meidle, des sieht sogar an Allmachtsdaggel!« Scheppernd stellte sie den Suppenteller vor Anna ab.

Für einen Moment war es in der großen Küche totenstill. Louisa, die damit beschäftigt war, die Erdbeeren für den Nachtisch zu putzen, sah vorsichtig auf. Da bemerkte sie Afra Haberl, die im selben Augenblick die Küche betreten haben musste. Ihr Gesicht hatte die Farbe ihres Spitzenkragens angenommen. »Berti, sagen Sie das nicht«, murmelte sie, und dann, mit viel härterer Stimme an Anna gewandt: »Stimmt das?«

Die junge Dienstbotin biss sich auf die Unterlippe, und ihre Augen füllten sich mit Tränen. »Vielleicht ist es ja nur eine Magenverstimmung«, flüsterte sie, doch ihr war anzuhören, dass sie selbst nicht daran glaubte.

»Oh, wie konntest du nur!«, sagte Afra tonlos. »Bist du denn von allen guten Geistern verlassen, Madel? Du bringst Schande über das Haus, Schande über die von Seybachs, die all die Jahre so gut zu dir waren.«

Anna schluchzte, und Louisa empfand tiefes Mitgefühl.

Doch die Hausdame ließ sich nicht erweichen. »Ich muss dich entlassen, Anna. So will es das Bayrische Gesetzbuch. Geh, und pack deine Sachen.«

»Bitte, Frau Haberl«, wimmerte Anna, doch ihre Worte erstickten in Tränen. Betreten blickten Berti, Annelies und Gretel vor sich hin. Keine schien sich zu trauen, etwas zu sagen.

Das konnte Louisa nicht länger mit ansehen. Sie stand auf, lief zu Anna und legte ihr die Hände auf die Schultern. »Haben Sie denn kein Herz?« Wütend funkelte sie die Hausdame an, und als Afra Haberls Blick sie jetzt zu durchbohren schien, wurde ihr auf einmal ganz flau.

»Lass«, flüsterte Anna und drückte kurz Louisas Hand. »Das ist meine eigene Schuld. Du kannst nichts für mich tun.« Mit einem quietschenden Geräusch schob sie den Stuhl zurück, verließ die Küche und verschwand die Stufen der Dienstbotentreppe hinauf.

Louisa sah ihr hinterher. Annas gebeugte Gestalt, ihre Verzweiflung und die Tränen berührten sie zutiefst. »In meinem Dorf gab es das Gerücht, dass meine Schwester Magda bei einem Mann gelegen hätte. Damals hab ich nicht verstanden, was die Leute damit meinten. Geweint hat sie, jede Nacht, elend hat sie ausgesehen, so wie Anna. Und sie hat Selbstgespräche geführt, mit einer Hand auf dem Bauch, wenn sie sich unbeobachtet gefühlt hat. Und als sie dann ins Wasser gegangen ist, da hab ich es begriffen.« Sie musste eine Pause machen, weil die Erinnerung daran sie noch immer schmerzte. »Haben Sie nicht gesehen, wie verzweifelt Anna ist? Wie hilflos? Wenn ich je in einer solchen Position wäre wie Sie, wenn ich je einmal einem Haushalt vorstehen sollte, dann würde ich anders entscheiden. Meinetwegen soll sich keiner das Leben nehmen und im Fegefeuer brennen. Und das Letzte, was Anna jetzt braucht, ist, auf die Straße gesetzt zu werden.« Sie hatte Frau Haberl die Worte regelrecht entgegengeschleudert und riss sich nun zusammen, damit ihre Stimme ruhiger wurde. »Es mag zwar nicht im Bayrischen Gesetzbuch stehen, aber das steht in meinem Gesetzbuch – und das ist das Gesetzbuch der Nächstenliebe und des Mitgefühls. Und ich wünschte, das hätten Sie auch!«

Louisa rechnete mit einem Donnerwetter von Frau Haberl – doch nichts geschah. Die Hausdame stand still und ohne eine Regung in der Küche und blickte sie an. Nicht das winzigste Zucken war in ihrer Miene zu sehen. Jetzt muss ich auch gehen, dachte Louisa beklommen. Jetzt kann ich meine Sachen packen. Und dennoch hatte sie etwas sagen müssen, denn wenn sie sich an Magda erinnerte, spürte sie die Verzweiflung und die Wut, weil sie für ihre Schwester nichts hatte tun können. Keinem sollte so ein Unrecht geschehen. Wenn der liebe Gott einem so ein kleines Leben schenkte, dann sollte man damit nicht alleine stehen. Die Männer waren oftmals fein raus, aber was es bei den Frauen anrichtete, das hatte sie gesehen. Wie konnte Frau Haberl nur so herzlos sein? Wusste nicht auch sie, dass man helfen sollte, wenn man es konnte? Und könnte sie als Hausdame es nicht?

Es läutete an dem großen Klingelbrett, das alle Räume des Lilienpalais hier in der Küche zusammenlaufen ließ. Afra wandte den Blick auf die beschrifteten Glocken, es war das Glöckchen von Carls und Maximilians Salon. Gleich darauf läutete auch Henriette von Seybach die Glocke.

»Sie sind zurück«, sagte Frau Haberl tonlos. Sie straffte die Schultern und strich sich fahrig über den Rock. Dann ließ sie den Blick kurz durch die Küche schweifen. »Ich erwarte, dass ihr alle weiterhin eure Arbeit erledigt.«

»Ja, Frau Haberl«, murmelten die Dienstbotinnen wie aus einem Munde.

Nur Louisa stand schweigend da, das Kinn leicht nach vorne gereckt, noch immer in Erwartung, dass Frau Haberl sie entlassen oder mindestens abkanzeln würde für das, was sie soeben gesagt hatte. Aber diese tat nichts dergleichen. Stattdessen wandte sie sich ab und verließ die Küche.

Den restlichen Tag war die Stimmung bei den Dienstboten gedrückt. Die wenigen Worte, die getauscht wurden, beschränkten sich aufs Nötigste. Angesichts von Annas Schicksal und dem, was ihr selbst womöglich nun bevorstand, servierte Louisa das Mittagessen mechanisch und umsorgte die Familie von Seybach wie in Trance, und als die Herrschaft später ins Musikzimmer wechselte, wurde Louisa von Frau Haberl lediglich mit einem Satz zum Geschirrspülen eingeteilt. Immer noch keine Abmahnung, keine Strafe. Wollte sie sie tatsächlich ungeschoren davonkommen lassen? Das sah der Hausdame überhaupt nicht ähnlich, wo sie doch sonst jeden Moment nutzte, um Louisa zurechtzuweisen. Ihre Gedanken wanderten zu Anna, die jetzt allein in ihrer Kammer war und packte. Da erschien Albrecht in der Küchentür.

»Draußen lag noch Post«, sagte er, und sofort horchte die Dienerschaft auf. »Ein Brief für Gretel, einer für Xaver – oh, ich sehe, der ist gar nicht hier. Und einer für dich, Louisa.«

Louisa trocknete sich die Hände ab, nahm den zusammengefalteten Brief entgegen und betrachtete ihn. Er war mit Kerzenwachs verschlossen, doch ein Siegel fehlte. Es war lediglich ein gelber, duftender Tropfen, der das Papier verschloss. Das kannte sie schon, und sie lächelte. Ihre Mutter hatte ihr geschrieben. Rasch ließ sie das Papier in ihrer Rocktasche verschwinden und spülte weiter, doch ihre Gedanken kamen nicht davon los.

»Soll i dän Briaf vum Xaver nemme?« Berti war anzusehen, dass sie neugierig war, wer dem Kutscher wohl geschrieben hatte.

Albrecht lächelte unverbindlich. »Nicht nötig, ich kann ihn später überbringen«, sagte er und steckte den Brief selbst ein, sehr zur Enttäuschung der Köchin, die sich brummend wieder dem Herd zuwandte.

Was ihre Mutter ihr wohl geschrieben hatte? Louisa erinnerte sich an die letzten Schreiben, die sie erreicht hatten. Eines war im Advent gekommen, ein anderes enthielt einen Gruß zum neuen Jahr. Und im Februar hatte ihre Mutter geschrieben, dass Caro schon wieder erkrankt war, eine heftige Lungenentzündung. Hoffentlich hatte sie sich davon gut erholt.

Endlich konnte Louisa ihren freien Nachmittag antreten. Der Brief raschelte erwartungsvoll in ihrer Rocktasche, als sie die Stufen im Dienstbotentreppenhaus nach oben stieg. Sie blieb vor Annas Tür stehen, klopfte, hörte jedoch nichts von drinnen. Vielleicht wollte sie allein sein. Vielleicht war sie auch schon gar nicht mehr da. Louisas Gedanken verfinsterten sich. War Anna ohne einen Abschied gegangen? Der Gedanke schmerzte sie. Sie lief weiter zu Nanettes Raum. Hoffentlich war wenigstens die Gouvernante da, ging es ihr durch den Kopf. Zaghaft klopfte sie. Zu ihrer Erleichterung hörte sie gleich darauf das ersehnte »Herein«, und Louisa öffnete die Tür.

Nanette saß an ihrem Sekretär mit der rötlich glänzenden Tischplatte, über einen Stapel Papiere gebeugt. »Ach, Louisa, du bist es«, sagte sie und legte ihre Schreibfeder beiseite.

»Nanette …« Louisa sah sie unsicher an. »Ich habe eine Bitte … Könntest du … Meine Mutter hat …«

»Na, gib den Brief schon her, dann lese ich ihn dir vor.« Freundlich streckte Nanette ihr die Hand entgegen, und Louisa zog den Brief aus ihrer Rocktasche.

Jetzt pochte ihr Herz heftig in der Brust, als sie das Siegel brach, den Brief auseinanderfaltete und Nanette das Blatt mit den krakeligen Linien reichte. Wie jedes Mal setzte sie sich auf Nanettes Bett am Fußende ganz dicht bei dem Gitter und umfasste mit den Händen eine der beiden runden Metallkugeln. Den Blick hatte sie starr auf die Gouvernante geheftet, ein leises Gebet zum Himmel schickend, dass es keine schlechten Nachrichten waren, die Nanette ihr gleich vorlesen würde. Gespannt hielt sie den Atem an und lauschte ihren Worten.

»*Mein liebes Kind*«, las die Gouvernante mit ihrer vollen, rauen Stimme vor, doch ihre Worte verwandelten sich in Louisas Kopf sogleich in die Stimme ihrer Mutter, die ihr den Brief geschrieben hatte. »*Ich wünsche dir von Herzen gesegnete Ostern. Geht es dir gut? Dein letzter Brief liegt schon so lange zurück. Caroline ist wieder wohlauf. Sie rauft sich viel mit Tobias. Vater hat vielleicht bald eine Lehrstelle für ihn. Er soll im Sägewerk anfangen. Laura kränkelt schon wieder. Uns fehlt die Milch für sie. Danke für das Geld, das du uns schickst! Auch Theresa hat uns welches gesendet, aber es reicht hinten und vorne nicht, dein Vater hat es beim Würfeln schon wieder verspielt. Wenn er so weitermacht, sieht es schlecht für uns aus. Sei fleißig, mein Kind, und hör auf die Herrschaft. Mach mir keine Schande und sprich stets deine Gebete. Gott hat meine Tochter mit der Schönheit eines Engels gesegnet, wofür ich ihm jede Nacht danke. Als du an*

Weihnachten da warst, hätte ich dich fast nicht mehr erkannt. Meine Louisa ... Ich muss aufhören, mein liebes Kind, Walli, die den Brief für mich schreibt, hat noch zu tun. Behalte mich lieb. Mama.«

Nanette sah von den Zeilen auf und blickte Louisa direkt an.

»Lies ihn noch mal«, flüsterte Louisa, »bitte«, und die Gouvernante kam dem Wunsch mit einem Lächeln nach. Jedes Wort schloss Louisa in ihr Herz, denn später, wenn die Gouvernante ihr den Brief zurückgeben würde, musste sie ihn auswendig kennen. Sie selbst konnte nicht lesen. Sie hatte zwar auch die Schule besucht, wie es Pflicht gewesen war, doch Louisa war öfter ab- als anwesend gewesen. Sie hatte sich um ihre Geschwister kümmern müssen oder um ihren betrunkenen Vater, und so war das Lernen auf der Strecke geblieben.

Nanette endete ein zweites Mal und gab Louisa den Brief zurück. Jetzt würde sie die Gouvernante oder Finni bitten müssen, eine Antwort für sie zu verfassen, doch beiden fehlte oftmals die Zeit dafür. Oder Anna. Sie hatte mehr Glück gehabt und die Schule besuchen können. Mehr Glück in diesen Dingen jedenfalls ... Louisa schluckte schwer und schob den Gedanken an sie beiseite. Mit den Fingerspitzen fuhr sie über die krakeligen Buchstaben. Wenn sie es doch nur selbst könnte ...

»Nanette«, sagte Louisa entschieden. »Bitte ... Ich möchte das auch können.« Sie deutete auf den Schreibtisch, auf dem Nanette ihre beschrifteten Blätter liegen hatte. Normalerweise räumte sie sie rasch beiseite, wenn jemand anderes ihren Raum betrat, das hatte Louisa schon öfter beobachtet, doch bei ihr blieb die Gouvernante einfach sitzen. Von ihr ging keine Gefahr aus. Sie konnte mit den Buchstaben nichts anfangen, die Nanette auf das Blatt geworfen hatte. Sie konnte gerade mal ihren Namen schreiben. Dabei war das so eine geheimnisvolle, unendliche Welt. Wenn sie nur daran dachte, wie Isabella von ihren Theaterstücken schwärmte. Oder wie Maximilian manchmal stundenlang in der Bibliothek saß, ganz vertieft in ein Buch. Wie Henriette von Seybach rasch eine Nachricht zu Papier brachte und sie einem Boten aushändigte, um eine dringliche Erledigung zu machen, oder wie Berti ihre Einkaufsliste auf die Zettelrolle an der Wand neben dem Herd schmierte. Buchstaben waren so mächtig, so bedeutsam, wenn man etwas mit ihnen anzufangen wusste. Sie konnten Zeiten und Distanzen überbrücken, hatten ihre eigene Botschaft, wenn man sie zu entschlüsseln wusste.

»Bitte, Nanette«, sagte Louisa noch einmal. »Ich will Lesen und Schreiben lernen.«

Als sie das sagte, blitzte etwas in den Augen der Gouvernante auf, und dann nickte Nanette zu ihrer Erleichterung. »Also gut. Ich werde mich bei Afra für dich einsetzen, dass auch du auf die Dienstbotenschule gehen darfst. Lang genug bist du ja bereits bei uns, und aus meiner Sicht spricht nichts dagegen.«

Aus Louisas schon, wenn sie an den Disput mit der Hausdame dachte, doch sie schwieg. Sie wusste, dass Nanette eine harte Verhandlungspartnerin war und sich für die Wünsche ihrer Schützlinge einsetzte.

»Aber lass dir gesagt sein, Louisa, dass das ein hartes Stück Arbeit wird. Lesen und Schreiben und Rechnen lernt man nicht von heute auf morgen, und du hast es neben deiner eigentlichen Arbeit zu tun. Erledigst du deine Aufgaben nicht gut oder vernachlässigst deine Pflichten, wird Afra dich sofort wieder aus der Schule nehmen. Ihr wird jede Gelegenheit recht kommen, um dir einen Strick daraus zu drehen.«

Louisa zögerte, doch dann nickte sie. »Ich weiß. Aber ich will es trotzdem können.«

Als die Dämmerung hereinbrach, hörte sie jemanden auf der Dienstbotenstiege. Auch Ludovika schien etwas bemerkt zu haben, denn sie linste unter dem großen Küchentisch hervor. Louisa, die am Herd gesessen hatte, lief rasch hinaus. Vor dem Lilienpalais sah sie Anna mit ihrem Bündel aus Leinen in der Hand, die Augen verquollen und rot vom vielen Weinen. Ohne ein Wort ging Louisa auf sie zu und nahm sie in die Arme. Anna schluchzte erneut, legte ihr Bündel ab, verharrte einen Moment in der Umarmung und löste sich dann wieder, als sie sich ein wenig gesammelt hatte.

»Mach es gut, Louisa«, murmelte sie. »Und pass gut auf dich auf.«

»Du auch«, flüsterte Louisa zurück.

Sie sah Anna zu, wie sie sich über die Augen wischte, wie sie ihr Bündel wieder aufnahm und die Einfahrt zur Ludwigstraße entlanglief.

»Anna!«, durchschnitt da eine harsche Stimme den Abend.

Louisa wandte sich um. Ohne dass sie es bemerkt hatte, war die Hausdame hinter sie getreten.

»Komm wieder rein.« Afras Lippen waren schmal, in ihrem Gesicht zeigte sich noch immer keine Regung. »Wir finden eine Lösung«, sagte sie, und jetzt klang ihre Stimme deutlich milder. »Auch wenn das Bayrische Gesetzbuch etwas anderes vorsieht, werden wir das regeln. Aber wehe, du sagst jemandem, dass du ein Kind erwartest. Zu niemandem ein Wort, hörst du? Und über das, was eben vorgefallen ist, auch nicht.«

Anna, die erneut mit den Tränen kämpfte, nickte. Mit raschen Schritten lief sie zurück und die Stufen hinauf, ehe es sich die Hausdame womöglich noch einmal anders überlegte.

Louisa sah Frau Haberl verwundert an. »Warum haben Sie das gerade getan?«

Afra zögerte, und Louisa rechnete schon damit, überhaupt keine Antwort zu erhalten, doch dann sah sie, wie Frau Haberl ihre Lippen aufeinanderpresste und sich zu sammeln schien.

»Du bist nicht die Einzige, die eine Schwester verloren hat.«

6

Maximilian

Maximilian saß am Pianoforte im Musikzimmer und übte Triolen. Es wollte ihm einfach nicht gelingen, sie perlend und voll klingen zu lassen. Verärgert schlug er den Deckel über den Tasten zu und fuhr mit der Hand sein rechtes Bein entlang. Unter dem weichen Anzugstoff seiner Hose fühlte er die Metallschiene, wegen der er sich ungelenk und wie ein Krüppel vorkam. In einem Zug trank er sein Whiskeyglas leer und stellte es auf den Beistelltisch.

»Maximilian?«

Er drehte sich um. Im Türrahmen stand Nanette. »Es ist angespannt. Die Kutsche wartet, um dich zu Alexander zu bringen.«

Alexander hatte Maximilian am Morgen per Boten gebeten, unbedingt ein wenig früher zu kommen. Bei ihnen zu Hause war nämlich das Kindermädchen krank geworden, und Alexanders Stiefmutter stand kurz vor einem Nervenzusammenbruch.

Maximilian erhob sich, griff nach seinem Ebenholzstock mit dem goldenen Falken und ging unter dem still ruhenden Blick der Gouvernante durch den Raum. Wenigstens sie bedachte ihn nicht mit abfälligen Blicken, und Nanette wusste das beginnende Getuschel, das häufiger aufkam, wenn er bei einem Ball oder einer Abendveranstaltung zugegen war, geschickt zu beenden.

»Versuch dir heute trotzdem einen schönen Tag zu machen«, sagte sie mit halblauter Stimme, und ihr Blick wanderte zu seinem Bein. »Dein bester Freund heiratet schließlich nicht alle Tage.«

Ein Lächeln huschte über Maximilians Gesicht. »Du hast recht.« Für Alexander wollte er sich einen Ruck geben. Und für Johanna. Er freute sich sehr für seine Cousine, und er gönnte es seinem Freund, dass er endlich die Frau gefunden hatte, mit der er Seite an Seite durchs Leben schreiten wollte. Auch wenn dieses Ziel für ihn selbst in weiter Ferne lag. Wobei »schreiten« ohnehin das falsche Wort dafür wäre. Er schritt nicht, wie ihm die Treppe aus der Beletage ins Erdgeschoss bitter vor Augen führte. Seine Hand schloss sich fester um das goldene Treppengeländer, während er – das gesunde Bein voran, das andere unbeholfen nachziehend – die Marmorstufen nach unten humpelte.

Unten angekommen, bemerkte er Louisa, die im Wintergarten das Blumengesteck vor dem Porträt seiner Mutter arrangierte. Ihre Blicke trafen sich, doch die Dienstbotin schlug sogleich die Augen nieder und ließ die Hände wieder über die Blütenpracht schweben, zupfte hier ein Blättchen zurecht, entnahm dort eine verwelkte Lilie. Maximilian ärgerte sich, dass ihm noch immer kein Plan eingefallen war, der ihn Louisa näherbrachte.

»Max!« Das war seine Schwester, ihren weißen Malteser Napoleon auf dem Arm. »Du lieber Himmel, müssen wir schon los? Wie spät ist es?« Sie setzte das Hündchen auf den Boden, das sofort schwanzwedelnd Maximilians Bein entlangschnupperte.

»Ihr habt noch Zeit. Ich fahre nur schon vor zu Alexander. Er schickte mir einen Boten und bat mich um Beistand.«

»Ach so. Bei uns oben sind auch schon alle aus dem Häuschen.« Isabella war zusammen mit Alexanders beiden Schwestern Constanze und Eleonora sowie Leopolds jüngerer Schwester und ihrer Freundin Amalie eine der Brautjungfern. »Und ich selbst bin auch schrecklich aufgeregt. Ich freue mich schon so auf den Herbst. Dann kann ich endlich tanzen, so viel ich will, und ich darf auf Bälle gehen.« Sie hob Napoleon wieder auf den Arm und drehte sich mit ihrem Hund einmal im Kreis. »Oje, hoffentlich liegen da meine Nerven nicht so blank wie gerade bei Johanna.«

Maximilian schmunzelte. »Stell dir einfach vor, es wäre eine deiner Theatervorstellungen. Wenn du vor Publikum stehst und alle Augen auf dich gerichtet sind, heißt es auch Contenance bewahren.«

»Oh, Max, wenn ich dich nicht hätte.« Isabella schenkte ihrem Bruder ein liebevolles Lächeln. »Aber jetzt muss ich schnell nach oben. Die anderen warten sicher schon auf mich.«

»Und wir müssen los«, sagte Nanette, die unbemerkt zu den beiden getreten war. »Ansonsten verliert dein Freund womöglich auch noch den Verstand.«

Maximilian stieg in die Kutsche, Nanette setzte sich ihm gegenüber. Kaum einen Augenblick später gab Xaver den Pferden ein Zeichen, und die Kutsche setzte sich mit einem Ruck in Bewegung. Vor dem Palais von Löwenstein hielten sie kurz an, und Leopold stieg zu. Später würde Xaver Johanna, Großmutter und Vater abholen. Isabella und die anderen Brautjungfern folgten in einer weiteren Kutsche.

Die Fahrt dauerte nicht besonders lange, denn das Anwesen derer von Reuss lag nur einen Steinwurf weit entfernt, und so kamen Apollonia und Rigoletto bald vor der großen, geschwungenen Eingangstreppe zum Stehen. Dort warteten zwei Diener in schwarzer Livree mit goldenen Knöpfen. Xaver öffnete die Kutschtür, und Maximilian stieg aus, gefolgt von Leopold und Nanette. Gemeinsam erklommen sie die Stufen des Palais von Reuss und liefen durch die große Eingangshalle. Alles war mit Blumengestecken geschmückt, man hatte sogar Girlanden an der Decke angebracht. Obwohl es die Familie von Reuss nicht gerne gesehen hatte, dass Johanna sich in ihren einzigen Sohn und Titelerben verliebt hatte und diesen nun auch ehelichte, hatte man bei der Ausrichtung der Feier an nichts gespart. Von irgendwoher hörte man Veronika von Reuss' schwere Stimme donnern, und gleich darauf flitzte die neunjährige Greta, die jüngste Schwester Alexanders, in einem hübschen, pastellfarbenen Kleid aus dem Speisezimmer. In der Hand hielt sie ihre Trophäe – Maximilian tippte auf eine Praline –, die sie sich gleich darauf schnell in den Mund schob, um angemessen vor den soeben erschienenen

Gästen zu knicksen. Maximilian erinnerte sich, dass Alexander ihm bei einem Ausritt von Veronikas Begeisterung für eine extravagante Etagere mit Pralinen berichtet hatte. Das Mädchen musste diese wohl soeben entdeckt und eine davon stibitzt haben, und als Greta nun die Hand an den wadenlangen Rocksaum legte, hinterließen ihre Finger unschöne braune Flecken.

»Greta!«, hörten sie wieder die Gräfin, und im selben Moment tauchte Alexander im Obergeschoss am Treppengeländer auf.

»Maximilian! Leopold! Gott sei Dank seid ihr endlich da.« Maximilian sah, wie nervös sein Freund war, denn er fingerte ununterbrochen an seinem Hemdärmel herum. »Ihr müsst mir unbedingt helfen. Ich kriege bei der Auswahl der Manschettenknöpfe sonst die Krise.«

»Ich komme hoch!«

»Und ich suche uns in der Zwischenzeit mal was zu trinken«, entschied Leopold und steuerte zielstrebig auf den Festsaal zu.

Maximilian warf einen unsicheren Blick auf die beiden Treppenaufgänge, um die seidene Ranken geflochten waren, in denen Wildrosen steckten.

»Geh ruhig nach oben«, raunte Nanette ihm zu. »Und denk daran, später haben sie genügend anderes, worüber sie schwatzen können.« Sie wandte sich an das Mädchen. »Und du«, sagte sie mit ihrer rauen Stimme, »solltest lieber zu mir kommen, ehe dich deine Mutter so sieht.« Sie kniete sich auf den Boden und streckte Greta ihr Spitzentaschentuch entgegen, damit sie die Finger daran abwischen konnten.

Ach, Nanette, du gute Seele, dachte Maximilian und erklomm, auf seinen Stock gestützt, die Treppe nach oben.

»Du kannst dir gar nicht vorstellen, wie aufgeregt meine Mutter ist.« Alexander eilte ihm voran. »Seit heute Morgen um fünf läuft sie durch das Palais wie das Suppenhuhn, das unserer Köchin vorhin entwischt ist … Ich sage dir, ich werde noch wahnsinnig! Mensch, Max, jetzt hilf mir doch mal.« Unbeholfen streckte Alexander ihm die Auswahl seiner Manschettenknöpfe hin.

Maximilian stellte seinen Stock beiseite und nahm das Kästchen. »Diese«, entschied er, fädelte den Manschettenknopf durch das Knopfloch und schloss ihn. Normalerweise würde das ein Diener tun, aber bis er jetzt nach einem geläutet hatte, wäre Alexander vermutlich am Ende seiner Kräfte angekommen. »Rennt deine Mutter nicht immer wie ein Suppenhuhn durch das Palais?«, fragte er ruhig, und als er jetzt den Blick hob, fing er Alexanders Schmunzeln auf.

»Ach, redet ihr etwa über die verehrte Veronika?«, fragte Leopold, der jetzt den Kopf in Alexanders Ankleidezimmer streckte.

»Woher weißt du das?«

»Nun, die Beschreibung passt auf deine Stiefmutter nahezu perfekt, doch abgesehen davon ist sie mir soeben im Flur begegnet. Aber Schwamm drüber, Alex, sobald der offizielle Teil vorbei ist und die Feierlichkeiten erst einmal Fahrt aufgenommen haben, wird sich auch eine Veronika von Reuss beruhigt haben.«

»Bis dahin brauche ich etwas anderes, was meine Nerven beruhigt …«

»Zufällig habe ich da etwas mitgebracht.« Leopold hielt eine Flasche Gin in die Höhe, und jetzt grinsten sich alle drei verschwörerisch an.

»Wie in alten Zeiten«, sagte Maximilian, ging an die Bar und nahm drei Gläser heraus. Leopold öffnete währenddessen die Flasche und schenkte ihnen dreien ein. »Also, auf den schönsten Tag deines Lebens!« Maximilian hob sein Glas.

»Nein, auf einen der schönsten Tage meines Lebens«, erwiderte Alexander. »Denn ab sofort wird jeder Tag mit Johanna an meiner Seite wunderschön sein.«

Leopold stieß ihm neckend den Ellbogen in die Seite. »Du unverbesserlicher Romantiker!«

»He, pass auf, mein Hemd!«, rief Alexander. »Veronika wird mich umbringen!« Doch dann lachten sie wieder und leerten ihre Gläser.

Leopold sollte recht behalten. Die Trauung im Dom verlief reibungslos, und nachdem der offizielle Teil vorüber war, eröffneten Johanna und Alexander feierlich mit einem Hochzeitswalzer den Tanz. Maximilian freute sich, seine Cousine so glücklich zu sehen. Sie strahlte mit den funkelnden Kronleuchtern, in denen sich das Kerzenlicht tausendfach brach, um die Wette. Verliebt sah sie zu Alexander auf, und für einen Moment dachte Maximilian, dass diese Liebe wie in einem von Isabellas Büchern war. Oder wie in diesen Fortsetzungsromanen, die Berti so gerne las. Nach so vielen Höhen und Tiefen hatte ihr Glück doch gesiegt. Er musste schmunzeln, wenn er an den Streich im Schlafzimmer seines Freundes dachte, den er zusammen mit Leopold ausgeheckt hatte. Gemeinsam hatten sie Frösche gefangen und ihre Kammerdiener angewiesen, lebende Fische in Gläsern herbeizubringen. Diese hatten sie in bauchigen Vasen überall im Zimmer verteilt und die Frösche dort ausgesetzt – in Anspielung an das Fest der Fürstin von Windisch, auf dem Johanna und Alexander sich nähergekommen waren. Eine kleine Hürde hatten sie also noch zu überwinden, ehe sie dann endlich in ihre gemeinsame Zukunft gehen konnten.

Nach und nach füllte sich die Tanzfläche mit weiteren Paaren. Maximilian bemerkte Leopold, der Isabella um diesen Tanz gebeten hatte, sowie Robert von Haubitz, der mit Alexanders ältester Schwester Rosa liiert war und mit dieser übers Parkett schwebte. Julie von Hegenberg tanzte mit Graf von Wohlenthau, obwohl sie sich immer wieder nach Leopold umdrehte, und seinen Vater sah er zusammen mit Lisbeth von Hagenau, was nichts Gutes verhieß. Die Gräfin von Hagenau war nämlich eine gute Freundin seiner Großmutter, und wenn es darum ging, Maximilian zu verheiraten, war sie Henriette von Seybach ein willkommener Gast, um bei Tee und Gebäck die richtige Partie für ihren Enkel auszuwählen. Natürlich kamen auch mögliche Bewerber für Isabella zur Sprache, doch Lisbeth von Hagenau hatte vor allem die Söhne im Blick. Auguste von Schönburg bemerkte er in den Armen eines ihm unbekannten

Grafen. Er versuchte sich zu erinnern, als wen Alexander ihm den Herrn flüchtig vorgestellt hatte, vergeblich. Es waren einfach zu viele Gesichter gewesen. Jedenfalls schien die liebreizende Auguste über ihren Tanzpartner sehr erfreut zu sein. Anscheinend hatte sie Maximilians Ablehnung endlich überwunden. Nun, ihm sollte es recht sein. Als ein Diener auf einem Tablett perlenden Schaumwein vorbeitrug, nahm sich Maximilian ein Glas. So würden die bunten Punkte auf der Tanzfläche besser zu ertragen sein.

Er tat ein paar Schritte, und wieder schickte ihm seine Narbe Blitze aus Hitze und Schmerz sein Bein empor.

»Maximilian!«

Als er seinen Namen hörte, lief ihm ein Schauer über den Rücken. Diese Stimme kannte er zu gut. Sie gehörte zweifelsfrei Katharina von Barnim. Mit einem leichten Seufzen musste er feststellen, dass sie direkt hinter ihm stand, als er sich umdrehte. Dennoch setzte er ein unverbindliches Lächeln auf.

»Katharina. Wie geht es Ihnen?«

»Sie meinen, nachdem Sie mir das Herz gebrochen haben?« Herausfordernd funkelte sie ihn an.

Das hatte gesessen. »Es tut mir sehr leid, dass Sie verletzt sind. Für mich waren unsere Treffen schlicht Teestunden und charmante Unterhaltungen. Ich bedauere, wenn ich Ihnen einen anderen Eindruck vermittelt habe.« Maximilian war das Gespräch höchst peinlich. Es tat ihm ja selbst leid, dass er die Heiratspläne seiner Großmutter vereitelt hatte, aber er hatte keinerlei Interesse an Katharina gehabt, so reizend sie auch sein mochte – es passte eben nicht. Und so hatte Maximilian beim gemeinsamen Musizieren mit ihr das Spiel am Pianoforte mittendrin unterbrochen und behauptet, er habe noch eine Verabredung. Natürlich waren die von Barnims von seinem schroffen Verhalten vor den Kopf gestoßen, Katharinas ältester Bruder hätte ihn um ein Haar sogar zum Duell herausgefordert, doch nach einigen Gesprächen seitens seiner Großmutter war auch dieser Fauxpas Geschichte.

»Das meinen Sie doch ohnehin nicht ernst«, tat Katharina von Barnim seine Worte ab. »So wie Sie alles nicht ernst meinen, was Sie sagen. Das habe ich ja gesehen.«

Maximilian überlegte, wie er schnellstmöglich das Weite suchen konnte, aber mit seinem Bein würde er da heute kein Glück haben. Also blieb ihm nur der direkte Angriff.

»Doch«, erwiderte er, »die prekären Verhältnisse in den Armenvierteln mit ihren Kloaken, von denen ich Ihnen bei einer unserer Teestunden erzählt habe, habe ich durchaus ernst gemeint. Alle Straßen dort sind eine einzige Jauchegrube und vermutlich ein gewichtiger Grund, wieso die letzte Pockenwelle über ein Drittel der armen Bewohner hinweggerafft hat.« Er merkte, wie Katharinas vornehme Blässe in eine echte überging. »Hatte ich Ihnen damals eigentlich meine Zeichnungen der Pockenpusteln gezeigt? Diese kleinen, mit Flüssigkeit gefüllten Bläschen?«

»Sie sind ein Scheusal, Maximilian! Mittlerweile bin ich froh, dass Sie nicht um meine Hand angehalten haben!« Damit machte sie auf dem Absatz kehrt und verschwand in der Menge.

Maximilian sollte es recht sein. Er trank einen großen Schluck, stellte das leere Glas auf einen marmornen Spiegelsims und nahm sich das nächste, während er die Paare beobachtete, die sich am Ende des Tanzes neu formierten und zu drehen begannen, als die Musik abermals einsetzte. Jetzt bemerkte er Auguste in den Armen ihres Cousins Hasso von Warhellberg. Diese Kombination war ganz sicher nicht zu seinem Vorteil, und er wurde den Eindruck nicht los, dass sie immer wieder Blicke in seine Richtung warfen.

»So allein bei so einem fröhlichen Fest?«, hörte er da eine Stimme neben sich. Sie war zart und doch zielstrebig.

Maximilian betrachtete die Frau, die neben ihn getreten war. Sophie de Neuville. Sie war schlank und hochgewachsen, und ihr champagnerfarbenes Kleid formte ihre kleinen, zarten Brüste nach. Auch wenn der liebe Gott sie nicht so gut ausstaffiert hatte wie manch andere Komtess, wusste sie ihre weiblichen Reize doch gut einzusetzen, denn ihr Dekolleté war weit genug ausgeschnitten, um die Fantasie der Herrenwelt anzuregen. Ihr rotes Haar trug sie zu einer kunstvollen Frisur gesteckt, und in dieser funkelte eine kleine Tiara, der man ansah, dass sie einiges gekostet hatte.

Sofort blickte Maximilian über seine Schulter, sah sich suchend im Raum um, bis er seine Großmutter erspähte. Das konnte doch nur Henriette angezettelt haben.

»Keine Sorge, ich komme ohne den familiären Auftrag, bei Ihnen vorbeizugucken.«

»Ach, dann haben Sie also auch schon von den Heiratsabsichten unserer Familien gehört«, sagte er trocken.

»In der Tat, und ich wollte mir gerne selbst ein Bild machen.« Über ihr Gesicht huschte ein Lächeln. »Ich muss sagen, dass es uns beide schlechter hätte treffen können. Oder was meinen Sie?« Sie sprach leise und lächelte unverbindlich, während sie ihren Blick noch immer auf die Tanzpaare gerichtet hatte.

War das ein verstecktes Kompliment? Maximilian musterte sie aus dem Augenwinkel. Das Gespräch nahm eine Richtung an, die ihm ganz und gar nicht gefiel, auch wenn Sophie de Neuville einen durchaus netten Eindruck auf ihn machte. »Was das angeht, werte Komtess, muss ich Ihnen leider mitteilen, dass ich mich diesbezüglich noch nicht entschieden habe.«

»Oh, Sie vielleicht nicht«, wisperte sie, »aber bei Ihrer Familie sind die Pläne schon ziemlich konkret. Glauben Sie mir, Graf von Seybach, Ihre Großmutter wird keine weitere Zurückweisung Ihrerseits dulden. Und Ihr Herr Vater auch nicht, jetzt, da Sie als Arzt bei Hofe beginnen sollen. Übrigens war das nicht sonderlich nett, was Sie zu der armen Katharina von Barnim gesagt haben. Sie hat sich sicherlich sehr geekelt bei Ihrer Schilderung der Pocken- und Pestbeulen. Ach, Frau Wertmann, die Schneiderin, sagte mir so nebenbei, dass sie nach Ihren gemeinsamen Teestunden all ihre Kleider um die Taille herauslassen musste. Ihre Köchin bereitet wohl sehr gutes Gebäck zu. Zu schade, dass es der armen Katharina ein wenig

Hüftgold beschert hat. Man hatte ja gehofft, die Pölsterchen kämen von ihrer Schwangerschaft, die Sie nach Ihrer schnellen Hochzeit bald verkünden wollten. Da hätten sie ihr doch recht gut gestanden, aber so …«

Maximilian wurde bleich. »Woher wissen Sie …«, zischte er, doch sie unterbrach ihn mit einer Handbewegung.

»Wie ich schon sagte, die Pläne einer Henriette von Seybach reichen weit, und die Gerüchte, wieso Katharina zugenommen hat, ebenfalls. Und was mich angeht, kann ich nur sagen, dass ich gerne gut informiert bin.« Sie lächelte ihn unverbindlich an.

Maximilian schnaubte, doch Sophie de Neuville überging seinen Ärger und winkte einen Diener heran, wählte zwei bauchige Gläser aus und reichte eines davon Maximilian.

»Trinken Sie lieber den Brandy. Der Herr des Hauses hat doch ein wenig bei der Auswahl seines Champagners gespart, da er davon ausging, dass dieser am meisten getrunken wird. Der Brandy hingegen ist ausgezeichnet.« Sie nahm einen Schluck und sah Maximilian mit ihren veilchenblauen Augen über den Rand ihres Glases hinweg an.

»Wieso meinen Sie, dass ich den Heiratsabsichten meiner Familie folgen sollte?«, fragte er, nachdem auch er den Brandy gekostet hatte. Sophie de Neuville hatte recht, es war ein edler Tropfen. Was die Zuverlässigkeit ihrer Quellen anging, konnte sie sich auf fundierte Informationen jedenfalls verlassen. Das brachte Maximilian zum Nachdenken. Vielleicht sollte er sich ihre Argumente diesbezüglich anhören und seine Sichtweise überdenken.

»Man kann lernen, in dem engen Korsett der Gesellschaft zu atmen und sich darin zu bewegen, wenn man es geschickt anstellt.« Wieder trank sie einen Schluck und ließ ihn dabei nicht aus ihrem sanften Blick. »Aber es gibt gewisse Regeln, die es zu beachten gilt, und die Gesellschaft duldet da nur wenige Fehltritte. Dennoch bin ich mir sicher, dass wir ein für uns geeignetes Arrangement diesbezüglich finden, mit dem wir beide zufrieden sein können.« Wieder lächelte sie ihm zu, trank ihr Glas leer und schwebte elfengleich durch den Raum davon.

Maximilian sah ihr nach. War das ein möglicher Ausweg aus der Bevormundung seiner Familie? Eine angesehene Partie, mit der er sich bei Hof sehen lassen konnte und die anscheinend gute Verbindungen hatte und ihm gleichzeitig seine Freiheiten ließ? *Ein geeignetes Arrangement, mit dem sie beide zufrieden sein konnten …* Er seufzte kaum merklich. Zugegeben, das war nicht das, was er sich für sich erträumt hatte, aber möglicherweise war es ein erträglicher Kompromiss. Andererseits konnte er sich nur schwer vorstellen, mit Sophie de Neuville liiert zu sein. Sie schien zwar nett zu sein, aber er liebte sie nicht, und er bezweifelte, dass er jemals Liebe für sie empfinden würde. Ein wenig beneidete er Alexander um sein Glück, das er mit Johanna gefunden hatte und jetzt auch leben konnte. Aber er wusste, dass solche Ehen eher die Ausnahme als die Regel waren. Üblicherweise galt es bei solchen Arrangements, Ansehen, Ruf und eine gute Zukunft zu sichern. Oder eine Schwangerschaft zu vertuschen … Er schmunzelte über seinen eigenen Zynismus.

Die Musik endete, und sein Freund verkündete zur besonderen Unterhaltung ein Gastspiel von Rudolf Heiland. Maximilian bemerkte, wie seine Schwester vor Begeisterung errötete und sich noch etwas schneller mit ihrem Fächer die Luft zufächelte. Einer der Herren brach in frenetischen Jubel aus, und die anderen Gäste folgten seinem Beispiel. Maximilian wandte sich ab, denn er wollte auf die Terrasse, um nach dieser Begegnung ein wenig frische Luft zu schnappen. Doch da rempelte ihn jemand an der Schulter an. Maximilian hatte Mühe, sich auf den Beinen zu halten, und gerade im rechten Moment packte ihn eine Hand an seinem Hemdkragen, ehe er fiel.

»Verzeihung«, sagte der Mann ihm gegenüber, und als Maximilian nun ungelenk seinen Stock aufhob, blickte er von unten in das Gesicht Hasso von Warhellbergs. »Was hattest du mit der Komtess de Neuville zu schaffen?«, zischte er dann, als er Maximilian aufhalf.

Maximilian strich sich unbeeindruckt den Frack glatt. Schon zu Schulzeiten hatten sie einander nicht ausstehen können, und seit dem unangenehmen Vorfall mit seiner Cousine Auguste von Schönburg war Hasso von Warhellberg auf Maximilian erst recht nicht mehr gut zu sprechen. »Ich wüsste nicht, was dich das angeht.«

»Lass die Finger von ihr, sonst lernst du mich kennen.«

»Du drohst mir?« Maximilian hob die Brauen. »Ich habe keine Angst vor dir, Warhellberg.«

»Sieh dich vor, Seybach.« Mit einem letzten Blick wandte sich Hasso von Warhellberg ab und beobachtete nun das Schauspiel Rudolf Heilands, vermutlich, um keine weitere Aufmerksamkeit zu erregen.

Maximilian humpelte, auf seinen Gehstock gestützt, durch die doppelflügeligen Türen nach draußen. Dort stand Nanette, die Hände auf das Geländer gelegt, und sah in den Garten.

»Amüsierst du dich angemessen?«, fragte sie, als Maximilian neben sie getreten war.

»Blendend«, erwiderte Maximilian ironisch. »Ich hatte gerade eine furchtbare Begegnung. Zwei sogar, um genau zu sein.«

»Wer ist dir denn begegnet?«, fragte Nanette, wie immer die Ruhe in Person.

»Erst Sophie de Neuville und danach Hasso von Warhellberg.« Maximilian strich sich abermals den Frack glatt und zupfte an seinen Hemdsärmeln.

»Soso, die Katze und der Kotzbrocken.« Die Lippen der Gouvernante wurden schmal. »Was wollten sie denn?«

»Ich würde sagen, jeder hat auf seine Art versucht, mit mir zu verhandeln.« Er warf Nanette ein schiefes Lächeln zu.

»Hat es funktioniert?«

Maximilian wiegte den Kopf. »Es hat mir jedenfalls zu denken gegeben.«

Schweigend wartete seine Gouvernante, ob er weitersprach.

»Wie es aussieht, meinen es Großmutter und Vater dieses Mal ziemlich ernst, was meine Hochzeitspläne betrifft.«

Als Nanette nicht wie üblich einen ihrer zynischen Kommentare dazu abgab, nickte er verstehend.

»Nun, dann habe ich wohl kaum eine andere Wahl, als mich zu fügen.«

Nanette drehte den Kopf und sah ihn unverwandt an. »So kenne ich dich gar nicht, Maximilian. Eine Wahl bleibt immer.«

»Selbstverständlich mit den Freiheiten, die mir dann noch möglich sind«, setzte er hinzu.

»Wovon sprechen wir?«

»Ich will …« Maximilian zögerte. »Den Armen helfen. Denen, die es nicht so gut haben wie wir. Louisa zum Beispiel. Ich merke, wie schwer sie es bei uns hat.«

Die Mundwinkel der Gouvernante zuckten. Verbiss sie sich ein Lächeln?

»Mir ist aufgefallen, dass sie in letzter Zeit deutlich müder wirkt als sonst. Woran liegt das? Schikaniert Afra sie wieder?«

»Louisa hat darum gebeten, die Dienstbotenschule zu besuchen«, antwortete Nanette. »Doch es fällt ihr schwer, neben all ihrer Arbeit auch noch Zeit zum Lernen und Üben zu finden.«

»Verstehe.« Maximilian lehnte sich wieder an die Balustrade und ließ den Blick in den von Fackeln und Kerzen erleuchteten Garten schweifen. Daraus könnte man doch etwas machen …

7

Louisa

Louisa saß auf dem gepflasterten Vorplatz im Garten des Palais von Seybach hinter der geschwungenen Freitreppe und putzte Schuhe. Neben ihr kauerte Anna, die sich ein Paar von Isabellas flachen Schuhen mit Bändern vorgenommen hatte.

»Ich frage mich, wo sich die Komtess immer herumtreibt«, murmelte sie, während sie einen Lappen anfeuchtete und behutsam den Lehm von dem zarten Chevreauleder entfernte. Endlich kam darunter das helle Braun zum Vorschein. »Man könnte meinen, das Fräulein trägt ihre Galoschen nicht und läuft geradewegs durch jede Pfütze oder einen Feldweg wie unsereins.«

»Cilli hat sie neulich aus dem Haus schleichen sehen.« Louisa nahm etwas von der Schuhcreme nach und polierte Carl von Seybachs schwarze Stiefeletten auf Hochglanz.

»Meinst du, die hat ein Geheimnis?«, fragte Anna, während sie die Schuhe mit Zeitungspapier ausstopfte, damit das feuchte Leder ohne Rückstände trocknete.

Louisa zuckte mit den Schultern. Wer hier im Hause hat das nicht?, dachte sie. »Abends, wenn ich manchmal nicht schlafen kann, höre ich in meiner Mansarde das Gebälk so komisch knacken. Einmal, als ich nachts noch mal ins Bad musste, wollte ich die Treppe runter, doch da sehe ich plötzlich einen zartrosa Stoffzipfel kurz am Fenster. Ich hätte schwören können, der gehörte zum Morgenrock der Komtess.«

»Red keinen Stuss«, sagte Anna mit weit aufgerissenen Augen. »Was soll denn die Komtess oben auf dem Seybach'schen Palaisdach?«

»Was weiß denn ich?« Louisa stellte Carl von Seybachs Stiefeletten beiseite und nahm sich die nächsten vor – ein schwarzes Paar Lederschuhe der Gräfin. »Vielleicht trifft sie sich dort mit jemandem.«

»Du meinst mit ihrem Gspusi?«

»Könnte doch sein«, sagte Louisa. »Manchmal meine ich, ich höre Stimmen von dort.«

»Ach was!« Anna sah sie empört an. »Das ist bestimmt der Wind, der durch die Balken pfeift.«

»Am Morgen kommt die Komtess jedenfalls kaum aus dem Bett. Doch beim Frühstück ist sie immer zugegen – ausgeschlafen und taufrisch. Aber soweit ich weiß, ist heute sowieso keiner von der Familie da. Maximilian von Seybach erholt sich sicherlich von der Tanz-in-den-Mai-Feier, zu der ihn seine Schwester überredet hat. Die Gräfin trifft sich zu Mittag mit Lisbeth von Hagenau. Der Graf von Seybach senior ist bei Hofe. Und die Komtess hat sich für diesen Nachmittag abgemeldet, da sie bei ihrer Freundin Amalie von Löwenstein eingeladen ist und danach mit ihr zusammen ihre Hunde im Englischen Garten ausführen will.«

»Sag, was war da eigentlich, dass du dort deine Anstellung verloren hast?« Anna hatte Louisa schon einmal danach gefragt, gleich zu Beginn, als sie ihre Stelle hier im Haus angetreten hatte, doch Louisa hatte sich darüber ausgeschwiegen, um nicht erneut Gerüchte aufkommen zu lassen, und so hatten es Anna und die anderen bald aufgegeben, sie danach auszufragen. Doch jetzt, nach ihrem Gespräch mit Afra Haberl, schien sich eine gewisse Vertrautheit zwischen ihnen entwickelt zu haben.

Louisa verzog unglücklich das Gesicht. »Ein Missverständnis. Angeblich soll ich einen Silberlöffel gestohlen haben, weil mein Vater spielt.«

»Und, hast du?«, fragte Anna, und Louisa konnte die Neugier in ihren Augen flackern sehen.

»Natürlich nicht. Doch ich hab es nicht beweisen können. Der

Löffel lag in meinem Zimmer, und die Sachlage war für meine damalige Hausdame klar.« Sie presste fest die Lippen zusammen. Dass im Hause derer von Löwenstein jemand gegen sie intrigiert hatte, war für sie offensichtlich gewesen, allerdings fehlten ihr die Beweise. Sie hatte Glück gehabt, dass die junge Komtess Amalie sich für sie ausgesprochen und der Graf von Seybach senior ein Herz gehabt und sie bei sich angestellt hatte. Ohne Zeugnis wäre sie sonst vermutlich auf der Straße oder in einem der Hurenhäuser gelandet.

»Und was ist mit dir?«, fragte Louisa zurück und deutete mit der Schuhbürste auf Annas Bauch.

Anna wurde blass. »Was soll sein?«

»Na, bekennt sich der Vater dazu?«

Anna antwortete nicht, was für Louisa Aussage genug war. Die arme Anna. Wenn sie ihr doch nur irgendwie helfen könnte.

»Und was machst du jetzt?«, fragte sie vorsichtig.

»Afra Haberl sucht nach einem geeigneten Mann für mich. Der Schusterlehrling wär ganz nett, meint sie.«

Louisa verzog das Gesicht. Sie kannte den Lehrling, der Hellste war er nicht, aber was half es? Wenn er Anna aus der Misere retten konnte, war er wohl doch nicht so verkehrt.

»Sie sagt, ich muss mich bloß noch einmal zu ihm legen wie beim Zutterer-Ambros. Am besten gleich in der Hochzeitsnacht. Ich soll mich da nicht zieren. Dann glaubt der schon, es sei von ihm, meint sie. Rechnen kann er ja eh nicht so gut …« Anna sog die Unterlippe ein und kaute darauf herum.

Zu ihm legen … Da war es wieder. Wie das wohl ging, mit dem Beieinanderliegen? Ihre Eltern hatten oft beieinandergelegen, sonst hätte sie nicht so viele Geschwister, aber wenn sie sich eine Schlafmatte mit ihren Brüdern Franz oder Tobias geteilt hatte, war nie etwas passiert. Sie hatte davon kein Kind in den Bauch bekommen, lediglich mal einen Ellbogen von Tobias oder einen Fuß von Franz im Gesicht … Irgendetwas musste es da geben, worüber keiner sprach. Doch wen sollte sie fragen? Ob sie vielleicht Anna … Nein, die hatte momentan schon genug Probleme. Und Gretel schien keine Ahnung zu haben, sonst hätte sie für ihren Kommentar damals, dass Anna sie mit ihrem Zustand womöglich alle anstecken könnte, nicht so viel Spott von Berti geerntet. Und Cilli und Bärbel wollte Louisa so etwas Brisantes nicht fragen. Aber wer könnte ihr dann weiterhelfen …

»Dann willst du ihm gar nicht sagen, dass …«

Annas Kopfschütteln unterbrach sie. »Auf keinen Fall«, flüsterte sie. »Und so schlimm wird's schon nicht sein, es noch einmal zu machen …«

Louisa sah, wie Anna errötete. »Liebst du ihn denn, den Zutterer-Ambros?« Sie wusste, dass Ambros Zutterer dafür bekannt war, allen Röcken hinterherzusteigen, die sich nicht bei drei aus dem Staub gemacht hatten.

Anna zuckte mit den Schultern. »Ich weiß es nicht«, murmelte sie. »Aber es ist eh egal, schließlich hat er schon eine Frau.«

»Oh …« Louisa spürte, wie Mitleid in ihr aufstieg. Da hatte sich Anna wirklich in eine ganz schöne Misere gebracht. So konnte sie nicht einmal darauf hoffen, dass ihr Liebster anständig war und sie heiratete. So gesehen war für sie der Schusterlehrling womöglich der einzige Ausweg.

Louisa dachte über Annas Worte nach. Es noch einmal zu machen … Anna wusste, wie es ging, und sie würde es wieder tun. Aber wie fühlte es sich an? Wie war es? Und wäre es nicht gut, wenn auch sie selbst darüber Bescheid wusste? Nur so zur Sicherheit … Ob sie Anna vielleicht doch danach fragen sollte? Ihre Neugier war einfach zu groß … »Wie …« Sie zögerte. »Wie ist das?«, flüsterte sie.

»Was?«, fragte Anna.

»Na … das …« Wieder deutete Louisa mit ihrer Schuhbürste auf Annas Bauch.

»Ach so …« Anna schluckte. »Also … Anfangs tat es ein bisschen weh, als er das erste Mal unter meine Röcke gekrochen ist, aber dann wurde es besser. Das letzte Mal war's sogar ganz schön.«

Louisa verschlug es die Sprache. »Dann warst du also öfter bei ihm?«, flüsterte sie, doch zu ihrer Verwunderung schüttelte Anna bloß den Kopf.

»Wir waren nie bei ihm. Wir haben uns hinterm Wirtshaus in den Stallungen getroffen. Da, wo's keiner sieht.«

»Grüß Gott, die Damen.« Die beiden Dienstbotinnen fuhren auseinander, als sie Maximilian von Seybachs Stimme hörten. Der Sohn des Hauses war mit einem Buch auf den Weg in den Garten zum Rosenpavillon. Doch nun blieb er vor der Treppe stehen und wandte sich zu ihnen um. Louisa erschauerte unter seinem Blick, doch es war kein unangenehmes Gefühl. Seine Augen funkelten in dem geheimnisvollen Grünbraun wie damals bei ihrer ersten Begegnung. Seine große, muskulöse Figur war unter einem Gehrock verborgen, aber sie zeichnete sich deutlich unter dem feinen Stoff ab, und auf einmal fragte sich Louisa, wie es wohl wäre, bei Maximilian zu liegen. Wie würde es sich anfühlen, eine Hand auf seine breite Brust zu legen, mit den Fingerspitzen über sein markantes Kinn zu streichen, ihn nur einmal zu berühren … Alles in ihr kribbelte und prickelte, und in ihrem Schoß zog sich etwas zusammen.

»Ach, Louisa, wenn du hier fertig bist, komm doch nachher bitte in mein Arbeitszimmer. Es gibt da etwas, was ich mit dir besprechen möchte.«

Louisa errötete. »Sehr wohl, Herr Dr. von Seybach.« Ob er etwas bemerkt hatte? Ob er womöglich sogar ihre Gedanken erraten hatte? Ihr Puls schlug schneller. Oder hatte der Erbgraf gar ihr Gespräch mit Anna belauscht? Hoffentlich nicht … Sie warf Anna einen verstohlenen Blick zu. Sie hätte sie nur zu gerne gefragt, wie das genau ging, was sie da mit dem Zutterer-Ambros gemacht hatte, und ob ein Kind nur dann entstand, wenn es sich schön anfühlte, denn die anderen Male war ja anscheinend nichts passiert, aber sie traute sich nicht. Wieso gab es denn bloß niemanden, der darüber sprach? Das war doch zum Verrücktwerden.

Später, als Louisa nach dem Schuheputzen in das Lilienpalais zurückkehrte, trat Schorsch auf sie zu.

»Die Herrschaft hat uns heute Nachmittag freigegeben«, sagte er. »Hast du Lust auf einen Ausflug? Wir könnten an den See, baden gehen.«

»Ich kann nicht«, sagte Louisa knapp und wollte an ihm vorbeigehen, doch der Stallbursche hielt sie sanft am Arm zurück.

»Du kannst nicht, oder du willst nicht?«, fragte er, und sein enttäuschter Blick machte Louisa ein schlechtes Gewissen.

Er ließ sie wieder los.

»Ach, Schorsch, es geht heute wirklich nicht. Der Graf von Seybach hat mich in sein Arbeitszimmer bestellt.«

»Der Graf von Seybach?« Schorsch sah sie nachdenklich an. »Dem hab ich vorhin sein Pferd gesattelt. Seine Majestät hat nach ihm verlangt.«

»Der junge Graf, wenn es dich so brennend interessiert, Schorsch!«

Jetzt wurden seine Augen groß vor Überraschung, doch dann schüttelte er bloß den Kopf. »Louisa, sei nicht dumm. Der stürzt dich noch ins Unglück.«

»Du weißt doch gar nicht, was du da redest«, erwiderte sie schärfer als beabsichtigt. »Und pass auf, dass die Herrschaft nicht hört, was du da sagst.«

»Pass du lieber auf, dass die Herrschaft nicht sieht, was du da machst …« Schorsch zog sich seine Lederweste glatt, als Louisa sich rasch an ihm vorbeidrückte und die Stufen des Dienstbotentreppenhauses nach oben hastete.

In der Beletage angekommen, holte sie Luft. Sie war jedes Mal froh, wenn sie nicht mit Schorsch sprechen musste. Louisa ahnte, dass er ein Auge auf sie geworfen hatte, doch sie erwiderte sein Interesse nicht. Selbst wenn es Maximilian nicht gäbe … Wieder übersprang ihr Herz einen Schlag. Das lag bestimmt an den vielen Treppenstufen, die sie eben emporgeeilt war. Vorsichtig riskierte sie einen Blick, doch Schorsch war ihr nicht gefolgt. Also richtete sie ihr Häubchen auf dem streng zurückgesteckten Haar, drückte den Rücken durch und schritt, so würdevoll sie es vermochte, durch den Flur auf Maximilians Räume zu. In seinem Vorzimmer atmete sie noch einmal tief durch, ehe sie an seine Tür klopfte, und als sie die Stimme des jungen Hausherrn von drinnen hörte, legte sie die zitternde Hand auf die goldene Türklinke und drückte sie hinunter.

»Ah, Louisa …« Ein Lächeln trat auf Maximilians Gesicht. Er saß hinter seinem Schreibtisch und lehnte sich in dem riesigen gepolsterten Sessel mit den breiten Armlehnen zurück. Louisa hörte das Holz knarzen. Ob sie sein Arbeitszimmer nicht gut genug gewischt hatte? Sie sah sich unauffällig um, konnte aber keinen Makel erkennen. Auch die Blumen auf der Kommode gegenüber dem Bücherschrank hatte sie am Morgen getauscht. Vielleicht war ihm ja kalt, und sie sollte einheizen …

Zaghaft knickste sie. »Was kann ich für Sie tun, Herr Dr. von Seybach?«

»Bitte, tritt ein und schließ die Tür.«

Louisa tat, wie ihr geheißen war, doch sie konnte nicht verhindern, dass ihr Herz stolperte.

»Ich habe gehört, dass du nun die Dienstbotenschule besuchst.«

Sie nickte mit angehaltenem Atem.

»Wie gefällt es dir?«

»Es ist … Ich lerne viel«, beeilte sich Louisa zu sagen.

Wieder lächelte er. »Das freut mich sehr. Ich würde gerne in Erfahrung bringen, was du schon kannst.«

Louisa lief es eiskalt den Rücken hinunter. Vor diesem Moment hatte sie sich gefürchtet. Einer der Herrschaften überprüfte, ob es sich lohne, sie zur Schule zu schicken. Und wenn Maximilian jetzt erfuhr, dass sie seit einem Monat noch immer kaum mehr als ihren Namen schreiben konnte, dann würden sie es sich wahrscheinlich noch einmal überlegen. Dabei übte sie doch schon, sooft es ihr möglich war.

»Bitte, setz dich.«

Zu ihrer Verwunderung schob Maximilian seinen Sessel zurück und stand vom Schreibtisch auf. Mit einer Handbewegung bedeutete er Louisa, an seiner statt Platz zu nehmen. Mit weichen Knien ging sie auf den großen Mahagonitisch zu und setzte sich in den blaugrün gepolsterten Sessel. Sie fühlte sich unwohl, bemühte sich, nicht nervös hin und her zu rutschen, obwohl der Sessel außerordentlich bequem war. Das hier war nicht ihr Platz, und das wusste sie nur zu gut. Vor ihr auf der blank polierten Arbeitsfläche lag die Tageszeitung. Louisas Kehle schnürte sich zu. Konnte sie sich erinnern, was Xaver heute früh beim Frühstück vorgelesen hatte? Oder war es womöglich ein Trick, und es handelte sich gar nicht um die heutige Ausgabe? Louisa versuchte, das Datum zu entziffern, doch auch die Zahlen bereiteten ihr noch Schwierigkeiten. Sie kam gerade einmal bis sieben. Die Acht und die Neun verwechselte sie immer, beide waren bauchig, doch einer fehlte ein Strich unten bei der Rundung.

»Lies mir bitte vor«, sagte Maximilian, und seine Stimme war bei seiner Aufforderung eigentümlich sanft.

Louisa griff nach der Zeitung und hob das Papier an, das erwartungsvoll raschelte. Wenn sie diesen Buchstaben doch nur etwas entlocken könnte … Sie biss sich auf die Unterlippe. Wieder raschelte das Papier.

»M-M-M.« Sie brach ab, holte Luft. »M-A … M-A-I-M… Maima…« Louisa schluckte.

»Maimarkt«, half er ihr.

Verlegen ließ sie das Blatt sinken. »Es tut mir leid, Herr Dr. von Seybach, diesen Buchstaben kenne ich noch nicht.«

Maximilian kam auf sie zu und blätterte eine Seite um. »Lies das Nächste, das hier.« Er deutete auf einen kleineren Artikel am Rand des Blattes.

Louisa sah auf die Buchstaben. »O-Ot…« Sie zuckte mit den Schultern. Kleinbuchstaben in einem Text bereiteten ihr noch mehr Schwierigkeiten als Großbuchstaben.

»Gut, versuchen wir etwas anderes.« Maximilian nahm ihr die Zeitung aus den Händen und legte gleich darauf ein Blatt vor sie. Es war blütenweiß, und Louisa erkannte sogar das Familienwappen, das sich als feine Linie darin abzeichnete. In Erinnerung an die verstorbene Gräfin rankte sich nun auf der linken Seite des Wappens eine Lilie in die Schnörkel, auf der rechten war ein Falke dazugekommen, Maximilians Wappentier – ein Zeichen dafür, wie sich Tradition und Fortschritt vereinten und nicht nur das Wappen, sondern auch die Familie wuchs. Für so ein feines Blatt Papier arbeitete sie vermutlich eine ganze Woche lang. Gleich darauf schob er ihr ein Tintenfass und eine Schreibfeder zu. »Schreibe das Wort ›Erbgraf‹.«

Louisa schüttelte den Kopf.

»Doch«, beharrte Maximilian. »Bestimmt hast du die Buchstaben nicht nur lesen, sondern auch schreiben gelernt.«

Louisa suchte krampfhaft nach einer Ausrede. Sie sah das kostbare Tintenfass aus Glas an, das bis zur Hälfte mit der tiefblauen Flüssigkeit gefüllt war, die sie für gewöhnlich Anfang des Monats für ihn kaufte. Für Isabella ging sie heimlich auch noch einmal in der Monatsmitte los und besorgte ein weiteres Fässchen, weil die Komtess so viel schrieb und notierte. Und für Nanette, denn auch diese pflegte einen regen Briefverkehr. Louisas Blick fiel auf die kostbare Federspitze, und sie erinnerte sich daran, wie sie letzten Sonntag in der Dienstbotenschule die Kreide auf der Tafel durchgebrochen hatte. Das war die Lösung!

»Ich kann noch nicht mit Tinte und Feder schreiben«, beharrte sie. »In der Dienstbotenschule haben wir nur Tafeln und Kreide.«

»Na schön.« Maximilian von Seybach kam wieder einen Schritt auf sie zu, und als er sich jetzt zu ihr herunterbeugte, nahm sie seinen Duft wahr, der sich mit dem Geruch von Lavendel und seinem Rasierwasser mischte. Louisa kannte es genau, diese holzige Note von Zeder und die Frische der Bergamotte. Jedes Mal, wenn sie sein Handtuch am Waschtisch wechselte, hatte sich dieser markante

Duft in der Baumwolle verfangen, und seit Maximilian aus Montpellier zurückgekehrt war, duftete es jeden Morgen in seinem Zimmer auch nach Lavendel wie das lilafarbene Seifenstück, das in der Marmorschale bei seinem Rasierpinsel lag. Es musste ein Vermögen gekostet haben. Jetzt war er Louisa so nahe, dass sie kaum zu atmen wagte, als er eine Schublade neben ihr aufzog. »Wo habe ich denn … Ah, hier.« Er nahm einen Bleistift heraus und legte ihn auf den Tisch. »Damit kannst du es bestimmt«, sagte er freundlich.

Fest krampften sich Louisas Finger um den Stift. Wie ging doch gleich das E? Oje, wenn sie es verkehrt herum zeichnete, würde er sie gewiss auslachen oder glauben, sie lernte nicht genug. Zaghaft tippte sie mit dem Bleistift auf das Papier. Ein unschöner dunkelgrauer Fleck hatte das makellose Weiß entstellt. Im selben Moment traten ihr Tränen in die Augen. Tapfer blinzelte sie sie weg, aber es half nichts. Sie ließ die Schultern sinken.

»Es tut mir leid, Herr Dr. von Seybach. Ich kann es nicht.«

»Dann schreib deinen Vornamen«, schlug Maximilian vor. »Den kannst du doch bestimmt.«

Jetzt huschte ein zaghaftes Lächeln über ihr Gesicht, und Louisa brachte krakelig ihren Namen zu Papier.

»Sehr gut«, sagte Maximilian von Seybach. »Na, siehst du. Du kannst es doch.« Er nickte ihr aufmunternd zu. »Und jetzt schreib meinen Namen.«

»Ihren?« Louisa glaubte, er mache sich über sie lustig. Wie um alles in der Welt sollte sie »Maximilian Ludwig Carl von Seybach« zustande bringen, wenn sie schon bei »Erbgraf« nicht vorankam. »Das ist ein schlechter Scherz«, wisperte sie.

Aber Maximilian sah sie noch immer mit festem Blick an. Seine grünbraunen Augen ruhten freundlich auf ihr. »Du kannst das, Louisa«, sagte er wieder. »Schreib meinen Namen. Die Buchstaben sind fast dieselben wie in ›Maimarkt‹.«

Louisa presste die Lippen aufeinander. Mittlerweile hatten sich ihre Nägel weiß gefärbt, so fest hielt sie den Stift umklammert, als sie jetzt begann, ein zittriges M auf das blütenweiße Papier zu malen. Daneben brachte sie ein A zustande. Wie ein Hausdach, sagte sie sich leise vor, und dann zieht man einen Heuboden ein. Einen, auf dem ich schlafe, weil es keine Zimmer mehr gibt … Und jetzt? Sie überlegte, sprach seinen Namen in Gedanken: ks…, probierte sie den nächsten Buchstaben. Doch wie ging das?

»Ich weiß es nicht«, sagte sie tonlos. »Ich weiß nicht, wie man ein ›ks‹ schreibt.« Betreten blickte sie auf das Blatt. Es war erbärmlich.

»Wie ein Kreuz«, sagte Maximilian mit sanfter Stimme. »Ein Kreuz, das ein wenig nach rechts gekippt ist, weil der Nagel schief ist.«

Louisa blickte zu ihm auf, sah dann wieder auf das Blatt und folgte seiner Anweisung. »M-A-X« stand jetzt da, wenn auch etwas ungelenk und sperrig, die Linien ein wenig zittrig, aber es stand. Sie wollte weiterschreiben, doch Maximilians Stimme unterbrach sie.

»Siehst du, meinen Namen kannst du auch schon.« Er lächelte sie an.

»Max«, las Louisa halblaut vor, und dann breitete sich ein echtes Lächeln auf ihren Lippen aus. Da stand er. Sein Name. Direkt neben ihrem. Die beiden Namen waren sich fast so nahe wie sie. Louisa sah auf und blickte wieder in Maximilians grünbraune Augen. Ein wenig wie das Moos im Sommer, wenn das Licht im Wald durch die Baumkronen bricht, dachte sie. Und dann erinnerte sie sich an Schorschs Worte, und ihr Lächeln erlosch.

»Es fällt dir nicht leicht zu lernen, nicht wahr?«, fragte der Erbgraf.

Louisa seufzte. »Ehrlich gesagt, nicht«, gab sie zu. »Der Unterricht ist schnell, mir fehlt die Zeit neben der Arbeit.« Oh nein, was hatte sie da gesagt? »Also nicht, dass mir die Arbeit hier zu viel ist. Nur ist es … Ich lerne auch gern …« Sie machte es mit jedem Wort nur schlimmer! Verlegen brach sie ab, krallte die Hände in die Armlehnen des Sessels. »Bitte nehmen Sie mich nicht aus der Schule. Ich strenge mich wirklich an. Ich will es so gern können.«

»Ich weiß, Louisa«, sagte Maximilian von Seybach, und wieder war seine Stimme so weich wie das Webtuch, das er ihr geschenkt hatte. »Ich würde dir gerne helfen.«

»Mir helfen?«, wiederholte Louisa verständnislos. Sie versuchte sich vorzustellen, wie Maximilian Schuhe putzte oder Wasser schleppte oder Gemüse schälte an ihrer statt. Das war ein Bild, das genauso kurios war, wie wenn sie davon träumte, auf einem der edlen Bälle zu tanzen, für die sie im Lilienpalais die Vorbereitungen traf. Oder wie hier auf diesem imposanten Stuhl zu sitzen, hinter einem riesigen, herrschaftlichen Schreibtisch. Es passte nicht zusammen.

»Was lest ihr in der Dienstbotenschule?«

»Wir haben eine Lesefibel.«

»Und interessieren dich die Geschichten, die da drinstehen?«

Louisa zögerte, dann schüttelte sie den Kopf.

Maximilian schmunzelte. »Das dachte ich mir. Gibt es denn etwas, das du gerne lesen würdest?«

Ohne es verhindern zu können, glitt ihr Blick zu seinem Bücherschrank. Da standen bestimmt unzählige Schätze über Medizin und die Heilung von Krankheiten. Wenn sie so etwas lesen könnte, dann könnte sie womöglich auch ihrer Familie helfen, dachte sie.

»Für den Anfang sind diese Bücher vielleicht zu schwierig«, sagte er, als er ihrem Blick gefolgt war. »Aber ich glaube, du brauchst etwas, was dich interessiert, damit du lernen kannst.« Mit leisem Ächzen ging er zu seinem Bücherschrank. »Sicherlich gibt es etwas hier, was dir gefallen könnte.« Er öffnete die Glastüren und ließ den Blick über die Buchrücken schweifen, über die schwarzen und goldenen Lettern, die auf die schmalen Stirnseiten eingeprägt waren und dem, der sie lesen konnte, ihren Inhalt verrieten. Mit der linken Hand wanderte er über die Ledereinbände, glitt mit den Fingerspitzen darüber, während er sich wie selbstverständlich mit rechts auf seinen Spazierstock stützte. »Ah, da hat es sich versteckt«, sagte er und zog ein Büchlein mit einem beigefarbenen Leineneinband heraus, das er gleich darauf vor Louisa legte.

Sie sah auf den Einband, fuhr das goldene M nach, danach das A, über dem sich seltsamerweise zwei Punkte befanden, dann das R … Mehr konnte sie leider noch immer nicht lesen. Vorsichtig schlug sie das Buch auf, um zu sehen, was sich darin verbarg. Zu ihrer Verwunderung bemerkte sie jedoch nicht nur Text, sondern auch Farbtafeln zwischen den Seiten, und dann erkannte sie einen funkelnden Schuh auf einer der Stufen, die ein Mädchen mit wehenden Röcken herunterrannte. Sie erinnerte sich an Isabellas Darbietung des Aschenputtels. Ein paar Seiten weiter entdeckte sie die Zeichnung eines Wolfs und sieben kleiner Zicklein, die sich in einem Wohnzimmer versteckt hatten. »Der Wolf und die sieben Geißlein«, murmelte sie.

»Na, siehst du, du machst richtige Fortschritte mit der geeigneten Lektüre. Dass es so schnell geht, hätte ich allerdings nicht gedacht.« Er zwinkerte ihr zu. »Bald kannst du mir bestimmt auch das ganze Märchen vorlesen. Und bis dahin nimmst du es mit und übst.«

»Sie leihen mir Ihr Buch?« Louisa hob verwundert die Brauen. »Das geht nicht … Das ist viel zu kostbar«, stammelte sie und klappte das Buch sofort wieder zu, um es Maximilian gleich darauf zurückzugeben, aber der schüttelte bloß sanft den Kopf und legte seine Hände auf ihre.

»Isabella und ich lesen derzeit ohnehin nicht mehr daraus«, sagte er. »Such dir ein Märchen aus und übe. Wenn du es kannst, lesen wir es gemeinsam. Bis dahin lerne ich mit dir. Und wenn du das Buch ausgelesen hast, dann suchst du dir das nächste aus.«

Louisa war sprachlos. Maximilian von Seybach hatte ihr in Aussicht gestellt, seine Bibliothek nutzen zu dürfen! Und er hatte ihre Hände in seine genommen, wieder einmal – was alles in ihr durcheinanderwirbelte, als hätte der Wind einen Berg Laub aufgewühlt, den sie eben noch sorgsam zusammengerecht hatte …

8

Maximilian

Maximilian sah auf die Uhr. Viel Zeit hatte er nicht mehr, wenn er pünktlich bei den de Neuvilles sein wollte. Bisher hatte er seine Verpflichtungen als Trauzeuge für Alexanders Hochzeit und seine Vorbereitungen für die Arbeit im Krankenhaus als Ausrede nutzen können, um sein Vorsprechen aufzuschieben, aber der letzte Disput mit seinem Vater hatte mit der Erkenntnis geendet, dass Carl keine weiteren Ausflüchte duldete. Rasch beendete er seinen Imbiss und stellte den Teller beiseite, als es klopfte.

»Herein?« Maximilian hob den Blick von den Medizinbüchern, die er auf seinem Schreibtisch ausgebreitet hatte.

Die Tür öffnete sich, und Louisa knickste. »Eine Dame möchte Sie sprechen, Herr Dr. von Seybach.«

»Ich lasse im Empfangszimmer bitten.«

Louisa blickte ihn unsicher an. »Sie hat darauf bestanden, gleich mitzukommen.« Sie tat einen Schritt zur Seite, und hinter ihr tauchte Francesca Thompson auf, ein Bündel geschnürtes Papier unter dem Arm.

»Danke, Louisa.« Maximilian schenkte ihr ein Lächeln.

Louisa knickste wieder und verließ das Zimmer.

»Wieso meldest du dich nicht mehr?«, fragte Francesca, als sie allein waren. Ihre Stimme war weich wie Seide.

»Ich hatte zu tun.«

Francesca trat hinter ihn und warf einen Blick auf seine Medizinbücher. Dabei fiel ein Teil ihrer dunklen Locken über ihre Schulter und streifte ihn. »Bald steht der große Tag bevor: deine erste Anstellung als Arzt.« Sie legte ihm eine Hand auf den Rücken, eine vertraute Geste, doch sie löste nichts in ihm aus. »Die Gesellschaft wird dich brauchen.«

»Bist du gekommen, um mir das zu sagen?« Ein Schmunzeln zuckte um seine Lippen. »Du weißt doch, wie unsere Abmachung lautet.«

»Keine privaten Besuche«, sagte sie seufzend. »Doch im Club treffe ich dich nicht mehr an, und im Theater bist du stets in Begleitung deiner Schwester. Aber man hätte mich ohnehin nur für eine Botin gehalten – die ich im Übrigen auch bin.« Sie legte das Papierbündel vor ihm ab. »Hier, die neuen Theaterstücke, um die du mich gebeten hast.«

»Danke, Isabella wird sich sehr freuen, sie zu lesen. Sie ist schon gespannt, was ihr nächste Saison spielt.«

»Ich habe einige gute Rollen bekommen.« Francesca lehnte sich gegen seinen Schreibtisch.

»Das freut mich für dich.«

»Du kommst doch zu den Premieren, oder?« Schwang Unsicherheit in ihrer Stimme mit?

Maximilian seufzte. »Ich werde sehen, was ich tun kann. Bald werde ich weitere Verpflichtungen haben, denen ich nachkommen muss.«

Sie nickte ein wenig bedrückt.

Es klopfte erneut. Francesca stieß sich vom Schreibtisch ab und lief in die Mitte des Raumes.

»Ja, bitte?«

Es war wieder Louisa, und in Maximilians Brust breitete sich Wärme aus.

»Nanette schickt mich«, sagte sie. »Ihr Pferd ist gesattelt. Ich soll Sie …« Sie sah unsicher zu seinem Damenbesuch. »Vielleicht wiederhole ich den Wortlaut besser nicht. Sie meinte, es wird Zeit, dass Sie aufbrechen, wenn Sie nicht zu spät kommen wollen.«

»Danke, Louisa. Ich bin gleich da. Ist Berti schon zurück?«

Louisa schüttelte den Kopf. Die Köchin hatte sich an diesem Morgen freigenommen, um traditionell an Christi Himmelfahrt die Tautropfen in den frühen Morgenstunden von den Blättern zu sammeln. Diese mischte sie anschließend mit Wein und stellte sie in den Medizinschrank, denn der Maientau war nicht nur eine Arznei, die gegen Schlaganfall half, sie ließ auch Narben verschwinden und heilte Hautkrankheiten. Dass seine Familie ihr dafür sogar einen halben Tag freigab, zeigte, wie wichtig der Brauch für sie war. Vor allem für ihn selbst, denn auf seinem Frisiertisch stand immer eine Phiole davon.

»Schade, dann werde ich heute wohl nur mit meinem kleinen Imbiss auskommen müssen. Übrigens, der Maibusch, den du aus den Auffahrtskräutern gebunden hast, ist sehr schön geworden.«

Louisas Gesicht begann zu leuchten. »Danke, Herr Dr. von Seybach. Ich habe ihn schon Xaver für den Stall gegeben. Und den Kranz aus Donnerblümchen auch.«

»Dann wird auch dieses Jahr kein Tier krank werden und das Palais von Unwettern verschont bleiben.«

Louisa blickte kurz in Francescas Richtung. Sie nickte, knickste und ging.

»Oh, jetzt verstehe ich.« Ein sanftes Lächeln hatte sich auf Francescas Lippen gelegt. »Ist sie der Grund, warum du mir im Club die kalte Schulter gezeigt hast?«

Maximilian räusperte sich. »Es ist nichts zwischen mir und ihr.«

»Halte mich nicht für dumm, Maximilian. Eine Frau erkennt, wenn bei einem Mann echte Gefühle im Spiel sind. Und vor mir brauchst du nichts verbergen. Zwischen uns gibt es keine Liebe. Auch das war unsere Abmachung, oder nicht?«

»Manchmal vergesse ich, wie schön einfach das ist, was wir miteinander haben«, sagte Maximilian. Er stand auf, nahm seinen Frackrock von der Stuhllehne und schlüpfte hinein. »Nun, du hast es gehört. Ich muss los. Ich schreibe dir.«

Francesca warf ihm einen langen Blick zu, irgendwie wehmütig und doch liebevoll. »Sicher«, sagte sie nur und verließ hinter ihm sein Arbeitszimmer.

Nach seinem kurzen Treffen mit Francesca ritt Maximilian zum Palais, das ein wenig außerhalb der Stadt lag, um Sophie de Neuville seine Aufwartung zu machen. Dort meldete ein Diener seine Ankunft, und kurz darauf wurde Maximilian ins Empfangszimmer geführt, in dem die Familie bereits auf ihn wartete.

Sophie de Neuville trug ein vanillefarbenes Kleid und lächelte scheu, als er eintrat. Er wusste nicht, wie er es einordnen sollte, wirkte sie doch gleichzeitig schüchtern und abwägend.

Maximilian grüßte freundlich ihre Mutter, die auf einer Ottomane Platz genommen hatte, und überreichte ihr einen Blumenstrauß.

»Wie entzückend!«, rief die Gräfin begeistert. »Sieh nur, Jacques, was für gute Manieren der Graf von Seybach hat.«

»Bisher hat Maman noch nie Blumen von einem meiner Verehrer bekommen«, erklärte Sophie.

Maximilian schauderte leicht, als sie den offensichtlichen Grund ihres Treffens ansprach, bemühte sich jedoch, sich nichts anmerken zu lassen. Wie es der Anstand verlangte, überreichte er dem Hausherrn ebenfalls ein kleines Präsent, eine Dose mit Schnupftabak.

»Vielen Dank«, sagte der hagere Mann mit dem grauen Spitzbart. Auch er schien sich über die kleine Aufmerksamkeit zu freuen. Für Sophie hatte er ein Holzkästchen mitgebracht. Als sie es öffnete, blitzte es in ihren Augen, und gleich darauf hob sie einen mit Perlen besetzten Haarkamm heraus. Isabella hatte ihn ausgewählt, als Maximilian sie nach einem geeigneten Präsent gefragt hatte, das gleichzeitig eine Wertschätzung Sophie de Neuville gegenüber sein, jedoch nicht zu aufdringlich wirken sollte, da er sich tief in seinem Inneren noch immer gegen diese arrangierte Ehe sperrte. Aber Nanette hatte ihm noch einmal eingeschärft, dass die de Neuvilles Ansehen bei Hofe genossen und wertvollen Einfluss in der Münchner

Gesellschaft hatten. Sophie ließ ihre Zofe rufen, die den Kamm in ihre Tagesfrisur einbrachte und sich gleich darauf mit einem Knicks zurückzog.

»Wie geht es Ihrem Vater?«, erkundigte sich Jacques de Neuville.

»Sehr gut. Der König und er planen bereits ihre nächste gemeinsame Reise.«

»Ich hörte davon. Man spricht bei Hofe von beinahe nichts anderem mehr.«

»Verzeihen Sie, Papa hat meist nur den König im Sinn«, sagte Sophie mit sanfter Stimme.

»Keine Sorge, das kenne ich von zu Hause nur zu gut.«

Als er das sagte, tauschten sie ein Lächeln, und in diesem Moment fragte Maximilian sich, ob er mit Sophie de Neuville in einer arrangierten Ehe womöglich doch auskäme.

»Wollen wir nach nebenan gehen?«, ließ sich Angelique verlauten. »Bei einer Tasse Tee plaudert es sich um einiges gemütlicher.«

Maximilian nickte, und man ließ ihm den Vortritt durch die doppelflügelige Tür. Zum Glück schmerzte ihn heute sein Bein nicht so stark, sodass er nur leicht hinkte. Trotzdem würden es die de Neuvilles bemerken, wenn sie genau hinsahen. Wie unangenehm ihm das war! Aber vielleicht wäre das ja sogar ein Ausschlusskriterium für sie, da für ihre einzige Tochter nur ein Mann ohne Makel infrage kam. Allerdings machte sich Maximilian relativ wenig Hoffnungen diesbezüglich, denn die de Neuvilles wussten natürlich um seine körperliche Einschränkung und hatten ihn trotzdem als möglichen Kandidaten in Betracht gezogen.

Das Zimmer war in Rosé gehalten und weitaus kleiner, als Maximilian es erwartet hatte, doch es war gemütlich. In der Mitte befand sich ein ovaler Tisch in Weißgold. Um ihn waren vier geschwungene Stühle gruppiert, deren Sitzpolster und Rückenlehnen mit rosafarbenem Samt überzogen waren. Sophie und er nahmen nebeneinander Platz, und auf ein Zeichen der Hausherrin hin wurden Tee und Petits Fours serviert. Man plauderte über Belangloses, doch Maximilian entging nicht, wie Sophie de Neuvilles Eltern ihn musterten, seine Konversation und jede Bewegung analysierten.

»Spielen Sie ein Instrument?«, fragte Angelique, als man sich über das Osterkonzert ausgetauscht hatte.

»Ich mag das Pianoforte«, erwiderte Maximilian, der ahnte, worauf diese Frage abzielte. Unwillkürlich musste er an das Musizieren mit Katharina von Barnim denken, das ihm ein Gräuel gewesen war.

»Was für eine schöne Gemeinsamkeit! Sophie spielt das Pianoforte schon, seit sie vier Jahre alt ist«, erklärte Angelique mit einem liebevollen Blick in ihre Richtung.

Maximilian rang sich ein Lächeln ab. »Wie reizend.«

»Vielleicht wollen Sie ja ein Stück für uns spielen?«, schlug Sophie de Neuville vor.

Maximilian unterdrückte ein Seufzen. »Viel lieber würde ich Ihrem liebreizenden Spiel lauschen.«

»Sehr gerne.« Sophies Augen funkelten. »Was möchten Sie hören?«

Im Grunde war es Maximilian gleichgültig. Ein Lied wäre genauso langweilig wie das andere.

»Haben Sie denn etwas, was Sie besonders gerne spielen?«

»Beethovens Sonate in D, Opus Nummer sechs«, sagte Sophie, ohne mit der Wimper zu zucken.

Maximilian erstarrte für einen Sekundenbruchteil.

»Ein Duett!«, rief Angelique entzückt. »*C'est merveilleux!*«

»Erweisen Sie uns die Ehre?«, fragte Jacques, und da Maximilian wusste, dass er aus dieser Nummer nicht so ohne Weiteres wieder herauskäme, stand er widerwillig auf und begab sich neben Sophie de Neuville ans Pianoforte.

Sie nahm in gebührendem Abstand neben ihm Platz und legte die Finger auf die Tasten. Sie wartete, bis Maximilian seine Finger ebenfalls platziert hatte, und dann begann sie auch schon zu spielen. Maximilian hätte um ein Haar den Einsatz verpasst, und er hatte Mühe, Sophie beim Allegro molto zu folgen, so ein Tempo legte sie vor. Wer hier den Ton angab, ließ sie ihn deutlich spüren.

Maximilian warf ihr aus dem Augenwinkel einen kurzen Blick zu, und er bemerkte, wie ihr Mundwinkel leicht zuckte. Sie wusste ganz genau, was sie da tat.

Kurz berührten sich ihre Finger, als er ihre gespielten Töne übernahm, und es war keine unangenehme Berührung. Beim Rondo moderato, ungefähr nach der Hälfte des Stücks, hatten sie eine Geschwindigkeit, die Maximilian gut mithalten konnte, und er bemerkte, wie auch ihre Tastenanschläge weicher und zarter wurden. Wieder berührten sich ihre kleinen Finger, als ihre Hände so dicht nebeneinander auf den Tasten lagen. Maximilian merkte erneut, dass ihn die Berührung nicht kaltließ. Er kannte diesen Blitz, der ihn durchzuckte, der seine Lenden, nicht jedoch sein Herz berührte.

Nachdem sie den Schlussakkord gespielt hatten, legte Sophie de Neuville die Hände in den Schoß und sah Maximilian von der Seite an. Ihre Eltern klatschten Beifall.

»Sie spielen sehr gut«, sagte Sophie leise. »Eine beeindruckende Fingerfertigkeit.« Etwas Neckisches blitzte in ihren Augen auf.

»Das kann ich nur zurückgeben.«

»Ich bin sehr gespannt zu erfahren, was Sie noch alles können«, sagte Sophie und schenkte ihm nun wieder eines ihrer bezaubernden Lächeln, das bei anderen Männern sicherlich nicht seine Wirkung verfehlte. »Ich wäre entzückt, wenn wir uns wiedersehen.«

Nach diesem Besuch bei den de Neuvilles freute sich Maximilian am darauffolgenden Nachmittag auf seine Lernstunde mit Louisa. So häufig es ging, traf er sich mit ihr zum Üben, und er musste sich eingestehen, dass er diesen Stunden mit einer Sehnsucht entgegensah, die ihn verunsicherte. Sie hatten sich wie jedes Mal in der Bibliothek verabredet, und er war gespannt, welches Märchen sie sich ausgesucht hatte, denn im Lesen hatte sie so enorme Fortschritte gemacht, dass Maximilian sie dazu ermutigt hatte, sich nun an eine vollständige Geschichte heranzuwagen. Als er den geräumigen Saal betrat, war er ein bisschen enttäuscht, denn Louisa war noch nicht da. Also nahm er an dem großen Lesetisch in der Raummitte Platz, breitete das mitgebrachte Papier und die Schreibwerkzeuge aus und überlegte, was er ihr heute zeigen wollte. Er fertigte ein Arbeitsblatt für sie an, auf das er untereinander schwierigere Buchstaben schrieb, das geschnörkelte B, ein G, das ihm besonders kompliziert erschien, das verschlungene H, auch ein O, um die Rundungen zu üben. Vielleicht noch ein R …

»Verzeihen Sie, ich bin zu spät.« Als er aufblickte, kam Louisa mit schnellen Schritten in die Bibliothek. »Frau Haberl ließ mich den Flur noch einmal wischen.« Sie knickste, schloss die Tür hinter sich und lief mit raschen Schritten auf ihn zu. Dann blieb sie stehen, drückte das kleine Märchenbuch gegen ihre Brust, die sich schnell hob und senkte. Und da sie anscheinend nicht wusste, was sie tun sollte, knickste sie noch einmal.

»Hallo, Louisa«, grüßte Maximilian freundlich, und er merkte, wie sich eine wohlige Wärme in seinem Inneren ausbreitete. Er musste an die Honigmilch denken, die ihm Berti immer zubereitet hatte, wenn er abends nicht hatte einschlafen können, als er noch ein Kind gewesen war. »Es ist schön, dich zu sehen.«

Über Louisas Gesicht huschte ein verlegenes Lächeln. Wie bezaubernd sie war. Ihre Lippen so voll und rot, ihre Wangen leicht erhitzt, vielleicht von ihren eiligen Schritten, vielleicht von ihrer Nervosität. Er wusste es nicht zu sagen. Selten hatte er eine junge Frau getroffen, die ihn so fasziniert hatte. Er wusste, dass viele für ihn schwärmten, doch die meisten von ihnen erröteten nur oder kicherten hinter ihren Fächern mit ihren Freundinnen, und diejenigen, die es ernst meinten, wussten, wie sie ihn verführen konnten.

Doch bei Louisa war es ganz anders. Sie war natürlich, unvoreingenommen, wirkte so rein … Dazu ihr aufgeweckter Geist, ihre Träume von einer besseren Welt … Er kniff ein wenig die Augen zusammen und musterte sie, um herauszufinden, was wohl in ihr vorging, doch es gelang ihm nicht.

»Komm, setz dich«, sagte er, und er musste sich räuspern, da seine Stimme eigentümlich rau wurde.

Louisa nickte, kam um den Tisch herum und setzte sich auf den Stuhl neben ihm. Hatte sie ihn absichtlich ein Stückchen weiter von ihm weggerückt? Nächstes Mal musste er darauf achten, dass er ihn näher an seinem positionierte.

»Wie bist du vorangekommen?«

»Es ging. Ich habe versucht, wann immer es mir möglich war, die Schreibübungen zu machen.«

»Dann zeig mir mal, was du geschrieben hast.«

Als Louisa das Buch aufschlug und die Papierbögen herauszog, die mit ihrer Handschrift versehen waren, lächelte er. Louisa hatte jeden Buchstaben bis zum Zeilenende wiederholt und erst aufgehört, wenn kein anderer mehr Platz dahinter hatte. Manche waren noch ein wenig krakelig und unsicher, andere hingegen waren sehr gelungen.

»Sie müssen verzeihen, das Licht ist abends in der Mansarde nicht das beste. Ich habe nur eine Kerze, und wenn der Mond hell genug ist, spare ich sie lieber.«

Maximilian verdrehte die Augen. »Ich werde Albrecht umgehend bitten, dir genügend Kerzen zur Verfügung zu stellen. Bei Dunkelheit lässt es sich doch nicht lernen.« Er fuhr mit den Fingerspitzen über die Buchstaben, malte sich aus, wie ihre Hände an dieser Stelle ebenfalls das Papier berührt hatten. Oh, wie gerne würde er nicht nur über die Papierbögen streichen …

»Das sieht schon sehr gut aus«, sagte er, nachdem er sich ein wenig gefasst hatte. Er musste wirklich aufpassen, wohin das führte. »Ich habe hier ein neues Übungsblatt für dich vorbereitet.« Er reichte es Louisa, und sie nickte. »Soll ich dir noch einmal zeigen, wo du die Buchstaben beginnst?«

»Nein, das habe ich mir gemerkt«, sagte sie sofort.

Ein wenig ärgerte ihn das, denn er hätte gerne noch einmal seine Hand auf ihre gelegt, mit ihr gemeinsam die Buchstaben nachgefahren, den Schwung beim Schreiben geübt, aber Louisa war wissbegierig, sie war aufmerksam, hörte konzentriert zu. Es kam selten vor, dass er ihr etwas zweimal erklären musste.

»Na schön. Und die Rechenübungen?«

Sie verzog leicht den Mund. Rechnen lag ihr noch nicht so gut. Also widmete sich Maximilian dem Kopfrechnen, stellte Louisa erst einfache Aufgaben, dann ein wenig schwierigere. Er sah, wie manchmal ihre Lippen bebten, wenn sie im Kopf versuchte, die Zahlen zu addieren, er bemerkte, wie ihre Finger, die sie auf ihre Oberschenkel gelegt hatte, bei der Subtraktion leicht in die Höhe zuckten. Zärtlich legte er eine Hand auf ihre, und als sich ihre Fingerspitzen berührten, weiteten sich Louisas Augen für einen kurzen Moment.

»Versuch es im Kopf«, murmelte Maximilian. »Ich weiß, dass du es kannst.«

Louisa nickte, und er zog seine Hand zurück, auch wenn er sie lieber dort gelassen hätte.

Als ihre Antworten schneller kamen und er den Eindruck hatte, dass sie genügend geübt hatten, deutete er auf das Märchenbuch. »Gut, dann lies mir zum Abschluss noch das Märchen vor. Welches hast du dir ausgesucht?«

Louisa zögerte. »Schneewittchen«, sagte sie dann.

Auf Maximilians Gesicht legte sich ein Lächeln. »Isabella hat das sehr gemocht«, erinnerte er sich. Er lehnte sich in seinem Sessel zurück und bedeutete Louisa mit einer Handbewegung anzufangen.

»*Es war ein-einmal mitten im Winter, und die Sch-Sch-Schneeflocken fielen wie Federn vom Hi-immel herab. Da saß eine Kö-ö…*«

»Königin«, half Maximilian ihr, und Louisa sah zu ihm auf, lächelte, und wieder traf ihn ihr Blick tief in seinem Inneren.

»*… eine Königin an einem Fenster, das einen Rahmen von sch-schwarzem E-E-Eben-h-holz hatte …*«

Maximilian schloss die Augen und lauschte Louisas sanfter

Stimme. Oh, er hätte ihr stundenlang zuhören können. Zwar stockten die Worte, und die Betonung war oftmals nicht richtig, sodass sich Louisa häufig verbessern musste, doch für ihn klang es wie Musik. Und er merkte, dass sie sicherer wurde, je länger sie las. Immer flüssiger wurde ihr Vortrag, sie überlegte kaum noch, bis sie dann doch wieder über ein Wort stolperte. Maximilian öffnete die Augen, sah ihr dabei zu, wie sie mit dem Finger unter der Zeile entlangfuhr wie einst Isabella, und er lächelte wieder und nahm sich vor, dieses Bild fest in seinem Herzen zu bewahren.

»*Es geschah aber, dass ein Königssohn in den Wald geriet und zu dem Zw-Zwergenhaus kam. Er sah auf dem Berg den Sarg und das schöne Schneewittchen darin. Da sprach er zu den Zw-Zwergen: ›Lasst mir den Sarg, ich will euch geben, was ihr dafür haben wollt.‹ Aber die Zw-Zwerge antworteten: ›Wir geben ihn nicht um alles Gold in der Welt.‹ Da sprach er: ›So sch-schenkt mir ihn, denn ich kann nicht l-leben, ohne Sch-Schneewittchen zu sehen, ich will es ehren und hochachten wie mein Liebstes.‹*«

Oh Louisa, dachte Maximilian und sah sie voller Sehnsucht an. Wenn du wüsstest, wie viel Wahrheit in diesen Zeilen liegt …

Ein paar Tage später verabredete sich Maximilian zu einem frühen Spaziergang im Englischen Garten mit Sophie de Neuville. Nanette begleitete ihn und verwickelte Sophie de Neuvilles Anstandsdame in ein Gespräch, sodass die beiden in gemäßigtem Abstand vorweggehen und sich unter vier Augen unterhalten konnten. Es war noch recht frisch, und der Tau glitzerte in den Grashalmen, aber die Sonne würde die Wiese an diesem Vormittag sicherlich trocknen und wieder einen Tag hervorbringen, der eine Ahnung auf den bevorstehenden Sommer brachte.

»Ich hoffe, Ihnen hat der Besuch bei uns gefallen.«

»Durchaus, es war nicht unangenehm.« Maximilian schlenderte, seinen Spazierstock in der Hand, neben ihr her. Er war froh, dass ihm sein Bein heute keine Malaise bereitete. So konnte er weitestgehend schmerzfrei den Spaziergang unternehmen, auch wenn er lieber zu Ross gewesen wäre.

Sophie blickte ihn von der Seite an. »Nicht unangenehm? Das klingt nicht, als hätten Sie unser Treffen genossen.«

»Nun, sagen wir, die Umstände gefallen mir nicht sonderlich gut.«

Ein Schmunzeln zuckte über ihre Lippen. »Ich weiß, dass Ihre Familie Sie verheiraten will, um Sie zur Räson zu bringen. Und sie verfolgt dasselbe Ziel wie meine Eltern.«

»Der Widerspenstigen Zähmung, sozusagen?«

Sophie de Neuville musste lachen. »Möglicherweise«, gab sie zu und funkelte ihn aus ihren veilchenblauen Augen an.

Wieder musterte Maximilian sie verstohlen. Sophie trug ein einfaches Tageskleid, das ihre Weiblichkeit geschickt in Szene setzte, ihre Haare hatte sie zu einer leichten Hochsteckfrisur arrangiert, in der Maximilian den Kamm entdeckte, den er ihr geschenkt hatte. Sophie wusste, was sich gehörte, denn sie trug das Schmuckstück ganz selbstverständlich. Oder erhoffte sie sich womöglich doch mehr aus ihrer Verbindung? Vielleicht träumte sie ja davon, dass aus ihrer arrangierten Ehe Liebe wurde? Von der Hand zu weisen war das nicht, von Isabella hatte er des Öfteren gehört, dass die Mädchen und Frauen solche Träume hegten, und konnte er es ihnen verdenken? Ihm selbst erging es ja fast genauso.

»Erzählen Sie mir etwas über sich«, forderte Maximilian sie freundlich auf.

»Ich spiele gerne Pianoforte, habe eine Vorliebe für die französische Literatur, und Handarbeiten liegen mir nicht sonderlich.«

Maximilian lachte. »Nein, nicht so etwas. Das kann ich überall über Sie erfahren. Erzählen Sie mir etwas Persönliches«, sagte er, und als sich ihre Blicke jetzt trafen, bemerkte er, dass Sophie überrascht zu sein schien. »Etwas, was sonst niemand über Sie weiß.«

Sie dachte einen Moment nach. »Das ist eine seltsame Forderung.«

»Also schön.« Maximilian überlegte kurz. »Man hört, dass Sie gerne feiern«, wagte er einen Vorstoß.

»Oh, spielen Sie auf meinen Ruf an? Soweit ich weiß, sind auch Sie kein Kind von Traurigkeit, was Ihre Damenbekanntschaften angeht.«

»Touché.« Maximilian verschränkte amüsiert die Hände hinter dem Rücken. Vielleicht war es mit Sophie de Neuville doch nicht so langweilig, wie er vermutet hatte. Der Spaziergang jedenfalls versprach, noch ganz interessant zu werden. »Sie sind eine Frau, die zu wissen scheint, was sie will. Welchen Vorteil zögen Sie aus einer Verbindung mit mir?«

Sophie de Neuville seufzte kaum merklich. »Ich bin das einzige Kind meiner Eltern, noch dazu war ihre Ehe lange kinderlos geblieben. Das schränkt meine Bewegungsfreiheit leider ein wenig ein.« Sie warf einen unauffälligen Blick in Richtung ihrer Zofe. »Umso mehr genieße ich es, die Freiheiten, die sich mir bieten, auszukosten.«

»Verstehe. Allerdings wären Sie nach einer Hochzeit mit mir ja wieder in einem goldenen Käfig gefangen.«

»Nur, wenn Sie darauf bestehen, die Käfigtür fest zu verschließen.«

Maximilian sah sie verwundert an. Was hatte denn diese Anspielung zu bedeuten? Er wollte nachhaken, doch Sophie de Neuville schlenderte unbeirrt weiter.

»Ich weiß, dass Sie gegen die Vermählung mit mir sind, gleichzeitig könnte diese Verbindung für uns beide von Vorteil sein. Ich bin einmal im Monat bei der Königin zum Tee geladen, und sie ist sicherlich begierig zu erfahren, wie sie das Krankenhaus, in dem Sie eine Anstellung gefunden haben, finanziell unterstützen könnte.«

»Das klingt nach einem lukrativen Angebot, allerdings plant mein Vater eine Karriere bei Hofe für mich.«

»Ich weiß, jedoch können Sie sicherlich als Mäzen irgendwo zusätzlich tätig sein«, gab Sophie de Neuville zu bedenken. »Einfluss und das fein gesponnene Netz, das die Aristokraten miteinander verbindet, sollten Sie nicht unterschätzen.«

»Und welcher Nutzen ergibt sich für Sie aus einer Ehe mit mir? Sie sind bereits bei Hofe – und so reich wie ein zu Treutheim ist meine Familie sicherlich nicht«, sagte Maximilian. »Also, welchen Vorteil würde es für Sie bringen, wenn wir vermählt wären?«

Sophies Blick glitt in die Ferne zu einem Reiter, der auf einem der Seitenwege in einiger Entfernung auf sie zuritt.

»Ich würde aus der strengen Bewachung meiner Eltern heraustreten«, sagte sie leichthin, doch Maximilian merkte, dass ihre Stimme zitterte.

»Ist das das Einzige, was Sie wollen?« Er merkte, dass das Gespräch nun eine andere Färbung annahm, eine emotionalere.

Sie hob leicht die Schultern. »Auch ich muss bei dem, was ich mir wünsche, Abstriche machen.«

Jetzt war der Reiter auf ihren Weg eingebogen. Maximilian erkannte Philipp von Hohenberg. Als er auf ihrer Höhe war, grüßte er freundlich, doch Sophie de Neuville schlug nur verlegen den Blick nieder.

»Wollen wir nicht zum Du übergehen?«, schlug Maximilian vor. »Ich denke, wir werden in naher Zukunft noch einiges zu bereden haben.«

Sophie de Neuville hängte sich bei ihm unter. Wieder so eine Berührung, mit der er nicht gerechnet hatte, die ihm aber nicht unangenehm war.

»Wie kommt es, dass deine Eltern mich ausgewählt haben?«, erkundigte er sich unverbindlich.

»Offen gestanden, haben sie mir als geeignete Kandidaten dich oder Hasso von Warhellberg zur Auswahl gestellt.«

»Du liebe Zeit …« Mitleidig verzog Maximilian das Gesicht, was sie beide lachen ließ. Er spürte den wohlwollenden Blick ihrer Zofe ebenso wie den nachdenklichen Nanettes auf seinem Rücken.

Als Sophie ihn jetzt ansah, lag ein echtes Lächeln auf ihren Lippen, eines, das sie freundlich und wie eine Komplizin wirken ließ. Ein wenig fand Maximilian es schade, dass er nichts für sie empfand, denn eine Freundschaft mit ihr wäre für ihn durchaus reizvoll. Vielleicht wäre sie als Ehefrau gar keine schlechte Partie, wenn er länger darüber nachdachte.

Jetzt musterte Sophie ihn wieder von der Seite. »Du bist doch nun nicht etwa verletzt, weil unsere Ehe nur ein Arrangement ohne Gefühle ist, oder doch?«

»Ich werde drüber hinwegkommen«, entgegnete Maximilian schmunzelnd. Er blieb stehen und sah sie an. Vordergründig gab er vor, eine der gelben Rosen zu betrachten, die am Wegesrand blühten.

»Ich denke, wir würden gut zusammenpassen«, murmelte sie, als sie sich ebenfalls über die Rose beugte.

Überrascht hob er die Brauen. »Woher nimmst du diese Annahme?«

»Wie man so hört, sind auch dir Sinnlichkeit und Leidenschaft wichtig.« In ihren Augen funkelte etwas, war es Nervosität, Unsicherheit, Kalkül? Es stimmte. Auch er hatte diverse Affären gelebt, die ihn gereizt und ihm körperliches Wohlbehagen bereitet hatten, doch keine davon hatte sein Herz je berührt. Eine Tatsache, die ihn nachdenklich und auch ein wenig traurig stimmte – eine Mischung aus Gefühlen, die er gern zur Seite schob und von denen er sich meist mit weiteren Affären abzulenken pflegte. Vielleicht würde sich dies ja ändern, wenn er ernstlich eine Ehe führte.

Jetzt war ihm Sophie de Neuville so nahe, dass er wieder das Veilchenblau ihrer Augen erkennen konnte. »Wenn du willst, könnten wir zu gegebener Zeit ausprobieren, ob wir auch in dieser Hinsicht zusammenpassen«, raunte sie. »Schließlich ist es doch recht angenehm zu wissen, worauf man sich bei einer solchen Verbindung einlässt, oder nicht?«

»Was für ein schönes Exemplar, findest du nicht?«, sagte Maximilian jetzt etwas lauter und richtete sich wieder auf. Er brach eine der halb geöffneten Knospen und reichte sie Sophie, die daran roch und dann anmutig den Kopf senkte – ganz so, wie es sich gehörte –, ihn ließ sie dabei jedoch nicht aus dem Blick. Maximilian bot ihr wieder den Arm, den Spazierstock hielt er lose in der anderen Hand.

Sophie schob ihre Fingerspitzen auf seinen Unterarm, sie lagen dort federleicht und warm, das konnte er durch den Stoff seines Fracks spüren, mit der anderen Hand hielt sie die Rose fest und drehte sie zwischen den Fingern. »Wer weiß«, sagte sie nun wieder etwas leiser, als sie den Spaziergang fortsetzten. »Nur weil unsere Ehe arrangiert ist, muss das ja nichts Schlechtes bedeuten. Wir können es uns ja trotzdem angenehm gestalten.«

Am Pfingstsamstag waren die jungen von Seybachs bei Alexander und Johanna von Reuss zum Mittagessen in ihr neues Palais eingeladen. Das Paar war gerade von seiner Hochzeitsreise aus Wien zurückgekehrt und strahlte bei Isabellas und Maximilians Ankunft in ihrem neuen Heim.

»Es ist so schön, euch heute offiziell hier zu empfangen«, sagte Johanna, als sie das kleine, geschmackvoll eingerichtete Speisezimmer betraten. Seine Cousine machte sich wunderbar als junge Hausherrin. »Und dieses Mal auch ganz ohne Fische und Frösche.« Sie warf Maximilian einen vielsagenden Blick zu.

»Was meint sie damit?« Isabella hob die Brauen.

»Ach, sagen wir, Johannas und Alexanders Schlafzimmer hat sich in ihrer Hochzeitsnacht in ein Aquarium verwandelt.«

»Zum Glück hatte ich ja schon so eine Ahnung, und Nanette hat für uns das Gästezimmer vorbereitet.« Alexander schmunzelte. »Aber keine Sorge, wenn die Zeit gekommen ist, werde ich mich bei dir und Leopold revanchieren.«

»Na, hoffentlich ist das noch eine Weile hin«, entgegnete Maximilian. Er zog sich einen Stuhl heran und setzte sich ein wenig ungelenk, doch hier, inmitten seiner Familie, störte er sich nicht daran. Isabella nahm neben ihm Platz, und Johanna wollte sich ihnen gegenübersetzen. Sofort eilte ihr Alexander zu Hilfe und schob ihr den Stuhl zurecht.

»Geht es, Liebling?«, fragte er mit zärtlicher Stimme.

»Ja, vielen Dank.« Sie lächelte dankbar zurück.

»Auf einen wunderbaren Nachmittag.« Maximilian hob das Glas, und sie prosteten einander zu.

»Wie war dein Probetag im Krankenhaus?«, fragte Alexander interessiert.

»Sehr eindrücklich. Und es gibt viel zu tun. Ich freue mich schon, wenn ich im Herbst meine Arbeit beginnen kann. Wie ist es bei euch? Habt ihr euch denn schon gut eingelebt?«, fragte er, als die Königinnenpastete aufgetragen wurde.

»Ja, meine Räume wurden ja eigens für mich hergerichtet«, erzählte seine Cousine. Und das Licht hier im ersten Stock ist ausgezeichnet, um zu malen.«

»Und jetzt hast du auch dein eigenes Ankleidezimmer«, meinte Isabella zwinkernd. »Endlich habe ich wieder genug Platz für meine Sachen. Nicht, dass du denkst, ich würde dich vermissen.« Sie lächelte schelmisch, und Maximilian knuffte sie in die Seite. »Also schön«, lenkte seine Schwester ein, »um ehrlich zu sein, ich vermisse es ganz furchtbar, dass du nicht mehr nur ein Zimmer entfernt bist.«

»Ach ja, das vermisse ich auch«, gab Johanna zu. »Und euch sowieso. Sogar Nanette fehlt mir manchmal. Sagt, ist euch das auch aufgefallen, dass sie sich immer mal wieder aus dem Haus stiehlt, wenn sie glaubt, wir seien anderweitig beschäftigt?«

Isabella nickte. »Wenn der Finessensepperl vorbeikommt, wird sie ganz kauzig.«

»Noch kauziger?«, wunderte sich Johanna, und alle lachten.

»Aber Isabella hat schon recht«, sagte Maximilian schließlich. »Sie hat ihre eigene Art und mag es gar nicht, wenn man sich in ihre Angelegenheiten einmischt.«

»Wohingegen sie das bei jedem anderen ohne Unterlass tut«, ergänzte Isabella, und wieder lachten alle.

»Hat nicht jeder seine Geheimnisse?«, fragte Johanna und warf

Alexander einen vielsagenden Blick zu. Der sah sie nur mit einem verschmitzten Lächeln an und drückte kurz ihre Hand. Maximilian stutzte, entschied sich aber, nichts darauf zu erwidern.

»Wie kommst du denn inzwischen mit deinem Schwiegervater zurecht?«, wollte Isabella wissen.

Johanna wiegte den Kopf.

»Er macht es einem nicht leicht«, antwortete Alexander an ihrer statt, »aber Johanna schlägt sich prima.«

»Ich wusste ja auch, worauf ich mich einlasse«, meinte sie dann.

»Möchtest du noch etwas Pastete, Liebes?«, fragte Alexander, und ohne ihre Antwort abzuwarten, gab er einem Diener ein Zeichen.

»Bald wird er sicherlich auch versöhnt sein«, sagte Johanna, nachdem sie den Pastetennachschlag höflich abgelehnt hatte.

»So? Wie das?«, fragte Maximilian und unterdrückte ein Schmunzeln.

»Johanna und ich …« Alexander warf seiner Frau einen liebevollen Blick zu, der sie zärtlich umfing.

»Wir erwarten ein Kind«, sagte Johanna freiheraus, nachdem Alexander nicht weitersprach.

Maximilian grinste. »Na, ein Glück war das Gästezimmer vorbereitet.«

Isabella ließ überrascht ihr Besteck sinken. »Das ist ja wundervoll! Herzlichen Glückwunsch!«

»In der Tat sind das ausgezeichnete Neuigkeiten!« Maximilian hob sein Glas. »Auf euch – und den künftigen Erben von Reuss.«

Wieder prosteten sie einander zu.

»Trink nicht so viel, Liebes«, ermahnte Alexander seine Frau gleich darauf schon wieder.

»Alexander.« In Johannas Stimme schwang ein leicht genervter Unterton mit. »So geht das schon die ganze Zeit, seit er weiß, dass ich schwanger bin.« Sie sah ihre Gäste Mitleid heischend an.

»Du musst mir verzeihen, ich mache mir einfach Sorgen. Maximilian, vielleicht könntest du nach dem Essen Johanna untersuchen, um zu sehen, ob auch wirklich alles in Ordnung ist?«

Maximilian lächelte. »Ich glaube nicht, dass Johanna das möchte, zumal es für eine Untersuchung ohnehin zu früh ist, schätze ich. Da könnte ich noch nichts ertasten. Ihr seid ja erst seit Kurzem verheiratet. Aber was den Zustand deiner Frau angeht, Alexander: Schwangerschaften sind das, was in der Menschheitsgeschichte am erfolgreichsten erprobt wurde. Aber falls dir doch einmal unwohl sein sollte, Johanna, kannst du dich selbstverständlich jederzeit an mich wenden.«

»Das mache ich gerne, allerdings gibt es dafür momentan keinen Grund. Es geht mir ausgezeichnet. Ich überlege ja, ob ich nicht doch der Einladung der de Neuvilles morgen Abend zu ihrem Pfingstfest mit Hausmusik und Tanz nachkomme. Ein wenig ist mir ja schon nach französischem Essen und Unterhaltung.«

»Das ist viel zu anstrengend!«, wehrte Alexander sofort ab. »Dieses ganze Drehen und Wirbeln auf der Tanzfläche. Am Ende wird dir schwindelig, und du fällst. Und noch dazu die stickige Luft und all die Aufregung, wenn wieder Gerüchte die Runde machen. Nein, wir bleiben hier und lassen den Abend bei uns im Garten ausklingen. Dort ist es auch schön, und wenn dir der Sinn nach französischem Essen steht, werde ich das unserer Köchin mitteilen, damit sie dir ein ausgezeichnetes Menü zubereiten kann.«

Johanna verdrehte gespielt genervt die Augen und wandte sich Maximilian zu: »Wie lange muss ich mir das noch anhören, Max? Neun Monate?«

»Ich fürchte, acht werden es mindestens sein, wenn du es erst festgestellt hast, ja«, sagte er mitleidig. »Aber, Respekt, mein lieber Freund, das ist mal eine außergewöhnliche Ausrede, wieso du mich bei einem Ball im Stich lässt.«

»Ach komm, Max, als ob du mich morgen Abend bräuchtest.« Er

sah seinen Freund überlegen an. »Bei den Gesprächen mit Sophie wäre ich dir doch ohnehin nur im Weg.«

Maximilian ging wieder ihr Vorschlag durch den Kopf. Ein Arrangement, das für sie beide gewisse Annehmlichkeiten bereithielt. Er dachte an ihren Ruf, auf den auch Alexander gerade angespielt hatte, danach an seinen eigenen. Er selbst war keinen Deut besser. Wollte er sich erneut in eine belanglose Affäre flüchten? Andererseits war Sophie de Neuville möglicherweise bald seine zukünftige Verlobte, und sie würde ihm diverse Verehrerinnen vom Leib halten, wenn diese Tatsache bei Bällen und Tanzabenden publik wurde. Allerdings erwartete seine Familie, dass aus dieser Verbindung tatsächlich etwas Ernstes, also eine Ehe wurde. Maximilian winkte einem Diener, der ihm Wein nachschenkte. Er griff nach dem Glas und trank. Wie sehr er solche Feierlichkeiten verabscheute. Und jetzt fehlte ihm auch noch die Rückendeckung seines Freundes. Er hatte sich bei derlei Festivitäten allzu gern mit Alexander oder Leopold in den Herrensalon zurückgezogen und bei einer Partie Schafkopf und einem Whiskey den Abend voranschreiten lassen. Vielleicht war auch gerade das der Grund, weshalb die Damen ihm immer wieder auflauerten – weil er nicht die ganze Zeit verfügbar auf der Tanzfläche parat stand, sondern sich rarmachte. Dabei war das nur wahrlich nicht das Ergebnis, das er sich von seiner Taktik erhoffte.

»Ich finde im Übrigen nicht, dass meine Ängste übertrieben sind«, sagte Alexander in seine Gedanken hinein. »Erst neulich habe ich gehört, dass eure Dienstbotin ihr Kind verloren hat.«

»Die arme Anna«, seufzte Isabella und beendete ihre Vorspeise. »Sie tut mir wirklich leid.«

»Nun, so etwas kann durchaus vorkommen«, sagte Maximilian sachlich. »Aber ihr ist es von Anfang an in der Schwangerschaft nicht gut gegangen. Sie hatte schon zu Beginn häufiges Unwohlsein und leichte Blutungen, ganz im Gegensatz zu Johanna. Du, liebe Cousine, erscheinst mir wie das blühende Leben. Und was Anna betrifft: Für sie ist es vermutlich besser so.«

»Was meinst du damit?«, fragte Alexander.

»Das arme Kleine hatte keinen Vater«, sagte Johanna, die augenscheinlich vom Dienstbotenklatsch aus dem Hause Seybach gehört hatte.

»Das ist traurig«, murmelte Isabella.

»So ist es leider häufiger. Zum Kinderbekommen sind sie da, doch zum Kindergroßziehen nicht.«

Seine Schwester sah ihn nachdenklich an. »Wie geht das, dass ein Mann und eine Frau …«

»Alles Weitere dazu soll dir besser Großmutter erklären«, unterbrach Maximilian sie rasch.

»Natürlich, wenn es brisant wird, wälzt du deine Pflichten als verantwortungsvoller älterer Bruder wieder an Großmutter ab!« Isabella funkelte ihn an, und Maximilian entging ihr spitzer Unterton nicht.

»Oder sonst eine Dame. Ein Mann ist nicht der Richtige, um das einer Frau zu erläutern. Glaube mir, Isabella, es ist besser, wenn du so ein Gespräch von Frau zu Frau führst und nicht mit mir. Johanna zum Beispiel …«

Johanna hob abwehrend die Hände. »Also ich wüsste nicht, was ich da groß erklären sollte … Oh, der Hauptgang.« Sie setzte ein erzwungenes Lächeln auf. »Gebratene Täubchen mit Schmorgemüse und Herzoginnenkartoffeln. Guten Appetit!«

Nach dem Essen wurden die traditionellen Heiliggeist-Krapfen zum Tee im Salon serviert.

»Sie schmecken fast so gut wie bei Berti«, stellte Johanna fest, als sie einen Bissen genommen hatte. »Was gibt es eigentlich sonst Neues im Lilienpalais?«

»Oh, Maximilian erteilt jetzt Nachhilfeunterricht«, erzählte Isabella.

»So?«, wunderte sich Alexander. »Und wem? Dir etwa? Dir kann er ja wohl kaum noch etwas beibringen.«

»Ach, Unsinn.« Isabella wischte seine Bemerkung mit einer Handbewegung weg. »Natürlich nicht mir, sondern Louisa.«

»Louisa? Wie das?«

Maximilian wechselte von seiner Teetasse lieber wieder zu seinem Whiskeyglas. Das erschien ihm bei diesem brisanten Gespräch die bessere Wahl. »Sie hat den Wunsch geäußert, die Dienstbotenschule zu besuchen, um Lesen und Schreiben zu lernen, und weil es ihr schwerfällt, neben ihrer Arbeit im Haus zu üben, habe ich mich eben als ihr Nachhilfelehrer angeboten.« Gelassen nippte er an seinem Glas und hoffte, dass er sich so nicht in die Karten blicken ließ.

»Ach, das ist ja eine Überraschung.« Alexanders Blick schien ihn zu durchbohren. »Und, wie macht sie sich so als deine – *Schülerin*.«

Wieder sah Isabella irritiert zwischen ihnen hin und her.

»Sie lernt sehr schnell«, sagte Maximilian knapp.

»Das denke ich mir«, kam prompt Alexanders Antwort. »Das O und das A kann sie bestimmt schon.«

Maximilian versetzte seinem Freund einen Stoß mit dem Ellbogen. Dann räusperte er sich, und mit seinem Blick hätte er Alexander in diesem Moment vermutlich erdolchen können. »Was die korrekte Intonation der Vokale angeht, solltest du dich besser an Isabella wenden. Sie ist die begabte Schauspielerin von uns beiden.«

»Ach, ich finde, du machst dich da auch gar nicht so schlecht«, entgegnete Alexander, und Maximilian wusste, dass er sich demnächst auf ein ausführliches Kreuzverhör im Club einstellen konnte.

»Was spielst du denn gerade im *Heimlichen Theater an der Ludwigsstraße*?«, fragte Johanna an ihre Cousine gewandt.

»Nanette hat mir eine Ausgabe von Friedrich Schillers *Maria Stuart* mitgebracht«, berichtete sie aufgeregt. »Oh, du ahnst gar nicht, wie gern ich dieses Stück im *Odeon* spiel…«, sie biss sich auf die Unterlippe, »… sehen würde. Rudolf Heiland wäre der geborene Mortimer. Wenn er auf die Bühne tritt, ist alles andere um ihn herum vergessen. Wie sonst keiner könnte er das erregende Moment in dem Drama inszenieren, in dem man glaubt, es gäbe doch noch Rettung für die arme Königin von Schottland.«

Maximilian atmete auf, da sich das Gespräch jetzt um das Können des charmanten Schauspielers drehte. Isabellas Schwärmereien für ihr attraktives Vorbild kamen ihm in diesem Moment gerade recht. Gedankenverloren nippte er wieder an seinem Whiskey. Jetzt brauchte er nur noch einen Plan, wie er den Abend bei den de Neuvilles überstand. Vielleicht ließ sich Leopold erweichen, ihm dort Gesellschaft zu leisten.

Leider wurden Maximilians Hoffnungen, dass er sich mit Leopold ins Herrenzimmer zurückziehen könnte, am nächsten Abend enttäuscht, denn sein Freund parlierte gleich nach ihrer Ankunft lieber mit Isabella. Also widmete sich Maximilian den angenehmeren Dingen des Abends – dem Champagner zum Beispiel. Leopold ließ sich um seiner Mutter willen schließlich auf einen Tanz mit der schönen Julie von Hegenberg ein, und so stand Maximilian noch immer allein am Rand des Ballsaals und sah den Paaren dabei zu, wie sie eine Polonaise tanzten. Unter ihnen war Isabella, die von dem Grafen von Wohlenthau aufgefordert worden war.

»Na, amüsierst du dich gut?«, hörte er da die katzenhafte Stimme Sophie de Neuvilles neben sich.

»Ausgezeichnet«, antwortete er knapp und leerte sein halb volles Champagnerglas in einem Zug.

»Meine Eltern fragen, wann du das nächste Mal zu uns zu Besuch kommst. Sie waren sehr angetan von dir, seit du mir neulich deine Aufwartung gemacht hast. Ein Mann mit Anstand und Manieren, der wisse, was sich gehört. Maman schwärmt noch immer von deinem Blumenstrauß, und Papa liebt den Schnupftabak. Seitdem will er keinen anderen mehr.«

»Das freut mich zu hören.« Maximilian entging nicht, dass Sophie wieder den Haarkamm trug, den er ihr geschenkt hatte. Tat sie es nur aus Höflichkeit, oder empfand sie womöglich doch etwas für ihn?

Andererseits setzte sie damit nach außen hin ausgezeichnete Akzente, die sicherlich nicht nur in ihren Kreisen wahrgenommen wurden, sondern über die auch seine Großmutter sehr erfreut sein würde.

»Und ich denke sehr gern an unseren Spaziergang im Englischen Garten«, flüsterte Sophie. »Vielleicht wollen wir unser Gespräch von damals später fortsetzen?«

Maximilian warf ihr einen überraschten Blick zu.

»Ich weiß, dass zwischen uns keine Liebe ist, aber das muss ja auch nicht sein. Zärtlichkeit und Leidenschaft kann man auch so genießen. Abgesehen davon erwarten unsere Familien Nachkommen aus dieser Verbindung. Und wer sagt denn, dass die nur pflichtschuldig gezeugt werden müssen?« Sophie de Neuville griff nach einem frischen Champagnerkelch und reichte ihn Maximilian. Dabei streiften ihre Fingerspitzen die seinen.

»Oh, ich vermute, jetzt kommt der spannende Teil«, sagte Maximilian und nippte an seinem Champagner.

»Hinter dem Pavillon im Garten gibt es einen Geräteschuppen«, raunte sie. »Ich würde mich gerne ein wenig mit dir zurückziehen, wenn du möchtest.«

Damit ließ sie ihn stehen, nickte einem Gast höflich zu und verschwand schließlich in ihrer apricotfarbenen Seidenrobe auf der Terrasse.

Maximilian gab ihr einen Vorsprung, um bei den Anwesenden keinen Verdacht zu wecken, ehe er ebenfalls ins Freie trat. Es reizte ihn, dass Sophie so genau zu wissen schien, was sie wollte. Und was wäre falsch daran, sich einmal auszuprobieren, ehe man sich auf eine Ehe einließ? Es stimmte, es gab so viele schöne Dinge zwischen Mann und Frau, mit denen man einander Erfüllung schenken konnte, wie sie es anscheinend beide gerne taten. Warum sollte man dies nicht vorher auskosten? So wussten sie jedenfalls beide, was sie später erwartete. Und vielleicht würde ein bisschen Ablenkung nach Sophies Manier seine Laune an diesem Abend heben.

Er stieg, das rechte Bein leicht nach sich ziehend, die steinernen

Stufen hinunter und zum Pavillon. Verdammt, heute war einer der schlechteren Tage. Er bemerkte ein Liebespaar, das leise kicherte, doch es verstummte, als er unweit an ihnen vorbeilief. Er gönnte es ihnen, wünschte sich für einen Moment selbst, sich nicht wieder in etwas Belangloses zu flüchten, das ihn doch nur für den Augenblick erfüllte. Nun, für diesen Abend mochte es ihm reichen. Am Geräteschuppen blickte er sich um. Hier standen keine Laternen, keine Fackeln erhellten den Weg. Er war in den Schatten verborgen, und so konnte er ungesehen die Tür öffnen und eintreten.

Drinnen brauchten seine Augen, bis sie sich an das Licht gewöhnt hatten, doch er bemerkte schnell ein Kanapee, auf dem Sophie de Neuville in unmissverständlicher Pose lag. Ihr Rock war über ihre Beine bis zum Knie nach oben gerutscht – oder drapiert? – und ließ einen Blick auf ihre elfenbeinfarbenen Waden zu. Ein wenig verabscheute er sich selbst dafür, dass sie in ihm nicht mehr Gefühle erweckte als einfache Lust, doch vielleicht war dies sein Schicksal. Er dachte daran, welches Glück Alexander und Johanna miteinander genossen, was ihm selbst wohl verwehrt bleiben würde. Also warum sollte er nicht wenigstens jetzt die Annehmlichkeiten auskosten, die sich ihm boten, wie es Sophie de Neuville vorgeschlagen hatte?

Er sah, wie Sophie sich ihre Schuhe abstreifte. Sie griff nach einer geschliffenen Glaskaraffe, zog den facettierten Stopfen und nahm einen Schluck. Dann reichte sie sie Maximilian. Er nippte, ein Single Malt, rauchig-weich, ausgezeichnete Qualität. Eigentlich hätte er ihn stehen lassen sollen, denn er hatte schon zu viel getrunken, aber wieder schickte ihm seine Narbe feuergleiche Blitze das Bein empor, und so trank er noch einmal.

Maximilian ließ sich neben Sophie auf das Kanapee nieder, erleichtert, endlich zu sitzen. Sogleich war sie hinter ihm, ihre Hände wanderten über seine Arme, seine Brust, seinen Bauch. Maximilian schloss die Augen, ließ zu, wie sie ihm den Frack auszog. Er spürte ihren schnellen Atem, der über seine Wange streifte, spürte gleich darauf ihren suchenden Mund auf seinem. Sie fanden sich in einem Kuss, er schmeckte den Whiskey, der ihre Lippen, ihre Zunge benetzte. Dann, zu seiner Verwunderung, stand sie auf, trat vor ihn, kniete sich auf den Boden und öffnete die Schnürung seiner Hose. Ihre Hände waren geschickt, ihre Berührungen leicht und doch gezielt. Sie wusste genau, was sie tat. Maximilian hielt ihr Handgelenk fest. Da hob sie den Kopf, sah ihn an, küsste ihn noch einmal, feurig, fordernd. Er konnte ein kehliges Seufzen nicht unterdrücken, legte den Kopf in den Nacken, seine Finger öffneten sich wieder, gaben ihr Handgelenk frei. Er spürte, wie sie ihn liebkoste, wie sie ihn mit den Fingern verwöhnte. Sie fand einen Rhythmus, der sich gut anfühlte, ihn rasch zum Höhepunkt brachte, doch sein Sehnen blieb. Als sie fertig war, streichelte er über ihr rotes Haar, ihre erhitzten Wangen, schenkte ihr ein Lächeln, das seine Augen nicht erreichte. Tief in seinem Inneren verachtete er sich selbst dafür, was er da tat, denn sein Suchen ging weiter, der Wunsch nach Berührungen, die ihm endlich etwas bedeuteten, doch er schob den Gedanken beiseite. Sie hatte es genau so gewollt, er hätte sie nie dazu gedrängt, es zu tun. Dass er dabei nicht mehr empfand, stimmte ihn traurig. Er sah ihre glänzenden Lippen, das Aufblitzen in ihren Augen. Noch einmal nahm er einen kräftigen Schluck aus der Flasche, stellte sie auf das Silbertablett zurück. Er sollte sich wenigstens revanchieren. Maximilian zog Sophie zu sich empor, wirbelte sie herum, sodass sie atemlos auf dem Kanapee landete, schob ihre Röcke nach oben und bedeckte ihren Körper mit heißen Küssen, ihren Bauchnabel entlang zu ihrer Scham hinab.

»Zeigst du mir jetzt deine Fingerfertigkeit, die ich schon am Pianoforte erleben durfte?«, hauchte sie mit funkelnden Augen und sich rasch hebender Brust.

»Nichts lieber als das«, flüsterte Maximilian und erstickte ihre weiteren Worte mit einem Kuss, ehe er sie mit einer Hand liebkoste, bis sie sich wohlig seufzend unter ihm wand und vor Lust leise stöhnte …

9

Louisa

Die Kunde, dass Johanna von Reuss ein Kind erwartete, verbreitete sich wie ein Lauffeuer im Lilienpalais. Gräfin Henriette nahm die Nachricht mit geschürzten Lippen zur Kenntnis, aber Carl von Seybach ließ seiner Nichte einen üppigen Blumenstrauß überbringen, nachdem Isabella ihn per Depesche darüber informiert hatte, da er sich mit dem König in der Pfalz aufhielt. Die Dienstboten freuten sich mit ihrer jungen Gräfin, auch wenn manche hinter vorgehaltener Hand tuschelten, dass dies womöglich der Grund für die rasche Hochzeit gewesen sei. Louisa beschäftigte sich indes mit einer ganz anderen Frage. Nachdem Anna ihr Kind verloren hatte, war sie ihr eine gute Zuhörerin gewesen und hatte sie durch die ersten Tage der Trauer begleitet. Doch dann hatte sich Annas Schmerz in Erleichterung gewandelt, und Louisa konnte verstehen, dass sie alles in allem doch froh über diesen Verlauf war. Dennoch machte sich immer wieder ein beklemmendes Gefühl in ihrer Brust breit, wenn sie darüber nachdachte. Die junge Gräfin von Reuss würde bald glücklich ein Kind in den Armen halten – doch wieso war es ihnen nicht vergönnt? So oft hatte sie bereits gehört, dass es Mädchen und Frauen aus den niederen Schichten ins Unglück stürzte, wenn sie ein Kind erwarteten. Warum zog es für sie häufig einen Abstieg ins Elend nach sich, während man in den oberen Schichten einen Nachkommen feierte?

»Das wird mir eine Lehre sein«, hatte Anna einmal gemurmelt, als sie allein in der Küche waren und Gemüse schälten, und ihr Blick war in die Ferne gewandert. »Nächstes Mal werde ich besser aufpassen.«

Louisa hatte ihre Hand auf Annas gelegt und sie sanft gedrückt. So gerne hätte sie mehr für sie getan, aber auch sie wusste, dass es besser so war, und so schloss sie Anna abends in ihre Gebete ein. Wenn sie sie doch nur noch einmal fragen könnte, wie das alles ging. Und was meinte sie mit »aufpassen«?

Heute Morgen hatte sie das Kochgeschirr zu spülen. Die großen Kupfertöpfe passten kaum in den Spülstein, und Louisa hatte Mühe, sie mit dem Lappen einmal ringsherum abzuwischen, damit sie wieder rotgold glänzten und für Bertis Speisen bereitstanden. Gähnend betrat die Köchin die Küche. »Grüß Gott, Louisa«, murmelte sie und streckte sich. »Des isch a Feschtessa gsi …«

»Kein Wunder, wenn die junge Komtess sowohl die von Löwensteins als auch die von Reuss zum Fronleichnamsessen einlädt«, ließ sich Finni vom Küchentisch vernehmen. Die Zofe war meist eine der Ersten, die sich in der Küche einfand, denn da Isabella von Seybach nicht dafür bekannt war, nach ausschweifenden Feierlichkeiten am nächsten Morgen begeistert aufzustehen, brauchte die Kammerzofe meist deutlich länger, um das junge Fräulein mehrmals zu wecken und anschließend zurechtzumachen. »Und gefeiert haben sie wieder bis spät in die Nacht«, murmelte sie und gähnte ebenfalls. »Ich wünschte nur, ich könnte einmal so lange schlafen, wie ich will.«

»Das wäre schön«, seufzte auch Louisa und versenkte wieder die Hände im Spülwasser. Auch für sie war daran nicht zu denken, denn eine Menge zusätzlicher Arbeit wartete auf sie. Sie musste die Tischwäsche der Feier waschen und stärken, das Silber polieren und den Speisesaal putzen wie nach jedem Diner, das die Familie von Seybach gab.

»Gug amol, dia Ludovika isch au wieder do.« Berti kniete sich zu Komtess Isabellas Hündin, die es sich in einer Ecke der Küche gemütlich gemacht hatte, und streichelte ihr über den Kopf. Die Arme war schon wieder aus der Beletage verbannt worden, nachdem sie ein Häufchen ausgerechnet in Gräfin Henriettes Ankleidezimmer hinterlassen hatte. »Isch dia Zeitung scho do?«, erkundigte sich Berti, als sie sich jetzt wieder aufrichtete.

»Gerade eingetroffen«, sagte Albrecht und überreichte sie der Köchin. »Frau Haberl würde gerne die morgige Essensplanung besprechen.«

Berti brummte nur etwas und schlug raschelnd die Seiten auf. »Jetzt will i zerscht wissa, wia mi Gschicht widergoht.«

»Lies laut vor!«, forderte Finni und biss in ihr Käsebrot.

Berti tat, wie ihr geheißen, und auch Louisa lauschte vom Spülstein aus gespannt der Fortsetzungsgeschichte, während sie Topf um Topf erst in und dann wieder aus dem Seifenwasser hievte. »*Nie hätte sie gedacht, eine Heimat zu finden, fernab dem Land und den Menschen, mit denen sie aufgewachsen war. Ihr Blick glitt zum Himmel, und über ihr funkelten dieselben Sterne wie in ihrem damaligen Zuhause. Vom Lagerfeuer ein paar Meter weiter trugen vielerlei Stimmen die Lieder und das Lachen in die Nacht. Sie verstand noch nicht jedes Wort, aber die Melodien genügten, um zu wissen, wann Herzen brachen, wann Freunde oder Liebende sich vermissten, wann sie glücklich waren miteinander. Als sie sich dem Feuer näherte, schien eine Person ganz besonders von den Flammen erleuchtet zu sein, und wenn sie an die Küsse dachte, an seine Lippen, an die Hitze, wenn ihre Körper sich berührten, wollte ihr Herz fliegen. Wenn sie an die Stimme dachte, an die Gespräche, war in dem Moment vergessen, wie sehr dieser Mann an ihrem Herzen gerissen und es wund gemacht hatte. Sie seufzte, trat lächelnd neben diesen Menschen, der ihr ihr Leben bedeutete, und nahm seine Hand. Niemand wusste, was die Zukunft brachte, doch diesen Augenblick, vereint unter einem Himmel mit silberblitzenden Bändern, bestrahlt vom goldwarmen Feuer und ein Leuchten in ihrem Inneren, das noch viel heller, voller, erfüllender war – diesen Moment und dieses Gefühl konnte ihnen keiner mehr nehmen. ›Glück‹, dachte sie, ›so also fühlt es sich an.‹*«

»Und weiter?«, fragte Finni gespannt.

»Nix un wider«, sagte Berti. »Ende.« Sie faltete mit resoluter Geste die Zeitung zusammen.

»Was meint das denn? Bestrahlt von goldwarmem Feuer und ein Leuchten von innen?«, fragte Louisa und trocknete mit einem Leinentuch einen der Kupfertöpfe.

Finni errötete sogleich, doch sie gab ihr keine Antwort.

»Kennsch des Fier im Herd?«, fragte Berti, die sich auf den Küchentisch stemmte und hochwuchtete.

Louisa nickte.

»I nit, denn do brennt jo nint, wenn du nu rumstosch un Maulaffa feilhälscht!«

Louisa beeilte sich, auch die restlichen Töpfe zu trocknen, um dann das Holz in den Herd zu legen und das Feuer zu entzünden. Berti war währenddessen in der Speisekammer verschwunden.

»Komm heut Abend in meine Kammer«, flüsterte Finni ihr zu, und Louisa blickte sie verwirrt an. »Wegen dem, was es da noch gibt an Feuer und Leuchten, mein ich …«

»Hat das Personal so wenig zu tun, dass es sogar herumstehen und tuscheln kann?« Afra Haberl, wie immer tadellos gekleidet, erschien in voller Größe im Türrahmen. »Guten Morgen, die Damen. Wo ist Berti?«

Cilli und Annelies huschten an ihr vorbei, knicksten und suchten sich einen Platz am Küchentisch, um zu frühstücken. Auch Xaver traf jetzt ein, und als Afra Haberl nach der Zeitung griff und sie ebenfalls zu der Seite der Fortsetzungsgeschichte geblättert hatte, zuckte es um ihre Mundwinkel.

»Ah, kommt die werte Frau Köchin heute auch mal in ihre Küche«, begrüßte sie Berti und legte sofort die Zeitung weg, als Berti eintrat.

»Dia wert Frau Köchin schtod sit ällera Herrgottsfria scho do un wartet uf dia Menübesprechung.« Unbeeindruckt goss Berti Milch in einen Topf.

»Ich hatte noch etwas zu erledigen. Eines der Mädchen …«,

murmelte Afra, schüttelte dann aber kaum merklich den Kopf. »Wie auch immer. Es bleibt bei eingemachtem Kalbfleisch mit Hefeklößen. Gräfin Henriette wünscht übrigens, Sie in einer halben Stunde zu sehen.«

»So, no hol i mir mi Lob gärn ab, des isch gwieß.« Sie grinste Afra Haberl breit an und wischte sich die Hände an ihrer Schürze ab. »Wo han i jetzt da Hunig?«

Im selben Moment trat Isabella von Seybach in die Küche, noch im Nachthemd, darüber ihren rosafarbenen Morgenrock. Hinter ihr lief Matthias, auf dem Arm trug er Caesar, Isabellas irischen Setter.

»Komtess!«, rief Finni bestürzt und sprang auf. Sofort taten es ihr die anderen Dienstboten gleich und erhoben sich rasch, um Isabella von Seybach mit einem Knicks oder einer Verbeugung angemessen zu begrüßen. »Was machen Sie denn schon um diese Zeit hier unten?«

»Caesar geht's nicht gut«, sagte Isabella mit ernster Miene. »Er ist heute früh auch nicht in mein Bett gekommen, um mit mir zu spielen. Sonst guckt er immer und weckt mich.«

»Du lieber Himmel!«, murmelte Afra Haberl, bleich wie die Wand hinter ihr, »wenn das die Gräfin erfährt.«

»Wenn koanor schwätzt, erfehrt do neamed ebbes«, brummte Berti.

»Gefressen hat er auch seit gestern Morgen nichts. Sein Futter vom Abend hat er einfach stehen lassen.«

»Jetzt git's erst amol a Wursträdle, un wenn der Caesar äbbes Astendiges gässa hot, goht's am au wieder besser.« Berti verschwand erneut in der Vorratskammer.

»Afra, seien Sie so gut, holen Sie mir doch bitte einen Wäschekorb für den Armen«, bat die Komtess, »und eine Decke. Dann kann ich ihm hier am Herd ein Körbchen herrichten.«

Die Hausdame nickte mit zusammengepressten Lippen und verließ die Küche. Wenig später kam sie mit einem geflochtenen Weidenkorb und einer Wolldecke zurück.

Isabella bereitete Caesar eine gemütliche Schlafstätte, während Berti versuchte, ihm das Wursträdchen schmackhaft zu machen.

»Do hilft älles Bädde nint, i koch dem Caesar a Hennasupp. Herrschaftsechse, dia Gelriaba sin us.«

»Louisa, kannst du heute, wenn du mit Nanette zur Dienstbotenschule gehst, vielleicht welche für Caesar besorgen?«, bat Isabella.

»Selbstverständlich, Komtess.«

»Ach, und in der Buchhandlung liegt noch eine neue Ausgabe von Lessings *Emilia Galotti* für mich zur Abholung bereit. Kannst du mir die auch mitbringen? Großmutter ist noch immer nicht darüber hinweg, dass aus meiner Wäschekommode letztes Mal Eichendorffs *Aus dem Leben eines Taugenichts* herausgepurzelt ist.« Sie verzog die Lippen angesichts des noch anstehenden Hausarrests.

»Natürlich, Komtess«, sagte Louisa.

An dem Klingelbrett über der Küchenanrichte ertönte eine Glocke, und die Dienstboten warfen einen Blick darauf. Es war die von Maximilian, und Albrecht stand auf. »Dann sehe ich mal nach dem Herrn Dr. von Seybach«, sagte er.

Louisa konnte nicht verhindern, dass ihr Herz aufgeregt zu schlagen begann. Sie erinnerte sich an die Lesestunden mit dem Erbgrafen und daran, wie er zusammen mit ihr ihren Namen geschrieben hatte. Seitdem waren sie sich zwar nicht mehr so nahegekommen, sah man von der einen kleinen Berührung ihrer Hände beim Kopfrechnen einmal ab, und Maximilian von Seybach saß in der Bibliothek an dem großen Lesetisch immer diskret neben ihr, aber seine bloße Anwesenheit und die Erinnerung daran ließen es in ihrer Magengrube geheimnisvoll kribbeln. Heute würde sie in der Dienstbotenschule ihre Schreibübungen vorlegen und sicherlich ein Lob von der Lehrerin bekommen, denn Maximilian hatte die einzelnen Buchstaben so lange mit ihr geübt, bis sie voll und rund auf dem Papier gestanden hatten. Auch im Rechnen war sie deutlich besser geworden.

»Träumsch du, Meidle?«, riss Bertis Stimme sie aus ihren Gedanken.

»Was? Äh … nein.«

»Dia Nanette isch grad vorbeigloffa, jetzt muasch aber macha!«

Louisa legte das Holzscheit zurück in den Korb, erhob sich und eilte auf den Flur hinaus. Sie konnte gerade noch Nanettes Rockzipfel entdecken, der hinter der Tür zum Dienstbotentreppenhaus verschwand.

»Nanette!«, rief sie und beeilte sich, ihr zu folgen.

»Ah, Louisa, grüß Gott. Ich dachte schon, du hättest verschlafen.«

Louisa schüttelte den Kopf. »Die Komtess hat mich noch gebeten, zwei Erledigungen für sie zu machen.«

»Na, dann mal los.« Die Gouvernante ließ Louisa den Vortritt, und als sie an ihr vorbeiging, tastete Nanette prüfend über ihre Röcke.

Seltsam, dachte Louisa, was sie wohl immer in ihren Rocktaschen verbirgt? Es war ihr nicht entgangen, dass Nanette jedes Mal, wenn sie Louisa zur Dienstbotenschule brachte, auch eigene Besorgungen erledigte, aber wenn Louisa im Plauderton fragte, was sie denn noch zu erledigen habe oder wohin Nanette gehe, während sie lernte, hüllte sich die Gouvernante in Schweigen oder antwortete ausweichend.

Durch das Dienstbotenportal verließen sie das Lilienpalais und bogen in die Ludwigstraße ein. Schweigend liefen sie nebeneinanderher. Eine Kutsche ratterte an ihnen vorbei über das Kopfsteinpflaster und hielt in der Nähe eines Stadtpalais mit imposanter Fassade. Louisa beobachtete, wie ein Mann in einem dunkelblauen Gehrock die Kutschtür öffnete und der Frau die Hand reichte, damit sie aussteigen konnte. Sie sah, wie die Frau sich über einen wohlgerundeten Bauch streichelte, wie der Mann etwas zu ihr sagte. Seine Worte konnte sie nicht verstehen, sie gingen im Rattern der nächsten an ihnen vorbeifahrenden Kutsche unter.

»Nanette, darf ich dich was fragen?«, sagte Louisa schließlich.

»Natürlich.«

»Wie ist das … Ich meine, wie geht das …« Sie brach verlegen ab, überlegte, wie sie es formulieren sollte. »Königin Therese … Und Anna … Und Johanna …«

Um die Mundwinkel der Gouvernante zuckte es.

»Warum spricht niemand darüber? Damals, als Anna … Als sie … Keiner im Dienstbotentrakt hat etwas Genaues dazu gesagt. Etwas, wie …« Sie suchte nach Worten. »Dieses Beieinanderliegen … Warum schweigen alle so beharrlich darüber?«

»Weil es ein wohlgehütetes Geheimnis ist, was da zwischen Frau und Mann passiert.«

»Ja, aber warum?«, fragte Louisa. »Die Mädchen fürchten sich vor ihrer Hochzeitsnacht. Und dann ist es wie bei Anna, und sie erwarten plötzlich ein Kind.«

»So plötzlich geht das nicht«, sagte Nanette.

»Aber wie geht es dann, wenn es nicht plötzlich geht? Was ist das, worüber alle schweigen?«

»Weißt du, Louisa, das, was zwischen den beiden Geschlechtern passiert, muss sich erst entspinnen. Bei manchen geht es schnell, bei manchen langsam. Es hält nur für eine kurze Dauer an oder auch sehr lange. Keiner vermag das zu sagen.«

»Und woran merke ich das?«

»Du spürst es. Hier.« Nanette deutete auf ihre Brust. »Und hier …« Sie deutete auf ihren Rock, und Louisa stutzte. Sie blieb stehen.

Auch Nanette stoppte. »Es ist unschicklich, darüber zu sprechen, Louisa, aber ich finde, du hast recht. Die Mädchen sollten sehr wohl Bescheid wissen, was da passiert. Nicht nur den Männern sollte es vorbehalten sein, Erfahrungen zu sammeln und sich zu vergnügen.«

»Aber das ist nicht möglich«, erwiderte Louisa. »Unsereins stürzt es ins Unglück, wenn man nicht aufpasst, hat Anna gesagt. Und ich weiß nicht, wie man aufpasst«, fügte sie leise hinzu.

Nanette umfing sie mit einem Blick, eine Mischung aus abwägend und liebevoll. »Du hast doch regelmäßig dein monatliches Unwohlsein, nicht wahr?«

Zögernd nickte Louisa.

»In dieser Zeit kannst du dich ausprobieren und es auch genießen – kurz davor und direkt danach.« Sie legte eine Pause ein. »Und auch währenddessen, wenn du das möchtest, selbst wenn die Kirche etwas anderes dazu sagt.«

Louisa spürte, wie ihr die Röte ins Gesicht schoss. »Wird mir da nichts geschehen?«

Nanette schüttelte den Kopf. »Kurz davor ist es am sichersten, doch du musst die Tage bis dahin sehr gewissenhaft zählen.«

»Und … die Kirche?«, hauchte Louisa.

»Kennst du das Hohelied Salomons?«

Louisa neigte verständnislos den Kopf. »Das ist doch aus der Bibel«, wunderte sie sich, und Nanette nickte.

»Die Bibel ist voll davon, was sich zwischen Liebenden abspielt. Das wollen nur viele nicht wahrhaben. Lies es dir einmal genau durch, dann wird dir vieles klarer.«

»Weiß ich dann auch, wie es geht?«, flüsterte Louisa.

Nanette winkte ab. »Das weißt du so oder so. Wenn es so weit ist, wirst du es schon merken.«

Das war nicht gerade hilfreich, dachte Louisa. »Nanette«, sagte sie leise. »Gib mir wenigstens einen Hinweis.«

»Du musst die Schlange streicheln. Und wenn es die Schlange mag, reckt sie sich dir entgegen.«

Louisa sah sie mit großen Augen an. Sie wollte noch etwas fragen, doch da zog Nanette ihre Taschenuhr aus der Rocktasche und warf einen Blick darauf. »Wir müssen uns beeilen. Dein Unterricht fängt gleich an.«

Es kam Louisa so vor, als nähme der Tag kein Ende. Sie stärkte Tischdecken, plättete Servietten und polierte Kerzenleuchter, bis endlich die Nacht über München hereinbrach und die Herrschaft zu Bett ging. Louisa wartete noch eine ganze Zeit lang, denn Finni war sicherlich noch mit der Abendtoilette der Komtess beschäftigt, ehe sie die Stufen bis zu Finnis Kammer erklomm und an die Tür ihrer Freundin klopfte.

Finni winkte sie herein. »Mach es dir auf dem Bett bequem«, sagte die Zofe und setzte sich Louisa gegenüber.

Louisa konnte sehen, dass Finnis Wangen im flackernden Kerzenlicht von einer zarten Röte überzogen waren.

»Und?«, fragte Louisa, die die Spannung kaum aushielt. »Wie ist das jetzt mit dem Feuer und dem strahlenden Leuchten?«

Finni zog ihr Bein heran und setzte sich gemütlicher hin. »Du kannst doch nähen …«

Louisa nickte zögernd. Was sollte denn nun diese Frage? Sie hatte nicht über ihre Fertigkeiten als Dienstbotin sprechen wollen, sondern wollte etwas über die Liebe zwischen Mann und Frau erfahren.

»Wenn sich zwei nahekommen …« Finnis Stimme war kaum lauter als ein Flüstern. »Und ich mein wirklich nahe, so wie zum Beispiel die Anna und der Zutterer-Ambros, dann passiert was zwischen ihnen. Der Mann hat dann auf einmal … eine Nadel …« Louisa dachte an Nanettes Worte. »Und die Frau … Nun … die ist wie das Knopfloch.«

Mit angehaltenem Atem sah Louisa ihre Freundin an. »Und dann?«, wisperte sie.

»Dann ist es wie beim Nähen«, flüsterte Finni. »Nadel in das Knopfloch … und wieder raus … und … na ja. So lange, bis es eben … wie's schön ist.«

Diese Erklärung warf in Louisas Kopf nur noch mehr Fragen auf. »Aber … tut es denn nicht weh? Einmal hab ich mir beim Nähen in den Finger gestochen, dass es geblutet hat.«

Finni wiegte den Kopf. »Na ja, anfangs vielleicht«, sagte sie leise. »Aber eigentlich ist es schön. Wenn's richtig ist.«

»Und woran merke ich, dass es richtig ist?«

Finni dachte nach. »Das weißt du dann einfach. Du weißt plötzlich, was du machen musst …«

Nach diesem Gespräch lag Louisa noch lange wach in ihrer Mansarde und dachte über Finnis Worte nach und darüber, was Nanette ihr gesagt hatte. Es konnte sicher sein. Sie könnte es genießen … Wie sich das wohl anfühlte? Wie das ging? Wie konnte es sein, dass man es dann einfach *wusste*, wenn es passierte … Die Gedanken ließen ihr keine Ruhe. Sie musste es herausfinden, sie musste wissen, worüber alle sprachen, wenn sie gleichzeitig doch überhaupt nichts sagten. Grübelnd starrte Louisa an den Balken über ihr an der Decke. Sie musste es probieren. Nicht erst in ihrer Hochzeitsnacht. Sie wollte es *jetzt* wissen. Finni und Nanette hatten den Anschein erweckt, dass es schön war, was da zwischen Mann und Frau sein konnte. Und Anna auch, erinnerte sie sich. Es konnte eigentlich ganz schön sein, hatte sie gesagt. Louisa war viel zu neugierig, als dass sie diesen Gedanken jetzt einfach so ruhen lassen konnte. Sie wollte es selbst herausfinden. Nicht nur den Männern sollte es vorbehalten sein, sich auszuprobieren. Wie recht Nanette damit hatte. Und sich zu vergnügen. Vergnügen! In Louisas Innerem flatterte es, als stöbe ein Schwarm Schmetterlinge auseinander. Doch wer könnte … Mit wem könnte sie es versuchen? Louisa sog die Unterlippe ein und kaute darauf herum. War jetzt überhaupt der richtige Zeitpunkt? Wieder gingen ihr Nanettes Worte durch den Kopf. Das monatliche Unwohlsein … Kurz davor und kurz danach … Erst heute Morgen hatte Louisa die letzte ihrer Leineneinlagen gewechselt. Kurz davor und kurz danach … Es wäre also möglich. Wieder ging sie in Gedanken die Männer durch, die sie kannte. Es gab eigentlich nur eine Person, die ihr gegenüber nicht abgeneigt war und die dafür infrage kam: Schorsch.

Das Holz knarzte unter ihren nackten Füßen, als Louisa im Nachthemd und mit einer Kerze in der Hand versuchte, so leise wie möglich die steile Treppe von ihrer Mansarde herunterzusteigen. Hoffentlich hörte Nanette sie nicht. Wobei, dann könnte sie ja einfach sagen, sie müsse austreten. Endlich hatte Louisa die letzte Stufe erreicht. Im flackernden Schein der Kerze sah sie sich um. Sie wartete, lauschte. Alles war still, das Haus lag im Schlaf. Also schlich sie weiter über die Dielen, vorbei an Nanettes Tür, die sich neben dem Dienstbotentreppenhaus befand, und hinunter in den ersten Stock. Auch dort horchte sie wieder, huschte dann durch die kleine Küche und weiter zum Dienerzimmer über der Wagenremise. Einen Moment überlegte sie, ob sie klopfen sollte, doch dann würde sie womöglich Xaver wecken, mit dem sich Schorsch die Kammer teilte. Also umschloss sie mit der Hand die Türklinke und drückte sie hinunter. Mit einem leisen Knarzen glitt die Tür auf. Louisa hörte drinnen das Atmen zweier Schlafender.

»Schorsch«, flüsterte sie in die Dunkelheit, und, als sich nichts regte, etwas lauter: »Schorsch!«

Verschlafen drehte sich unter der einen Bettdecke jemand herum.

»Louisa?«, kam es gedämpft zurück. Schorsch stützte sich auf seinen Arm auf und blickte verwirrt in ihre Richtung. »Was tust du denn hier?«

»Ich muss … mit dir sprechen …«, flüsterte sie.

»Jetzt?«, fragte Schorsch verwirrt. »Hat das nicht Zeit bis morgen?«

Louisa schüttelte den Kopf. Dann blies sie die Kerze aus, um Xaver nicht zu wecken, schlüpfte durch den Türspalt und huschte an Schorschs Bett.

»Was machst du denn …«, fragte er irritiert, als sie seine Decke anhob und zu ihm ins Bett kroch, aber Louisa legte ihm nur rasch die Hand auf den Mund, stellte die Kerze auf seinem Nachttisch ab und hielt inne.

»Ich muss … Ich will …«

Jetzt gilt es also, dachte sie, und ihr Magen hob sich. Jetzt gibt es kein Zurück mehr. Sie zögerte einen Augenblick, und ihr Herz schlug ihr bis zum Hals. Es war so laut, dass Schorsch es bestimmt hören musste, doch dann nahm sie ihre Hand von seinem Mund und presste ihre Lippen auf seine.

Sie sah im fahlen Schein des Mondlichts, wie Schorsch die Augen aufriss, er wollte zurückweichen, doch Louisa gab nicht nach. Sie legte ihre Hände an seine Wangen, zog ihn zu sich und küsste ihn weiter.

»Louisa, was …«, begann Schorsch, als er es doch schaffte, den Kuss abzubrechen, doch Louisa legte ihm wieder einen Finger auf die Lippen.

»Du hast mich doch gern, oder?«

Schorsch zögerte, nickte dann verblüfft.

»Zeig mir, wie es geht«, wisperte Louisa.

Sie sah, wie etwas in seinen Augen aufblitzte.

»Aber du …«

»Bitte«, flüsterte sie. »Ich muss es wissen.«

Noch einen Moment zögerte er, dann beugte er sich wieder zu ihr und küsste sie erneut. Ihre Lippen stießen aufeinander, es fühlte sich eigenartig an, seine Zunge schien nicht zu wissen, was sie tat. Louisa schloss die Augen, versuchte, sich zu konzentrieren, versuchte, auf ihr Innerstes zu hören, was es ihr sagte. Doch es sagte nichts. Sie saß neben Schorsch auf der Matratze, ratlos und aufgeregt. Da spürte sie, wie Schorschs Hände ihre nackten Arme entlangglitten. Sie erschauerte unter seiner Berührung. Eigentlich hätte sie ihn lieber weggeschoben, doch sie ließ ihn gewähren. Vielleicht wusste sie dann, was sie zu tun hatte. Schorschs Streicheln wurde intensiver, seine Hände wanderten ihren Rücken hinab, wieder hinauf zu ihrem Hals, strichen über ihre Ohren, ihr Haar, das sie für die Nacht eingeflochten hatte. Louisa zögerte, dann tat sie es ihm gleich. Zaghaft legte sie eine Hand auf seine Schulter, vergrub die andere in seinem aschblonden Haar. Sie hörte, wie Schorsch auf einmal keuchte, spürte, wie er näher zu ihr rutschte. Jetzt, jetzt würde sie bestimmt gleich wissen, was sie machen sollte. Jetzt sollte doch das Feuer endlich glühen … Schorsch begann damit, über ihre Seiten zu streichen, berührte mit seinen schwieligen Händen ihre Brüste durch den dünnen Stoff ihres Nachthemds. Louisa hätte am liebsten ihre Arme vor ihrem Körper verschränkt, aber da streichelte er auf einmal über ihre Brustspitzen, drückte sie mit Daumen und Zeigefinger, und in Louisas Schoß zog sich etwas zusammen. Sie unterbrach den Kuss, sah Schorsch mit angehaltenem Atem an, doch der war ganz darauf konzentriert, sie zu berühren. Er vergrub den Kopf an ihrem Hals, leckte und küsste sie, während er mit seinen Fingern ihre Brust bearbeitete. Wieder war dieses Ziehen in Louisas Schoß. Schorschs Hände glitten ihre Taille nach unten, packten ihren Po und begannen, ihn zu kneten. Louisa konnte das Gleichgewicht nicht halten, plumpste unsanft auf die Matratze neben ihm. Sie hörte, wie Xavers Schnarchen abbrach, wie er einen lauten Atemzug ausstieß. Mit trommelndem Herzschlag horchte sie in die Dunkelheit, und erst als sie wieder Xavers gleichmäßigen Atem hörte, entspannte sie sich ein wenig.

»Was ist?«, fragte Schorsch dicht an ihrem Ohr. »Soll ich aufhören?« Sein Atem strich heiß und feucht über ihren Hals, jagte eine Gänsehaut über Louisas Körper.

Louisa schüttelte den Kopf, drückte ihm wieder einen Kuss auf die schmalen Lippen, fuhr mit den Händen über seinen Brustkorb, hin zu seinem Rücken. Schorsch drängte sich an sie in dem schmalen Bett, zog eine ihrer Hände zu sich und schob sie zwischen seine Beine. Er öffnete seine Hose, fuhr zusammen mit Louisas Hand hinein. Louisas Kopf wurde heiß. Sie spürte das Glühen in ihren Wangen. War das das Feuer? Da bemerkte sie an ihrer Handfläche etwas, halb fest, halb weich. Die Schlange! Von der hatte Nanette gesprochen! Sie musste sie streicheln … Also begann sie mit kleinen Bewegungen, und je mehr sie darüberfuhr, desto härter wurde das Etwas, desto mehr keuchte Schorsch, und sein Keuchen trieb Louisa an weiterzumachen. Hoffentlich würde Xaver ihn nicht hören!

Schorsch schob ihr Nachthemd ihre Schenkel nach oben, schob es hoch bis zu ihrem Bauchnabel. Louisa konnte nicht verhindern, dass ihr ebenfalls ein bebender Laut entfuhr. Dann spürte sie seine Hände an ihrer Hüfte, ihrem Nabel, ihren Beinen. Jetzt fühlte sie in seiner Hose die Nadel, von der Finni gesprochen hatte, und weil es in dem Stoff zu eng wurde, holte sie sie heraus. Das schien Schorsch als Aufforderung zu verstehen, denn auf einmal presste er sich zwischen ihre Beine, drückte sich auf sie, und Louisa riss die Augen auf. Sie hielt den Atem an, wartete, lag reglos unter ihm, während er sich in sie schob und sich auf ihr ungelenk zu bewegen begann. Louisa sah kurz zu Xaver, blickte wieder in Schorschs Gesicht, das eigentümlich verzogen war, seine spitze Nase, die schmalen Lippen. Hatte er Schmerzen? Sie schon, doch die ließen bald nach. Ob sie sich auch bewegen sollte? Schorschs Atem keuchte an ihrem Ohr, gleichmäßig, schnell. Louisa spürte, dass sich etwas in ihr zusammenzog, was Schorsch erbeben ließ. Er beschleunigte sein Tempo, und so begann auch Louisa sich ein wenig ratlos unter ihm nach oben und unten zu schieben. Schorsch seufzte hörbar, drückte ihr Küsse auf den Mund, die Wangen, den Hals. Louisa versuchte, seine Bewegungen zu spiegeln, aber es war ihr nicht möglich. Es fühlte sich alles so eigenartig an, Schorsch bewegte sich ruckartig, sodass sie nicht hinterherkam. Dann war sein Atem plötzlich nur noch ein abgehacktes Keuchen, seine Haut auf ihrer schwitzig und feucht. Schorsch bäumte sich auf, stöhnte kehlig, ließ sich auf sie fallen und zuckte noch ein paarmal in der Lendengegend. Louisa ließ ihn gewähren, versuchte, seinen Stößen mit Gleichklang zu begegnen, vergeblich. Sein Rhythmus war eigenartig, wechselte wieder, dann hörte er auf und rollte sich von ihr herunter. Erschöpft lag er neben ihr auf der schmalen Matratze, seine Haut von Schweiß benetzt. Etwas Warmes, Feuchtes lief über ihre Schenkel, aber Louisa wagte nicht, danach zu tasten. War es Blut? Kam das von dem kurzen Schmerz vorhin? War es von Schorsch? Von ihr selbst? Sie zog ihr Nachthemd über ihre Scham, ihren Po. So fühlte es sich besser an. Louisa blickte in die Dunkelheit, lauschte auf Schorschs Atem, der bald gleichmäßiger und ruhiger wurde, auf Xavers Schnarchen, das wieder einsetzte. Das also war es gewesen, worüber alle schwiegen. Kein Wunder, dachte Louisa. Darüber würde auch sie kein Wort verlieren …

10

Maximilian

Hell zuckten die Flammen des Johannisfeuers in die laue Juninacht. Maximilian hatte den Ballsaal durch die Flügeltür verlassen, in dem sich die Tanzpaare zur *Täuberin* von Johann Strauß im Dreivierteltakt drehten. Eines von ihnen war seine Schwester mit Leopold, doch Maximilian hatte sie schon bald zwischen all den anderen bunten Röcken aus den Augen verloren, die sich auf der Tanzfläche zu einem großen Farbklecks vermischten, als hätte sich Johanna mit ihrer Malerpalette im Kreis herumgewirbelt. Sollte sie doch. Hier war ohnehin nur der Hochadel geladen, und Isabella brauchte keinen Aufpasser, schon gar nicht, wenn sie bei Leopold war. Die beiden waren wie Geschwister, und Maximilian war deswegen fast ein wenig eifersüchtig. Außerdem war da ja noch Nanette, die ein Auge auf sie hatte – wo immer sich die Gouvernante gerade herumtrieb. Vorhin hatte er sie aus den bodentiefen Fenstern des Palais Royal mit einem Mann in ein Gespräch vertieft auf der Terrasse bei der hintersten Säule des Laubengangs gesehen, doch jetzt war sie verschwunden. Warum auch nicht? Sicherlich hatte sie ebenfalls ihre Geheimnisse, und wieso sollte sie sich auf einem Fest wie diesem nicht amüsieren? Die livrierten Diener machten es einem leicht mit ihren Tabletts, auf denen sie Champagner, Wasser, Weißwein und Whiskey balancierten, doch Maximilians Stimmung hatte selbst das heute nicht heben können. Stattdessen stieg ihm der Alkohol zu Kopf. Er hätte weniger trinken sollen. Zu sehr zerrte die Erinnerung an den Abend vor vierzehn Jahren an ihm. Damals hatte er sich mit Alexander und Leopold von der Johannisfeier geschlichen. Die Buben hatten ihre Kräfte messen wollen und sich für ein Wettreiten verabredet. Also hatte Maximilian Feuerherz satteln lassen und war zu der verabredeten Stelle am Waldrand geritten. Dort gab Leopold das Startzeichen, und wie der Wind ritten die drei um die Wette. Zuerst lag Alexander in Führung, dann holte Maximilian auf. Plötzlich raschelte etwas im Gebüsch, und ein aufgeschrecktes Reh rannte auf die Lichtung. Die Pferde scheuten, Leopold und Alexander konnten sie mit Mühe zügeln, doch Feuerherz bäumte sich auf und warf Maximilian ab.

Mit dem Fuß hatte er sich im Steigbügel verfangen und war noch mehrere Meter über den Boden geschleift worden, ehe Leopold geistesgegenwärtig sein Pferd antrieb, um Feuerherz einzufangen. Als die Buben ihren Freund blutüberströmt, mit Erde beschmiert und mit dem verdrehten Bein vorgefunden hatten, war Alexander wie der Wind zur Feier zurückgeritten, um Hilfe zu holen.

Maximilian erinnerte sich jedes Jahr mit Grauen an diesen Tag zurück, an die unsäglichen Schmerzen, die er damals verspürt hatte und die auch heute immer mal wieder aufflammten.

Während die meisten an Johannis feierten und tanzten, musste er Jahr für Jahr daran denken, dass ihn diese Nacht zum Krüppel gemacht hatte.

Er brauchte Luft – und Ruhe, denn die Walzermelodie, die jetzt gedämpft aus dem Ballsaal hinter ihm drang, räderte seine Gedanken, als wäre er unter eine Kutsche geraten. Er hasste Sonnwendbälle und wäre am liebsten zu Hause in seinem Arbeitszimmer geblieben, doch Isabella hatte so lange gebeten und gebettelt, bis er zugesagt hatte, sie zu begleiten.

Auf seinen Stock gestützt, humpelte er die Steintreppe hinunter in den Garten, streifte dabei das Efeu, das sich um eine Marmorsäule rankte. Seine Hand umfasste den goldenen Falken fester, der auf dem Ebenholzstock thronte, denn wieder zog ein Stich sein rechtes Schienbein entlang und machte ihm das Laufen schwer. Wie sehr er die Blicke der Leute hasste. Er spürte, wie sie ihn verstohlen musterten, als ein Paar Arm in Arm an ihm vorbeilief, und wie die anderen Gäste, die sich auf Steinbänken um das Rondell ausruhten, ihn mitleidig beobachteten. Aus dem Augenwinkel bemerkte er, dass eine Dame aufstand und auf ihn zukam.

»Maximilian«, hörte er sie seinen Namen sagen. Francesca. Sie schien in der Begleitung von Andreas von Fellinghaus zu sein, der nun allein auf einer der Bänke saß und zu ihnen herüberblickte.

Maximilian blieb stehen.

»Du wolltest mir doch schreiben«, sagte sie, als sie nun vor ihn getreten war.

»Ich weiß. Entschuldige.« Er musterte sie gedankenverloren.

Sie trug ein orangerotes Kleid, das ihren Teint golden schimmern ließ. Um ihre Schultern lag ein schwarzes Tuch, das sie vorne mit einer Brosche zusammengenommen hatte, doch er konnte ihre Brüste durch das große, gestrickte Lochmuster erahnen. Er hob eine Hand, ließ eine von den langen, schmalen Troddeln ihres Schultertuchs durch seine Finger gleiten. »Die Arbeit?« Ihre dunklen Augen wanderten suchend über sein Gesicht.

Maximilian zögerte.

»Du liebst sie wirklich«, murmelte sie. »Diese Dienstbotin.«

»Francesca …«, begann er.

»Nein, Max, du musst mir nichts erklären. Das war unser Abkommen.« Sie lächelte. »Ich wünsche dir, dass du diesmal glücklich wirst. Es ist das erste Mal, dass dein Herz mit dabei ist.«

»Ich bedaure, diese Gefühle für dich nicht empfunden zu haben.«

Sie hob die Schultern. »Das kann man nicht beeinflussen. Doch sorge dich nicht, auch ich bin in guter Gesellschaft.« Sie blickte kurz in Richtung von Andreas von Fellinghaus. »Wünsch mir Glück.«

Auf Maximilians Lippen legte sich ein Lächeln. »Das tue ich.«

Als sie ging, sah er ihr nur kurz nach. Er hoffte es wirklich für sie – dass sie ihr Glück fand. Für ihn sah es jedenfalls nicht danach aus, dass sich seine Träume erfüllten. Am liebsten hätte er sich noch einen Champagnerkelch gegönnt, doch er ließ es bleiben. Die stickige

Luft, die vom Tanzen erhitzten Körper … Es war ihm alles zu viel gewesen in dem prunkvollen Ballsaal.

Hier draußen, in der Nähe des Johannisfeuers, das in der Mitte des Gartens aufgeschichtet war, war es besser, auch wenn die Nacht ihn nicht abkühlte. Flammen züngelten in den sternenbesetzten Himmel, malten ihre flackernden Bilder auf die Stoffe der prächtigen Kleider und dunklen Anzüge. Alles leuchtete in einem geheimnisvollen Rotgold des Feuerscheins, zeichnete zuckende Schatten auf die Gesichter der Umstehenden. Maximilian entdeckte seine Cousine, die mit Alexander bei den Paaren anstand, die über das Feuer springen wollten. Ein alberner Brauch, der alle Dämonen vertreiben und das Ungute fernhalten sollte. Maximilian verfluchte sich, der Alkohol machte ihn zynisch. Warum auch nicht sollte Johanna an diesem alten Glauben festhalten? Seine Cousine wollte es unbedingt, und so hatte Maximilian mit Alexander unter vier Augen gesprochen, damit sein Freund hier seine Überängstlichkeit ihrer Schwangerschaft wegen ablegte. Maximilian sah, wie sie Alexander im zuckenden Flammenschein ein Lächeln schenkte, ehe sie Hand in Hand sprangen, und gleich darauf folgten Beifall und das Lachen der Umstehenden.

Er ging auf einem der sternförmig angelegten Wege, vorbei an gestutzten Bäumchen, die die Rauten von Rasen und Blumenbeeten säumten. Hier war es deutlich besser, die Geräusche gedämpfter, die Luft klarer, die Blicke verschwunden. Die Flammen knisterten leiser, und die Wortfetzen der Grüppchen, die um das Feuer standen, wurden nur noch bruchstückhaft herübergetragen und mischten sich mit den anderen Geräuschen der milden Juninacht. Auch das sanfte Flackern des Feuers aus der Mitte des Gartens leuchtete nur noch schwach herüber. Jetzt erhellten Fackeln den Weg, den sie säumten. Das Zirpen der Zikaden wurde leiser, wenn Maximilian sich näherte, und irgendwo in der Ferne rief ein Käuzchen. Er blieb stehen und sog tief die Nachtluft in die Lungen, hoffte, dass er so einen klareren Kopf bekam, als ihn plötzlich jemand hart gegen die

Schulter stieß. Der Moment der Überraschung war zu groß, der Alkohol in seinem Körper zu viel, die Beinwunde zu schmerzhaft. Maximilian fiel und konnte sich gerade noch mit den Händen auf dem mit Kies bestreuten Weg abfangen, ehe er mit dem Gesicht aufgeschlagen wäre. Sofort brannten seine Handflächen vor Schmerz, und auch die Beinnarbe protestierte heftig. Als er den Kopf hob, erkannte er in der Dunkelheit das Gesicht Hasso von Warhellbergs. Im Schein der Fackeln wirkte es fratzenhaft.

»Gestürzt, Seybach?«, fragte er grinsend. »Komm, lass dir aufhelfen.« Er reichte ihm die Hand, doch als Maximilian danach greifen wollte, fasste er ins Leere, und wieder hörte er Hasso von Warhellbergs höhnisches Lachen. »Ist wohl ganz schön schwierig für so einen betrunkenen Krüppel, was?«

Maximilian biss die Zähne aufeinander. Er hätte es besser wissen müssen. Verärgert über sich selbst, versuchte er sich aufzurichten, doch er brauchte mehrere Anläufe, so benommen war er vom Alkohol. Und dass seine Beinnarbe zog und stach, als wäre er in einen Ameisenhaufen getreten, machte es nicht besser.

Wieder lachte Hasso laut. »Wie ein sterbender Käfer auf dem Rücken. Pass bloß auf, dass kein Raubvogel nach dir schnappt.«

»Der kreist doch schon lauernd über mir und kräht zum Spott«, schleuderte Maximilian ihm entgegen.

Hasso von Warhellberg ging in die Hocke und beugte sich über ihn. »Ganz recht, Seybach, und wenn ich dich noch einmal in der Nähe von Sophie de Neuville sehe, hacke ich dir die Augen aus – und die Gedärme gleich mit.«

»Ich fürchte, an diesen Anblick wirst du dich gewöhnen müssen«, erwiderte Maximilian, als er endlich saß. »Meine Familie plant nämlich, dass ich sie heirate.«

Hasso stieß ihn zurück auf den Boden. Schmerzhaft wich die Luft aus seinen Lungen. »Das wirst du schön bleiben lassen«, zischte er und wischte sich mit einer Handbewegung seine Schmalzlocke aus der Stirn.

»Brauchen Sie Hilfe?«, fragte ein vorbeikommender Mann, doch Maximilian schüttelte den Kopf. »Es geht schon«, murmelte er.

»Danke, wir kommen zurecht.« Hasso warf Philipp von Hohenberg einen freundlichen Blick zu und reichte Maximilian die Hand. Um sich keine Blöße wegen seines Beins zu geben, ließ sich Maximilian aufhelfen, und als Graf von Hohenberg vorbeigeschlendert war, ließ Hasso Maximilians Hand los. »Denk dir irgendeine hübsche Ausrede aus, aber Sophie gehört mir!«

»So?« Maximilian sah ihn abschätzig an. »Das wird dir alles nichts nützen, Sophie ist ganz versessen auf mich.«

»Wenn du damit auf deinen kleinen Ausflug in die Rumpelkammer auf ihrem Pfingstfest anspielst«, murmelte Hasso, »dann lass dir gesagt sein, dass ich durchaus die ganze Welt wissen lassen kann, dass du ihr nachgestiegen bist. Oh ja, Seybach. Ich habe euch gesehen. Es war ziemlich auffällig, als ihr so kurz hintereinander aus dem Ballsaal verschwunden seid. Und wenn ich nicht dazwischengegangen wäre, hättest du sie womöglich noch entehrt. – Na, wie gefällt dir die Version?«

»Ich habe sie nicht entehrt«, brachte Maximilian unter zusammengebissenen Zähnen hervor.

»Ach nein? Und wie nennst du dann das, was du mit meiner Cousine gemacht hast? Auguste hat mir in allen Einzelheiten von deinen Vertraulichkeiten erzählt. Ganz schön aufdringlich von dir, sie küssen zu wollen. Die Arme hat sich kaum zu helfen gewusst und sich dir nur entwinden können, als sie dich weggestoßen und du ihr dabei deinen Wein übergekippt hast.«

»Schon damals hat euch keiner geglaubt. Warum sollten sie es also jetzt tun? Und abgesehen davon: Deine Cousine bildet sich da wohl etwas ein, was sie gerne hätte. Das muss in der Familie liegen.«

»Sei vorsichtig, Seybach! So redest du nicht über mein Fleisch und Blut.«

»Stimmt. Über euereins ist ja ohnehin schon genügend in aller

Munde. Meinst du, Sophies Vermögen begleicht die Schulden, die dein spielsüchtiger Vater bei den Pferdewetten gemacht hat?«

Ein unsanfter Tritt gegen sein krankes Bein folgte, und Maximilian landete wieder im Staub. Er wollte sich wehren, doch er wusste, dass er Hasso unterlegen war. Dieses Mal hatte er sich nicht abfangen können und war mit dem Gesicht zuerst aufgeprallt. Er spürte, wie ein Auge zuschwoll, merkte, dass seine Lippe von dem Sturz in den Kies aufgeplatzt war. Prüfend bewegte er den Unterkiefer, der ebenso wie sein Schienbein schmerzte.

»So sprichst du nicht über meine Familie«, zischte Hasso.

»Schau doch mal, ob du eine von Cranichsberg zu Treutheim abkriegst«, erwiderte Maximilian. »Die haben mehr Geld als du Pickel im Gesicht. Reich wie ein zu Treutheim – das wär es doch.« Er wollte nach seinem Stock greifen, um sich wieder aufzurichten, aber Hasso trat mit dem Fuß darauf. »Sieh dich vor, Seybach«, zischte er. »Und lass die Finger von Sophie!« Leichtfüßig kickte er Maximilians Spazierstock weg, der über den Weg klackerte und ein paar Meter von ihnen entfernt liegen blieb. »Ein gut gemeinter Rat unter *Freunden.*«

Maximilian blinzelte zu Hasso empor, konnte aber nur noch dessen gedrungene Figur erkennen.

Hasso von Warhellberg richtete die Manschetten unter seinem Jackett. »Einen angenehmen Abend, Krüppel-Seybach«, murmelte er und wandte sich ab.

Was für ein widerliches, arrogantes Drecksschwein! Maximilian kroch über den Kiesweg zu seinem Stock. Sein Bein brannte wie Feuer, sein Kopf dröhnte und brummte, und seine Lippe pulsierte. Er blinzelte mehrmals mit dem angeschwollenen Auge, tastete über die offene Schramme der aufgeplatzten Lippe. Er schmeckte Blut und stieß einen leisen Fluch aus, als er eine Frau mit dunklen Röcken im Schein der Fackeln auf sich zukommen sah. Auch das noch. Jemand sah seine Demütigung. Zu seiner Erleichterung schälte sich Nanette aus dem schemenhaften Umriss.

Die Gouvernante beugte sich vor, reichte ihm den Stock, streckte ihm den Arm entgegen, damit er aufstehen konnte. Sie half ihm, den Staub von Frack und Hose zu klopfen, bot ihm die Schulter zum Aufstützen, als sie den Weg in Richtung des Palais Royal zurückliefen.

»Bring mich nach Hause«, murmelte Maximilian, und Nanette nickte.

»Da entlang«, raunte sie und deutete auf den Rasen abseits des Johannisfeuers.

Erleichtert schlug Maximilian den Weg zum vorderen Seitentor ein.

»Ich lasse die Kutsche rufen.«

Als er zu Hause angekommen war und Nanette ihn mit Xavers Hilfe in sein Zimmer gehievt hatte, wollte sie sich seine Wunden genauer ansehen, doch Maximilian wedelte mit den Armen vor seinem Gesicht herum und schob sie weg.

»Gut, dann rufe ich eben einen Arzt«, entschied Nanette.

»Einen Teufel wirst du tun!«, brummte Maximilian, und er hörte, wie sie etwas Klirrendes in seinen Schränken sortierte. Er hing in seinem Arbeitszimmer schräg auf seinem Sessel vor dem Schreibtisch, und im Moment fühlte er sich nicht in der Lage, sich zu strecken, um zu sehen, was sie da tatsächlich trieb. Eigentlich hätte er ins Bett gehört, aber er hatte Xavers Bemühungen diesbezüglich vehement unterbunden und darauf bestanden, sich hinzusetzen. »Lass mir bloß den Alkohol da! Ich bin zu alt, als dass du mir meine Hausbar ausräumst.«

»Bei deinem Umgang mit Alkohol sollte ich wohl lieber darüber nachdenken, die komplette Bar abbauen zu lassen«, erwiderte Nanette.

Im nächsten Moment spürte er, wie sie ihm einen feuchten Lappen ins Gesicht klatschte, der entsetzlich auf den wunden Stellen brannte. »Au, verflucht, bist du verrückt? Was ist das, verdammt?«

»Gin. Das desinfiziert.«

»Du bist wohl von allen guten Geistern verlassen. Das war ein Jahrgangs-Gin!« Wütend nahm er ihr das Glas aus der Hand, in das sie den Lappen gerade wieder getränkt hatte. Wenn es um seinen teuren Wacholderschnaps ging, war er tatsächlich noch in der Lage, sich zu bewegen.

»Anscheinend ist der Spelunken-Schnaps alt genug, um dich zur Vernunft zu bringen. Was man von dir in deinem Alter eigentlich andersherum erwarten sollte.«

Mit einem abfälligen Schnauben presste Maximilian ihr Taschentuch über dem Glas aus und warf es ihr gegen ihre Gouvernantentracht. Nanette ließ sich davon nicht beirren und fing es geschickt auf.

»Der gute Tropfen. Mein Seelentröster«, murmelte er und wollte gerade das Glas zum Mund führen, als Nanette es ihm in der Bewegung aus der Hand nahm.

»Ich schicke dir Albrecht, damit wenigstens einer auf dich aufpasst, während ich jetzt zu Isabella aufs Fest zurückfahre. Irgendeiner muss dich im Auge behalten, bis du wieder bei klarem Verstand bist.«

»Ich brauche kein Kindermädchen«, sagte Maximilian abfällig, »für so etwas bin ich inzwischen zu alt.«

»Du hättest schon viel früher eines gebraucht, bevor ich überhaupt in euer Haus gekommen bin«, entgegnete Nanette. Sie trank den Gin leer, was Maximilian erneut protestieren ließ, schüttelte sich und stellte das Glas zurück in die Bar. »Spirituose des Teufels«, brummte sie.

»Dann pass bloß auf, dass dir keine Hörner wachsen!«

Sie drehte den Schlüssel in seiner Hausbar herum und ließ ihn in ihrer Rocktasche verschwinden.

»Nanette!«

»Angesichts deiner bissigen Kommentare kann ich mir wenigstens sicher sein, dass es so schlimm also doch nicht um dich bestellt ist. Und jetzt geh, und schlaf deinen Rausch aus.«

»Ich denk nicht dran.«

Nachdem Nanette gegangen war, zog sich Maximilian ins Musikzimmer im ersten Stock zurück. Seine Räume hatten deutlich an Attraktivität verloren, nachdem Nanette ihm den Schlüssel zu seiner Bar entwendet hatte. Zornig griff er in die Tasten des Pianofortes. Albrecht hatte er weggeschickt, gleich nachdem er zaghaft an die Tür geklopft hatte. Maximilian spielte Vivaldis *Sommer*, doch er schlug die Töne so hart an, dass man meinen konnte, es zöge nicht eine Melodie, sondern ein sommerlicher Gewittersturm durch das Lilienpalais. Wütend betätigte er kurz darauf die Dienstbotenklingel, bestellte sich einen Whiskey bei Anna, und als wenig später eine andere Dienstbotin mit eingezogenem Kopf das Zimmer betrat und das Glas auf dem Silbertablett auf den Beistelltisch stellte, ärgerte er sich nur noch mehr über seine Wut. Sogar das Personal hatte Angst vor ihm! Kein Wunder, nachdem er auch Albrecht so harsch angefahren hatte. Da erst erkannte er Louisa, und dass ihre Finger zitterten, tat ihm weh. Louisa knickste und wollte das Zimmer wieder verlassen.

»Halt!«, donnerte er. »Bleib!«

Louisa gehorchte, hob jedoch nicht den Blick, als sie sich neben die samtbezogenen Stühle stellte, die um den weißgoldenen Tisch gruppiert waren.

»Das Personal findet mich angsteinflößend«, knurrte er.

»Nein, Herr Dr. von Seybach«, flüsterte sie.

»Und wieso weichen dann alle vor mir aus?«

»Albrecht haben Sie weggeschickt, und Anna …« Sie brach ab, für Maximilian Antwort genug.

»Wäre ich nicht der Sohn eines Grafen, wer würde sich mit mir abgeben?« Er griff nach dem Whiskeyglas und trank einen Schluck, doch sogleich verzog er den Mund, denn der Alkohol brannte auf seiner offenen Lippe.

»Sie sind verletzt«, murmelte Louisa.

»Ich bin ein Krüppel! Natürlich bin ich verletzt!« Wütend warf er das Glas zu Boden, das in tausend Scherben zersprang. Einige kullerten bis vor Louisas Füße, und in der Mitte des rötlichen Parketts blieb ein unschöner brauner Fleck zurück. Louisa war beim Zerbersten des Glases zusammengezuckt, und jetzt, als er sie so verängstigt dastehen sah, bereute er es noch mehr, dass er außer Kontrolle geraten war. Später würde sie den Fleck beseitigen und die Scherben einsammeln müssen. Hoffentlich schnitt sie sich nicht daran.

Maximilian wandte sich wieder dem Pianoforte zu, legte die aufgeschürften Hände auf die Tasten, wartete, schlug eine an, eine andere, dann die nächste. Der erste Takt eines seiner Lieblingslieder.

»Das klingt traurig«, flüsterte Louisa. »Und gleichzeitig sehr schön.«

»Das ist die *Mondscheinsonate.*« Maximilian sah auf, und ihre Blicke verfingen sich für einen Moment ineinander. Doch sofort senkte Louisa die Lider und sah zu Boden. Es tat ihm unendlich leid, dass er sie so angeschrien hatte. »Was empfindest du?«

Louisa legte die Stirn in Falten und sah ihn wieder an. »Wie meinen Sie …«

»Wenn du das hörst«, sagte Maximilian und spielte weiter. »Was fühlst du bei dieser Musik?«

Louisa überlegte einen Moment. »Sehnsucht.«

Über Maximilians Gesicht huschte ein Lächeln. »Mir geht es genauso. Was noch?«

»Eine Art von Traurigkeit.«

»Melancholie«, bestätigte er nickend.

»Und doch auch Ruhe.«

Maximilian ließ die Töne durch den Raum perlen. Jetzt waren seine Anschläge deutlich weicher, sanfter als zuvor. »Komm her zu mir.«

Louisas Augen weiteten sich ein wenig.

Um seine Aufforderung zu unterstreichen, rückte er an den Rand des Hockers, der vor dem Pianoforte stand. »Setz dich zu mir.«

Zögernd kam Louisa seiner Aufforderung nach, durchquerte mit unsicheren Schritten den Raum und ließ sich am anderen Rand auf der äußersten Seite des Hockers nieder. Maximilian schloss die Augen und ließ die aufgeschrammten Finger über die Tasten gleiten. Es bereitete ihm Mühe, doch für Louisa spielte er weiter.

»Es klingt wunderschön«, hauchte sie, als er geendet hatte.

»Wie deine Stimme«, sagte er rau.

Jetzt wandte Louisa ihm den Kopf zu, und ihre Blicke trafen sich. Das tiefe Blau ihrer Augen spiegelte den Schein der Kerzen wider. Maximilian spürte für einen Moment ihren sanften Atem auf seiner Haut. Zärtlich strich er mit den Fingerspitzen über ihre Wange, wie er zuvor noch über die Tasten des Pianofortes geglitten war, spürte die rosige Haut seidig und warm unter seinen Kuppen. Er merkte, wie Louisa den Atem anhielt, sah das Funkeln in ihren Augen. Da konnte er nicht anders, legte eine Hand an ihren Nacken, zog sie an sich und küsste sie. Sanft und weich fühlten sich ihre Lippen an, und Maximilian konnte sich kaum zurückhalten. Doch im selben Moment stieß Louisa ihn von sich.

»Was tun Sie da, Herr Dr. von Seybach?«, rief sie atemlos, und schon war sie aufgesprungen und hatte sich ein gutes Stück von ihm distanziert. Ihre Brust hob und senkte sich rasch unter dem dicken Stoff des Dienstbotenkleids.

»Louisa!« Auch Maximilian war jetzt aufgestanden, ging einen Schritt auf sie zu, doch Louisa schüttelte den Kopf und wich vor ihm zurück.

Oh nein, was hatte er getan?

»Verzeih mir«, flüsterte er. »Ich hätte nicht … Das hätte nicht passieren dürfen.«

Noch immer außer Atem stand Louisa vor ihm.

»Es tut mir leid.« Maximilian sah sie Hilfe suchend an. Wie hatte er sich so vergessen können? »Bitte … Keiner wird davon erfahren. Wir werden nie wieder ein Wort darüber verlieren.«

»Nie wieder?«, wiederholte Louisa und sah ihn prüfend an.

Maximilian hob in leichter Verzweiflung die Hände und nickte. »Versprochen.« Und kaum hatte er das gesagt, trat Louisa zu seiner Überraschung auf ihn zu. Mit wenigen Schritten hatte sie den Raum durchquert, blieb vor ihm stehen, stellte sich auf die Zehenspitzen und küsste ihn noch einmal. Dieses Mal leidenschaftlicher, intensiver. Es entfachte in ihm ein Feuer, das sich durch seinen ganzen Körper zog. War es der Rausch des Alkohols, oder waren es ihre Lippen? Er vermochte es nicht zu sagen. Er wusste nur eines: Er wollte mehr. Das Zimmer um ihn herum begann sich zu drehen, sein Kuss wurde fordernder, ihre Lippen auf seinen ließen ihn taumeln, die Welt um ihn nicht mehr klar sehen. Er legte die Hände an ihre Schultern, streichelte sanft über ihre Arme, hinab zu ihren Hüften. Dort legte er sie behutsam an ihre wohlgerundeten Seiten und zog sie energisch an sich. Louisa blieb für einen Moment die Luft weg, doch Maximilian ließ nicht zu, dass sich ihre Lippen voneinander lösten. Sein Kuss wurde drängender, sein Sehnen größer. Jetzt hob auch Louisa die Hände, legte eine an seinen Nacken, die andere an seine Wange. Er spürte, wie er in seiner Mitte erhärtete. Er musste sich von Louisa losreißen, um sich nicht gänzlich zu vergessen. Er durfte nicht zu weit gehen.

Dieses Mal war er es, der atemlos einen Schritt zurück machte, und sein Herz schlug wild und heftig gegen seine Rippen. Auch Louisas Brustkorb hob und senkte sich schneller im Takt seines Atems. Was hatte er da gerade getan?

»Es tut mir leid!«, raunte er heiser, seine Stimme schien ihm nicht zu gehorchen. Er wollte nach ihrem Handgelenk fassen, doch Louisa wich zurück, drehte sich um und verließ mit raschen Schritten das Musikzimmer.

11

Louisa

Ihre Schritte hallten unschicklich laut durch den Flur, wurden von den steinernen Wänden des Dienstbotentrakts zurückgeworfen. Doch Louisa blieb nicht stehen, sie rannte weiter. Zu groß war ihre Angst, dass Maximilian ihr gefolgt sein könnte. Erst als sie im Erdgeschoss an der Küche und der Speisekammer vorbei und nach draußen auf die Terrasse mit der imposanten Brüstung gestolpert war, blieb sie stehen. Sie drückte sich gegen die kühle Hauswand, atmete die milde Juniluft ein. Wild pochte ihr Herz, als spränge es noch die Stufen mit ihr hinunter – oder als wäre es im Musikzimmer bei *ihm* zurückgeblieben.

Was war da gerade passiert? Und wieso war Maximilian so zugerichtet gewesen? Hatte er sich in eine Prügelei verstrickt? Und wieso hatte er sie geküsst? War ihm an diesem Abend alles egal? War er zu betrunken? Ihre Gedanken überschlugen sich beinahe. Doch immer wieder kehrten sie zu dem einen zurück: Maximilian hatte sie geküsst. *Sie* hatte Maximilian geküsst!

Hinter beiden Händen vergrub sie das Gesicht, legte den Kopf in den Nacken und spürte die Hauswand an ihrem Hinterkopf. Oh Gott, was hatte sie nur getan? Aber hatte Maximilian ihr nicht versichert, er würde kein Wort darüber verlieren? Doch das war vor ihrem Kuss gewesen, vor ihrer mutigen – oder auch dreisten – Aktion. Jetzt wusste sie selbst nicht mehr, was sie sich dabei gedacht hatte. Offensichtlich gar nichts. Wenn sie jemand gesehen hatte … Sie würde ihre Stellung verlieren.

Mit einem unglücklichen Lachen fuhr sie sich mit den Händen

übers Gesicht, atmete noch einmal tief durch, um sich und ihr klopfendes Herz zu beruhigen. Es war ein Kuss. Nur ein *Kuss*. Nur *ein* Kuss. Oder zwei … Als sie jetzt wieder einatmete, bebte ihr ganzer Körper. Wie sollte sie Maximilian das nächste Mal gegenübertreten? Wie würde er sich ihr gegenüber verhalten? Würde er ansprechen, was passiert war? Oder sollten sie sich beide in den Mantel des Schweigens hüllen?

Der junge Graf von Seybach hatte einiges getrunken gehabt. Er war nicht mehr ganz sicher gelaufen, und sie hatte den Alkohol auf seinen Lippen geschmeckt, die gleichzeitig so köstlich und verheißungsvoll gewesen waren. Möglicherweise hatte er am nächsten Tag alles wieder vergessen? Ein Gedanke, der Louisa einen leisen Stich versetzte. Seine aufgeplatzte Lippe … Die Schrammen in seinem Gesicht, die kurz zuvor noch geblutet haben mussten. Sie musste Nanette informieren! Das hätte sie schon viel früher tun müssen, anstelle ihn zu küssen! Aber hatte die Maximilian nicht nach Hause gebracht? Louisa war sich ganz sicher, die Gouvernante im Treppenhaus zischen gehört zu haben, als sie zusammen mit Xaver viel früher als erwartet zurückgekommen und rumpelnd und fluchend die Treppe in die Beletage nach oben gestiegen war. Ob sie Maximilian da wohl nach oben bugsiert hatten? Da hätte sie doch etwas unternommen, wenn der junge Graf ernstlich verletzt gewesen wäre, oder nicht? Außerdem, wenn sie jetzt Nanette rief, dann wusste sie, dass Louisa bei ihm gewesen war, und sicherlich würde sie dann auch von dem Kuss erfahren … Der Kuss! Sie musste an ihre Küsse mit Schorsch, an ihre Nacht mit ihm denken. Sie war nichts im Vergleich zu diesem einen Kuss des Erbgrafen gewesen. Wie konnte das sein? Dass so intime Berührungen nicht einmal halb so viele Gefühle bei ihr entfachten wie ein einziger Kuss mit dem jungen Herrn von Seybach? Da hatte sie sofort gewusst, was sie tun musste. Nein, sie hatte *gespürt*, dass sie jetzt ihre Hand an seinen Nacken legen und ihn zu sich ziehen musste … Louisa schloss die Augen und atmete durch. Sie musste sich beruhigen, musste sich sammeln. Sie hatte ihre Unschuld an Schorsch verschenkt. *Verschenkt*! Hatte mit ihm das erlebt, was sie mit Maximilian … Nein, wohin führten denn auf einmal diese Gedanken? Sie würde *niemals* mit dem Erbgrafen so innige Zärtlichkeiten teilen, wie sie es mit Schorsch getan hatte. Sie spürte den Riss in ihrem Inneren, spürte wieder den Schmerz, den sie damals bei Schorsch empfunden hatte. Ob das ein Zeichen dafür war, dass sie empfangen hatte? Das konnte nicht sein. Sie hatte so genau nachgerechnet, es immer wieder an den Fingern abgezählt, wann sie das letzte Mal ihre Leineneinlagen getragen hatte, als sie in der Mansarde in ihrem Bett gelegen und überlegt hatte, ob sie zu ihm gehen sollte. Wenn das stimmte, was Nanette gesagt hatte, konnte sie nicht dasselbe Schicksal ereilen wie Anna. Das erleichterte sie. Und in gewisser Weise war sie jetzt auch froh, dass sie so mutig gewesen war. Jetzt, seit ihrer Nacht mit Schorsch, wusste sie, was sie erwartete. Und seit dem Kuss mit Maximilian, was sie womöglich verpasste! Louisa ballte die Hand zur Faust und schlug damit neben sich gegen die Palaismauer.

»Au, verdammt!«, murmelte sie und rieb sich den geröteten Handballen, und ohne es zu wollen, stiegen ihr auf einmal Tränen in die Augen. Wieso brachte sie der Erbgraf so dermaßen aus der Fassung?

Am nächsten Morgen herrschte im Lilienpalais große Unruhe.

»Einen Arzt!«, rief Henriette von Seybach. »Los, Matthias, rufen Sie Dr. Niederwieser! Warum, um alles in der Welt, haben Sie das nicht schon gestern getan, Albrecht?«

Der Kammerdiener zuckte hilflos mit den Schultern. »Ihr Sohn hat mich weggeschickt, Gräfin von Seybach.«

Henriette schüttelte missbilligend den Kopf. »Bärbel, schnell, holen Sie Wasser und einen Lappen. Und lassen Sie sich von Berti den Maientau geben, damit auch ja keine Narben zurückbleiben. Man muss die Wunden säubern. Der arme Junge – wie konnte das denn passieren, dass er eine Kutsche übersieht?«

»Er riecht wie ein kompletter Spirituosenladen«, ließ sich Nanette vernehmen. »Vielleicht hängt es ja damit zusammen.«

Louisa entging nicht, wie Gräfin Henriette abfällig schnaubte.

Oh nein. Sie hätte am Abend doch Nanette rufen und um Hilfe bitten sollen. Angst breitete sich in ihr aus, doch sie biss die Zähne zusammen und versuchte, sich nichts anmerken zu lassen. Als sich Bärbel jetzt an ihr vorbeidrängte, machte sie sich schnell auf in Isabella von Seybachs Zimmer, um nicht im Weg herumzustehen. Hier konnte sie ohnehin nichts tun. Jetzt würde man sich um den Erbgrafen kümmern, und ihr blieb nichts anderes übrig, als zu warten. In Isabellas Räumen waren Cilli und Anna bereits bei der Arbeit.

»Weißt du, dass der junge Graf von Seybach wahrscheinlich gar nicht vor eine Kutsche geraten ist?«, sagte Cilli gerade, die damit beschäftigt war, die Bettdecke neu zu beziehen. »Angeblich soll er sich mit einem anderen Grafen geprügelt haben! Wegen einer Frau, so tuschelt man.«

»Nein!« Anna ließ das Kissen fallen, das sie eben aufgeschüttelt hatte, und griff nach dem nächsten. »Der soll doch die Komtess de Neuville heiraten!«

Louisa, die das Wasser auf dem Frisiertisch tauschen wollte, versetzte es einen Stich. Sie wusste, dass die Familien eine arrangierte Ehe anstrebten, doch was man so hörte, hatte sich Maximilian von Seybach bisher immer wieder aus solchen Arrangements zurückgezogen, und irgendwie hatte Louisa gehofft, dass es dieses Mal auch so sein würde.

»Bärbel schwört ja darauf, dass sie den Erbgrafen beim Hurenhaus gesehen hat, am letzten Sonntag, als sie Ausgang hatte. Er soll ja auch was mit einer Schauspielerin haben. Francesca Thompson oder so. Die Maria Senger ist jedenfalls gar nicht gut auf sie zu sprechen.«

»Die wollt den Grafen selber haben, gell?«

Louisa wischte mit dem Staubwedel aus Straußenfedern über

den ovalen Spiegel und die Schmuckschatulle. Dann war sie also gar nicht die Einzige? Jetzt begriff sie, wieso die Schauspielerin Maximilian persönlich besucht hatte … Und sie hatte geglaubt, Maximilian hätte sie geküsst, weil er auch etwas für sie empfand. Dabei liebte er sie gar nicht. Für ihn war sie nur eine weitere Liebelei, eine Affäre, eine Gespielin, mit der er sich vergnügte, während ihr Herz zu bersten drohte wie das Whiskeyglas gestern Abend. Sie versuchte, die aufsteigenden Tränen hinunterzuschlucken, sammelte die Wäschestücke vom Boden, die Cilli und Anna unachtsam dorthin geworfen hatten, und legte sie in den Weidenkorb. Dann arrangierte sie die drei Porzellanpuppen auf Komtess Isabellas Kanapee, drapierte ihre Röcke und ordnete die Locken. Jetzt fühlte sich alles in ihr genauso kühl an wie das weiße Porzellan, aus dem sie gefertigt waren. Eine von ihnen hatte feine Risse, die sich über das Gesicht zogen. Sie war in einem Wutanfall Gräfin Henriettes Stock zum Opfer gefallen, und Isabella hatte bitterlich um das zerborstene Gesicht geweint. Zum Glück hatte ein Puppenmacher es wieder kleben können. Ob sich wohl auch Louisas Herz wieder kleben ließ?

»Ah, Louisa, gut, dass ich dich treffe.« Finni war durch die Verbindungstür aus dem Ankleidezimmer gekommen. Sie türmte einen Berg edler Kleider auf den Wäschekorb, den Louisa eben aufgenommen hatte, und fing im letzten Moment den rosafarbenen Morgenrock aus Seide auf, der herunterzurutschen drohte. »Die müssen in die Wäsche.«

»Ach, ich freu mich schon so auf den Ball der guten Seelen!« Cilli warf einen sehnsüchtigen Blick auf die vielen schönen Kleider.

Diesem Ereignis fieberten in München Knechte und Mägde, Stubenmädchen und Hausdamen, Metzger, Gärtner und Köchinnen jedes Jahr gleichermaßen entgegen. Der Ball der guten Seelen war von der Herrschaft Münchens ins Leben gerufen worden, zum Dank an die Dienstboten für ihre Arbeit. Einmal im Jahr durften sich am zweiten Sonntag im Juli die Hausangestellten im Morgengrauen beim Chinesischen Turm im Englischen Garten treffen und tanzen, bis die Herrschaft am Vormittag aus der Kirche zurückkam. Natürlich ließ das auch keine gute Seele im Hause von Seybach kalt, und die ersten Tanzverabredungen waren bereits im letzten Jahr auf dem Nachhauseweg getroffen worden.

»Vom Morgengrauen bis nach dem Kirchgang der Herrschaft tanzen!« Sie drehte sich mit dem Kissen, das sie als Nächstes aufschütteln wollte, im Kreis. »Oh, wie toll das wird!«

»Pah, davor bräuchtest du erst einmal jemanden, der mit dir zum Ball geht«, zog Anna sie auf.

Cilli sah sie abfällig an. »Und du? Auf die Einladung vom Zutterer-Ambros brauchst du ja nicht zu hoffen.«

»Hast du denn schon jemanden für den Ball, Louisa?«, fragte Anna, die Cillis spitze Bemerkung ignorierte.

Louisa schüttelte kaum merklich den Kopf. Und sie hätte auch nicht gewusst, wen sie fragen sollte.

»Ach, du wirst schon sehen. Bestimmt lädt dich der Schorsch ein«, sagte Cilli leichthin. »So wie der dich die letzten Tage immer angesehen hat. Man könnt glatt meinen, da wär was zwischen euch.«

Louisas Ohren begannen zu glühen, und sie verließ schnell mit dem Wäschekorb das Zimmer. Dann hatten die anderen womöglich doch gemerkt, dass zwischen ihnen etwas lief? Kein Wunder, so wie ihr Schorsch die letzten Tage immer hinterhergeblickt hatte. Sie konnte kaum sehen, wohin sie trat, als sie die Dienstbotentreppe hinunterlief und mit ihrem Fuß suchend nach den Stufen tastete, so hoch türmten sich die Kleidungsstücke und die Bettwäsche vor ihr. Da würde sie heute keinen Feierabend haben, wenn sie all das noch waschen und plätten musste.

»Soll ich dir beim Tragen helfen?«

Schorsch. Louisas Finger verkrampften sich, als er schon seine Hände auf ihre an den Griffen legte.

»Nein, Schorsch, lass. Ich mach das schon.« Sie drückte sich auf der schmalen Treppe an ihm vorbei, aber da hatte er bereits sanft die Hände an ihre Hüfte gelegt und sie zu sich gezogen. Er wollte ihr einen Kuss geben, doch Louisa wandte den Kopf und drehte sich von ihm weg. Seine Lippen landeten auf ihrem Mundwinkel.

»He, Louisa, was ist denn los mit dir? Neulich in meiner Kammer hast du es doch auch gewollt.«

Louisa ging weiter und ließ Schorsch am oberen Treppenabsatz zurück. »Ich weiß, aber ich hab jetzt keine Zeit, Schorsch, ich muss arbeiten!«, rief sie ihm zu. »Vielleicht ein andermal …«

Sie hörte noch ein hilfloses »Aber …«, doch dann war sie schon in der Biegung der Treppe verschwunden.

Louisa fühlte sich furchtbar, dass sie ihn so einfach hatte stehen lassen. Sie musste sich mit Schorsch aussprechen und ihm sagen, dass sie nicht mit ihm zusammen sein wollte, dass sie ihn nicht liebte, doch jetzt hatte sie keinen Kopf, um das zu klären. Zuerst musste sie wissen, was mit Maximilian war, ob es ihm gut ging. Ob er womöglich doch ernsthaft verletzt war … Und was er darüber dachte, dass sie einander geküsst hatten …

Eines jedenfalls war für Louisa sicher: Bevor sie mit Schorsch zum Ball der guten Seelen ging, blieb sie lieber zu Hause! Denn sie wollte nicht, dass er sich noch mehr Hoffnungen machte. Das war ihr seit ihrem Kuss mit Maximilian bewusst geworden.

Dabei hatte sie so sehr gehofft, dass es dieses Jahr endlich klappen würde, bis zum Sonnenaufgang zu tanzen. In ihren ersten Jahren in München bei den von Löwensteins hatte sie nicht gewagt hinzugehen, das Jahr darauf war sie kurz davor erkrankt und hatte lieber das Bett gehütet, als sich in der frischen Morgendämmerung beim Tanzen zu verausgaben, und danach war sie gerade erst bei den von Seybachs angestellt worden, und auch da hatte sie nichts tun wollen, was ihre Anstellung hätte gefährden können. Trotzdem, mit Schorsch zu gehen fühlte sich gänzlich falsch an. Da verzichtete sie lieber noch ein weiteres Jahr auf die Tanzveranstaltung der Dienstboten.

Maximilian von Seybach erholte sich glücklicherweise recht schnell. Nach ein paar Tagen war das Auge bereits abgeschwollen und ließ nur noch ein hauchzartes Blau darunter erahnen, und seine Lippe heilte ebenfalls gut. Allerdings musste Berti ihm mehrere Tage Flädlesuppe kochen, damit er etwas essen konnte, denn anscheinend hatte sein Unterkiefer bei dem Sturz doch etwas mehr abbekommen.

Louisa saß an diesem Nachmittag auf einem Vorsprung im Flur und wartete darauf, dass das Mittagessen mit den von Reuss bald endete, die zu Besuch gekommen waren. Dann würde sie beim Abräumen helfen und die Teller spülen. Tatsächlich ließ Afra sie in letzter Zeit immer mal wieder im Speisesaal aushelfen, denn nachdem Carl von Seybach wohlwollend Louisas Aufstieg bemerkt hatte, hatte die Hausdame ihre unfreiwillige Beförderung kaum zurücknehmen können. Jetzt, da sie Berti so weit zur Hand gegangen war und es tatsächlich nichts mehr zu tun gab, weil sich die beiden Familien anscheinend verplaudert hatten, hatte Louisa Zeit zum Lesen. Also nahm sie sich ihre Bibel vor und schlug das Hohelied Salomons auf, das ihr Nanette nahegelegt hatte: »*Er küsst mich mit dem Kusse seines Mundes … Zedern sind die Balken unsres Hauses, Zypressen unsre Wände … Seine Linke liegt unter meinem Haupte, seine Rechte herzt mich …*« Louisas Wangen begannen zu glühen, doch sie konnte nicht aufhören zu lesen. So schnell sie konnte, folgte sie mit dem Finger unter den Zeilen den Worten. »*Dein Mund ist lieblich … Deine beiden Brüste sind wie zwei Kitze …*«

»Louisa? Hast du so viel Zeit, dass du dem Müßiggang nachgehen kannst?«

Afra. Louisa zuckte so heftig zusammen, dass ihr das Buch aus der Hand glitt. Mit funkelnden Augen hob die Hausdame es an und warf einen Blick auf den Titel. Louisa schoss das Blut in den Kopf. Und wenn ihre Wangen eben nur von einer zarten Röte überzogen waren, standen sie jetzt sicherlich in Flammen.

»Die Bibel«, sagte Frau Haberl, und ihre Stimme klang enttäuscht und überrascht zugleich. Dann nickte sie und gab ihr das Buch zurück. »Nur weiter so.« Ihre Mundwinkel zuckten zu so etwas wie einem Lächeln, doch dann wurde sie sofort wieder ernst.

Louisa knickste, als sich die Hausdame zum Gehen wandte und die Küche betrat. Wenig später lief Albrecht an ihr vorbei.

»Du hast Post bekommen«, sagte er und gab ihr einen Brief.

Louisa warf einen Blick auf das zusammengefaltete Papier. Versiegelt mit Wachs, aber ohne Wappen. Ein Brief ihrer Mutter. »Danke«, murmelte sie.

Mit raschen Schritten lief sie die Dienstbotentreppe hinauf und weiter in ihre Mansarde. Dort riss sie den Brief auf und faltete ihn auseinander. Sie erkannte die Schrift ihrer Nachbarin Walli. Louisa freute sich darüber, dass sie nun die Briefe ihrer Mutter selbst lesen konnte, und wenn sie an ihre gemeinsamen Lernstunden mit Maximilian dachte, kribbelte es durch ihren ganzen Körper, aber dieses Mal war das Kribbeln ebenso schnell vorbei, wie es gekommen war, denn sie dachte an das Gespräch von Cilli und Anna in Komtess Isabellas Zimmer. Ihre gemeinsamen Lernstunden mit Maximilian hatten ihm offenbar nichts bedeutet. Für ihn war sie eine von vielen, und allen voran stand Komtess Sophie de Neuville, der er sein Jawort geben sollte. Sie spürte einen Kloß im Hals, der sich vergrößerte, als sie die Nachricht ihrer Mutter las.

Sie hatte Walli nur ein paar Zeilen diktiert. Caro war erkrankt. Sie hatte starke Bauchschmerzen, Durchfall und musste sich häufig erbrechen. Mit düsteren Gedanken faltete Louisa den Brief zusammen. Sie kniete sich in ihrer Mansarde auf den Boden, fuhr mit dem Zeigefinger in das Astloch eines Dielenbretts, hob es an und legte es beiseite. Es war schon locker gewesen, als sie die Mansarde bezogen hatte. Darunter kam ein Hohlraum zum Vorschein, in dem Louisa eine Zigarrenkiste aus Holz versteckte. Sie legte den Brief zu den anderen und verschloss den Deckel wieder. Kurz warf sie einen Blick auf ihre Schätze – eine Strohpuppe, die ihr ihr jüngerer Bruder Tobias gebastelt hatte, ein Paar gestrickte Wollsocken, die ihr ihre

Mutter zu Weihnachten geschenkt hatte, Maximilians Taschentuch mit seinem aufgestickten Monogramm, das sie ihm nie zurückgegeben hatte … Doch jetzt konnte sie ihren aufkommenden Gefühlen und der Sehnsucht nach Zuhause keinen Raum geben. Sie musste überlegen, wie sie Caro helfen konnte. Als ihr Blick auf das Märchenbuch auf ihrem kleinen Tisch fiel, kam ihr eine Idee: Maximilians Bibliothek. Nirgendwo sonst gab es so viel medizinisches Wissen auf einem Fleck, und sie hatte Zugang dazu – jedenfalls mehr oder weniger, sah man einmal davon ab, dass sie eigentlich die Räume ohne Anweisung nicht betreten durfte. Aber Lesen konnte sie jetzt, und wenn sie beim Saubermachen mal einen Blick in ein Buch werfen würde? Und hatte Maximilian ihr nicht sogar angeboten, dass sie sich ein weiteres ausleihen dürfe, wenn sie dieses zurückbrachte? Entschlossen griff Louisa nach dem Buch und schob es in ihre Rocktasche.

Ihr Plan musste jedoch bis zum nächsten Tag warten, denn als die von Reuss nach ihrem Mittagessen aufgebrochen waren, hatte sie für ihre Recherche keine Zeit mehr. Allerdings ergab sich bereits am nächsten Morgen eine Gelegenheit. Als Afra die täglichen Aufgaben verteilte, erklärte sich Louisa bereit, Maximilians Zimmer zu reinigen.

»Gib auf dich acht, Louisa«, raunte Anna ihr zu, als sie sich beide auf den Weg in den zweiten Stock machten, in dem die privaten Zimmer der Familie von Seybach untergebracht waren. »Deine Schwärmerei für den jungen Herrn stürzt dich sonst noch ins Unglück. Glaub mir, ich weiß, wovon ich rede. Unsereins hat niemals Glück in solchen Dingen.«

Louisa spürte, wie sich ihre Wangen röteten. Ob Anna womöglich von dem Kuss erfahren hatte? Nein, wenn sich etwas in der Art herumgesprochen hätte, hätte Gräfin Henriette sie zu sich gerufen und sie zur Rede gestellt – oder sie längst des Hauses verwiesen …

»Außerdem kann der junge Herr Graf ja auch nicht mit dir zum Ball der guten Seelen gehen. Such dir lieber einen anderen. Den Schorsch zum Beispiel.«

Louisa lächelte gequält. »Mit Schorsch will ich aber nicht gehen.« Sie war froh, dass sie das Gespräch beenden mussten, weil sie vor den Zimmern der Herrschaft angekommen waren.

Louisa klopfte an die Tür, und zu ihrer Überraschung hörte sie die Stimme des jungen Erbgrafen, der sie hereinbat. Als sie das Zimmer betrat, lag er noch im Bett. Louisa war das äußerst unangenehm.

»Ich komme später wieder«, murmelte sie, doch Maximilian schüttelte den Kopf.

»Nein, komm ruhig herein. Du störst mich nicht.«

»Ich möchte Ihr Zimmer sauber machen.«

»Nur zu.« Er verschränkte die Hände hinter seinem Kopf und beobachtete sie dabei, wie sie den Putzeimer abstellte und das Wasser vom Vortag aus der Karaffe hineingoss.

Na, das konnte ja heiter werden. Louisa spürte seinen Blick auf sich ruhen, und alles an ihr kribbelte. Wieso ging er nicht zum Frühstück wie der Rest seiner Familie? Dann könnte sie hier wenigstens ungestört … putzen. Jetzt musste sie sich noch einmal in seine Bibliothek schleichen, um etwas herauszufinden. Oder sollte sie ihn einfach fragen? Nein, das ging zu weit. Sie hatte ihn immerhin schon geküsst, was sie niemals hätte tun dürfen, und wenn sie ihn jetzt auch noch bat, ihrer Familie zu helfen …

»Hast du gut geschlafen?«

Louisa sah ihn überrascht an. »Ja, danke, Herr Dr. von Seybach.«

Auf Maximilians Gesicht trat ein Lächeln. Ob er womöglich gerade auch an den Kuss dachte? Wahrscheinlich nicht. Er würde Komtess Sophie de Neuville heiraten. Und wenn sie dann noch an die Gerüchte um eine Liaison mit dieser Schauspielerin Francesca Thompson dachte oder dass man ihn in der Nähe des Hurenhauses gesehen habe, drohte sie ihr Kummer zu überwältigen. Um ihren

Gefühlen keinen Raum zu geben, wischte sie rasch über den marmornen Kaminsims. Maximilian von Seybach war so gut wie verlobt, damit musste sie sich abfinden, denn daran würde sie – eine Dienstbotin – ganz sicher nichts ändern. Egal, wie schmerzlich dieser Gedanke war. Jetzt tat es ihr nur noch mehr weh, so dicht in seiner Nähe zu sein, vor allem, nachdem sie seine Lippen gekostet hatte. Oh, wieso konnte er nicht einfach gehen?

Als hätte er ihre Gedanken gehört, schlug Maximilian von Seybach seine Decke zurück, schwang die Beine aus dem Bett und stand auf. Ohne es verhindern zu können, warf Louisa einen Blick in seine Richtung, der unglücklicherweise an dem Erbgrafen haften blieb. Er trug ein Nachthemd, das ihm bis knapp übers Knie reichte und seine muskulösen Waden freigab, wobei um das rechte Bein ein Verband geschlungen war. Ein Wickel mit Maientau, wie sie von Albrecht wusste, der gegen die Schmerzen helfen sollte. Am Halsausschnitt hatte das Hemd eine Schnürung, die so lose gebunden war, dass sie einen guten Blick auf seine nackte Brust zuließ. Als er jetzt ins Gegenlicht des Fensters trat, um sich am Frisiertisch frisches Wasser in die Waschschüssel zu gießen, zeichnete das Licht seine Konturen unter dem fließenden weißen Stoff ab. Louisa hörte das Blut in ihren Ohren rauschen, doch sie schüttelte kaum merklich den Kopf, um sich von dem Anblick loszureißen, und räusperte sich verlegen.

»Ist meine Großmutter schon wach?«, erkundigte sich Maximilian beiläufig.

Louisa brauchte einen Moment, ehe sie ihrer Stimme wieder vertraute. »Ja, sie hat vorhin bereits nach Finni geläutet.«

»Und meine Schwester?«

»Von Komtess Isabella haben wir noch kein Lebenszeichen erhalten.«

»Wahrscheinlich geistert sie wieder …«, Maximilian unterbrach sich, »… im Land der Träume umher«, führte er seinen Satz zu Ende. Er kämmte sich rasch und reinigte sich anschließend die

Zähne, ehe er sich ein Oberhemd überstreifte und in eine Hose schlüpfte.

Louisa wunderte sich, wieso er Albrecht nicht läutete. »Ich gehe jetzt zum Frühstück. Bedauerlicherweise muss ich unsere Lernstunde heute verschieben. Mir ist eine Verabredung mit meinen Freunden dazwischengekommen.«

Louisas Geist wurde so schwarz wie die Kohlen, die sie jetzt aus dem Ofen fegte. Bildete sie sich das ein, oder war auch der junge Erbgraf ein wenig enttäuscht darüber?

»Ich spreche nachher jedoch mit Afra, damit sie dir an einem anderen Nachmittag dafür freigibt. Passt es dir morgen?«

Louisa hob überrascht den Blick und wischte sich mit dem Handrücken eine Haarsträhne aus dem Gesicht, die sich aus ihrem Knoten gelöst hatte. »Selbstverständlich, Herr Dr. von Seybach.«

»Gut.« Maximilian schloss seine Manschettenknöpfe und lächelte ihr über den Spiegel zu. »Du hast da übrigens was.« Er befeuchtete die Ecke eines Handtuchs, das Louisa vorhin auf den Waschtisch gelegt hatte, kam auf sie zu und beugte sich zu ihr herunter. Ohne dass sie es verhindern konnte, legte er ihr eine Hand unters Kinn und hob ihren Kopf an, um ihr im nächsten Moment mit der anderen den Rußstreifen von der Wange zu wischen.

Louisa hielt den Atem an, alles um sie herum schien sich zu drehen.

»So ist es besser.« Der Erbgraf lächelte und richtete sich gleich darauf wieder auf. Der Moment war vorüber. »Bis später vielleicht«, sagte er noch und verließ das Zimmer.

Louisa glaubte zu träumen. Sie tastete mit ihren Fingerspitzen über ihre Wange. Was hatte er sich dabei gedacht? Sie konnte Maximilian von Seybachs Verhalten einfach nicht einschätzen. Doch dann ging ein Ruck durch ihren Körper. Jetzt hatte sie die Gelegenheit, das Märchenbuch zurückzustellen und dabei die Bibliothek zu durchstöbern. Rasch stand sie auf, wischte sich die Hände an einem sauberen Putzlappen ab und lief in das angrenzende Arbeitszimmer, das zur Ludwigstraße hinaus zeigte. Sie öffnete die Fenster, damit es so aussah, als würde sie hier aufräumen und lüften, nahm den Lappen und stellte sich vor den imposanten Bücherschrank. Wenn jetzt jemand hereinkam, würde man vermutlich denken, sie säuberte das Arbeitszimmer. Gut so.

Louisa ließ den Blick über die Buchrücken schweifen. So viele medizinische Werke. In irgendeinem musste doch etwas über Durchfallerkrankungen und Erbrechen stehen. Sie zog ein in Leder gebundenes, dickes Buch heraus – »*Atlas der Anatomie*«, stand darauf geprägt. Louisa blätterte durch die Seiten, betrachtete die Zeichnung eines Herzens, etwas weiter hinten das Skelett eines Menschen. Dann sah sie die Abbildung eines Kindes im Mutterleib, und sie blieb ein wenig länger an dieser Farbtafel hängen. In mehreren Stadien war die Entwicklung darauf abgebildet. Verblüfft blätterte sie ein paar Seiten zurück, und sogleich stieg ihr Schamesröte ins Gesicht, als ihr Blick auf das Bildnis einer nackten Frau fiel. Mit Strichen waren die einzelnen Begriffe, die um die Zeichnung standen, zugeordnet. Louisa traute sich kaum zu atmen, als sie die lateinischen Bezeichnungen Buchstabe für Buchstabe zusammensetzte, wobei ihre Lippen sich lautlos mitbewegten. Mit solchen Dingen beschäftigte sich Maximilian von Seybach? Sie blätterte die nächste Seite nach vorne und sah die Darstellung eines Mannes. Sofort erinnerte sie sich an Schorsch, und sie versuchte herauszufinden, was sie unter der Decke mit ihrer Hand erspürt hatte. Ihr Herz klopfte wild und heftig. War das … Hatte sie … Du lieber Himmel … Rasch klappte sie das Buch zu. Sie stellte es in den Schrank zurück und nahm ein anderes ein paar Reihen weiter links heraus. Es war ein Buch, dessen Text sie nicht verstehen konnte – vermutlich Latein –, und Louisa wollte es schon ins Regal zurückstellen, als sie zwischen zwei Seiten ein Blatt mit der Handschrift des jungen Erbgrafen entdeckte.

»*Das Nonnenturnier*«, las sie halblaut, und als sie dem Text mit dem Finger folgte, anscheinend eine Übersetzung von Maximilian, blieb ihr beinahe die Luft weg. Es ging um das Geschlechtsteil eines Ritters, das dieser sich wohl selbst abgeschnitten hatte und das in einem Nonnenkloster unter einer Treppe versteckt wurde. Sie ließ ein paar Zeilen aus und begann auf der nächsten Seite erneut zu lesen. Der sogenannte »zagel« führte auf einmal ein Eigenleben, und die Nonnen stritten sich darüber, wer ihn mit in die eigene Zelle nehmen durfte, woraufhin sie ein Turnier veranstalten wollten … Schnell schob sie das Buch zurück an seinen Platz.

Hildegard von Bingen. Diesen Namen hatte sie schon einmal bei Walli gehört. Eine Heilkundige – zwar auch eine Nonne, aber sehr bewandert im Wissen um die Wirkung von Kräutern. Vielleicht gab es darin ein Mittel gegen Bauchschmerzen und Übelkeit.

Louisa blätterte durch die Seiten. Da blieb ihr Blick an einer Textstelle hängen, die Maximilian unterstrichen hatte: »*Ist die Frau in Vereinigung mit dem Manne, so kündet die Wärme in ihrem Gehirn den Geschmack dieses Lustgefühls an.*« Wieder dachte sie an Schorsch, und mit zitternden Händen las sie weiter, so schnell sie konnte. »*Fast gleichzeitig damit ziehen sich die Nieren zusammen, und alle Teile, die während des Monatsflusses zur Öffnung bereitstehen, schließen sich so fest, als wenn ein starker Mann irgendeinen Gegenstand in seiner Hand fest verschließt.*« Louisa schlug bestürzt die Hand vor den Mund, und sie brauchte einen Moment, um sich zu sammeln. Da stand also das Gefühl beschrieben, das sie bei Schorsch hätte empfinden sollen. Doch bis auf ein dumpfes Prickeln im Unterleib, als er sie dort berührt hatte, hatte sich bei ihr überhaupt nichts eingestellt. Ob er etwas falsch gemacht hatte? Ob *sie* etwas falsch gemacht hatte? Wieder las sie die Textstelle, und sie hätte nur zu gerne gewusst, wie sich das in Wirklichkeit anfühlte. Ob sie noch einmal zu Schorsch … Louisa verzog den Mund. Nein, sie durfte ihn nicht ausnutzen. Es plagte sie ohnehin schon ein schlechtes Gewissen. Außerdem war es dafür einfach zu glitschig und windend bei ihm gewesen. Nicht wie die Schlange, von der Nanette gesprochen hatte, eher wie eine Grube voller Blindschleichen.

Louisa musste an die Zeichnung in dem Anatomieatlas denken. Die hatte schon deutlich eher wie eine Nadel ausgesehen. Ihr Blick heftete sich erneut an die Zeilen vor ihr. Vorhin hatte sie diese Wärme in ihrem Kopf gespürt, die Hildegard von Bingen dort beschrieb, als Maximilian aus dem Bett gestiegen und sie seine Silhouette gegen das Morgenlicht gesehen hatte, und kurz darauf gleich noch einmal, als er sich zu ihr heruntergebeugt hatte und sich ihre Gesichter so nahe gewesen waren, dass sie seinen Atem auf ihrer Haut gespürt hatte. Oder war es doch nur das Blut gewesen, das ihr in die Wangen gestiegen war? Nein. Sie hatte auch den Geschmack des Lustgefühls bereits einmal erlebt: Als Maximilian und sie sich im Musikzimmer geküsst hatten …

12

Maximilian

»Kann ich helfen?« Louisa fuhr herum, was Maximilian mit einem belustigten Schmunzeln hinnahm. Die Arme; anscheinend hatte er sie wirklich bei etwas gestört, während sie da vor seinem Bücherschrank in seinem Arbeitszimmer stand. »Entschuldige, ich wollte dich nicht erschrecken. Ich habe bloß etwas vergessen.« Maximilian ging um den Schreibtisch herum und nahm ihr das kleine Büchlein ab, das in dunkelblaues Leinen gebunden war. Sein Blick fiel auf den Buchdeckel. »Hildegard von Bingen.« Seine Mundwinkel zuckten wieder, als er Louisas verlegenes Gesicht sah. »Dann hast du Grimms Hausmärchen nun über?«

»Nein … Ich …«, stammelte Louisa, sie brach ab und sah auf ihre Schuhspitzen.

»Bist du auf der Suche nach neuer Lektüre für unsere Lernstunden?«

Als er das sagte, meinte er, in Louisas Augen etwas aufflackern zu sehen, und plötzlich färbten sich ihre Wangen in einem zarten Roséton. Doch dann schüttelte sie den Kopf.

»Meine Schwester …«, murmelte sie. »Sie ist krank.«

»Krank?«, wiederholte Maximilian, und sofort war ihm die Lust an dem neckenden Ratespiel vergangen. Er stellte das Buch an seinen Platz zurück und sah Louisa prüfend an. »Was hat sie für Symptome?«

»Meine Mutter schreibt, es geht ihr schlecht, und sie erbricht sich den ganzen Tag. Auch der Bauch …« Sie brach ab. Anscheinend war es ihr unangenehm, darüber zu sprechen.

»Du kommst aus Garching, nicht wahr?«

Louisa nickte. »Wieso fragen Sie das?«

»Weil ich gelesen habe, dass dort eine Cholera-Epidemie ausgebrochen ist.«

»Cholera?«, wisperte Louisa, und als sie ihn jetzt mit ihren blaugrauen Augen ansah, schnitt ihm ihr banger Blick tief ins Herz. »Dann muss sie also sterben?«

Maximilian knirschte mit den Zähnen. Er wusste selbst, wie die Epidemien in den Armenvierteln sich entwickelten, wie sie für viele der Bewohner dort ausgingen. Er hatte die Verläufe in seinem Studium gesehen, hatte über Ausbreitung, Erkrankung und mögliche Eindämmung geforscht. Und er hatte von Behandlungsmethoden gehört.

»Nicht, wenn ich es verhindern kann«, sagte er und betätigte die Dienstbotenklingel. Als Albrecht gleich darauf eintrat, stand sein Entschluss fest. »Sag Xaver, dass wir nach dem Frühstück die Kutsche benötigen. Und schicken Sie einen Boten zu Leopold und Alexander. Mir ist heute Nachmittag etwas dazwischengekommen. Ich treffe sie in den nächsten Tagen im Club.«

»Sehr wohl.« Der Kammerdiener verneigte sich und verließ das Zimmer.

»Die Kutsche?«, wiederholte Louisa. »Aber wofür denn?«

Maximilian nahm seine Arzttasche und legte sein Hörrohr und ein paar Medikamente zu den anderen Sachen hinein. »Wir fahren zu deiner Familie«, sagte er entschieden, als er die Ledertasche schloss.

Nachdem die von Scybachs ihr Frühstück beendet hatten und jeder seinen eigenen Verpflichtungen nachging, saß Maximilian Louisa in der Kutsche gegenüber, doch der Dienstbotin schien die Reise nicht zu behagen. Immer wieder sah sie aus dem Fenster, und ganz blass war sie auch. »Geht es dir nicht gut?«, fragte er besorgt.

»Es ist alles in Ordnung«, beeilte sich Louisa zu sagen. Sie lächelte, aber es erreichte ihre Augen nicht. »Mir ist nur das Geschaukel unangenehm.«

»Dabei ist das Reisen auf diese Weise eine der bequemsten Methoden überhaupt«, erwiderte Maximilian belustigt.

»Das kann sein, nur saß ich bisher noch *nie* in einer Kutsche. Üblicherweise gehe ich diesen Weg zu Fuß.«

Maximilian wusste, dass er sich auf eine Beschwerde seiner Großmutter gefasst machen musste, wie er auf die Idee gekommen sei, die Kutsche so spontan für einen seiner Ausflüge zu nutzen. Und noch dazu im Beisein einer Dienstbotin! Aber irgendwie gefiel es ihm, dass er Louisa auf diese Weise ermöglichen konnte, ihre Familie zu besuchen. Sollte sich Henriette von Seybach doch aufregen. Dass er zusammen mit Nanette in einem der Hurenhäuser gewesen war, um dort eine der Damen zu behandeln, hatte sie schließlich auch mit verkniffenem Gesicht hingenommen. Sie konnte sich ruhig schon einmal daran gewöhnen. Wenn er im Herbst die Stelle als Arzt im Krankenhaus antreten würde, wären genau dies seine Aufgaben, und das Ungleichgewicht zwischen Arm und Reich störte ihn schon lange. Seit er denken konnte, hatte er etwas daran verändern wollen. Das war sein Steckenpferd neben seiner Liebe für die Naturwissenschaften. Er liebte die Forschung, und es war ihm ein Anliegen, mehr für die Ärmeren und Schwächeren zu tun. Schon als Kind hatte er sich für das Tun der Ärzte interessiert, und das war zur konkreten Idee geworden, als er nach seiner schweren Verletzung unzählige Ärzte an sein Krankenbett kommen und wieder gehen gesehen hatte. Seiner Mutter, die unerbittlich versucht hatte, einen Arzt zu finden, der ihm helfen konnte, hatte er es zu verdanken, dass er sein Bein, wenn auch mit Schmerzen und dem häufigen Hadern, nicht verloren hatte. Wie beiläufig glitt Maximilians Hand über seinen Oberschenkel bis zum Knie. Hoffentlich dauerte die Kutschfahrt nicht allzu lange, bevor ihm das Bein wieder Schmerzen bereitete.

Seine Entscheidung, Arzt zu werden, hatte er endgültig getroffen, als seine Mutter Eloise von Seybach an Schwindsucht erkrankt war. Tag für Tag hatte er miterleben müssen, wie es Eloise immer schlechter gegangen war, wie sie erst mit Appetitlosigkeit beim Essen und schließlich immer mehr gegen ihre zunehmende Müdigkeit gekämpft hatte. In seiner großen Sorge hatte er begonnen, medizinische Fachwerke zu lesen, doch seiner Mutter war es immer schlechter gegangen. Zur Erschöpfung waren Fieber und Husten hinzugekommen, während sie selbst immer weniger wurde. Sie hatten Ärzte einbestellt, die ihre Lunge abgehört, ihr Salben und Medikamente verschrieben hatten, die jedoch alle ihre Wirkung verfehlten. Und je schlechter es Eloise gegangen war, desto weniger war Maximilian von ihrer Seite gewichen. Es hatte ihn schmerzlich getroffen, seine sonst so starke Mutter, die sich immer für Isabella und ihn eingesetzt hatte, mit jedem Tag mehr an die Krankheit zu verlieren. Irgendwann hatte er angefangen, ihr Essigwickel anzulegen, um die nächtlichen Schweißausbrüche und das Fieber zu regulieren, er hatte ihr geholfen, sich aufzusetzen, damit sie den Schleim abhusten konnte, der teilweise blutig gewesen war. Und wenn sie dann doch einmal für ein, zwei Stunden Schlaf gefunden hatte, hatte er mit einer Decke um die Schultern und im Schein der fahlen Kerzenflamme Seite um Seite in den Medizinbüchern gelesen, auf der Suche nach etwas, das seine Mutter heilen könnte, während sein Vater zwischen Eloises Krankenbett und den königlichen Gemächern hin- und hergeeilt war, um seinen beiden Pflichten nachzukommen. Doch alles war vergeblich gewesen, mit jedem Tag mehr war Eloise schließlich nur noch ein Schatten ihrer selbst gewesen, gebrechlich, fast ätherisch, als hätte sich ihre Hülle Stück für Stück aufgelöst, während sie ins Jenseits verschwand. Und eines Morgens im März war das Unfassbare passiert: Eloise hatte die Augen nicht wieder aufgeschlagen. Sie war verstorben, während Maximilian, der neben ihrem Bett gesessen hatte, über einem der Medizinbücher eingenickt war. Da hatte er sich geschworen, dass dieses Leid niemand mehr sonst auf der Welt durchleben sollte, diesen Schmerz, den er empfand, als seine schöne, starke und sanftmütige Mutter für immer gegangen war.

Maximilian räusperte sich, ehe die Erinnerung seine Augen zum Brennen brachte. Louisas Blick streifte ihn, und unwillkürlich musste er an ihren Kuss denken, an ihre vollen, weichen Lippen, die jetzt in der Kutsche vor ihm schwebten, kaum einen Meter entfernt, und doch schienen sie unerreichbar zu sein.

»Da vorne müssen wir halten«, sagte Louisa. »Die Kutsche kommt ab hier nicht weiter.«

Maximilian nickte und klopfte gegen das Dach, um Xaver ein Zeichen zu geben. Das Gefährt kam schaukelnd zum Stehen, und Maximilian öffnete die Tür. Etwas ungelenk stieg er mit seinem Bein aus, dann reichte er Louisa die Hand. Erst zögerte sie, doch dann legte sie sie in seine und stieg ebenfalls aus. Sie war leicht kühl, nicht behandschuht wie die Hände der Damen, denen er sonst aus der Kutsche half, das störte ihn nicht. Im Gegenteil, wie beiläufig strich er mit dem Daumen über ihren Handrücken, und Louisa warf ihm einen kurzen Blick zu. Doch er ließ sich nicht anmerken, dass diese Berührung keineswegs zufällig geschehen war. Maximilian hätte Louisas Hand gerne noch ein wenig länger in seiner gehalten, um sie zu wärmen und weil sich ihre Haut auf seiner so gut anfühlte, aber er wollte nicht unschicklich wirken, und so ließ er sie los.

»Da entlang.« Louisa deutete in eine Richtung, nahm ihre Röcke ein wenig hoch und schritt eilig voran. Schon bald wurde die Straße schmaler, ein Rinnsal löste den erdigen Weg am Rand auf, und Maximilian musste den Atem anhalten, denn es roch nach Unrat, Dreck und Fäkalien. Er versuchte lieber nicht, genauer zu definieren, was da neben ihm schwamm. Von seiner Studienreise in Montpellier war er einiges gewohnt, aber es schnürte ihm dennoch die Kehle zu, dieses Elend erneut zu sehen, vor allem jetzt, da ihm bewusst geworden war, dass dies Louisas Wirklichkeit war. Mit einem großen Schritt, der ihn fast aus dem Gleichgewicht geraten ließ, überquerte er einen Graben, in dem Essensreste auf dem trüben, schlierigen Wasser dahintrieben. Oh Gott, hoffentlich musste Louisas Familie daraus nicht trinken. Die Häuser – oder sollte er eher Hütten sagen? – glichen Baracken. Manche waren aus Stein errichtet, doch viele aus einfachem Holz, zugig, schlecht isoliert und so klein wie ein Ankleidezimmer. Es fiel ihm schwer, sich vorzustellen, wie in solchen Behausungen Familien mit acht, zehn, zwölf Kindern wohnten.

»Hier ist es.« Louisa blieb vor einem kleinen Steinhaus stehen. Sie klopfte gegen die Holztür, und es dauerte eine Weile, bis ihr geöffnet wurde.

»Louisa!« Eine Frau um die vierzig stand in der Tür. Es musste Louisas Mutter sein, denn nicht nur die Art, wie sie ob des überraschenden Besuchs die Hände vor der Brust zusammenschlug, auch ihr rundlich geschnittenes Gesicht und die blonden Haare ähnelten Louisas. »Kind, was tust du denn hier? Musst du nicht arbeiten?«

»Ich bringe einen Arzt«, sagte Louisa, und Maximilian konnte hören, wie ihre Stimme zitterte. »Für Caro. Ich hoffe, ich komme nicht zu spät?«

»Einen Arzt?«, wiederholte die Mutter ungläubig, und jetzt fiel ihr Blick auf Maximilian. Sie schien seinen edlen Zwirn und den Zylinder zu bemerken, den er grüßend abgenommen hatte und nun ein wenig unschlüssig in seiner Hand hielt, da niemand da war, um ihm diesen abzunehmen.

Sie kniff die Lippen zusammen. »Du weißt, dass wir uns das nicht leisten können.«

»Zeigen Sie mir erst einmal die Kranke, über die Bezahlung reden wir später.«

Sichtlich verunsichert trat Louisas Mutter beiseite und öffnete die Holztür nun ganz, die knarzend den Weg in einen funktional eingerichteten Raum freigab. Louisa ging voran, und Maximilian nickte Frau Strobel noch einmal zu, als er an ihr vorbei und in die

Wohnstube trat. Seine Augen mussten sich erst an die dunklen Lichtverhältnisse gewöhnen, als er den Blick über die Einrichtung schweifen ließ: ein Herd, auf dem ein großer Eisentopf stand, daneben ein Holztisch mit zwei Stühlen und einer Bank. Zwei Jungen spielten auf dem Boden mit grob geschnitzten Holzpferden, doch sie unterbrachen ihr Spiel, als sie sein Eintreten bemerkten, und beäugten ihn teils neugierig, teils schüchtern. Ein Säugling lag in der Wiege und schlief. Louisa hatte recht: Ihre Wohnung war zwar einfach und beinahe karg, doch es gab keinen Grund zur Beanstandung. Frau Strobel hielt alles sauber.

»Hier entlang, bitte.« Louisas Mutter deutete auf die Tür zur Schlafkammer und öffnete sie. Auch dieser Raum lag im Halbdunkel, die rot-weiß karierten Vorhänge waren zugezogen und ließen das Licht von draußen nur spärlich hinein. In dem hölzernen Doppelbett, das an der Wand unter einem schlichten Kreuz stand, sah er eine Person liegen, blass, schwach und zerbrechlich. Ein zartgliedriges Mädchen, die langen blonden Haare zu einem zerwühlten Zopf geflochten, der ihr weit über die Schulter fiel, die grünblauen Augen in dem eingesunkenen Gesicht halb geschlossen.

»Louisa«, flüsterte das Mädchen bei ihrem Eintreten, doch es hatte nicht genug Kraft, um sich aufzusetzen. Im selben Moment drehte sie sich zur Seite und erbrach sich in eine Keramikschale, von der am oberen Rand ein Stück abgeplatzt war.

Maximilians Innerstes zog sich zusammen. Das also war Louisas Schwester. Sie sah elend aus.

»So geht das seit mehreren Tagen«, sagte Frau Strobel, die hinter ihm den Raum betreten hatte.

»Welche Symptome hat sie noch?«, erkundigte sich Maximilian.

»Durchfall«, sagte die Mutter knapp. »Behält kaum was bei sich. Es geht oben oder unten raus.«

»Mutter!« Louisa sah sie tadelnd an.

»Na, wenn's doch wahr ist!«, murmelte Frau Strobel. »Ich weiß mir nimmer zu helfen.«

Maximilian trat an das Bett heran und nickte freundlich. »Grüß Gott, Caroline. Mein Name ist Maximilian. Ich bin Arzt.«

»Kannst du mich wieder gesund machen?«, fragte das Mädchen mit brüchiger Stimme.

»Vielleicht. Darf ich dich untersuchen?«

Caroline nickte, und Maximilian zog das Hörrohr aus seiner Arzttasche. Sorgfältig hörte er das Mädchen ab, tastete über den eingesunkenen Bauch, erfühlte den kraftlosen Puls an ihren Extremitäten. »Das Herz schlägt viel zu schnell«, sagte Maximilian, »aber ihr Puls ist schwach. Die Arme und Beine sind kalt, wahrscheinlich durch die fehlende Flüssigkeitszufuhr. Wie viel trinkt sie?«

Frau Strobel hob hilflos die Schultern. »Sie behält ja nichts drin.«

Maximilian nickte. »Versuchen Sie es weiter. Und kochen Sie das Wasser unbedingt ab. Holen Sie es nicht aus dem Mühlbach hier im Dorf. Gehen Sie bis zur Isar. Dort fließt deutlich mehr Wasser und transportiert den Dreck besser weg. In das Wasser mischen Sie Salz und Zucker. Jeweils zwei gehäufte Löffel davon. Und ich werde Ihnen ein Pulver schicken lassen, das Sie ihr ebenfalls geben. Birkenkohle. Schon im Altertum wusste man um ihre Wirkung bei Magen-Darm-Infekten. Jetzt lassen wir sie schlafen. Sie braucht viel Ruhe.« Maximilian verabschiedete sich von Caroline und verließ mit den anderen das Zimmer.

»Vielen Dank, Herr Doktor.« Louisas Mutter drückte Maximilians Hand mit beiden Händen. »Allein schon, dass Sie gekommen sind. Selbst wenn meine Caro nicht …« Sie ließ den Satz unvollendet in der Luft hängen.

»Daran wollen wir nicht denken«, sagte Maximilian mit fester Stimme. »Bereiten Sie Caroline eine Suppe zu, und versuchen Sie, dass sie wenigstens ein paar Löffel davon isst. Ihre Tochter muss wieder zu Kräften kommen, und dafür ist ein anständiges Essen nötig.« Am liebsten hätte er Berti höchstpersönlich vorbeigeschickt, aber Maximilian wusste, dass das nicht ging.

Frau Strobel nickte. Sie ließ seine Hand los, als ein Mann in die Wohnstube trat.

»Louisa.« Ein Lächeln huschte über sein Gesicht, doch sogleich wurde er wieder ernst. »Was machst du hier, so außer der Zeit? Hast du Probleme? Und wer ist das?«, setzte er unfreundlich hinzu. Maximilian bemerkte den Alkoholgeruch, der an ihm haftete.

»Ein Arzt, Heinrich. Louisa hat ihn hergebracht.«

Maximilian entging die Spannung nicht, die auf einmal im Zimmer herrschte.

»Tobias. Raus.« Der Mann deutete eine Kopfbewegung in Richtung Tür an, und sein Sohn und der andere Junge – vermutlich ein Nachbarskind – gehorchten sofort.

»Wir brauchen keinen Arzt«, knurrte er dann und ließ sich mit einem plumpen Geräusch auf die Eckbank fallen. »Der Herrgott nimmt sich, wen er will. Sie können also wieder gehen. Wo bleibt mein Essen?«

»Vater, bitte, Caro braucht Hilfe«, wagte Louisa einen Vorstoß.

Frau Strobel hingegen war sofort zum Herd geeilt und tat etwas von dem Haferbrei, der in dem Topf vor sich hin köchelte, auf einen Blechteller.

»Und ich brauche mein Essen! Wo bleibt mein Essen?«

Louisas Mutter stellte den Teller vor ihm ab und legte einen Löffel daneben.

»Und Bier! Na los, wird's bald?«, blaffte er seine Frau an, als Frau Strobel zögerte.

Louisa presste die Lippen aufeinander, und Maximilian sah, dass sie mit den Tränen kämpfte.

»Und Sie …« Er sah nur kurz zu Maximilian auf, während er tropfend und kleckernd den Haferbrei in sich hineinschaufelte, um dann mit vollem Mund weiterzusprechen. »Schauens jetzt, dass Sie auf dem Absatz kehrtmachen, eh ich mich vergesse. Für so einen reichen Medicus, wie Sie einer sind, fehlt unsereins das Geld.« Er hob wie zum Beweis seine Hand empor, an der sich nur noch drei von fünf Fingern befanden. Dann krallte er sie wieder um den Löffel und schaufelte weiter.

Die Augenpartie hat sie vom Vater, die Lippen zweifelsfrei von der Mutter, dachte Maximilian. Und die Locken, die kommen auch von ihm. Zum Glück schien sie sonst nicht viel von ihm geerbt zu haben.

»Also?« Mit hochgezogenen Brauen musterte Herr Strobel ihn.

»Ich war ohnehin gerade fertig.«

»Ach, dann muss ich ihn auch noch bezahlen?« Der Vater stand auf, kramte in seiner Hosentasche und donnerte zwei Geldstücke auf den Tisch. »Vom Haushaltsgeld zieh ich's dir ab«, knurrte er seiner Frau entgegen.

»Nicht nötig, Vater, ich zahle ihn von meinem Lohn.«

»Bist ein Engel, mein Kind.« Mit einem Mal trat für einen kurzen Moment etwas Weiches, Freundliches auf seine Miene, doch es erlosch sogleich wieder, als Maximilian jetzt das Wort ergriff.

»Danke, ich nehme kein Geld für diese Behandlung.« Er wandte sich ab, doch die Stimme des Vaters hielt ihn zurück.

»Meine Schulden bezahl ich.« Er deutete auf die Kreuzer vor ihm auf der verkratzten Tischplatte.

Widerwillig nahm Maximilian das Geld und steckte es ein. Er nahm den Zylinder, nickte der Familie zu. »Ich empfehle mich«, sagte er, und dann blickte er zu Louisa, die ihm schweigend folgte – nach einer kurzen Umarmung mit der Mutter und einem Kuss auf die Wange des Vaters, den dieser mit einem zarten Streicheln über ihren Kopf erwiderte.

Ihm kam eine Idee. »Oh, beinahe hätte ich's vergessen. Ihr Wechselgeld«, sagte er an der Türschwelle und zog seinen Geldbeutel noch einmal aus der Hosentasche. Er legte eine Münze auf den Fenstersims, hob abermals den Zylinder und verließ mit Louisa das Haus. Zurück blieb ein funkelnder Gulden.

13

Louisa

Natürlich gab es eine Auseinandersetzung im Lilienpalais, als einige Tage später herauskam, wohin Maximilian gefahren war, und zwar eine, die sich gewaschen hatte. Durch das ganze Dienstbotentreppenhaus, das in unmittelbarer Nähe zum Blauen Salon lag, in dem sich die Familie zum Nachmittagskaffee eingefunden hatte, hörte man Henriette von Seybachs aufgebrachte Stimme.

»Dass du dir eine Stelle in einem gewöhnlichen Krankenhaus suchst und dich mit Prostituierten herumtreibst, um deinem jugendlichen Leichtsinn nachzugehen, ist eine Sache. Aber dass du jetzt auch noch die Armenviertel besuchst, geht eindeutig zu weit!«, ließ sich Henriette von Seybach vernehmen. »Was, wenn du dich dort ansteckst, Maximilian? Du bist der Erbgraf und bald ein angesehener Arzt bei Hofe!«

»Keine Sorge, daran denke ich jeden Tag, Großmutter. Ihr lasst mir nämlich kaum eine andere Wahl!«

Ohne es zu wollen, konnte Louisa den Disput mitverfolgen, als sie gerade nach unten ging, um den Weg zu ihrer Familie anzutreten. Mit angehaltenem Atem blieb sie auf den Steinstufen stehen. Anscheinend hatte die Gräfin in ihrem aufbrausenden Zorn sogar vergessen, die Tür zum Salon zu schließen, denn sie verstand jedes Wort klar und deutlich.

»Und dann noch mit einem Dienstmädchen!«

»Was ist daran falsch?«, hörte Louisa die Stimme des jungen Erbgrafen.

»Ich verbitte mir diesen Ton, Maximilian!« Dann folgte etwas,

was sie nicht verstand, da es zu leise gesprochen wurde. »Nun, da ich dir keinen Hausarrest mehr aufzwingen kann – ganz im Gegensatz zu deiner Schwester, bei der ich schon wieder eines *dieser* Bücher fand.« Pause. »Überhaupt, was treibt euch ständig in den Dienstbotentrakt?«

»Caesar geht es nicht gut«, sagte Komtess Isabella. »Berti kümmert sich ein wenig um ihn.«

Es stimmte. Der Setter lag, seit Isabella von Seybach ihn in die Küche gebracht hatte, in seinem Körbchen am Herd und verschlief nahezu den ganzen Tag. Nur wenn Berti oder die Komtess sich zu ihm knieten und ihm mit Bitten und Streicheln und viel gutem Zureden einen Happen Futter vor die Nase stellten, rappelte er sich auf, fraß halbherzig einen Brocken und legte sich gleich darauf wieder hin.

»Immer diese Hunde.« Das war wieder die Gräfin. »Genauso lästig wie aufmüpfige Dienstboten. Ich wusste von Anfang an, dass es keine gute Idee war, ihr Unterricht zu geben. Aber Nanette hat ja darauf bestanden, dass Bildung für unser Haus ein gutes Vorzeigeschild ist.«

»Und – hat sie sich diesbezüglich geirrt?«, entgegnete Maximilian von Seybach.

»Mir ist immer noch schleierhaft, wieso ein Stubenmädchen lesen und rechnen können muss.«

»Bei Berti stört es dich auch nicht. Und Louisa ist kein einfaches Stubenmädchen mehr.«

In Louisas Magengrube begann es aufgeregt zu flattern, als sie die Worte hörte. Dann bedeutete ihm der Kuss also doch mehr?

»Außerdem lernt sie unglaublich schnell.«

»Kein Wunder, bei dem Lehrer«, brummte Henriette von Seybach.

»Afra Haberl hat sie selbst in einen höheren Dienst gehoben«, hörte sie jetzt wieder Maximilians Stimme.

»Weil es die Umstände notwendig machten. Vermutlich ist das nur eine Taktik dieses Mädchens. Bei den von Löwensteins war sie schließlich auch nahe genug dran, um einen Silberlöffel einstecken zu können. Und wer weiß, was bei uns im Hause irgendwann fehlt.«

»Großmutter, ich …«

»Maximilian!« Die donnernde Stimme Henriette von Seybachs wurde von dem Aufschlagen ihres Stocks unterstrichen.

»Horchst du etwa?« Das war Cilli, die ihr auf der Dienstbotenstiege entgegenkam.

»Natürlich nicht«, sagte Louisa rasch und ging ein paar Stufen nach unten. Sie wäre nur zu gerne noch einmal stehen geblieben, doch dann hätte Cilli gewusst, dass sie gelauscht hatte. Also verließ Louisa das Lilienpalais durch den Dienstboteneingang, nicht jedoch, ohne einen Umweg zu Berti in die Küche zu machen, denn der junge Graf von Seybach hatte angeordnet, dass ihr die Köchin einen Korb mit frischem Obst und Gemüse, Fleisch, Käse, Medizin und Mehl mitgeben sollte. Als Louisa den Korb aufgenommen hatte, wusste sie, dass es mit diesem schweren Gepäck ein sehr anstrengender Weg werden würde, denn Maximilian hatte es wirklich gut gemeint. Vermutlich hatte der Erbgraf vergessen, dass sie die Strecke zu Fuß zurücklegen musste. Aber was machte das schon? Wenn nur Caro wieder gesund würde …

Nach über vier Stunden Fußmarsch, Louisa brauchte für die Strecke tatsächlich deutlich länger als sonst, hatte sie endlich das Haus ihrer Familie erreicht. Ihre Mutter schlug die Hände vor den Mund, als sie den übervollen Korb mit all den frischen Lebensmitteln erblickte. »Gott segne den Herrn Doktor«, murmelte sie immer wieder, während sie all die Köstlichkeiten auspackte und im Vorratsschrank verstaute. »Oh, da unten sind ja auch drei Pakete. Auf denen steht was. Da muss ich nachher die Walli fragen.«

»Zeig mal her.«

Ihre Mutter reichte ihr die Pakete.

»Tobias«, las Louisa vor und gab es ihrem jüngeren Bruder.

Ihre Mutter drehte sich erstaunt zu ihr herum. »Du kannst lesen?«

»Ich lerne es in der Dienstbotenschule«, erwiderte Louisa lächelnd.

»Mei ...« Ihre Mutter sah sie voller Stolz an, und Louisa bemerkte das Glitzern in ihren Augen. »Meine Tochter. Jetzt lernt sie auch noch tüchtig. In dem Haus geht's dir wirklich gut. Sieh bloß zu, dass du weiterhin gute Arbeit leistest und der Herrschaft keinen Ärger machst.«

Louisa nickte leicht, doch sie spürte die Beklemmung, die in ihr aufstieg. Sie freute sich über das Lob ihrer Mutter, doch zugleich dachte sie an den Kuss und die Lernstunden mit Maximilian und den Streit, den sie heute Morgen belauscht hatte. »Auf dem steht Caroline«, las sie weiter. Das dritte Paket gab sie ihrer Mutter.

Das Gesicht ihrer kleinen Schwester begann zu leuchten. Seit Louisas letztem Besuch mit dem Grafen sah sie deutlich besser aus.

»Für mich?«, flüsterte sie und richtete sich im Bett ein wenig auf. Mit schnellen Bewegungen riss sie das Papier beiseite, während Tobias schon juchzte, weil ein Säckchen mit Glasmurmeln zum Vorschein gekommen war. Die Mutter wickelte ein wohlriechendes Stück Seife aus.

»Ein Buch«, sagte Caro gleich darauf und blätterte durch die Seiten. »Mit so vielen schönen Bildern.«

Louisa erkannte Maximilians Märchenbuch.

»Sag dem Herrn Doktor vielen, vielen Dank dafür!« Caro sah sich jede Seite genau an, ehe sie Louisa das Buch entgegenstreckte. »Kannst du mir etwas daraus vorlesen, jetzt, wo du das gelernt hast? Bitte!«

Louisa nickte und schlug eines der Märchen auf. »*Sterntaler*«, begann sie zu lesen. »*Es war einmal ein kleines Mädchen, dem waren Vater und Mutter gestorben, und es war so arm, dass es kein K-Kämmerchen mehr hatte, um darin zu wohnen, und kein Bettchen mehr, darin zu sch-schlafen, und gar nichts mehr als die Kleider, die es auf dem L-Leib t-trug ...*« Sogar ihre Mutter setzte sich daneben und hörte aufmerksam zu. Zwar las Louisa ein wenig stockend, aber das störte niemanden.

»Noch eines«, forderte Caro, nachdem sie geendet hatte, und Louisa las das nächste Märchen vor. »*Dornröschen. Es waren einmal eine Königin und ein König, die wünschten sich nichts sehnlicher als ein Kind.*«

Die Mutter ging derweil zum Herd und bereitete eine Suppe aus dem frischen Gemüse zu.

»Sag, Louisa, ist der Herr Doktor ein Prinz?«, fragte Caro, als sie auch dieses Märchen beendet hatte.

Louisa schüttelte den Kopf. »Wie kommst du denn darauf?«

Seufzend sank Caroline in die Kissen zurück. »Schade, dann hätte er dich auch wach küssen können, so wie in dem Märchen.«

Wenn ihre Schwester doch nur wüsste, wie dicht sie mit ihren Worten an der Wahrheit war. Maximilian hatte sie tatsächlich wach geküsst, jedenfalls brannte seitdem etwas in ihrem Inneren, jedes Mal, wenn sie den jungen Erbgrafen sah. Es loderte wie ein Feuer, und es war nicht zu löschen. Im Gegenteil, wenn sie sich schon nur mit ihm in einem Raum aufhielt, so dicht und doch unerreichbar, züngelten die Flammen an ihrem Herzen empor und wärmten ihren Unterleib. Und wenn sie abends in ihrer Mansarde lag, verging sie beinahe vor Sehnsucht, und ihr ganzer Körper prickelte bei der Erinnerung an seine Berührungen.

»Dann müsste es einem so gehen wie Sterntaler«, sagte Caro in ihre Gedanken hinein. »Da hat man nichts mehr in der Welt, und dann fallen die Sterne wie Taler aus Gold und Silber auf einen herunter.«

»Na, uns geht's ja fast so, seit uns der Herr Doktor besucht hat«, mischte sich ihre Mutter ein. »Sogar Brennholz hat er uns geschickt. Seit unsere Louisa in der Stadt wohnt, kennt sie so vornehme Herren.«

Louisa räusperte sich verlegen.

»Vielleicht bist du dann wie Aschenputtel!«, rief Caro, und wieder funkelte etwas in ihren Augen. Seit Louisa ihr das Märchen, das Komtess Isabella für sie vorgespielt hatte, bei ihrem Besuch damals zu Hause nacherzählt hatte, war ihre kleine Schwester wie besessen davon, dass Louisa auch eines Tages einen Prinzen finden würde. »Du hast als Stubenmädchen angefangen, und jetzt trägst du schon ein edleres Kleid, und bald wirst du mit Gold und Silber überhäuft. Und der Prinz führt dich auf dem Rücken seines Pferdes nach Hause. Und dort lebst du dann als Prinzessin in einem riesigen Schloss. Wobei, das machst du ja auch jetzt schon.«

Louisa lachte und kniff ihrer Schwester liebevoll in die Wange. »Na, das würde dir gefallen, was? Aber da muss ich dich enttäuschen. Ich arbeite ja nur dort und mache es bloß sauber. Und außerdem ist es ein Palais und kein Schloss.«

»Aber schön ist es dort trotzdem, hast du gesagt, mit all den vielen Zimmern, wo in fast jedem ein Kamin ist. Mit Leuchtern, die funkeln und das Kerzenlicht noch heller erstrahlen lassen. Mit den dicken Teppichen, die die eigenen Schritte schlucken. Oder nicht?«

Das stimmte. Trotzdem verbot sich Louisa seit dem Kuss im Musikzimmer auch nur einen weiteren Gedanken an so etwas zu verschwenden. Maximilian von Seybach würde niemals eine wie sie ihrem Stand entheben und zu seiner Gemahlin machen. Er heiratete eine Sophie de Neuville.

»Louisa, was ist mit dir? Du wirkst auf einmal so traurig.« Caro sah sie mit großen Augen an.

»Ich bin bloß ein bisschen bedrückt, weil ich jetzt wieder zurück nach München muss.«

»Aber du kommst uns doch bald wieder besuchen, nicht wahr?«

»Natürlich«, sagte Louisa. »Und ich schreibe euch.«

»Und wenn du wiederkommst, dann musst du mir das Lesen beibringen, ja? Ich will auch all die schönen Geschichten in dem Buch lesen können.«

»Das wirst du bestimmt bald können. Grüß Vater von mir.«

Caro nickte.

»Pass gut auf dich auf«, sagte ihre Mutter, als sie sich an der Tür von Louisa verabschiedete.

»Das mache ich«, flüsterte Louisa, wusste aber nicht genau, ob sie dieses Versprechen nicht längst gebrochen hatte. Auf ihr dummes Herz jedenfalls hatte sie nicht sonderlich gut aufgepasst.

Mit einem Seufzen auf den Lippen machte sie sich auf den Rückweg. Sie war länger geblieben, als sie vorgehabt hatte, und es wurde schon dunkel. Doch wenn sie schon einmal bei ihrer Familie war, wollte sie die wenigen kostbaren Stunden auch voll auskosten. Jetzt musste sie sich beeilen. Mit dem letzten Licht des Tages schlüpfte sie durch das Schwabinger Tor, und als sie endlich das Lilienpalais erreicht hatte, leuchteten die imposanten Fenster schon im hellen Kerzenlicht. In Louisas Brust wurde es eng. Sie würde niemals eine Prinzessin werden. Sie würde für immer das Aschenputtel bleiben, das froh sein konnte, so eine gute Dienststelle bekommen zu haben. Alles andere waren Träume. Anna hatte recht gehabt, als sie sie gewarnt hatte. Eines Tages würde der junge Graf von Seybach eine Komtess heimführen, würde hier mit seiner neuen Gräfin wohnen, und Louisa würde jeden Tag mit ansehen müssen, wie sie ihm glücklich entgegenlächelte, wie sie sehnsüchtig auf ihr erstes Kind hofften, wie das Königspaar bei Dornröschen, und wie sie es ihm schließlich eines Tages gebar. Rasch wischte sie sich eine Träne von der Wange und betrat durch den Dienstboteneingang das Haus. Sie würde niemals die Vordertreppe nehmen. Ihr Platz war hier, im hinteren Bereich, wo man sie nicht sah, wo sie nicht störte, wo sie im Grunde kaum existierte in der Wahrnehmung der Herrschaft. Das, was im Musikzimmer geschehen war, war nur ein Kuss gewesen, nichts weiter, nichts von Bedeutung für Maximilian. Auch wenn es ihr die Welt bedeutete. Es war ein Blick hinter verbotene Türen, die sich nun vor ihr wieder schlossen.

»Weinst du?« Schorsch kam gerade aus den Stallungen.

»Quatsch! Das war der Abendwind, der hat mir bloß die Tränen in die Augen getrieben.«

»Wie geht's deiner Schwester?«

»Ein bisschen besser.« Louisa wollte weiter.

»Ich kenn einen Doktor aus der Stadt. Der ist recht gut und nimmt auch nicht so viel. Ich könnt ihn fragen, ob er sich deine Schwester mal ansieht. Seinen Lohn leg ich dir aus, wenn du willst. Du kannst ihn mir irgendwann zurückzahlen.«

Louisa sah ihn gerührt an. »Das ist lieb, Schorsch, danke, aber wir haben schon einen Arzt gefunden.«

»Ach so.« Er zögerte. »Gehst du denn auf den Ball der guten Seelen nächsten Monat?«

Louisa schüttelte den Kopf.

»Komm, Louisa. Unsereins kann nur selten im Jahr mal so feiern. Das wirst du dir doch nicht entgehen lassen.«

»Ich geh trotzdem nicht.«

»Und warum nicht?«

»Weil ich keinen Tanzpartner habe.«

»Ich würd mit dir gehen«, sagte Schorsch, zog sich die Schiebermütze vom Kopf und fuhr sich durch sein aschblondes Haar.

»Ich weiß, Schorsch.« Louisa lächelte matt, und es wurde ihr eng in der Brust, weil sie wusste, dass sie ihm gleich wieder wehtun würde. Immerhin machte er sich Hoffnungen, und womöglich schlug sein Herz für sie wie ihres für den Erbgrafen.

»Was hast du gegen mich? Wir könnten es gut miteinander haben.«

Louisa seufzte tief. »Ich weiß, Schorsch, und es tut mir unendlich leid, aber ich liebe dich nicht.« Es zerriss sie beinahe, als sie ihm das sagte. Sie hätte auf seine Gefühle Rücksicht nehmen sollen. Jetzt, da sie selbst wusste, wie weh so etwas tun konnte, würde sie es besser machen, doch jetzt war es zu spät.

»Und was war das dann neulich?«

Bei der Erinnerung an ihren nächtlichen Besuch in seiner Kammer zog sich ihr Unterleib zusammen. Es waren eigentümliche Gefühle gewesen, die er da in ihr geweckt hatte, als seine Hände ihren Körper berührt, seine Finger ihre Brustspitzen gereizt hatten. Und doch hatte etwas gefehlt. Hildegard von Bingens Beschreibung kam ihr in den Sinn, und unwillkürlich fragte sich Louisa, ob sich Maximilians Berührungen anders anfühlen würden.

»Es war nichts. Nichts von Bedeutung, jedenfalls für mich nicht. Ich wollte nur wissen, wie es ist … Wie es sich anfühlt … Und ich habe ein schrecklich schlechtes Gewissen, weil ich nicht das Gleiche für dich empfinde wie du für mich. Ich hab gehofft, es kommt vielleicht noch, aber …« Sie zuckte hilflos mit den Schultern. Schorschs verletzter Blick rief tiefes Mitleid in ihr hervor, doch was half es, ihn anzulügen? »Die Frau, die dich einmal bekommt, wird es bestimmt gut mit dir haben.« Louisa versuchte, ihm ein Lächeln zu schenken, merkte jedoch selbst, wie aufgesetzt es sich anfühlte. Deshalb stellte sie sich auf die Zehenspitzen und gab ihm einen Kuss auf die Wange. »Gute Nacht, Schorsch.«

14

Maximilian

Es gab gute und schlechte Tage. Heute war einer der schlechten. Den ganzen Vormittag schon schickte Maximilians Narbe ihm flammende Stiche empor, wie damals vor vierzehn Jahren. Es fühlte sich an, als wäre er eben erst vom Pferd gefallen. Wie Dolche bohrte sich der Schmerz in sein Bein, und Maximilian hätte am liebsten aufgeschrien. Auch das Schmerzmittel, das ihm Dr. Niederwieser verschrieben hatte, half nicht. Er würde ihn um eine stärkere Dosierung bitten müssen. Zum Glück hatte er seine Familie davon überzeugen können, den Spaziergang mit Sophie durch den Englischen Garten zu verschieben und sich stattdessen mit ihr zum Musizieren im Lilienpalais zu treffen. Sie hatten wieder vierhändig auf dem Pianoforte gespielt – sehr zum Entzücken von Angelique de Neuville und seiner Großmutter, und Sophie hatte ihm mehrfach unmissverständliche Blicke von der Seite zugeworfen. Er merkte, mit welchem Enthusiasmus sie spielte, mit welcher Hingabe sie das Musikstück interpretierte. Er dachte an ihren Ausflug in den Geräteschuppen, an die sinnliche Stunde, die sie dort zusammen verbracht hatten. Wenn Sophie etwas tat, tat sie es ganz, mit allen Sinnen und von Herzen, ob es die Liebe war oder das Musizieren. Sich mit ihr auszuprobieren hatte ihm Vergnügen bereitet, denn wie auch er schätzte sie das pralle Leben und den Genuss. Leopold und Alexander hatten recht, was das anging, schien sie einiges zu verbinden. Aber reichte das für eine glückliche Ehe?

Nach dem Spiel am Pianoforte setzte man sich zum Tee zusammen und besprach die ersten Einzelheiten der bevorstehenden Verlobung sowie den groben Rahmen der Hochzeit, die bald darauf folgen sollte. Für Maximilian war es ein sterbenslangweiliges Gespräch. Ihm war es vollkommen gleichgültig, ob die Einladungskarten rosa oder veilchenfarben wie Sophies Augen waren, ob man den Termin für ihre Hochzeit auf Spätsommer oder Herbst setzte und ob in diesem Zeitrahmen Sonnenblumen oder Dahlien blühten.

»Und wir müssen beizeiten auch eine Menübesprechung vornehmen, Maman«, fiel Sophie ein. »Vielleicht wollen wir uns die Gänge einmal kochen lassen und sehen, wie sie uns schmecken und zusammen harmonieren? Selbstverständlich sind Sie und Maximilian dazu eingeladen, Gräfin von Seybach.«

Als dann die Sprache auf einen Termin für das Hochzeitskleid bei der Schneiderin kam, waren die Damen völlig außer sich, und man erklärte Maximilian sogar, dass sie ihm umgehend ein Stück Stoff von Sophies Hochzeitskleid zukommen lassen würden, damit er wusste, welche Farbe er für sein Hemd bei seinem Schneider in Auftrag geben konnte, schließlich sollte Sophie neben ihm strahlen, wenn sie gemeinsam zum Altar schritten.

»Was nicht geht, wenn Ihr Hemd heller ist als der Stoff, aus dem das Brautkleid meiner Tochter geschneidert ist«, setzte Angelique de Neuville gerade hinzu und nippte an ihrem Tee. »Dann wirkt es, als wäre ihr Kleid schmutzig.«

Maximilian war auch das völlig gleichgültig. Er sah in seine Teetasse und vermisste den Grog darin, doch er wusste, dass er nicht schon zu Mittag trinken sollte. Schließlich hatte er sich mit Alexander und Leopold für den späten Nachmittag im Club verabredet. Wenn ihm doch nur irgendein Ausweg einfallen würde …

Als der Besuch sich endlich erhob und man sich höflich voneinander verabschiedete, nickte Henriette ihm wohlwollend zu.

»Du hast dich heute ausgezeichnet benommen, Maximilian. Ich wusste doch, dass du eines Tages zur Vernunft kommen und unserem Haus zu dem Ruf verhelfen würdest, den es verdient. Ich bin sehr stolz auf dich.«

Das Lob irritierte ihn, und Maximilian fühlte sich, als spräche seine Großmutter mit einem von Isabellas Hunden, doch er beschloss, es so stehen zu lassen. Es wurde höchste Zeit, dass er sich in den Club aufmachte und sich von diesem schrecklichen Termin erholte.

Der Club ohne Namen war einer seiner liebsten Treffpunkte mit Leopold und Alexander. Er war den Londoner Herrenclubs nachempfunden, und wie auch bei seinen Vorbildern brauchte man für den Beitritt die Empfehlung dreier Mitglieder. Man schätzte es, dort privat und unter sich zu sein. Maximilian mochte die gediegene Eleganz, und dass er bei einem Glas Whiskey mit seinen Freunden für ein paar Stunden die Alltagssorgen vergessen konnte. Seinen Namen hatte der Herrenclub erhalten, weil er kurz nach seiner Gründung tatsächlich namenlos gewesen war, und schon bald mochte man das Flair des Geheimnisvollen, das mitschwang, wenn man nur von »dem Club« sprach, und da alles, was im Club passierte, auch im Club blieb, behielt man schließlich diese Benennung bei.

Mit einem Ächzen ließ sich Maximilian in den cognacfarbenen Ledersessel fallen und streckte das Bein aus.

»Schmerzen?«, fragte Leopold mitfühlend, und Maximilian nickte.

Alexander winkte einen Kellner heran und bestellte drei Whiskey, die kurz darauf gebracht wurden.

Dankbar trank Maximilian einen Schluck. Vielleicht betäubte das seine Empfindungen ein wenig.

»Ich hatte heute einen fürchterlichen Termin in Sachen Verlobung und bevorstehender Hochzeit«, berichtete er seinen Freunden. »Stoffbesprechung meines Leichenhemds, Blumenauswahl für den Grabschmuck und im Anschluss die Menüplanung für den Leichenschmaus.«

»Ach komm, Max, war es wirklich so schlimm?« Alexander zog die Brauen hoch.

»Grauenvoll«, brummte Maximilian.

»Ich dachte, Sophie und du, ihr harmoniert gut. Nach eurem

Treffen auf ihrem Pfingstfest hast du jedenfalls ganz anders von ihr gesprochen«, sagte Leopold.

»Nun, ein Gentleman schweigt und genießt.«

»Na ja, dann wird es dir wenigstens in eurer Ehe nicht langweilig«, entgegnete Alexander. »Was das Zeremoniell angeht, das bekommst du schon irgendwie hinter dich. Und danach könnt ihr euch in der Hochzeitsnacht ja ganz entfalten.« Er zwinkerte ihm zu.

Maximilian warf ihm einen missbilligenden Blick zu, schüttelte den Kopf und trank den nächsten Schluck seines Whiskeys. »Wie geht es Johanna?«, fragte er, als sich die würzige Süße erst in seinem Mund und wenig später in seinem Körper ausbreitete und sich schwer auf seine Glieder legte.

»Entsetzlich, fürchte ich! Sie liegt nur noch im Bett und schläft. Könntest du nicht vielleicht doch noch einmal vorbeikommen und nach ihr sehen?«, bat ihn sein Freund.

»Alexander, in Johannas Körper wächst ein kleiner Mensch heran. Da ist es völlig normal, dass sie da ein wenig müder und erschöpfter ist als sonst. Du wirst sehen, sobald sie das erste Trimester überstanden hat, wird sie auch wieder lebensfroher. Du kannst von Glück reden, dass sie nicht von einer schrecklichen Übelkeit geplagt wird.«

»Dann meinst du, dass es nichts Ernstes ist?«

Maximilian schüttelte den Kopf. »Ganz sicher.«

»Hier, nimm eine davon, Alex.« Leopold hielt ihm die Zigarrenkiste unter die Nase. »Das beruhigt die Nerven.« Kurz darauf gab er ihm Feuer und zündete sich selbst seine Zigarre an. Maximilian prostete ihnen zu. Genüsslich paffte Leopold ein paar Rauchwölkchen in die Luft, und nachdem Alexander ein paar Züge genommen hatte, wurde auch er entspannter.

»Man hört, dass du mittlerweile nicht mehr nur den Hurenhäusern einen Besuch abstattest, sondern auch den Armenvierteln«, sagte Leopold nach einer Weile.

Alexander beugte sich interessiert nach vorne. »Ach, wirklich? Gibt es da etwas, was wir wissen sollten?«

Maximilian ließ sich noch einen Whiskey nachschenken. »Ich hatte in Garching eine Patientin, ein Mädchen, wenn ihr es genau wissen wollt.«

Die beiden Freunde sahen einander belustigt an.

»Nicht, was ihr wieder denkt.« Er verdrehte die Augen. »Louisas kleine Schwester ist erkrankt. Ich befürchte, dass es sich um Cholera handelt. Es gab mehrere Fälle in der Gegend. Höchstwahrscheinlich hat sie sich angesteckt.«

»Louisas kleine Schwester, soso.« Leopold schmunzelte. »Ist das der Grund, wieso Henriette von Seybach so laut schimpft, dass sogar die Hauswände des Lilienpalais erzittern? Das Fenster stand offen«, setzte er erklärend hinzu, als Maximilian ihn verwundert ansah.

»Das, und Isabellas Streuner. Großmutter sieht es nicht gerne, dass sich meine Schwester so häufig in den Dienstbotenräumen aufhält.«

»Und wie geht es dem Mädchen jetzt?«, nahm Alexander das Gespräch wieder auf. »Cholera ist ja doch eine ernste Krankheit.«

Maximilian nickte bedrückt. »Ich habe sie untersucht und ihr die in meiner Macht stehende Behandlung zukommen lassen. Alles Weitere wird die Zeit zeigen.« Er sah sinnierend in sein Whiskeyglas, in dem er die Flüssigkeit im Kreis schwenkte, die träge wieder an den Innenseiten des Glases herunterlief. Von nebenan hörte man das Klackern der Billardkugeln, gefolgt von Lachen und Grölen. »Wir leben hier im Rausch, während die Armen verhungern.«

»Das Privileg unserer Geburt«, sagte Alexander.

»Eine Schande«, widersprach Maximilian. »Ich habe gesehen, wie es dort aussieht. Ich war dort, Alexander. Es ist ein Elend. Keine befestigten Straßen, die Gräben voller Dreck und Unrat. So möchte man nicht leben, ganz abgesehen davon, dass es gefährlich ist und Krankheiten begünstigt.«

»Dagegen müsste man etwas unternehmen.« Leopold paffte ein paar Rauchkringel in die Luft. »Abwasser sollte nicht in Bäche und Flüsse geleitet werden. In vielen Städten, auch im Ausland, ist das ein Problem.«

»Man müsste ein Rohrsystem haben, wie damals in der Antike«, sagte Alexander nachdenklich.

»Das habe ich auch schon überlegt«, sagte Maximilian. »Ich bin davon überzeugt, dass das Wasser die Menschen krank macht.«

»Hast du dafür denn Beweise?«, fragte Leopold.

Maximilian schüttelte den Kopf. »Noch nicht, aber ich habe gehört, dass mehrere Gelehrte meiner Ansicht sind. Man müsste das erforschen und …«

Alexanders Lachen bremste seinen Tatendrang. »Verzeihung, aber ich stelle mir gerade eine Henriette von Seybach vor, die bei ihrer Morgentoilette irritiert dreinblickt, wenn sie erfährt, dass das Wasser die Menschen krank macht.«

»Aber es ist so«, bekräftigte Maximilian. »Und irgendwann werden wir dafür nicht mehr verlacht.«

»Und du wirst als Held in die Geschichte eingehen«, frotzelte Alexander. »Maximilian von Seybach, der Erforscher des Wassers.«

»Was ist eigentlich aus deinen Nachhilfestunden mit Louisa geworden?« Leopold sah ihn interessiert an. »Amalie war ganz entzückt, als ich ihr davon berichtet habe, dass Louisa jetzt Lesen und Schreiben bei dir lernt.«

»Es geht gut voran«, sagte Maximilian ausweichend, doch ob er wollte oder nicht – er musste wieder an seinen Kuss mit Louisa denken.

Die Tür zum Billardzimmer flog auf, und lachend und lärmend kam eine Gruppe Menschen herein; Herren in edlen Anzügen, an ihren Armen rechts und links leicht bekleidete Damen mit schillerndem Kopfschmuck, Federn im Haar oder als Gewand um die Hüften. Andere trugen Röcke, die aus aufgefädelten Perlen bestanden, dazu eine knappe Schnürbrust, die einen Blick auf ihre Bäuche freigab. In den Händen hielten sie Champagnerkelche, und ihrem Kichern und Rufen nach zu urteilen waren das nicht die ersten Gläser, die sie zu sich genommen hatten.

»Oje, unerwarteter Besuch«, murrte Leopold, dem solche Treffen befremdlich waren.

»Lasst die Damen tanzen!«, rief ein Besucher des Clubs.

Alexanders Blick wanderte über die leicht bekleideten Frauen. »Sieh mal, da ist Francesca Thompson.«

Maximilian und die Schauspielerin sahen einander an, schweigend, ohne eine Regung im Gesicht des anderen auszulösen, dann wandte sich die Schönheit mit der bronzefarbenen Haut und den dunklen Locken wieder ihrem Begleiter Andreas von Fellinghaus zu, von dessen Arm sie sich führen ließ.

»Ärger im Paradies?«, fragte Leopold überrascht.

»Wie bitte?« Maximilian hob die Brauen.

»Ich dachte, du und die Schauspielerin …«

Maximilian leerte sein Whiskeyglas. »Meine Herren, ich muss mich für heute leider verabschieden.«

»Ach, bleib noch«, sagte Alexander ein wenig enttäuscht. »Jetzt wird es doch erst spannend.«

»Bedaure, ich habe zu tun.« Damit erhob er sich, griff nach seinem Spazierstock, nickte seinen Freunden zum Abschied zu und verließ den Club deutlich früher, als er beabsichtigt hatte.

Seit er die Lernstunden mit Louisa begonnen hatte, zog es ihn nicht mehr zu Francesca. Er war froh, dass er sich an Johannis mit ihr ausgesprochen hatte, und unendlich erleichtert, dass sie ihm keine Szene gemacht hatte. Es tat ihm leid, dass er für sie nichts empfand, dass ihre Nähe zwar schön und ihre Nächte berauschend, doch gleichzeitig bedeutungslos für ihn waren. In seinen Gedanken gab es nur eine, und dass sie unerreichbar war, machte ihn verrückt. Er tat sich weh und auch anderen – und im Grunde versuchte er damit nur, sein Herz zum Schweigen zu bringen. Sein Herz, das seit Kurzem immer wieder nach der einen rief: Louisa.

Maximilians Hand schloss sich um den goldenen Falken, als er die Seybach'sche Bibliothek betrat. Ein Lächeln huschte ihm übers Gesicht, als er Louisa an dem großen Lesetisch sitzen sah. Sie war schon da. Wenigstens konnte er ihr durch die Lernstunden nahe sein, auch wenn er wusste, dass er sie niemals haben konnte, dass sie niemals seine Liebe erwidern würde. Aber für ihn war diese Zeit kostbarer als jede Liebschaft mit einer anderen Frau. Und wenn er nie mehr bekommen würde als das, was ihm vermutlich niemals reichen würde – er wollte keine Minute davon missen. Maximilian schloss die Tür hinter sich mit einem leisen Geräusch. Das ließ Louisa den Kopf heben, und als sie ihn bemerkte, lächelte auch sie. Sie stand auf und wollte knicksen, doch Maximilian machte rasch eine abwehrende Handbewegung.

»Bitte nicht, Louisa. Wir sind allein.« Er ging, auf seinen Stock gestützt, auf sie zu. Wieder klackerte seine Beinschiene bei jedem Schritt auf dem Rautenparkett und verriet seine körperliche Beeinträchtigung. Wie sehr er es hasste! Seine Gesichtsmuskeln spannten sich an, aber Louisas Blick veränderte sich nicht. Sie schien es gar nicht zu bemerken. Oder es störte sie nicht. Maximilian war erleichtert, als seine Schritte bald darauf in dem blau-grünen Teppich versanken und das Geräusch dämpften. Er ließ den Blick durch die Bibliothek schweifen. Louisa hatte nur einen Teil der Kerzenleuchter entzündet, unter anderem den zweistufigen Leuchter über dem Lesetisch, der den Boden und die polierte Holzplatte des Tischs in einem honigwarmen Licht glänzen ließ. »Wie geht es deiner Schwester?«

»Deutlich besser. Meine Mutter hat mir einen Brief zukommen lassen, dass sie schon wieder für einige Zeit aus dem Bett aufstehen kann. Sie lässt schön grüßen und fragt, wann ich ihr neue Geschichten vorlese.«

»Dann sind heute also die griechischen Heldensagen Homers an der Reihe?«, fragte Maximilian belustigt, doch Louisa schüttelte den Kopf.

»Ich würde lieber etwas über die Heilung von Krankheiten erfahren. Der Glaube, dass uns ein Gott aus Zorn und zur Strafe ein Gebrechen schickt, hilft mir nicht weiter.« Sie biss sich auf die Lippe, und ihr Blick fiel auf Maximilians rechtes Bein. »Verzeihen Sie, Herr Dr. von Seybach. Ich …«

Maximilian schüttelte den Kopf. »Schon gut.« Er musste unwillkürlich daran denken, wie er sie damals in seinem Arbeitszimmer erwischt hatte, während sie in seinen Medizinbüchern geblättert hatte. »Hildegard von Bingen hast du ja bereits studiert«, sagte er mit einer eigentümlich rauen Stimme.

Louisas Wangen wurden von einer zarten Röte überzogen, und Maximilian spürte, wie es in seiner Lendengegend zu pulsieren begann. Er räusperte sich. »Was interessiert dich genau?«

»Ich kenne mich ein bisschen mit Heilkräutern aus«, sagte sie. »Ich weiß, dass die Arnikapflanze gegen Wunden hilft und Brennnessel gegen Harnwegsleiden. Aber ich möchte mehr erfahren. Was lehrt man an den Universitäten? Was passiert bei einer Operation? Wie kann ich hören, ob ein Husten gefährlich ist, ob Schleim auf der Lunge sitzt? Wie kann ich spüren, ob eine hässliche Geschwulst unter der Bauchdecke verborgen ist?«

Maximilian sah, wie ihre Augen funkelten, wie das Kerzenlicht darin flackerte, wie ihre Wangen noch immer von dem zarten Rotton überzogen waren, als sie sprach. Sie war atemberaubend, wenn sie sich für etwas begeisterte. War ihr das überhaupt bewusst?

»Schön, etwas Praktisches also.« Er zwang sich, sie nicht länger anzustarren, trat an das Bücherregal, in dem die medizinischen Lehrbücher standen, zögerte und zog schließlich ein großes Werk heraus, das in schwarzgraues Leder gebunden war. Die goldenen Lettern glänzten wie Louisas Augen. Er legte den Band auf den Lesetisch, zog sich einen Stuhl heran und setzte sich neben sie. »Die Palpation«, sagte er sachlich und schlug das Buch auf. »Unter Palpation versteht man das Abtasten des Körpers. Diese Methode gehört zu den Grundlagen der Untersuchung.« Er blätterte einige

Seiten weiter. »Zur bekanntesten Methode zählt das Abtasten des Pulses.«

»Das haben Sie bei meiner Schwester gemacht«, erinnerte sich Louisa.

Maximilian nickte. »Man nimmt Zeige- und Mittelfinger und legt ihn auf die Unterseite des Handgelenks.« Er führte es an seiner eigenen Hand vor, und Louisa machte es bei sich nach. »Ein Stückchen höher.« Ohne darüber nachzudenken, fasste Maximilian nach ihrer tastenden Hand und schob sie mit seiner etwas weiter nach oben. Dabei rutschte ihr Ärmel zurück und gab den Blick auf ihre empfindliche Stelle an ihrem Handgelenk frei. Es war ihm, als hielte Louisa für einen Moment den Atem an.

»Ich fühle nichts«, sagte sie, als sie nach einer Weile bedächtig ihr Handgelenk abgetastet hatte.

»Das kann nicht sein. Du sitzt so leibhaftig vor mir, da muss es einen Puls geben.« Er schob ihren Ärmel noch ein Stückchen weiter nach oben, auch wenn er wusste, dass es gegen die Konventionen war, legte ihren Unterarm auf die Tischplatte und strich mit den Fingerkuppen über die weiche Haut ihres Handgelenks. Louisas Härchen an ihrem Arm stellten sich auf. »Ah, siehst du, da ist er ja.« Mit der anderen Hand klopfte Maximilian den Rhythmus auf der Tischplatte nach. Ein wenig schneller als gewöhnlich, stellte er fest. War sie nervös?

Louisa sah ihn an und lächelte verlegen. Sie zog den Arm zurück, legte nun selbst ihre Fingerspitzen auf die Stelle, die er eben noch berührt hatte, und tastete. »Ich spüre nichts.« Sie sah ihn ratlos an.

»An sich selbst ist es meist ein bisschen schwieriger. Warte.« Er öffnete seinen Manschettenknopf, legte ihn beiseite und krempelte seinen Ärmel bis zum Ellbogen auf. »Hier«, sagte er und schob ihr den Arm entgegen.

Louisas Augen weiteten sich ungläubig. »Ich soll … Also …« Sie deutete auf seinen Unterarm, und Maximilian nickte.

»Natürlich, nur zu.«

Zögernd senkten sich ihre Fingerspitzen auf seine Haut. Sie waren warm und zart, und Maximilian spürte, wie ihm ihre Berührung einen wohligen Schauer über den Rücken jagte.

»Da«, flüsterte sie, und dann breitete sich ein Lächeln auf ihrem Gesicht aus, das den ganzen Raum zu erhellen schien. Jetzt klopfte sie den Takt auf der Tischplatte nach. Auch sein Puls war beschleunigt. Kein Wunder, dachte er, als sein Blick an ihren schön geschwungenen Lippen hängen blieb. Wieder musste er an ihren Kuss im Musikzimmer denken, daran, wie er von diesen Lippen gekostet hatte. Der Takt wurde noch ein bisschen schneller.

Louisa zog die Hand zurück, das Gefühl in ihm ebbte ab.

»Man kann auch erfühlen, ob eine Krankheit im Verzug ist.«

»Wirklich? Wie geht das?«

Maximilian schlug die Mitte des Buches auf und deutete auf die Abbildung eines Körpers. »Der Mensch ist mit einem Flüssigkeitssystem durchzogen, den Lymphbahnen.«

»Wie die Blutgefäße?«, fragte Louisa.

Maximilian nickte. »Es gibt bestimmte Stellen im Körper, die für die Reinigung dieser Bahnen zuständig sind, die Lymphknoten. Wird der Abfluss dieser Knoten gestört, kann es zu einer Stauung und folglich zu einer Schwellung kommen. Das kann man ertasten. So weiß man, wenn das System ins Ungleichgewicht gerät.«

Louisa betrachtete die Abbildung. »Das ist praktisch. Wo kann ich das fühlen?«

»Die Lymphknoten gibt es überall im Körper. Am besten kann man sie am Hals, in der Achsel … in der Kniekehle und …« Maximilian zögerte. »In der Leiste ertasten.«

Wieso wurde es ihm denn jetzt auf einmal so heiß? War das der Whiskey aus dem Club? So viel hatte er doch gar nicht getrunken.

Louisa legte beide Hände an ihren Hals und drückte darauf herum.

»Nein, so …« Maximilian streckte die Hände aus und legte sie auf ihre, um sie zu korrigieren. Im selben Moment wurde ihm bewusst, was er da eigentlich gerade tat. Wieder stockte sein Atem, und er konnte der Versuchung nicht widerstehen und streichelte mit seinem Daumen zärtlich über Louisas Wange. Bildete er sich das ein, oder geriet jetzt auch ihr Atem ins Stocken? Er ließ die Hände sinken, ehe er sich womöglich noch vergaß.

»Was kann ich noch ertasten?«

Maximilian zuckte mit den Schultern. »Organe, Knochen, Muskeln … Die sich daraus ergebenden Veränderungen bei Verletzung oder Krankheit. Einen Bruch beispielsweise oder eine Lebervergrößerung. Man kann auch ertasten, ob eine Frau ein Kind erwartet.«

»Zeigen Sie es mir!«

»Was?!« Maximilian glaubte, sich verhört zu haben. Wie sollte er denn Louisa jetzt zeigen, wie man die Lage der Gebärmutter ertastete, wenn eine Frau schwanger war.

»Ich will wissen, wie das alles geht. Wie erkenne ich zum Beispiel einen Knochenbruch?«

»Das … also …« Maximilian sah sie verwirrt an. Er brauchte einen Moment, um sich wieder zu sammeln. »Du hast doch keinen gebrochenen Knochen.«

»Ich will es trotzdem wissen«, beharrte Louisa. »Wie spüre ich das?«

Maximilian presste grimmig die Lippen zusammen. Also schön. Wenn sie darauf bestand. Vielleicht würde ihn das ein wenig ablenken. Er krempelte den Stoff seiner Hose hoch, unter dem sein verletztes Bein zum Vorschein kam. Die Schiene, die an Knie und Knöchel mit Lederriemen fixiert war, stabilisierte es und machte ihm das Auftreten erträglicher, auch wenn er den Anblick hasste und es seine Bewegungen deutlich einschränkte. Zwischen den Metallschienen zeichnete sich die Narbe ab, die sich fast über sein ganzes Schienbein erstreckte. Ein unschöner blassroter Strich, der beinahe die Dicke von Louisas kleinem Finger hatte.

»Fahr darüber«, sagte er, und er merkte, wie abweisend seine Stimme klang.

Louisa sah ihn unsicher an.

»Na los, mach schon.« Bevor ich es mir anders überlege, setzte er in Gedanken hinzu und wandte den Blick ab. Er ertrug es nicht, dass sie seine Schwäche sah, dass sie nun begreifen musste, was für ein Krüppel er war.

Louisa kniete sich vor ihn auf den Boden, hob eine Hand und fuhr vorsichtig über sein Bein. Ihre Berührung war so sanft, dass Maximilian den Kopf drehen musste, um sich zu vergewissern, ob sie ihn auch wirklich berührte oder ob es nur ein Windhauch war, der darüberstrich. Ihre Fingerspitzen glitten neben der Narbe sanft sein Bein empor, bis Louisa kurz vor seinem Knie innehielt und ihre Hand zurückzog. Seine Nackenhaare stellten sich auf, und er musste gegen die verwirrenden Gefühle in seinem Inneren ankämpfen. Neben der Scham, die er für gewöhnlich empfand, wenn jemand seine Narbe zu Gesicht bekam, verspürte er Wärme in Louisas Berührung, und als sie die Hand zurückzog, hinterließ das ein mulmiges Gefühl in ihm. Was war das? Woher kam das? Lag es daran, dass er Damen üblicherweise keinen Blick darauf gewährte, auch wenn er mit ihnen schlief? Er achtete immer darauf, dass sein Bein entweder unter einer Decke versteckt war, oder wenn dies nicht möglich war, zog er oftmals seine Beinkleidung gar nicht erst ganz aus. Doch bei ihr war es ganz anders …

»Du musst fester darüberstreichen, sonst merkst du es nicht«, knurrte er, doch Louisa schüttelte nur sanft den Kopf.

»Ich habe es gespürt«, sagte sie halblaut. »Es fühlt sich an, als ob etwas in den Knochen eingeklemmt ist. Man kann es deutlich ertasten. Wie kann das sein?« Ihre Antwort verwunderte ihn.

»Der Bruch ist damals nicht richtig verheilt. Umliegendes Gewebe hat sich zwischen die Knochenbruchstücke geschoben. Ich hatte lange damit zu kämpfen.« Wieso erzählte er ihr das? Lag es daran, dass ihr Kopf so dicht in der Nähe seiner Körpermitte war? Oh Gott, er konnte sich kaum konzentrieren, wenn Louisa so vor ihm kniete. Wieder dachte er an ihren Kuss, der schon damals alles in ihm zum Schwingen gebracht hatte. Ihr liebliches, rundes Gesicht, ihre halb geöffneten Lippen, die verheißungsvoll glänzten ... So oft schon hatte er Frauen in dieser Position vor sich sitzen gehabt, die ihm Vergnügen bereitet hatten. Aber Louisa zeigte er seine Beinwunde ... Seine Mitte drückte sich auf einmal gegen seine Hose, die ihm jetzt viel zu eng vorkam. Er musste atmen. Um sich abzulenken, ließ er den Stoff wieder über seine Beinschiene gleiten.

»Was gibt es noch?«, fragte Louisa.

Maximilian stand auf und entfernte sich von ihr. Louisa erhob sich ebenfalls, blieb jedoch neben dem großen Lesetisch stehen. Er musste sie wegschicken, ehe seine Begierde die Kontrolle übernahm. Er hatte ihr Lesen und Schreiben beigebracht, jetzt die Kenntnisse der Medizin. Sie wollte lernen, und alles, woran er dachte, waren ihre Berührungen, ihr Atem, ihre weiche Haut.

»Bitte, Herr Dr. von Seybach.« Ihre Stimme war eindringlich. »Ich werde niemals eine Universität besuchen können wie Sie. Ich kann niemals lernen, obwohl mich nichts mehr interessiert als die Medizin und wie ich meiner Familie helfen kann, wenn sie erkrankt oder verletzt ist. Bringen Sie mir etwas bei.«

Ihre Stimme klang fest, entschlossen. Maximilian schloss für einen Moment die Augen. Er verstand sie so gut. Ihm war es ja selbst so ergangen, als er gesehen hatte, wie mächtig das Wissen um die Medizin war. Doch er wusste ebenso gut, dass er sich nicht viel länger zurückhalten konnte. Mit jeder Minute, die er allein mit ihr verbrachte, war er mehr und mehr rettungslos verloren.

»Bitte«, sagte sie noch einmal.

Maximilian atmete tief durch. Dann drehte er sich zu Louisa herum und ging ein paar Schritte auf sie zu, bis er dicht vor ihr stehen blieb. Als sie ihn jetzt anblickte, so entschlossen, so wissensdurstig, durchspülte das Verlangen nach ihr abermals und noch heftiger als zuvor seinen Körper. Er legte die Hände auf ihren oberen Rücken und verharrte dort einen Moment. Louisas Augen weiteten sich für einen Sekundenbruchteil.

»Das sind die Schulterblätter«, sagte er mit rauer Stimme und begann damit, ihren Rücken zu massieren. »Die Rippen.« Er ließ die Finger nach unten gleiten. »Wirbelsäule«, murmelte er und machte noch einen Schritt auf sie zu. Nun spürte er Louisas Wärme, die von ihrem Körper abstrahlte, ganz deutlich. Louisa wich kaum merklich zurück, doch sie kam nicht weit, da sie mit dem Rücken gegen den Lesetisch stieß. »Becken.« Er legte die Hände rechts und links auf ihre Hüften, und als seine erhärtete Mitte jetzt Louisas streifte, hörte er, wie sie schneller zu atmen begann. Er musste das hier beenden. Er war Arzt, und er durfte so eine Situation nicht ausnutzen. Andererseits war Louisa keine Patientin, und ihr beschleunigter Atem und die Tatsache, dass sie ihn nicht wegstieß, zeigten ihm deutlich, dass sie ihn auch wollte. Er hob sie an ihrer Taille an und setzte sie auf die glänzende Tischplatte, dann fuhr er mit den Händen die Außenseiten ihrer Beine hinab. »Oberschenkel.« Maximilian kniete sich vor sie. »Waden. – Füße«, raunte er, als er dabei war, ihre Schuhe von ihren Füßen zu streifen.

Jetzt kniete er vor ihr, hob seinen Blick zu ihr empor, und Louisa saß auf der Tischplatte und sah ihn an. Ihre Brust hob sich schnell, und Maximilian konnte kaum den Blick von ihr nehmen. Dann plötzlich legte sie ihre Hände an seine Schultern und zog ihn zu sich. In Maximilians Innerem jubelte es, und er spürte wieder, wie sich seine Erektion gegen seine Hose drückte. Lage für Lage faltete er Louisas Rock nach oben, während sie begann, seinen Nacken zu streicheln.

»Schenkel«, flüsterte er, als er jetzt die Innenseiten ihrer Beine wieder nach oben fuhr, doch dann brach er ab, was Louisa mit einem enttäuschten Seufzen quittierte. Er schmunzelte belustigt. »Willst du noch mehr wissen?«, flüsterte er jetzt dicht an ihrem Ohr.

Louisa nickte. »Alles«, wisperte sie mit leuchtenden Augen.

Maximilian öffnete Knopf um Knopf an ihrer Dienstbotenrobe, schob schließlich den Stoff von ihren Schultern und legte ihre

Brüste frei. Das, was er sah, gefiel ihm, und er genoss den Anblick einen Augenblick. »Schlüsselbein«, raunte er, als er mit den Fingerspitzen über die Kuhle zwischen Hals und Schulter hinabfuhr. »Brust.« Er senkte die Lippen auf ihren Mund, als er begann, ihre Brüste zu streicheln, küsste sie, und Louisa erwiderte den Kuss, forderte ihn mit ihrer Zungenspitze heraus. Maximilian genoss das neckende Spiel, und es tat ihm fast ein bisschen leid, als er es abbrach, um mit den Lippen der Spur seiner Finger ihren Hals entlang über ihr Dekolleté bis hin zu ihren Brüsten zu folgen. Als er ihre Brustspitzen liebkoste, vergrub Louisa die Hände in seinem Haar. Er spürte, wie sie sich ihm entgegenwölbte, wie eine Gänsehaut über ihren Körper jagte, als er sie jetzt mit den Zähnen reizte.

»Stopp«, hauchte Louisa da auf einmal, und Maximilian hatte Mühe, sich von ihr loszureißen. Sie hatte die Hände auf seine Schultern gelegt und sah ihn mit großen Augen an. Alles in ihm sehnte sich danach, sich wieder an sie zu schmiegen, ihren Körper weiter mit Küssen zu bedecken, sie zu verwöhnen, doch er hielt sich zurück.

»Verzeih«, murmelte er. »Bin ich zu weit gegangen?«

Sie schüttelte den Kopf, was ihn ungemein erleichterte – und erfreute. »Was ist, wenn jemand hereinkommt?« Ihre Stimme … nur ein Flüstern.

Erleichtert atmete er aus, um seine Mundwinkel zuckte ein Lächeln. »Es wird niemand hereinkommen. Nanette weiß, dass ich bei unseren Lernstunden nicht gestört werden will.«

Einen Augenblick zögerte er, überlegte, ob der Moment nun vorüber war. Doch da nahm Louisa ihm die Entscheidung ab, denn sie umfasste mit ihren Händen seine Oberarme, zog ihn zu sich, und ihre Finger begannen, sein Hemd aufzuknöpfen, bis es bald darauf zu Boden glitt. Zärtlich streichelte sie über seine Brustmuskeln, platzierte Küsse auf seinem Oberkörper, die ihn wohlig erschauern ließen und seine Haut in Flammen setzten. Als sie zögerte, führte er ihre Hände zu seiner Mitte. Ihre Finger machten sich jetzt an seiner

Hose zu schaffen und lösten die Schnürung. Sein Glied wurde noch härter. Erleichtert stöhnte er auf, und er umfasste Louisas Hand und legte sie mit seiner darum. Er zuckte, als sich Louisas Handfläche warm um ihn schloss, und als Louisa innehielt, blickte er ihr direkt in die Augen.

»Bitte mach weiter«, flüsterte er.

Louisa begann damit, ihre Hand zu bewegen, streichelte ihn in einem gleichmäßigen Rhythmus, der sein Zucken verstärkte. Verwundert hob Maximilian die Brauen, sah sie überrascht an, denn damit hatte er nicht gerechnet, aber Louisa küsste ihn jetzt so heftig, dass er das Denken vergaß. Mit zärtlichem Streicheln über ihre Brüste revanchierte er sich, genoss es zu sehen, wie ihre Knospen dunkler wurden und sich aufstellten, sich nach mehr sehnten. Er spürte, wie er in ihrer Hand pulsierte, wie er immer härter wurde und zu zerbersten drohte unter ihrem rhythmisch sanften Streicheln. Louisa sah ihn aus funkelnden Augen an, und er las darin Lust und Begehren, gleichzeitig aber Angst und Unsicherheit.

»So«, murmelte er, legte wieder eine Hand um ihre und zeigte ihr die Bewegung, die er besonders mochte. Er legte den Kopf in den Nacken, genoss es, wie sie ihn mit ihren Berührungen an der schmalen Grenze zwischen absoluter Lust und dem Wunsch, es endlich zu beenden, entlangführte. Sacht liebkoste er mit den Fingern ihre Brüste, lächelte, als er merkte, wie ihre Knospen unter seinem Streicheln hart wurden. Er fuhr die seidenweiche Haut ihrer Taille entlang zu ihrer Hüfte, schob ihre Röcke noch ein wenig mehr nach oben, genoss den Anblick, der sich ihm bot, und zog Louisa bis zum Rand der Tischkante. Zärtlich streichelte er über ihren hellen Flaum, benetzte seine Fingerspitzen ganz vorsichtig mit ihrer Feuchte. Louisa zuckte zusammen, doch nur, um sich ihm im nächsten Moment noch mehr zu öffnen. Sie spreizte die Beine, doch Maximilian zögerte.

»Ich weiß, wie man aufpasst«, flüsterte sie.

Da nahm er ihr Angebot nur zu gerne an. Sanft glitt er mit seinem

Körper dazwischen, drang mit seinen Fingerspitzen in sie ein, wieder hinaus, begann mit ihr zu spielen. Als Louisas Atem schwerer wurde, beendete er die süße Qual, die auch ihn erregte, schob die Hände unter ihren Po und hob sie ein wenig an, um einen besseren Winkel zu bekommen. Liebevoll hauchte er seinen Atem auf ihr blondes Haar, und als Louisa ihn jetzt anblickte, voller Erwartung und doch immer noch ein wenig ängstlich, hielt er inne.

»Hast du das schon einmal gemacht?«, fragte er, und sie nickte kaum merklich.

»Aber es war lange nicht so schön wie dieses Mal.«

Das ließ ihn unwillkürlich aufzucken, freudig und erregt zugleich, und als er jetzt mit der Spitze seines Glieds näher kam und ihre feuchte Wärme fühlte, schloss er die Augen. Langsam, ganz langsam schob er sich bedächtig Zentimeter für Zentimeter tiefer in sie, wartete, ob sie es zuließ, doch sie seufzte nur wohlig und wölbte sich ihm entgegen. Maximilian musste sich zurückhalten, als er ganz in ihr war, als sie sich fest und warm um ihn spannte. Noch nie hatte es sich so gut angefühlt, so verboten gut – und vielleicht lag es genau daran. Dass es verboten war … Er verharrte, bis er sich wieder unter Kontrolle hatte, doch da begann Louisa schon mit sanften Bewegungen an ihm entlangzugleiten. Im Takt ihrer Bewegungen massierte er ihren Hintern, glitt mit seinen Fingern über ihre Öffnung, was Louisa leise aufkeuchen ließ. Sie schlang die Beine um seine Hüften, der Winkel veränderte sich, er glitt noch ein wenig tiefer. Maximilian blieb die Luft weg, sein Herz schlug schneller. Dann beschleunigte sich sein Atem wie auch seine Bewegungen. Er begann zu stoßen, einmal, zweimal, er konnte nicht mehr zählen. Er war nur noch Gefühl. Er erschauerte, als Louisas Atem jetzt in seufzendem Wimmern kam, als sie stöhnte, sich ihre Finger in seinen Rücken krallten und sie sich ihm vor Lust entgegenbog. Ihre Scham umschloss ihn noch enger und zog ihn zuckend tiefer in sich. Und als sie keuchend den Kopf in den Nacken legte, war das genau die richtige Position, um sie wieder zu küssen. Bebend fanden sich ihre Bewegungen für das Finale, strebten dem Höhepunkt entgegen. Er spürte ihre plötzlich auftretende Feuchtigkeit, vergaß jedes Denken. Auch er konnte sich nun nicht mehr zurückhalten. Ein paarmal noch stieß Maximilian in sie, bis er dicht an ihrem Ohr ihren Namen flüsterte und sich endlich ebenfalls in ihr ergoss …

15

Louisa

Mit dem Juli rückte der alljährliche Ball der guten Seelen immer näher. Wie in den anderen Häusern war auch im Lilienpalais die Aufregung deutlich zu spüren; jedenfalls, was die Dienstbotenetage betraf. Tuscheln und Wispern, Murmeln und Raunen erfüllte die Gespräche des Personals: Wer ging mit wem dorthin? Würde die erhoffte Verabredung zustande kommen? Und welche Kleidung würden sie dieses Mal wohl tragen?

Ein besonderer Brauch – angelehnt an die Saturnalien aus der Antike – war es nämlich, dass sich die Dienstboten an diesem einen Tag ein Kleid oder einen Anzug von der Herrschaft leihen durften. Freilich waren dies meist abgelegte oder ohnehin unliebsame Roben, und die Herrschaft hängte sie oftmals diskret irgendwohin, während die Dienstboten sie bei nächster Gelegenheit gereinigt und geplättet wieder aufräumten, als wäre nichts gewesen. Isabella von Seybach hingegen ehrte diesen Brauch auf ganz andere Weise. Sie hatte die Dienstbotinnen heute auf ihr Zimmer geladen, um mit ihnen gemeinsam die passenden Kleider auszusuchen, denn das bereitete ihr selbst eine riesengroße Freude, wie Finni einmal erzählt hatte. Und da nicht jeder die Statur der Komtess hatte, ließ Isabella noch Kleider ihrer Mutter vom Dachboden holen und brachte einige schöne Schätze von ihren Treffen bei ihren Freundinnen mit.

Natürlich hatte sich Berti aus alldem nichts gemacht. Vermutlich war sie noch immer vergrätzt, weil Xaver in diesem Jahr mit einer anderen Dame zum Ball gehen wollte. Nanette hatte gar nicht erst verlauten lassen, ob sie denn zum Tanz ging oder nicht. Und Afra Haberl sah dem Termin mit stoischer Ruhe entgegen und ermahnte die Mädchen zu mehr Contenance, anstatt kichernd durch die Gänge zu laufen und zu tuscheln, wenn wieder eine von ihnen eine Balleinladung ihres Liebsten bekommen hatte.

Jetzt standen Cilli, Bärbel, Anna und Louisa neben dem Fußende von Isabellas riesigem Bett und warteten gespannt, welche Kleider die Komtess ihnen zusammen mit Finni präsentieren würde. Annelies und Gretel mussten in der Küche aushelfen, aber Bärbel hatte ihnen versprochen, ihnen jedes Kleid, das Komtess Isabella ihnen präsentierte, genau zu beschreiben und es von Finni für sie beiseitehängen zu lassen. Da die beiden allerdings auf sich warten ließen, entschloss sich Anna dazu, die beiden Hunde zu kraulen, die, wie zwei Wollknäuel ineinander verschlungen, in ihrem Körbchen an Komtess Isabellas Fußende lagen. Der schwarz-braun gescheckte Henry streckte ihr genüsslich den Kopf hin, während sich Antoinette auf den Rücken drehte und verspielt nach ihrer Hand angelte. Cilli griff währenddessen nach der Zeitung, die auf dem Nachttisch der Komtess lag, und schlug sie auf.

»Wollen wir doch mal sehen, wie die Fortsetzungsgeschichte weitergeht«, sagte sie, während sie darauf warteten, dass Isabella von Seybach und Finni aus dem benachbarten Ankleidezimmer zurückkamen. Mit einer impulsiven Bewegung wedelte sie das Papier nach hinten, das sich gerade wieder von selbst zublättern wollte, und las dann die Geschichte vor. Dieses Mal war die unbekannte Adlige zu Gast bei einem Tanzball am Hofe eines einflussreichen Herrschers in Italien. Sie hatte sich als Mann verkleidet und beobachtete den Grafen bei einem Gespräch mit Giulia Manzini, der Witwe eines Mannes, der einem Verbrechen zum Opfer gefallen war.

»Also ich mochte die erste Geschichte ja lieber«, sagte Anna. »Die mit der Lehrerin in den Kolonien.«

Bärbel nickte. »Ich auch. Meint ihr, dass so etwas hier in München auch vorkommen könnte? Dass sich eine Frau als Mann verkleidet – oder ein Mann als Frau?«

»Weshalb sollte jemand so etwas tun? Um üppige Ballroben zu tragen? Oder enge Beinkleider?« Louisa zog die Augenbrauen hoch, und die anderen kicherten.

»Nein, um wichtige Geheimnisse zu erfahren natürlich«, widersprach Bärbel und sah sie ein wenig herablassend an.

»Was denn für Geheimnisse?«, fragte Louisa, und ein mulmiges Gefühl stieg in ihrem Körper auf.

»Na, *unsere* Geheimnisse natürlich«, sagte Anna wissend.

Cilli kicherte. »Klar. Weil wir ja auch so wichtig sind.«

»Aber hat nicht jeder etwas, das er gerne verborgen hält?«, beharrte Bärbel.

Anna und Louisa tauschten einen raschen Blick, und Louisas ungemütliches Gefühl verstärkte sich.

»Versuch mal, im Lilienpalais was geheim zu halten«, sagte Cilli.

»Auch wieder wahr.« Bärbel seufzte und wippte auf den Fußspitzen. »Mensch, wo bleiben die denn? Die sollen die Ballkleider nicht erst nähen!«

Endlich öffnete sich die Tür zum Ankleidezimmer wieder, doch heraus traten nicht Finni und die Komtess, sondern zwei riesige Kleiderberge.

»So, das dürfte genügen«, sagte Isabella von Seybach zufrieden, als sie die beiden Haufen auf das Kanapee abgeladen hatten. »Da sollte doch etwas für euch dabei sein.« Sie hob das erste Kleid an, eine edle Robe in Orange mit geklöppeltem Kragen und Ärmelaufschlag. »Hm, das vielleicht eher nicht. Das mochte ich nie wirklich.« Sie warf es über einen Stuhl und hob das nächste an, ein pfefferminzgrünes Stufenkleid, in das sich Anna sofort verliebte. Cilli fand ein lilafarbenes Kleid mit Strasssteinen, das die Komtess an ihrem siebzehnten Geburtstag getragen hatte, und für Bärbel wählten sie ein Kleid in Fuchsia mit Silberfäden und Stickereiapplikationen.

»Jetzt fehlt nur noch eines für Louisa«, murmelte Isabella konzentriert und hob ein kariertes Kleid mit Schößchen in die Höhe.

»Nein, das ist eher etwas für Annelies«, befand Anna.

»Dann lege ich es mal beiseite.« Sie gab es an Finni und suchte weiter.

»Ich brauche gar kein Kleid«, sagte Louisa jetzt ein wenig betrübt.

»Warum denn nicht?«, wunderte sich Cilli.

»Weil ich nicht hingehe.«

Jetzt hatte Louisa alle Blicke auf sich gezogen.

»Und wieso nicht?«, fragte Bärbel verständnislos. »Jeder geht auf den Ball der guten Seelen. Und ich meine *wirklich* jeder. Sogar das Gifthaberl.«

»Die hat wahrscheinlich auch eine Einladung von jemandem bekommen.«

»Was, und du nicht?«, rief die Komtess ungläubig.

»Was ist denn mit Schorsch?«, fragte Cilli. »Der schaut dir doch ständig nach.«

Louisa sog die Unterlippe ein und kaute darauf herum. Wieder dachte sie an ihren nächtlichen Besuch bei ihm in der Kammer, und wie von selbst folgte darauf die Erinnerung an ihr Stelldichein mit Maximilian von Seybach in der Bibliothek. Ihre Wangen wurden heiß, und das Blut rauschte in ihren Ohren.

»Mit dem will ich nicht hingehen«, sagte sie halblaut.

»Oh, aber …« Finni sah sie ein wenig unglücklich an. »Ich glaube, alle dachten, dass du und er … also, dass da mehr zwischen euch ist.«

Mehr? Louisa wurde es flau im Magen. Oh Gott, war sie so leicht zu durchschauen? Wenn schon das ganze Lilienpalais ihre Tändelei mit Schorsch mitbekommen hatte, konnte es sich nur noch um wenige Tage handeln, bis sie auch von Maximilian erfuhren, und dann wäre sie verloren.

»Hat der jetzt nicht ohnehin die Annelies gefragt?«, sagte Bärbel nachdenklich.

Cilli nickte. »Aber da findet sich bestimmt noch jemand, mit dem du tanzen kannst.«

»Genau, und dafür brauchst du unbedingt ein Kleid. Ein atemberaubendes Kleid.« Entschieden sortierte Isabella von Seybach ihren Kleiderberg noch einmal durch. »Finni, halt ihr doch mal das rote an.«

Die Zofe griff nach einem über und über mit Rüschen besetzten Kleid, das sich Louisa widerwillig vor den Körper halten ließ. Zum Glück waren sich alle einig, dass das nichts für sie war.

»Rot steht ihr überhaupt nicht«, fand Cilli.

»Ja, weg damit.« Komtess Isabella stemmte die Hände in die Hüften und betrachtete Louisa von oben bis unten. »Helle Haut, blondes Haar, blaugraue Augen. Zu dir passen eher kühlere Farben: Eisblau, Violett, Silber.« Sie wählte ein kornblumenblaues Kleid mit Perlen aus und wiegte den Kopf, als sie es vor Louisa hielt. »Es ist zu dunkel«, sagte sie nachdenklich.

»Wie wäre es mit dem türkisfarbenen?«, schlug Finni vor.

»Das ganz alte in dem Empirestil?« Die Komtess war unentschlossen. »Das ist doch längst aus der Mode.«

»Aber es ist schön«, sagte Finni, »und vermutlich genau ihre Farbe.«

»Zeig doch mal«, forderte Anna.

Die Zofe nahm das Kleid vom Kanapee und hielt es in die Höhe. Louisa stockte der Atem. Es war ein federleichter Stoff, unendlich zart, sodass man durch die einzelnen Lagen durchsehen konnte, schmal geschnitten mit einer hohen Taille, auf der sich zwei Stoffbahnen kreuzten. Das Oberteil war komplett mit Röschen besetzt, und die Ärmel bestanden aus einem einfachen Stück Stoff in einer Lage und ließen mehr Blick auf die Schultern zu, als sie verdeckten.

»Das ist wunderschön«, hauchte Louisa, als ihre Freundin ihr jetzt dieses Kleid anhielt und sie sich in Isabella von Seybachs Standspiegel betrachtete.

»Gut, dann hätten wir das ja geklärt.« Die Komtess räumte die restlichen Kleider wieder auf einen Haufen und nickte zufrieden.

Louisa nahm das Kleid fast ein bisschen traurig wieder von sich und legte es sorgsam aufs Bett. »Jetzt brauche ich nur noch einen Tanzpartner.«

»Da wird sich schon jemand finden.« Bärbel blieb zuversichtlich.

»Ansonsten verkleide ich mich höchstpersönlich als Mann und fordere dich zum Tanzen auf. So wie die Frau in der Fortsetzungsgeschichte«, stimmte Cilli ihr zu.

Wieder kicherten alle.

»Das hoffe ich doch. Dann kommt mein Kleid vielleicht doch noch zu seinem Ball«, sagte die Komtess. »Eigentlich wollte ich es nämlich zu Maximilians Geburtstag anziehen, ich habe es mir sogar extra dafür schneidern lassen. Aber mein werter Herr Bruder hat es dann vorgezogen, erst gar nicht zu seinem Überraschungsball zu erscheinen, sondern den Tag lieber auf einem lebensgroßen Schachfeld mit Alexander und Leopold zu verbringen. So etwas gähnend Langweiliges.«

Louisa musste wieder an Maximilians Narbe denken, die sich über sein Schienbein zog. Wenn er immer wieder Schmerzen hatte, war es verständlich, dass er keine große Lust auf einen Ball hatte. Jetzt, seit sie seine Verletzung gesehen – und ertastet – hatte, konnte sie nur zu gut nachvollziehen, dass ihm so etwas keinen Spaß machte. Doch ihre Gedanken liefen ohnehin ins Leere. Der Erbgraf würde ganz sicher nicht mit ihr zum Ball gehen. Der Gedanke bohrte Louisa einen Dolch ins Herz. Natürlich nicht. Was hatte sie geglaubt? Sie versuchte, in die Plauderei der anderen wieder einzusteigen, doch so recht wollte es ihr nicht gelingen. Immer wieder wanderten ihre Gedanken zu Maximilian, zu der Narbe an seinem Schienbein und jenem Abend in der Bibliothek, als sie mit den Fingerspitzen darübergefahren und ihn berührt hatte. Als sie …

Lachend und plappernd verließen die Mädchen schließlich die Beletage und gingen die Dienstbotentreppe wieder hinunter, jede von ihnen ein kostbares Kleid über dem Arm, das sie einen Ball lang tragen durften. Louisa wollte ihnen folgen, als sie jemand am Ellbogen ergriff und zurückhielt. Es war Anna.

»Sieh dich vor«, sagte sie halblaut.

Louisa kniff die Augen ein wenig zusammen. »Was meinst du?«

»Der junge Graf von Seybach«, flüsterte Anna. »Als die Komtess von ihm gesprochen hat, da hat man dir deine Gefühle von der Nasenspitze ablesen können. Ich weiß, er sieht gut aus, und er ist charmant. Für ihn ist es ein Leichtes, den Mädchen den Kopf zu verdrehen, aber unsereins hat bei ihm keine Chance.«

Louisa machte sich von ihr los, ihre Bewegung war dabei ruppiger als beabsichtigt. »Das brauchst du mir nicht zu sagen, ich bin schließlich nicht blöd.«

Anna seufzte. »Ich will dich doch nur warnen, Louisa. Ich weiß, wie es kommen kann.« Sie presste die Lippen zusammen und fuhr sich mit einer Hand über den Bauch. »Jeder schwärmt für den Erbgrafen. Von der Dienstbotin bis zur Komtess. Und ich weiß, dass er Affären hat …«

Wieder begannen Louisas Ohren zu glühen.

»Pass einfach auf dich auf, ja?«

Louisa nickte, und Anna drückte sich an ihr vorbei und lief den anderen nach, die Treppe nach unten. Louisa überlegte, ob sie ihnen folgen sollte, entschied sich dann dagegen und machte sich auf den Weg in ihre Mansarde, um dort ihr Kleid abzulegen. Als sie das Zimmer betrat, bemerkte sie auf ihrem Tisch einen kleinen weißen Umschlag. Louisa nahm das zusammengefaltete Papier auf. Es war blütenweiß und deutlich kleiner als die Briefe ihrer Mutter. Solche Umschläge brachte meist nur der Finessensepperl, wenn es um eine kurze Korrespondenz wie eine Verabredung oder einfache Fragen ging. Das hatte sie schon mehrfach beobachtet. Außerdem trug das Blatt ein rotes Siegel mit einer Lilie. War das nicht die Familienblume derer von Seybach? Louisa hielt den Atem an. Vielleicht hatte jemand aus der Familie mitbekommen, was sich zuletzt zwischen ihnen in der Bibliothek zugetragen hatte? Aber das Siegel war schlichter gehalten als das Wappen, mit dem die Familie ihren offiziellen Schriftverkehr versiegelte. Vielleicht kam es ja gar nicht von ihr.

Louisa brach das rote Siegel und faltete den Brief auseinander. Es war eine Schrift, die sie nicht kannte. Und es waren nur wenige Zeilen. »*Liebe Louisa, immer, wenn ich dich sehe, bleibt mein Herz einen Augenblick stehen, und wenn du lächelst, geht für mich die Sonne auf. Ununterbrochen denke ich an dich. Am Tag fällt es mir schwer, mich auf meine Arbeit zu konzentrieren, und in der Nacht rauben mir die Gedanken an dich den Schlaf. Bitte, geh mit mir zum Ball der guten Seelen. Ich erwarte dich im Morgengrauen am Dianatempel im Englischen Garten.*«

Louisas Herz pochte, als würde es alleine voranspringen wollen. Von wem kam diese Nachricht? Vielleicht doch von Schorsch? Wobei, dann hätte er sie vor ein paar Tagen nicht am Eingang gefragt. Oder versuchte er es jetzt auf diese Art und Weise noch einmal? Das hielt Louisa für sehr unwahrscheinlich, zumal sie ihm solch poetische Zeilen nun wirklich nicht zutraute, so nett er auch war. Aber von wem war dieser Brief dann? Sie ging die ganzen Bediensteten im Lilienpalais durch, aber keiner wollte so recht passen. Es gab nur eine einzige Erklärung dafür: Anscheinend hatte sie einen heimlichen Verehrer.

16

Maximilian

»Hasso von Warhellberg hat mir gestern seine Aufwartung gemacht«, berichtete Sophie, als sie nebeneinander durch den Englischen Garten spazierten.

»Du liebe Zeit, was wollte er denn?«

»Ich fürchte, er wollte sehen, ob es uns wirklich ernst ist mit unserer Verlobung.«

Maximilian musterte sie von der Seite.

»Du hättest mal Maman sehen sollen. So schnell hat sie noch keinen meiner Verehrer wieder hinauskomplimentiert.«

Das brachte ihn nun doch zum Schmunzeln.

»Ich weiß, wie schrecklich unser letztes Treffen für dich gewesen sein muss.« Sie schob ihren Arm unter seinen, sodass sie jetzt ein wenig dichter nebeneinanderliefen. Maximilian kam diese Geste vertraut vor, doch sie löste nicht das Prickeln in ihm aus, das er gespürt hatte, als Louisa ihn berührt hatte. »Aber du musst verstehen, dass ich von diesem Tag träume, seit ich ein kleines Mädchen bin. Es soll alles perfekt sein. Die Blumen, das Kleid, die Musikauswahl. Hast du eigentlich ein Lieblingslied? Vielleicht könnten die Musiker das spielen, wenn wir unseren Tanzabend als Ehepaar eröffnen.«

Da war sie wieder: Sophies Liebe zu allem Schönen.

»Such du etwas aus. Du wirst gewiss etwas Passendes finden. Abgesehen davon hast du mit Sicherheit auch das schon festgelegt, als du ein kleines Mädchen warst, oder nicht?«

Sophie lachte, ein perlend helles, ehrliches Lachen, das auch ihm ein Lächeln auf die Lippen legte. Es war wirklich zu schade, dass man ihn mit ihr ausgerechnet verheiraten musste. Als gute Freundin hätte er mit Sophie hervorragend auskommen können.

»Maman lässt fragen, ob du denn gar nicht tanzt.«

»Für gewöhnlich nicht«, erwiderte Maximilian.

»Nun ja, dann werden wir eben Arm an Arm gemeinsam den Ballsaal abschreiten und so unsere Gäste zum Tanz bitten.«

Maximilian konnte sehen, dass sich eine leichte Enttäuschung auf ihr Gesicht legte. Er überlegte, ob er sie ein wenig aufheitern und sich einen Scherz erlauben sollte, dass er es in der Hochzeitsnacht wiedergutmachen würde, doch ihm war nicht danach. Seit er Louisa in der Bibliothek seine Liebe geschenkt hatte, konnte er an keine andere Frau mehr denken.

Sie erreichten das Gartentor, das einen Durchgang vom Lilienpalais zum Englischen Garten ermöglichte. Zum Glück, denn in diesem Moment begann es zu tröpfeln.

»Da sind wir gerade noch rechtzeitig zurückgekommen«, sagte Sophie.

»Das stimmt. Allerdings fällt nun unser Tee im Rosenpavillon buchstäblich ins Wasser.«

»Und was ist mit diesem?« Sophie de Neuville deutete auf einen zweiten, geschlossenen Pavillon, der in unmittelbarer Nähe zu dem ersten lag.

Maximilian zuckte mit den Schultern. Ihm sollte es recht sein. »Ich gebe Nanette Bescheid, dass dort aufgedeckt werden soll.«

Die Gouvernante, die mit Sophies Anstandsdame in unmittelbarer Nähe hinter ihnen hergeschlendert war, lief in den Dienstbotentrakt.

Währenddessen betraten Maximilian und Sophie den orientalisch eingerichteten Pavillon. Gerade noch rechtzeitig, ehe der Regen endgültig einsetzte. Drinnen war im Halbrund eine Bank angebracht, auf der sattgrüne Samtkissen zum längeren Verweilen einluden. In der Mitte des Raumes standen niedrige Tischchen, über denen bauchige Lampen angebracht waren, die mit Öl und einem schwimmenden Docht leuchten konnten. Auf der anderen Seite, in unmittelbarer Nähe zu dem kleinen schwarzen Ofen, gab es eine passende Chaiselongue, in deren Bezug orientalische Muster eingewebt waren.

»Oh!«, stieß Sophie de Neuville entzückt aus, und als sie Maximilian jetzt ansah, funkelte es in ihren Augen wie der golddurchwirkte Stoff, aus dem die Vorhänge waren. »Wieso haben wir uns hier niemals getroffen?« Sie legte ihre andere Hand ebenfalls auf Maximilians Arm und streichelte wie zufällig darüber. »Das hätte mir sehr gefallen.«

Maximilian ging auf ihre Anspielung nicht ein.

»Der Tee wird gleich gebracht«, ließ sich Nanette vernehmen, die nun wieder hinter sie getreten war. Er konnte die Punkte der Regentropfen sehen, die sich dunkel auf ihrer Gouvernantentracht abzeichneten. Sie musste es gerade noch vor dem großen Guss geschafft haben, der jetzt herunterprasselte.

»Wo möchtest du sitzen?«

Sophie nahm auf einem der großen Kissen mit den weinroten Quasten Platz, die in der Mitte des Raumes um die kleinen, verschieden hohen, runden Tische aus Messing verteilt waren. Auf einem standen mehrere dicke weiße Kerzen.

»Können wir die entzünden?«, fragte sie begeistert.

»Selbstverständlich«, erwiderte Maximilian. Ein wenig ungelenk ließ er sich auf dem Boden nieder und nahm auf einem dunkelgrünen Kissen mit schwarzen Ornamenten Platz.

Sophies Anstandsdame hatte sich auf der Chaiselongue niedergelassen und zog eine kleine Stickarbeit mit einem runden Rähmchen aus ihrer Rocktasche. Anscheinend hatte sie immer etwas dabei, um sich die Zeit zu vertreiben. Nanette hatte sich mit einem Buch auf die halbrunde Bank zurückgezogen. Es machte den Eindruck, als waren beide Damen froh darum, dem höflichen Austausch so aus dem Weg zu gehen.

Die Tür öffnete sich, und eine Dienstbotin trat ein. Ausgerechnet

Louisa. Warum nicht Cilli oder Anna oder Bärbel?, ging es Maximilian durch den Kopf. Als sie mit dem Tablett zu ihnen trat, sah er, dass ihre Haare nass vom Regen waren, und ihr Kleid war durchweicht und hinterließ eine feine tropfende Spur.

»Wo kommen all die Schätze her?«, fragte Sophie, während Louisa das Teegeschirr aufdeckte. Sie hatte sichtlich Schwierigkeiten, ihre gerade Haltung zu bewahren, da der Tisch so tief war und sie sich ständig bücken musste.

Maximilian ärgerte sich, dass er Sophies Wunsch, hier im Pavillon den Tee einzunehmen, nachgekommen war.

»Mein Vater hat sie von einer seiner Reisen mit dem König mitgebracht.«

»Wie wundervoll! Hat Carl von Seybach Verbindungen dorthin? Wir könnten in Erwägung ziehen, unsere Hochzeitsreise in den Orient zu unternehmen. Stell dir vor, frisch aufgebrühter Mokka, türkischer Honig, Feigen und Datteln, frisch für uns geerntet …«

Louisa verschüttete den Tee. »Verzeihung«, murmelte sie und tupfte mit einem Tuch den Fleck vom Messingtisch.

»Was den Mokka angeht, den kannst du auch so kosten, wenn du möchtest. Mein Vater pflegt eine Freundschaft zu Johann Franz Ahmet von Treufürst, der uns mit ausgezeichnetem Kaffee versorgt.«

»Entzückend.« Sophie griff nach einem Löffel und rührte sich Zucker in den Tee.

Louisa zog sich an die halbrunde Wand des Pavillons zurück. Dort stand sie neben einer Palme, als gehöre sie ebenfalls zum Interieur. Alles in Maximilians Innerem schrie über diese Ungerechtigkeit.

»Jetzt fühle ich mich wie eine orientalische Prinzessin.« Sophie strahlte ihn glücklich an und griff nach ihrer Teetasse.

Maximilian bemerkte, wie Louisa im Hintergrund die Augen verdrehte.

»Ach, die Kerzen …« Sophie machte wie beiläufig mit ihrer Hand eine Bewegung in Richtung Beistelltisch.

Louisa deutete einen Knicks an. »Ich hole eben Feuer.«

Es machte Maximilian wütend, dass Sophie ihr etwas befehligte, noch dazu, dass sie sie erneut in den Regen schickte, doch er konnte nichts dagegen sagen. Sein Unterkiefer mahlte, als er die Zähne zusammenbiss.

»Oh«, hauchte Sophie, als Louisa den Pavillon verließ, doch jede Leichtigkeit war nun aus ihrer Miene entwichen. »Jetzt verstehe ich.« Sie stellte die Tasse zurück. »Das tut mir leid.« Sie schlug den Blick nieder, und eine beklemmende Stimmung breitete sich aus. »Maximilian …« Ihre Stimme war nun deutlich leiser. »Was das angeht …« Sie spielte nervös an ihrem zarten Goldarmband.

Ihm entging nicht, wie Nanette ihr Büchlein sinken ließ, den Blick hatte sie jedoch weiterhin starr auf die Zeilen gerichtet.

Als Sophie jetzt weitersprach, war ihre Stimme kaum lauter als ein Flüstern. »Du erinnerst dich an unser Gespräch im Englischen Garten … über die Käfigtür?« Sie machte eine kurze Pause. »Ich bin durchaus bereit, über deine Bekanntschaften hinwegzusehen. Solange du dabei diskret bleibst und es unserem Ruf nicht schadet, kann ich mit diesem Arrangement gut leben.«

Er warf seiner Gouvernante einen prüfenden Blick zu, ob sie Sophies Vorschlag gehört hatte, doch Nanette blätterte bloß eine Seite in ihrem Büchlein um und las weiter.

Wie beiläufig legte Sophie ihm kurz eine Hand auf seine und drückte sie sanft. »Denk darüber nach«, raunte sie und sah ihn mit festem Blick an.

Ein paar Tage später saß Maximilian im Wintergarten und starrte auf die Bücher vor ihm auf dem Tisch. Eigentlich hatte er sich zum Studieren hierhergesetzt, um sich abzulenken, denn in seinem Arbeitszimmer kreisten seine Gedanken ununterbrochen um Louisa. Sie hatte ihm – mit den besten Grüßen von Nanette – Tinkturen gebracht, die er für seine Besuche im Hurenhaus brauchte, wenn er wieder einmal Blessuren behandeln musste. Er seufzte. Erneut dachte er an ihre gemeinsame Zeit in der Bibliothek, und ihm wurde heiß. Maximilian öffnete den obersten Knopf seines Hemdes. Es war vergebens. Jedes Mal holten ihn die Erinnerungen ein. Ein wohliger Schauer jagte durch seinen Körper. Seine Haut brannte bei der Erinnerung an Louisas Berührungen, an ihre Küsse … Was hatte sie nur mit ihm gemacht? Bei jeder anderen Frau war er ein bisschen verliebt, genoss die Tändelei und die Zärtlichkeit, und dann war es auch wieder passé. So wie bei Sophie … Doch bei Louisa konnte er sich auf nichts mehr konzentrieren. Seit sie sich so nahegekommen waren, so verboten nahe, sehnte er sich nach nichts mehr, als das zu wiederholen. Dabei wusste er nur zu gut, dass das nicht ging. Ohne es zu wollen, kam ihm Sophies Vorschlag in den Sinn. Wäre das die Lösung? Eine offizielle Ehe mit Sophie de Neuville und ein außereheliches Verhältnis mit Louisa? Er schob den Gedanken rasch beiseite. Das konnte er sich beim besten Willen nicht vorstellen …

Maximilian überlegte, in den Club zu gehen, vielleicht würde ihm das ein wenig Ablenkung verschaffen. So würde er jedenfalls mit seiner Arbeit nicht weiterkommen, doch wenn er ehrlich war, wollte er dort gar nicht hin. Er wollte zu Louisa … Nachdenklich hob er den Blick und sah das Bildnis seiner Mutter an. Wirkte sie heute besonders kritisch, oder verstand sie ihn?

Die Ehe mit Carl von Seybach war eine arrangierte gewesen, aber man erzählte sich, dass sich die Liebe schon bald eingestellt hatte. Bereits ein Dreivierteljahr nach ihrer Hochzeit war sein Vater so rettungslos in seine Mutter verliebt gewesen, dass er ihr das Lilienpalais versprochen hatte, einen Ort, an dem seine geliebte Gemahlin ihre Lieblingsblumen züchten konnte. Damals war die Ludwigstraße mit ihren edlen Palais im italienischen Stil – ganz so, wie es sich König Ludwig gewünscht hatte – noch im Aufbau gewesen. Und eines dieser Palais sollte ihnen und ihrer Familie gehören. Dass ihre Ehe anfangs kinderlos geblieben war, hatte seine Mutter sehr geschmerzt, wie Maximilian aus Erzählungen wusste. Und durch ihre Fehlgeburten und Carls Aufgaben bei Hofe musste sie sich oft einsam gefühlt haben.

Nachdenklich betrachtete er ihre gütigen Gesichtszüge. Er bezweifelte, dass er jemals solche Gefühle für Sophie entwickeln würde, wie er sie für Louisa hegte. Was ihm seine Mutter jetzt wohl raten würde? Sollte er sich auf das Arrangement womöglich doch einlassen? Nein, das wäre Louisa gegenüber nicht gerecht. Außerdem konnte er sich auch überhaupt nicht vorstellen, dass sie sich in eine solche Situation begeben würde. Und, wenn er ehrlich war, wollte er das auch gar nicht. Es würde sich immer nur halbherzig anfühlen. Und das hatte sie nicht verdient. Sie war mehr wert. Er dachte an ihre Zärtlichkeiten, und es durchrieselte ihn. Ob sie sich noch einmal so nahekommen würden?

»Störe ich?«

Maximilian hob den Kopf. Er hatte nicht bemerkt, dass Nanette neben ihn getreten war. »Nein«, sagte er, griff nach einem Buch, das prompt aus seiner Hand und vom Tisch rutschte, und wich ihrem Blick aus. Er versuchte sich an einem Lächeln.

Nanette bückte sich, legte das Buch zurück auf den Stapel und nahm auf der Armlehne des roten Seidenkanapees ihm gegenüber Platz. »So ernst also?«

»Wie kann man den Armen helfen?«

»Durch Bildung.« Nanettes Stimme war ruhig.

»Natürlich.« Er schmunzelte. »Du bist als Gouvernante hier angestellt. Verständlich, dass so eine Antwort von dir kommt.«

Nanette schürzte die Lippen. »Wir lernen zwar nie aus, aber ich denke nicht, dass du noch eine Lehrerin brauchst, Maximilian.«

»Wahrscheinlich hast du recht.« Er lächelte, wurde jedoch sofort wieder ernst. »Und wie lässt sich eine Seuche verhindern?«

Um Nanettes Mund zuckte ein Lächeln. »Sag du es mir, Maximilian. Du bist der studierte Arzt.«

Maximilian senkte den Blick auf seine Bücher. »Habe ich all die Bemühungen meines Studiums auf mich genommen, um später das

Unwohlsein nur eines einzelnen Mannes zu behandeln, weil dieser ausreichend Geld hat, um mich zu bezahlen? Das ist verschwendete Zeit. Ich könnte mit meinem Wissen so vielen Menschen helfen. Louisas Schwester zum Beispiel …« Er verstummte.

»Für dich mag es im Moment so aussehen, nicht wahr? Jedenfalls von deinem Blickwinkel. Aber ich denke, du solltest die Möglichkeiten, die dir dein Vater eröffnet, für dich nutzen.« Maximilian wollte ihr widersprechen, aber Nanette hob leicht die Hand, um ihm Einhalt zu gebieten. »Bei Hof gibt es einflussreiche Persönlichkeiten, die auch dir und deinen Träumen von Nutzen sein können.«

Unwillkürlich erinnerte sich Maximilian an Sophie de Neuvilles Worte, die ihm ebenfalls erklärt hatte, dass man lernte, sich in dem gesellschaftlichen Korsett zu bewegen. »Und an wen denkst du?«

»An Franz Xaver Pettenkofer beispielsweise. Er wurde vor fünf Jahren aufgrund seiner Verdienste zum Hof- und Leibapotheker berufen.«

»Und mit ihm soll ich fachsimpeln, was ich unserem König bei Bauchgrummeln nach einem großen Diner verschreibe?«

»Natürlich! Genau deswegen schlage ich es dir vor.« Nanettes Blick war spöttisch. »Pettenkofer hat nach dem Feuer, das damals auch das Königliche Hof- und Nationaltheater in Schutt und Asche gelegt hat, geholfen, ein Verfahren zu entwickeln, das die Entflammbarkeit von Holz herabsetzt. Das Feuer vor fünf Jahren hat anderswo viel schlimmer gewütet.«

»Brände, Seuchen, Hungersnöte – es trifft immer die Armen.«

Nanette nickte.

Maximilian wurde nachdenklich. Vielleicht konnte dieser Pettenkofer ihm in der Tat helfen. Wenn er ihm davon erzählte, dass er Arme behandeln wollte, könnte er sich mit ihm austauschen, und möglicherweise hätte er auch wertvolle Kontakte, wer als Wohltäter noch etwas für sein Seelenheil tun wollte und so etwas finanzierte. Schließlich war jedes Gramm Medizin, jedes Stück Verbandsstoff und natürlich auch die Unterbringung der Kranken kostspielig.

»Dann werde ich dem Hof- und Leibapotheker unseres Königs wohl mal einen Besuch abstatten. Danke, Nanette.«

Zwei Tage später saß Maximilian in einer gemütlichen Teestube, als ein Mann mit Schnauzer und dünner Brille eintrat und direkt auf ihn zukam. Das lange, lockige Haar hatte er zur Seite gescheitelt, der dunkelblaue Anzug mit der purpurnen Weste war von feinster Qualität. An der Hand hatte er einen Jungen, Maximilian schätzte ihn auf ungefähr zehn Jahre, der in seiner grünen Hose und der dunkelbraunen Strickjacke, unter der ein weißer Hemdkragen hervorlugte, ebenfalls tadellos aussah.

»Grüß Gott.« Der Mann reichte Maximilian die Hand. »Mein Name ist Franz Xaver Pettenkofer, und das ist mein Neffe Max Josef.«

Der Junge verbeugte sich, als Maximilian sich ebenfalls vorstellte, und senkte schüchtern den Blick.

»Es freut mich, Sie kennenzulernen, Herr Dr. von Seybach. Ihr Vater schwärmt in den höchsten Tönen von Ihnen.«

»Die Freude ist ganz meinerseits.« Maximilian bedeutete den beiden, Platz zu nehmen, und setzte sich ihnen gegenüber.

Franz Xaver Pettenkofer bestellte sich ebenfalls einen Tee und für den Jungen eine Milch, ehe er das Gespräch begann: »Ihr Vater sagte mir, dass Sie bald als Leibarzt des Königs bei Hofe arbeiten werden.«

Maximilian wiegte den Kopf. »Was das betrifft, sind sich mein Vater und ich leider uneins.«

Das schien Franz Xaver Pettenkofer zu überraschen, denn er hob die Augenbrauen.

»Mich drängt es mehr, den Armen zu helfen, als mein Wissen bei Hofe nur einer Person zuzuführen«, erklärte Maximilian deshalb.

»Ein sehr löbliches Motiv, auch wenn ich gehofft hatte, bald mit einem so begnadeten Arzt wie Ihnen zusammenzuarbeiten«, antwortete der Apotheker und trank einen Schluck Tee.

Maximilian schmunzelte. »Was Ihre Hoffnung betrifft, würde ich diese gerne aufrechterhalten. Gerade in der ärmeren Bevölkerung kommt es häufig zu Krankheiten, Hunger, Obdachlosigkeit. Sie wissen ja selbst, wie das Feuer in München vor ein paar Jahren gewütet hat.«

Pettenkofer nickte mit ernstem Blick. »Vielleicht kann meine Legierung zu einer Besserung der Lebensumstände beitragen. Was sind Ihre Ansätze?«

»Ich glaube, dass das Wasser in der Stadt die Menschen krank macht.«

»Das Wasser?«, fragte der Knabe überrascht, und Maximilian nickte.

»Ja. Jeder kippt seinen Abfall in die Stadtbäche. Fleischabfälle, Kot, verrottete Viktualien. Freilich schwemmt es diese dann aus der Stadt, aber andere nutzen die Bäche auch zum Trinken, Waschen und Saubermachen. Die Menschen brauchen Zugang zu sauberem Wasser und mehr Hygiene. Kein Unrat mehr auf den Straßen. Weniger Dreck. Das vermeidet auch bestimmte Krankheiten. Es würde mir viel bedeuten, Ihre Meinung als Hofapotheker zu gewissen Behandlungsmethoden und Ideen einzuholen«, fuhr Maximilian fort. »Ich plane, Behandlungsräume zu eröffnen, in denen ich die Medizin auch den Ärmsten zur Verfügung stellen kann.«

»Nun, das sind ehrgeizige Pläne. Haben Sie hier finanzkräftige Unterstützung aus der Familie?«

Maximilian ließ sich nicht anmerken, dass das ein wunder Punkt war. Die Finanzierung seines Projekts stellte ihn vor die größte Herausforderung. »Sicher finde ich jemanden, der mein Vorhaben unterstützen wird.«

»Selbstverständlich. Bedenken Sie: Sie verkehren in ausgezeichneten Kreisen, das lässt sich sicherlich zu Ihrem Vorteil nutzen. Gleichzeitig sollten Sie die Stellung Ihres Vaters nicht unterschätzen und seinen Einfluss bei Hofe. Königin Therese ist nicht nur in der Politik aktiv. Sie fördert Kunst, Kultur und die Wissenschaft gleichermaßen. Zudem ist es ihr ein Anliegen, sich der Wohlfahrt zu widmen.«

Maximilian wurde hellhörig.

»Gerade plant sie beispielsweise den Bau der Haidhauser Armen- und Krankenanstalt, und in ihren Ausgabenlisten finden sich häufig Aufwendungen für Witwen, Arme, Waisen und Hospitäler, wie man hört.«

»Meinen Sie, ich könnte bei ihr mit meiner Idee einmal vorsprechen?«

»Durchaus. Sicher kann Ihr Vater ein solches Treffen für Sie arrangieren.«

Maximilian kam ins Grübeln. Das, was Pettenkofer ihm erzählt hatte, könnte ihn durchaus weiterbringen. Jetzt musste er es nur geschickt anstellen.

Am nächsten Morgen klopfte es beherzt an Maximilians Tür. Albrecht, der Kammerdiener, kündigte seinen Vater an, der gleich darauf eintrat. Carl von Seybachs Zeit als Obersthofmeister war knapp bemessen, doch hin und wieder nahm er sich ein paar Minuten, um mit seinen Kindern ganz privat zu sprechen und sich nach ihrem persönlichen Befinden zu erkunden. Seit dem Tod ihrer Mutter hatte er sich dies zur Gewohnheit gemacht.

»Guten Morgen, Vater.« Maximilian warf ihm einen Blick über den Spiegel zu, vor dem er sich gerade rasierte.

»Guten Morgen, Maximilian. Komme ich ungelegen?«

»Nein, bitte setz dich. Ich bin gleich fertig.« Er wandte sich dem Diener zu. »Albrecht, bitte lassen Sie mir noch eine neue Kanne Wasser für meinen Waschtisch bringen.«

»Sehr wohl.« Albrecht verneigte sich und ging.

»Du wolltest mit mir sprechen?«, fragte Carl.

»Ja, es geht um eine Angelegenheit bei Hofe, in der ich deine Hilfe brauche.«

Maximilian sah, wie ein Lächeln über das Gesicht seines Vaters huschte. »Jederzeit, mein Sohn. Was kann ich für dich tun?«

»Gestern hatte ich ein interessantes Treffen mit Herrn Pettenkofer. Er hat mich auf eine Idee gebracht, und um diese umzusetzen, benötige ich eine Audienz bei der Königin.«

»Das ist eine ungewöhnliche Bitte, aber ich werde sehen, was ich tun kann.«

»Vielen Dank, Vater.«

Es klopfte, und gleich darauf betrat eine Dienstbotin das Zimmer. Es war Louisa, die den Wasserkrug brachte. Sie knickste und wartete unsicher an der Tür.

»Nur herein!«, forderte Carl sie auf.

Maximilian, das Gesicht noch immer voll mit Seifenschaum, beobachtete Louisa im Spiegel. Auf einmal lag eine Spannung im Zimmer wie kurz vor einem Sommergewitter. Er wischte das Rasiermesser an seinem Handtuch ab und merkte sogleich, wie sein Puls sich beschleunigte, als Louisa jetzt neben ihn trat. Täuschte er sich, oder atmete auch sie ein wenig schneller? Jetzt sah er es ganz deutlich. Ihre Atmung war flacher als gewöhnlich, die Lippen einen winzigen Spaltbreit geöffnet. Sie beugte sich zu ihm, um die Karaffen zu tauschen, und als sie ihm so nahe war, tauchten sofort wieder die Bilder in Maximilians Kopf auf, die ihn auch nachts oftmals nicht schlafen ließen. Ohne es verhindern zu können, wanderten seine Gedanken zu jenem Abend in der Bibliothek, und seine Mitte erhärtete sich.

»Danke«, sagte er mit rauer Stimme, und Louisa knickste erneut und entfernte sich gleich darauf.

Maximilian verfolgte ihre Schritte im Spiegel, bis sie wieder aus der Tür verschwand.

»Ein tüchtiges Mädchen«, sagte Carl mit einem wohlwollenden Nicken. »Ich bin froh, dass wir sie damals von den Löwensteins übernommen haben.«

»Jeder verdient eine zweite Chance«, stimmte Maximilian seinem Vater zu.

»Frau Haberl ist wohl auch zufrieden mit ihr. Jedenfalls hörte ich seit Längerem keine Klage mehr. Es scheint ihr gutzutun, dass du sie unterrichtest. Wie macht sie sich denn?«

»Sie ist eine gute Schülerin.« Maximilian musste sich räuspern, denn seine Gedanken wanderten erneut zurück in die Bibliothek, wo er Louisa die Palpation nähergebracht hatte. »Ich meine, sie lernt schnell.«

»Das freut mich zu hören.« Carl lächelte versonnen. »Du magst sie, nicht wahr? Findest du nicht auch, dass sie deiner lieben Mama – Gott hab sie selig – ein wenig ähnlich sieht?«

Maximilian, der wieder zu seinem Rasiermesser gegriffen hatte, schnitt sich in die Wange. Er sog scharf die Luft ein und betrachtete den Schnitt, aus dem gleich darauf das Blut sickerte. Vorsichtig tupfte er sich mit dem Handtuch über die Wange. Natürlich war auch ihm die Ähnlichkeit nicht entgangen.

»Die gleichen blonden Locken, ein liebliches, rundes Gesicht«, sinnierte Carl weiter, als könne er Maximilians Gedanken lesen. »Nur die Augenpartie ist ein wenig anders. Ach, die Augen deiner Mutter.« Er seufzte. »Dieses Lupinenblau. Das hat sie an Isabella weitergegeben.«

Louisas Augen waren blaugrau wie der Himmel im Winter, wenn der Morgen nach einer klirrend kalten Nacht anbricht, dachte Maximilian.

»Nun, solange sie keine Silberlöffel stiehlt, soll sie es bei uns im Hause gut haben.«

Dass sie möglicherweise gerade dabei war, sein Herz zu stehlen, hielt Maximilian für deutlich gefährlicher als einen bloßen Silberlöffel. Um seinen Verstand hatte sie ihn jedenfalls schon gebracht.

»Was hat dich dazu bewogen, dich mit Pettenkofer zu treffen?«, fragte sein Vater, der mit seinen Gedanken offensichtlich schon wieder bei Hofe war. »Ich dachte, du lehnst es ab, als Leibarzt zu arbeiten?«

»Ich hatte ein aufschlussreiches Gespräch mit Nanette«, sagte Maximilian, dankbar, nicht mehr über Louisa zu sprechen.

»So? Das ist schön. Es freut mich sehr, dass dir in deinem Alter eine Gouvernante doch noch zu etwas nütze ist.« Er zwinkerte Maximilian zu.

»Vater«, begann er. »Nanette … Sie ist … Manchmal scheint es mir, als wüsste sie Dinge, die über das Wissen einer gewöhnlichen Gouvernante hinausgehen.«

Jetzt veränderte sich etwas in Carls Miene, sein Blick wurde ernster, prüfend. »Was meinst du?«

Maximilian wischte sich mit dem Handtuch den letzten Seifenschaum vom Gesicht, legte es neben die Waschschüssel und drehte sich zu seinem Vater, um ihn taxieren zu können. »Nanette fallen im richtigen Moment immer die passenden Menschen ein.«

Sein Vater sah ihn verwundert an. »Wo warst du die letzten Jahre, mein Sohn? Wir verkehren in ebendiesen Kreisen. Da weiß Nanette natürlich auch um die Menschen, mit denen wir uns treffen, mit denen wir Kontakte oder gar Freundschaften pflegen.«

Maximilian verengte die Augen ein wenig. Wich sein Vater ihm aus? »Ja, aber woher weiß sie von so vielen Details? Es scheint mir gar, als wäre sie selbst überall zugegen. Wie kann das sein?«

»Nanette ist eine kluge Frau, Maximilian. Sicherlich schnappt sie dies oder jenes bei verschiedenen Gelegenheiten auf und merkt es sich natürlich.« Carl stand auf und strich sich seine mit Goldfäden durchwirkte Weste glatt. »Nun, jetzt haben wir freilich genug geplaudert, mein Junge. Sehen wir uns gleich beim Frühstück? Ich gehe schon einmal vor, damit die Damen nicht allzu lange auf unsere Gesellschaft verzichten müssen.«

Zögernd nickte Maximilian. Er hätte seinen Vater nur zu gerne noch mehr zu Nanette und ihren Eigenheiten gefragt, doch wie es schien, wusste er von der Gouvernante auch nicht mehr als die anderen Bewohner des Hauses. Oder verheimlichte er womöglich etwas?

17

Louisa

»Ach bitte, Berti!« Komtess Isabella kniete auf dem Fußboden vor dem Hundekörbchen neben dem Herd und kraulte Caesars kastanienbraunen Kopf.

»I denk it dra, Komtess! An Deifel werr i doa!« Die Köchin stemmte die Hände in die Seiten.

»Ich hoffe, es gibt einen guten Grund, wieso Satan höchstpersönlich schon wieder in unserer Küche zugegen ist.« Afra Haberl kniff die Lippen zusammen, als sie jetzt im Türrahmen stand.

»Zunäggscht amol: Des is mi Kuche.« Berti fuchtelte mit dem Kochlöffel durch den Raum. »In älla andera Zimmer hen Sie des Saga.« Sie deutete mit dem Holzlöffel auf die Hausdame, die mit erhobenen Händen einen Schritt zurückwich. »Aber do una han i des Saga!«

»Schon gut. Wo ist denn überhaupt das Problem?«

»I soll dia Kalbsnuss ruiniera!«, rief Berti.

»Die Komtess möchte ein eingebröseltes Kalbsschnitzel«, erklärte Louisa, die mit Rübenschälen beschäftigt war.

»Ein was?« Ratlos blickte die Hausdame sie an.

»In Österreich ist das die neueste Sensation, sagt Leopold.« Isabella von Seybach hielt inne. »Und Papa auch!«

Afra Haberl verdrehte die Augen. »Nun, dann machen Sie eben so ein eingebröseltes Kalbsschnitzel. Ich denke, wir werden es überleben, auch einmal etwas Neues in den Speiseplan aufzunehmen.«

»I denk it dra!« Berti stemmte sich an dem funkelnden Goldgriff ihres Herdes ab. »I werd it an Kalbsbrota ruiniera. In alte Weißmehlbrösel soll i an wenda. No sieht ma it amol me dia guat Fleischmaserung. An Deifel werd i …«

»Bitte.« Afra hob erneut die Hände. »Nicht schon wieder dieses Wort in … Ihrer Küche. Und jetzt lassen Sie sich doch nicht so bitten. Wenn die Komtess so etwas Extravagantes wünscht, werden Sie das doch sicherlich auf Ihrem Herd zaubern können.«

Louisa verbiss sich ein Schmunzeln. Bei so viel Lob vom Gifthaberl würde die arme Berti wohl kaum anders können.

»Hm, no jo … Also, wia mo so hert, kennt mo jo au vorher des Stick Fleisch in Mehl wenda, no bebbt's besser.«

»Sie werden wissen, was zu tun ist.« Afra nickte ihr knapp zu und verfiel wieder in ihre Rolle der harschen Hausdame.

»Ach, Berti, kann ich vielleicht auch noch ein Stück Fleisch für Caesar bekommen?«, fragte Komtess Isabella und kraulte den Setter hinter den Ohren, aber der hob nur schlapp den Kopf und ließ ihn bald darauf wieder auf die Vorderpfoten sinken. »Der Arme hat schon wieder abgenommen.«

Nach den Vorbereitungen für das Diner hatten Louisa, Anna und Bärbel aufgetragen bekommen, die Bibliothek zu reinigen. Doch anstatt konzentriert die Bücher abzustauben und den Boden zu wienern, hatten die Mädchen am Abend vor dem Ball der guten Seelen nur eines im Sinn.

»Finni muss mir unbedingt noch bei meinem Kleid helfen. Mein Busen kommt darin gar nicht zur Geltung«, sagte Bärbel.

»Oh, was hast du denn mit den Burschen vor?«, neckte Anna sie.

»Gar nichts!«, rief Bärbel sofort. »Aber es schlackert furchtbar obenrum. Als ob ich da nichts zu bieten hätte.« Sie richtete sich auf und sah an ihrer schwarz gestreiften Dienstbotenrobe hinab. »Da hat man einmal einen Anlass, so ein schönes Kleid zu tragen, und dann soll es doch auch passen, oder nicht?«

»Das stimmt«, stimmte Anna ihr zu. »Zum Glück passt mir mein Pfefferminztraum fast wie angegossen.«

»Weil du eine ähnliche Statur wie die Komtess hast.« Bärbel schob ein wenig die Unterlippe vor. »Dabei will ich dem Wastl doch gefallen.«

»Ich bin mir sicher, das wirst du.« Louisa fuhr mit dem Staubwedel über die Bücher, die schweigend im Regal standen. Dabei rankten sich in ihnen die Geschichten wie Pflanzen im Garten, öffneten sich wie Blumen, wenn die Sonne auf sie fiel. Louisa verstand mittlerweile nur zu gut, wie Komtess Isabella Stunden damit verbringen konnte, in ihnen zu lesen. Oder Maximilian …

»Kommst du eigentlich mit uns allen zum Ball, oder hast du inzwischen einen heimlichen Schatz, mit dem du dich triffst?«, fragte Anna.

»Ich weiß nicht«, sagte Louisa, und als sie sich an den geheimnisvollen Brief erinnerte, breitete sich ein aufregendes Kribbeln in ihr aus. »Vielleicht gibt es da tatsächlich jemanden.«

»Und wen?«, wollte Bärbel sofort wissen.

»Jetzt sei doch nicht so neugierig!«, rief Anna. »Louisa wird es uns schon sagen, wenn sie es für richtig hält.«

Aber Louisa konnte deutlich sehen, dass auch in Anna die Neugier geweckt war.

»Ich würde es euch tatsächlich gerne sagen«, sagte Louisa. »Aber ich weiß selbst nicht, wer es ist.«

Bärbel hielt beim Bodenwienern inne und richtete sich auf. »Wie, du weißt es nicht?«

Louisa zuckte mit den Schultern. »Letzte Woche hatte ich einen Brief auf meinem Tischchen in der Mansarde liegen.«

»Aber von wem denn?«, bohrte Bärbel nach.

»Das weiß ich nicht. Er war nicht unterschrieben. Aber das Papier war sehr schön.«

»Dann gehst du also doch hin?«, fragte Anna gespannt.

»Du musst!«, war Bärbel überzeugt.

»Ich weiß nicht so recht«, sagte Louisa. »Vielleicht kenne ich den Mann ja gar nicht.«

»Dann lernst du ihn eben kennen«, sagte Anna, die sich auf der Leiter zu ihnen umgedreht hatte und sehnsüchtig seufzte. »Das klingt fast wie in einer dieser Fortsetzungsgeschichten.«

»Warte nur, am Ende ist es ein Prinz!«, gluckste Bärbel, doch da warf ihr Louisa schon neckend einen Putzlappen ins Gesicht.

»Ihh!«, rief Bärbel und hielt den Lappen von sich.

»Das wäre ja noch schöner, wenn es ein Edler von und zu wäre«, sagte Louisa. »Ich kann ja nicht einmal richtig tanzen.«

»Ach, das ist ganz einfach.« Bärbel stand auf, nahm ihren Wischmopp und drehte sich im Kreis. »Kurz, kurz, lang – kurz, kurz, lang«, zählte sie im Polka-Takt ihre Schritte und wirbelte übers Parkett.

»Am Ende musst du noch Bücher auf dem Kopf balancieren wie die Komtess«, kicherte Anna von der Leiter aus. »Eine gerade Haltung geziemt sich für alle Mädchen, egal welchen Standes«, zitierte sie Henriette von Seybach.

Wieder prusteten die Mädchen, und Louisa zog eines der Bücher aus dem Regal und legte es sich auf den Kopf.

»Besser, ich nehme mir den Ratschlag unserer Herrin zu Herzen und übe noch ein wenig«, feixte sie und schritt dabei, so anmutig sie konnte, mit dem Buch auf dem Kopf, durch den Raum, während sich Bärbel immer noch singend mit dem umgedrehten Wischmopp durch die Bibliothek drehte.

Anna kicherte unentwegt auf ihrer Leiter, als plötzlich die Tür aufging und Maximilian von Seybach eintrat.

»Grüß Gott, die Damen.«

Bärbel erstarrte in ihrer Bewegung, donnerte gegen den Putzeimer, und Louisa fiel das Buch vom Kopf. Anna konnte sich gerade so noch auf der Leiter festhalten.

Sofort bückte sich Maximilian und hob das Buch auf. »Heinrich Heines *Buch der Lieder*«, sagte er, als er einen kurzen Blick auf den Titel geworfen hatte. »Ausnahmsweise mal keine Medizin, sondern die schönen Künste.« Er nickte anerkennend, und als er Louisa das

Buch zurückgab, zuckten seine Mundwinkel. »Ich bin sicher, das alles dient dem zügigen Arbeitsfortschritt, dem sich die Damen gleich wieder widmen werden. Ich bedaure, euch unterbrochen zu haben. Ich benötige lediglich einen Band aus der Enzyklopädie meines Vaters.« Er schritt an den Buchreihen entlang, nahm sich den entsprechenden Titel heraus und nickte den dreien formvollendet zu. »Ich empfehle mich.«

»Was für ein Mann!«, seufzte Anna, als Maximilian die Bibliothek wieder verlassen hatte. »Also die Dame, die ihn einmal bekommt, kann sich wirklich glücklich schätzen.«

Sophie de Neuville, dachte Louisa traurig, und wieder verspürte sie den ihr so wohlvertrauten Stich in ihrem Herzen.

»Und ich stehe hier mit dem Wischmopp und mach mich total zum Deppen«, murmelte Bärbel.

»Unsinn. Du hast damit den besten und nützlichsten Gefährten überhaupt«, scherzte Anna.

In den wenigen verbleibenden Stunden dieser Nacht schlief kaum jemand aus der Dienstbotenetage. Die Aufregung vor dem Ball der guten Seelen in den frühen Morgenstunden des Sonntags und die Vorbereitungen vertrieben auch das letzte bisschen Müdigkeit. Bärbel nähte bei Kerzenschein die Brustabnäher des Kleides vorübergehend enger, Berti bereitete für die Familie von Seybach ein opulentes Frühstück zu – anscheinend hatte sie wohl doch jemand gefragt, ob sie zum Ball der guten Seelen wollte –, sodass sie am nächsten Morgen rechtzeitig fertig wäre, wenn sie kurz vor knapp vom Ball zurückkehrten, und die Mädchen und Burschen, die nicht noch in letzter Minute etwas zu erledigen hatten, lagen flüsternd und wispernd in ihren Kammern und malten sich aus, wie der Ball dieses Jahr wohl werden würde. Louisa hatte das rege Treiben gehört und gesehen, als sie sich auf den Weg in ihre Mansarde gemacht hatte, und jetzt erging es ihr genauso. Ihr Kleid hing über der Stuhllehne, auf dem Tischchen davor lag die Einladung in dem blütenweißen Umschlag. Sollte sie wirklich so waghalsig sein und sich auf das Treffen mit dem Unbekannten einlassen? Louisa starrte an die Deckenbalken über sich. Es hatte keinen Sinn. Sie würde in diesen wenigen Stunden kein Auge zutun. Da konnte sie genauso gut auch aufstehen. Also schlug sie die Decke zurück, schwang die Beine aus dem Bett und richtete sich auf. Ihre Mansarde befand sich auf der von der Ludwigstraße abgewandten Seite, so hatte Louisa am Tag einen wunderbaren Blick über den Englischen Garten, den sie freilich wegen der vielen Arbeit nicht genießen konnte. Jetzt, mitten in der Nacht, würde man dort eigentlich überhaupt nichts sehen, aber heute erkannte sie die Fackeln und Feuerpunkte der Dienstboten, die durch den Park streiften und ihn spärlich erhellten. Eigentlich ist das schon ein bisschen widersprüchlich, dachte sie. Ich habe die schlechteste Kammer und doch die beste Aussicht. Nicht einmal die Herrschaft konnte diesen wunderbaren Blick genießen. Wie Glühwürmchen sahen die Lichter aus, wie sie da in der Dunkelheit tanzten und sich auf den Weg zum Chinesischen Turm machten. Das aufgeregte Kribbeln, das schon den ganzen Tag im Lilienpalais in der Luft gelegen hatte, wurde auch in Louisa immer stärker.

Sie schlüpfte in ihr Kleid, strich über die Röschen an ihrem Oberteil und den türkisfarbenen, feinen Stoff, der weich bis zum Boden fiel. Noch nie hatte sie so ein kostbares Kleid getragen, denn dies war das erste Mal überhaupt, dass sie zum Ball der guten Seelen ging.

Als es klopfte, drehte Louisa sich zur Tür. Finni streckte den Kopf zu ihr herein. »Na, bist du schon aufgeregt?«

»Und wie!«

»Komm, ich mach dir das Haar.«

»Aber du musst dich doch selbst noch zurechtmachen, oder nicht?«

Finni winkte ab. »Ich hab den Ball der guten Seelen schon ein paarmal erlebt, aber für dich ist es etwas Besonderes, noch dazu, weil dich ein geheimnisvoller Unbekannter treffen will. Und da sollst du doch gut ausschauen.« Sie lehnte einen kleinen Spiegel auf dem Tischchen gegen die Wand und bedeutete Louisa, sich zu setzen.

Louisa nahm Platz, doch es fiel ihr schwer still zu sitzen, während sie Finni dabei beobachtete, wie sie mit geschickten Fingern ihren losen Zopf öffnete und die Haare in einen weichen, lockeren Kranz zusammenflocht, aus dem sie einzelne Strähnen zupfte und lockig drehte. So musste sich Komtess Isabella fühlen, wenn sie für die Hausbälle und Feierlichkeiten zurechtgemacht wurde.

»So, fertig«, sagte Finni, als sie die letzte Locke von Louisas Haar an den richtigen Platz gezupft hatte.

Louisa beugte sich nach vorne und betrachtete sich im Spiegel. Es war nur eine kleine Veränderung, doch es kam ihr so vor, als würde ihr eine völlig andere Person entgegenblicken, und wenn man sie nicht als Louisa Strobel aus Garching kennen würde, könnte man sie heute Nacht glatt für eine Figur aus Maximilians Märchenbuch halten. So musste sich Aschenputtel gefühlt haben, als es auf den Ball des Prinzen gegangen war. Nur dass Louisas Ball nicht beim zwölften Glockenschlag um Mitternacht endete, sondern mit den ersten Sonnenstrahlen begann und nach dem Kirchgang der Herrschaft vorbei war.

»Gefällt es dir?«, fragte Finni.

Da bemerkte Louisa, dass sie noch immer nichts gesagt hatte. »Ich erkenne mich kaum wieder«, flüsterte sie.

Finni lachte. »So wird es bestimmt auch deinem Unbekannten gehen.«

Louisas Herzschlag beschleunigte sich. »Dann meinst du also immer noch, dass ich hingehen soll?«

»Na, hör mal! Wofür habe ich dich denn sonst so herausgeputzt?« Sie zwinkerte ihr zu. »Er wird aus dem Staunen nicht mehr herauskommen, da bin ich mir sicher. Und jetzt: Genieß den Ball, wir sehen uns dort.«

Louisa umarmte Finni zum Dank, ehe sie gemeinsam die steile Holztreppe hinabstiegen, wo sich ihre Wege trennten. Finni ging in ihre Kammer, um sich umzukleiden, während Louisa die Dienstbotentreppe nach unten stieg und das Haus in Richtung Garten verließ. Das Grundstück derer von Seybach, umsäumt von einer Mauer, war weitläufig und grenzte direkt an den Englischen Garten. Das eingelassene Gartentor ermöglichte es den Herrschaften, ohne Umweg einen Spaziergang im Park zu unternehmen.

Als sich Louisa mit einer Laterne auf den Weg zum Treffpunkt am Dianatempel machte, schlug ihr das Herz bis zum Hals. Dort angekommen, war das Einzige, was auf sie wartete, eine herbe Enttäuschung. Weit und breit war niemand zu sehen! Sie blickte sich um, doch sie bemerkte nur die vorbeilaufenden Dienstboten, die sich lachend und schwatzend auf den Weg zum Chinesischen Turm machten, während sie allein in dem zwölfeckigen Pavillon stand und sich fühlte, als ob sie jemand gehörig an der Nase herumgeführt hatte. Wahrscheinlich war der Brief doch von Schorsch gewesen – eine Racheaktion, weil sie nicht mit ihm zum Ball hatte gehen wollen. Oder von sonst jemandem, der sie nicht leiden konnte. Vielleicht von einem der Dienstboten aus dem Hause von Löwenstein?

»Louisa?«

Als sie ihren Namen hörte, zuckte sie zusammen und drehte sich um. Ohne dass sie es gemerkt hatte, war hinter sie ein Mann getreten. Er trug ein einfaches, aber gutes Jackett und eine beigefarbene Hose, darunter eine graue Weste mit einem weißen Hemd und ein Halstuch. Unter dem Zylinder hatte er die Haare mit Schmalz oder Fett beiseitegekämmt, und seinen Schnauzbart hatte er tadellos in Form gezwirbelt.

»Wer sind Sie?«, fragte sie verdutzt, denn das Gesicht, auf das ihre Laterne ein schwaches Licht warf, kam ihr vage bekannt vor, und als der Mann jetzt einen Schritt auf sie zumachte, erkannte sie, dass er leicht hinkte. »Herr Dr. von Seybach?« Ungläubig weiteten sich ihre Augen, als ihr Gegenüber jetzt nickte.

»Das kann nicht sein! Das ist ein Scherz!«, rief sie. »Sie können doch nicht …« Als der Mann jetzt noch einen Schritt auf sie zumachte, erkannte sie im Schein der Kerze Maximilians grünbraune Augen und verstummte. Sie schlug sich die Hand vor den Mund. »Herr Dr. von Seyb…«, stotterte Louisa, doch als der Graf jetzt ihre beiden Hände nahm und sie anlächelte, konnte sie nichts mehr sagen.

»Heute bin ich bloß der Max, ein einfacher Bursche aus der Stadt, dem sein Dienstherr einen feschen Anzug geliehen hat, sonst fällt meine Verkleidung ja direkt auf«, sagte er amüsiert. »Also musst du mich auch duzen. Einverstanden?«

Louisa nickte, zögerte und nickte dann wieder. »Aber wie haben Sie … wie hast du … Seit wann hast du einen Schnauzbart?«

Maximilian schmunzelte. »Das ist Rosshaar aus der Mähne von Feuerherz, angeklebt mit Kerzenwachs.«

»Hat das nicht entsetzlich wehgetan?«

Er zuckte mit den Schultern. »Es war weitaus schwieriger, Albrecht davon zu überzeugen, ihn mir anzukleben, als ich gedacht hätte. Er hat sich standhaft geweigert, mir Kerzenwachs ins Gesicht zu tropfen.«

Das brachte Louisa nun doch zum Lachen. »Ich habe wirklich einen Moment gebraucht, um dich zu erkennen.«

»Das ging mir bei dir genauso. Du siehst wunderschön aus. Ist das ein Kleid meiner Schwester? Ich habe es noch nie an ihr gesehen.« Maximilian umfing sie mit einem liebevollen Blick. »Du siehst aus wie eine Prinzessin.«

Das schmeichelte Louisa, und wieder erinnerte sie sich an das Märchen von Aschenputtel. »Also, was ist nun? Gehen wir jetzt zum Tanz? Ich habe nämlich nicht ewig Zeit. Beim zwölften Glockenschlag muss ich wieder im Palais sein. Dann verwandele ich mich zurück.«

In Maximilians Augen flackerte etwas auf. Anscheinend hatte er die Anspielung auf das Märchen verstanden und erinnerte sich an ihre gemeinsamen Lesestunden in der Bibliothek. »Ja«, murmelte er. »Lass uns gehen. Vielleicht bin ich in dem Fall sogar das Aschenputtel. Bevor es zu hell wird, muss ich nämlich wirklich zurück sein, nicht, dass mich noch jemand erkennt. Ich weiß, das ist nicht viel Zeit. Aber die Frage ist immer, wie man seine kostbaren Augenblicke nutzt und mit wem man sie verbringt.« Maximilian reichte ihr den Arm, und gemeinsam gingen sie im Schein ihrer Laterne zum Chinesischen Turm. Dort hingen ebenfalls ringsherum Laternen, und der gesamte Tanzplatz war mit Fackeln umstellt, die in die Erde gerammt worden waren und deren Flammen über die lachenden Gesichter der Anwesenden zuckten. Eine Blaskapelle packte ihre Instrumente aus und machte sich zum Spiel bereit, und eine beachtliche Menge an Dienstbotinnen und Dienstboten saß in ihren edlen Roben dicht beisammen auf Holzbänken an den rasch zusammengezimmerten Tischen, auf denen Kerzenleuchter standen. Die Bierfässer wurden angezapft und eine Maß nach der anderen abgefüllt und in die Menge gereicht. Manche aßen von ihrer Brotzeit, die sie sich mitgebracht hatten, andere packten gerade erst aus ihren Weidenkörben ihre Leckereien aus: Ochsensemmel, Wurst und Käse, Äpfel, Karotten und sogar ganze Brotlaibe kamen da zum Vorschein. Die Köstlichkeiten wurden klein geschnitten und untereinander geteilt. Man tauschte Bier gegen ein belegtes Brot, es wurde eifrig geplaudert und geschwatzt, man erzählte sich, wo man sich den Zylinder noch rasch geliehen hatte oder welches Kleid einem die Hausherrin am Vorabend diskret in die Kammer gehängt hatte. Einige berichteten von einer großzügigen Gabe aus der herrschaftlichen Speisekammer.

Louisa und Maximilian fanden noch einen Platz am Rand eines Tisches und setzten sich. Rums-dums-dums-dums ertönten die Instrumente, und mit dem allerersten Licht des Tages spielte die Kapelle auf, und die Dienstbotinnen und Dienstboten tanzten zur Musik die Münchner Française. Louisa beobachtete mit einem Lächeln auf den Lippen die vielen bunten Kleider, deren Röcke sich drehten, als sich die Paare unterhakten. Genauso hatte sie sich den Ball der guten Seelen immer vorgestellt. Sie sangen und lachten, klatschten, hüpften und bewegten sich wieder auseinander, wie es Brauch bei den Tanzfiguren war.

»Darf ich bitten?«

Louisa sah überrascht auf. »Ich dachte, du tanzt nicht.«

»Ein Maximilian von Seybach vielleicht nicht. Aber ein Max aus der Stadt hat daran sicherlich seine Freude.« In seinen Augen flackerte etwas auf, und Louisa zögerte keine Sekunde länger und legte ihre Hand in seine.

Gemeinsam drängten sie sich zwischen die Tanzpaare und suchten sich einen Platz in der Kolonne, wo sie einander gegenüberstehen konnten. Louisa fing mit den Füßen zu schleifen an, schob sie vor und zurück. Zum Glück hatte sie von Anna in den letzten Tagen noch die wichtigsten Tanzfiguren gezeigt bekommen. Maximilian sah sich die Schritte bei den anderen Männern ab.

»Haut's Fenster zam, haut's Fenster zam, damit die Glaser Arbeit ham«, sangen sie, und Maximilian hob nur fragend die Brauen. Aber Louisa lachte bloß und zuckte mit den Schultern. Sie klatschte, als sich Maximilian mit ihrer Nachbarsdame einhakte und im Takt drehte, wartete, bis er wieder an seinem Platz war. Dann tanzte die Kolonne erneut aufeinander zu, sie klatschten sich ab, gingen wieder rückwärts. Nach dem zweiten Mal legte Maximilian ihr eine Hand auf den Rücken und ergriff mit der anderen ihre Rechte. In dieser Tanzposition sang sie mit den anderen: »Komm her zu mir, komm her zu mir, damit i a was gschpier von dir.«

Maximilian musste lachen. »Solche Texte habt ihr?«, rief er gegen die Musik an, und Louisa strahlte und drehte sich mit ihm im Kreis. Es war wunderschön. Doch der Moment war viel zu schnell vorüber, und die Paare gingen wieder auseinander und fanden sich erneut in der Kolonne zusammen. Louisa hatte nur Augen für Maximilian, als sie jetzt aufeinander zugingen, sie klatschen einander in die Hände, gingen vier Schritte zurück und erneut aufeinander zu.

Maximilian warf ihr einen bedauernden Blick zu, als sich gleich darauf seine korpulente Nachbarsdame im roten Kleid bei ihm einhängte und drehte, aber Louisa lachte und klatschte, fand sich danach wieder in die Kolonne ein, und die Formation begann ein drittes Mal. Als sie wieder in Maximilians Armen lag, fühlte es sich so gut an – noch nie war sie so glücklich gewesen. Dieser Ball übertraf alles, was sie sich in den letzten Jahren ausgemalt hatte.

Zum Ende des Liedes hin wurde der Tanz schneller, und Louisa sah, dass Maximilians Miene sich veränderte. Sie vermutete, dass er Probleme mit seinem Bein hatte. Als der letzte Ton der Musik erklang, brachen die Umstehenden in Klatschen und Jubel aus. Auch Maximilian klatschte und funkelte Louisa an, doch sie bemerkte, dass sein Gesichtsausdruck angespannt war.

»Komm«, sagte sie und führte ihn vom Tanzboden. »Wollen wir uns setzen?« Sie deutete auf eine freie Holzbank, und Maximilian nickte.

»Tanzt ihr etwa nicht mehr?«, fragte Anna, die gerade vorbeikam.

»Wir brauchen eine Pause«, erwiderte Louisa. Ihr entging nicht, wie ihre Freundin neugierig den Mann neben ihr musterte, doch da wurde sie schon von ihrem feschen Herrn im dunkelgrünen Anzug weitergezogen. Aber Louisa wusste, dass sie sich in den nächsten Tagen auf ein Kreuzverhör einstellen konnte.

»Dann lasst's euch wenigstens schmecken!«, sagte Anna noch, holte etwas aus ihrem Korb und drückte es Louisa in die Hand.

»Ich hatte noch nie so viel Spaß auf einem Ball.« Maximilian streckte das Bein aus und seufzte wohlig. »Obwohl es die gleichen edlen Kleider und Anzüge sind, ist die Stimmung hier doch ganz anders, viel ungezwungener und herzlicher.«

Louisa sah ihn von der Seite an. »Es kommt euren Bällen bei Weitem nicht nach, und es ist ja auch nur einmal im Jahr.«

»Vielleicht liegt genau hierin der Reiz«, antwortete Maximilian. Jetzt hatte er ihr den Blick zugewandt, und Louisa fühlte sich ihm unendlich vertraut. »Es herrscht keine starre Etikette, eure Gespräche sind lockerer, ihr habt einfach Spaß beim Tanzen, egal, ob die Schritte stimmen oder die Haltung gerade ist. Es stört auch niemanden, dass ich hinke.« Er sah sich um und ließ den Blick über das Geschehen schweifen. »Anstelle eines Streichorchesters spielt Blasmusik, der Tanzboden braucht kein Parkett, und eure mitgebrachten Speisen scheinen dreimal so gut wie an unseren Büfetts zu schmecken – wobei Berti wirklich eine ausgezeichnete Köchin ist.«

»Wo du das gerade sagst, lass uns mal schauen, was Anna eingepackt hat.« Sie faltete das rote Tuch auseinander, und eine Schmalznudel kam zum Vorschein, die frisch nach Zimt roch.

»Mhh«, schwärmte Maximilian. »Da hat Berti wieder gezaubert.«

»Du kannst von Glück reden, dass sie doch jemand gefragt hat, ob sie zum Ball gehen will, sonst wär uns das entgangen, weil sie schmollend Rüben geschält hätte.«

Maximilian lachte.

Louisa zerteilte die Schmalznudel und reichte ihm eine Hälfte. »Soll ich dir auch eine Maß Bier holen?«

Zu ihrer Verwunderung schüttelte er den Kopf. »Heute will ich keinen Alkohol trinken.«

Sie ließen sich die Schmalznudel schmecken und sahen den vielen Tanzenden zu. Louisa bemerkte Cilli in ihrem lilafarbenen Kleid, das mit seinen Strasssteinen aussah wie der Morgenhimmel, an dem die Dunkelheit davonzog und die letzten Sterne funkelten. Nicht weit entfernt von ihr stand Xaver mit einer Frau ins Gespräch vertieft, die sie nicht kannte. Bärbel in ihrem fuchsiafarbenen Kleid saß ein paar Tische entfernt, und schließlich entdeckte sie auch Schorsch, der mit Annelies in ihrem karierten Kleid mit Schößchen an der Hand vorbeikam. Als er sie bemerkte, legte er rasch den Arm um Annelies' Schulter und zog sie ein wenig dichter an sich. Louisa lächelte leicht. Sie konnte es ihm nicht verdenken. Bestimmt fragte auch er sich, wer der Mann neben ihr war und ob sie seinetwegen seine Gefühle nicht erwiderte.

»Es ist so schön bei euch«, wiederholte Maximilian, als sie eine

Zeit lang den Tanzpaaren bei einem Zwiefachen zugesehen hatten. »Am liebsten würde ich für immer bleiben.«

Louisa stieß einen Laut aus, halb Lachen, halb abschätziges Seufzen. »Überleg dir das gut«, sagte sie. »Sobald die Herrschaft von der Kirche zurückkommt, geht unsereins wieder seiner Arbeit nach. Dann bedienen wir euch wieder, während wir nebenher noch die letzten Dinge unserer Feier wegräumen und uns wünschen, uns nach einer durchfeierten Nacht einfach nur auszuruhen. Wir träumen während unserer täglichen Arbeit davon, einmal ausschlafen zu können – so wie ihr das macht, wenn ihr feiert –, doch da bereiten wir euer Essen zu, holen Wasser und Holz für euch und reinigen eure Zimmer, damit ihr ein annehmliches Leben habt.«

Maximilian sah sie an, ein eigentümlicher Blick.

»Ist da noch frei?«, brummte ein untersetzter Herr in einem dunkelbraunen Anzug, der schon einige Flicken trug. Louisa glaubte, in ihm einen ihrer Bäcker zu erkennen, war sich aber nicht sicher. Jedenfalls war klar, dass er und seine Begleiterin nicht zusammen neben sie auf die Bank passen würden.

»Selbstverständlich«, sagte Maximilian und wandte sich dann Louisa zu. »Willst du noch mal tanzen?«

Louisa sah ihn unsicher an. »Geht das denn für dich?«

Maximilian horchte auf das nächste Lied, das angespielt wurde, und nickte. »Eine Polka schaffe ich nicht mehr, aber das ist ein Walzer, das geht.« Er stand auf und nahm sie bei der Hand. Das war auch ganz anders als bei den Festen der Herrschaft. Da reichten die Männer den Damen formvollendet den Arm. Hier nahm man sich einfach bei der Hand, doch es musste sich mindestens genauso gut anfühlen, dachte Louisa und umschloss seine Finger. Ein Moment unendlichen Glücks.

Zusammen mit Maximilian mischte sie sich wieder unter die Tanzenden. Dort legte er den Arm um sie und zog sie dicht an sich, sogar ein wenig dichter, als es üblich war, aber Louisa genoss seine Nähe nur zu sehr.

»Wie geht es deiner Schwester?«, fragte er, während sie sich im Takt des Walzers drehten.

»Eindeutig besser. Meine Mutter hat mir geschrieben, dass sie sogar schon wieder aufstehen kann. Danke, dass du dich um sie gekümmert hast. Ich hätte nicht gedacht, dass sie sich so schnell erholt. Aber ich hätte ja auch nie gedacht, dass du freiwillig tanzt.«

Sie spürte, wie Maximilians Hand an ihrem Rücken ein wenig tiefer wanderte, und unwillkürlich sog sie die Luft ein, als sie knapp über ihrem Steißbein seine Fingerspitzen fühlte.

»Denkst du, so eine Möglichkeit lasse ich mir entgehen?«, raunte er.

Louisa durchrieselte es heiß und kalt, und die nächsten Minuten vergaß sie alles andere um sich herum. Es gab nur noch Max und sie, und sie genoss es, ihm so nahe zu sein, ihn noch einmal zu spüren. Verträumt legte sie den Kopf auf seine Schulter und ließ sich von ihm über die festgetretene Erde führen. Es fühlte sich an, als würden sie schweben.

Als schließlich die blaue Stunde anbrach und der Morgen graute, löste sie sich schweren Herzens von ihm.

»Wir müssen zurück«, wisperte sie. »Unser Märchen ist bald zu Ende.«

Maximilian nickte mit ernster Miene. »Der zwölfte Glockenschlag.«

Schweigend liefen sie nebeneinanderher zum Lilienpalais. Aus der Ferne hörte man noch immer die Musik, das Stimmengewirr und das Lachen. Die anderen würden sich noch eine ganze Weile auf dem Ball der guten Seelen vergnügen, doch sie mussten zurück, damit Maximilian ungesehen ins Palais zurückkehren konnte. Erste Silberstreife zogen sich durch den Himmel, von irgendwoher hörte man den Gesang der erwachenden Vögel. Es war eine eigentümliche Stimmung, ein wenig gedrückt und melancholisch, knisternd aufgeladen und unfassbar zugleich. Auch wenn diese Nacht bald endete, die Erinnerungen würden ihr bleiben. Maximilian öffnete das Gartentor und ließ ihr den Vortritt. Sie durchquerten den

Garten, erreichten die geschwungene Treppe des Palais, die zum Hintereingang führte.

»Und jetzt tauschen wir die Rollen zurück. Du wirst wieder der Graf von Seybach und ich Louisa Strobel, seine Dienstbotin«, murmelte sie bedrückt.

Maximilian bückte sich und pflückte ein Vergissmeinnicht, das neben der Treppenstufe wuchs, eines, das Anton, der Gärtner, wohl übersehen haben musste. Er überreichte es Louisa und sah sie mit einem sehnsuchtsvollen Blick an. »Diesen Morgen werde ich nie vergessen«, hauchte er, legte eine Hand an ihre Wange und streichelte sie zärtlich. Und dann senkte er seine Lippen auf die ihren.

Louisas Herz übersprang einen Schlag und pochte gleich darauf noch wilder und heftiger als zuvor. Ohne es verhindern zu können, schlang sie ihm die Arme um den Nacken und zog ihn an sich. Sie musste ihn noch einmal küssen, ein allerletztes Mal, ehe sich all das in Luft auflöste und unwiederbringlich verloren war.

Nachdem sie sich wieder voneinander gelöst hatten, nahm Maximilian ihr das Vergissmeinnicht aus der Hand und steckte es ihr ins Haar. Zärtlich lehnte er seine Stirn gegen ihre und ließ die Fingerrücken noch einmal über ihre Wange gleiten. »Ich vermisse dich so«, raunte er und blickte ihr tief in die Augen.

Louisa konnte nichts erwidern. Stattdessen zog sie ihn noch ein allerletztes Mal an sich und drückte ihn sanft. Sie spürte Maximilians Atem dicht an ihrem Ohr, und auf einmal küsste er ihren Hals entlang und hinterließ eine heiße, brennende Spur.

»Das kitzelt«, lachte Louisa, löste sich von ihm und zog ihm mit einem *Ratsch* den Oberlippenbart ab.

»Au!«, protestierte Maximilian, doch noch ehe er weitersprechen konnte, küsste Louisa zärtlich die gerötete Stelle zwischen Nase und Oberlippe.

»Louisa«, flüsterte er heiser. »Komm mit mir nach oben.«

Louisa wich ein wenig zurück und sah ihn an. »Das geht nicht«, murmelte sie. »Der Glockenschlag«, erinnerte sie ihn.

»Kennst du die Saturnalien?«

Louisa schüttelte den Kopf.

»Bei den Römern gab es einen Feiertag, an dem waren die Diener die Herren und die Herren die Diener. Lass uns diese Stunde noch ein wenig auskosten.«

Louisa wollte protestieren, doch da zog Maximilian sie schon die Treppe nach oben, durch den Flur hindurch und mit sich in die große Eingangshalle.

»Was tust du denn?«, kicherte Louisa, doch Maximilian ging einfach weiter.

»Keine Sorge, meine Familie schläft noch.« Gleich darauf durchquerte er mit ihr die große Halle und steuerte direkt auf die stoffverkleideten Stufen zu. Die Vordertreppe! Louisas Herz raste, als sie gemeinsam die Stufen erklommen. Normalerweise durfte sie diese Stufen nur betreten, um sie zu putzen. Und jetzt eilte sie sie zusammen mit Maximilian nach oben, so schnell es seine Beinschiene zuließ. Sie musste ihr Kleid raffen, um nicht darüber zu stolpern. An der Galerie im ersten Stock angekommen, die einmal ringsherum die Eingangshalle umsäumte, küsste Maximilian sie wieder, drückte sie gegen das steinerne Geländer, und Louisa spürte deutlich, wie erregt er war. Sie vergrub ihre Hände in seinen Haaren, ihr Kuss wurde leidenschaftlicher. Es war schwer, dabei zu Atem zu kommen. Doch den brauchte Louisa nicht weiter, denn da hob Maximilian sie plötzlich auf die Arme und trug sie das nächste Stockwerk nach oben.

Louisa lachte, legte ihm die Arme um den Hals und küsste Maximilian, der große Mühe hatte, das Gleichgewicht zu halten. Auch er kicherte, als sie stolpernd den zweiten Stock erreichten. Maximilian stieß die Tür zu seinem Zimmer auf und legte Louisa aufs Bett. Das Himmelbett mit den seidenweichen Kissen, die sie gestern noch frisch bezogen hatte. Ihr Herz hämmerte wild gegen ihren Brustkorb, als er jetzt die Tür hinter sich ins Schloss fallen ließ. Er lockerte sein Halstuch, knöpfte die graue Weste auf und entledigte sich ihrer zusammen mit seinem Jackett. Die Matratze gab nach, schaukelte leicht, als Maximilian am Fußende in sein Bett stieg. Louisa zitterte vor Begierde, als er jetzt ihre Schuhe auszog, sie unachtsam zu Boden fallen ließ.

»Sag, wenn du es nicht willst.«

»Nichts will ich mehr«, hauchte sie, und dann sah sie ihm, auf ihre Ellbogen gestützt, dabei zu, wie er Zentimeter für Zentimeter des zarten, türkisfarbenen Chiffonstoffs über ihre Beine nach oben schob und jedes Stückchen Haut, das dabei zum Vorschein kam, mit Küssen bedeckte. Louisa legte den Kopf in den Nacken, als Maximilian seinen warmen Atem auf ihre zärtlichste Stelle hauchte, ihren weichen Flaum küsste, sie dort mit der Zunge verwöhnte und liebkoste. Ein wohliger Schauer jagte ihr über den Rücken, sorgte dafür, dass sie sich zusammenzog und leicht unter ihm wand. Viel zu rasch ließ Maximilian wieder von ihr ab, kletterte halb über sie und küsste ihre Lippen. Louisas Hände wanderten zu seinem Hemd, knöpften es auf, streiften es von seinen muskulösen Schultern. Zärtlich zog er die Bänder auf ihrem Rücken auf, schob das Oberteil mit den Röschen bis zu ihrer Taille hinab und schließlich ganz von ihrem Körper. Ihre Brustspitzen sehnten sich nach ihm, nach seinen Berührungen, und als sein Blick auf sie fiel, spürte Louisa, wie sie erhärteten. Mit dem Mund liebkoste er sie, während Louisa durch sein Haar streichelte und vor Verlangen leise seufzte.

»Du ahnst nicht, seit wie vielen Nächten ich mir das wünsche«, raunte er, als er zärtlich die Innenseiten ihrer Schenkel streichelte.

»Doch«, hauchte sie, was ihn kurz innehalten ließ. Als er sie jetzt überrascht anblickte, ließ sie die Hand über seine muskulöse Brust und hinab zu seinem Bauch wandern, strich über sein hartes Glied und öffnete die Knöpfe seiner Hose. Er half ihr dabei, sie abzustreifen, zog gleich darauf seine Decke bis zu seinen Knien. Aber Louisa hielt seine Hand fest. »Nein«, flüsterte sie und schob die Decke wieder nach unten. »Ich will dich ganz spüren. Du musst vor mir nichts verbergen.« Zärtlich streichelte sie über seine Beinnarbe, löste dann geschickt die Lederriemen, die die Schiene fixierten. Maximilian sah ihr dabei zu, fuhr ihr mit den Fingerspitzen über den Rücken hinab, den Arm entlang wieder hinauf zu ihrem Hals. Louisa erschauerte wohlig, über ihren Körper jagte eine Gänsehaut.

Plötzlich zog Maximilian sie an sich, drückte sie beim nächsten Kuss sanft, aber bestimmt in die Matratze und legte sich auf sie. Louisa spürte sein Gewicht, spürte, wie erregt er war, spürte das Zucken seines Gliedes dicht an ihrer Scham. Sie öffnete die Beine, um ihn einzulassen, aber Maximilian wartete.

»Kannst du reiten?«, flüsterte er.

»Reiten?«, wiederholte Louisa. »Ich bin vor einiger Zeit zum ersten Mal mit dir in einer Kutsche gefahren, woher soll ich wissen, wie man rei…« Sie kam nicht dazu, zu Ende zu sprechen, denn da hatte Maximilian sich schon mit ihr herumgedreht, sodass er jetzt unter ihr lag und sie auf ihm. Unsicher sah sie ihn an.

»Setz dich auf«, wisperte er.

Louisa tat, worum er sie bat, und als sie sich jetzt langsam auf ihm niederließ, schob er sich Stück für Stück in sie.

»Oh«, hauchte sie, völlig überwältigt von dem Gefühl, von ihm ganz ausgefüllt zu werden. Sie spürte sein Pulsieren, sein Zucken, und es musste ihn Mühe kosten, sich nicht sofort zu bewegen, aber er schien zu warten, bis sie sich ein wenig gesammelt hatte. Maximilian ließ seine Hände ihre Seiten hinabwandern, fuhr die geschwungene Form ihrer Brüste, Taille, ihrer Hüften nach, ehe er die Hände auf ihre Schenkel platzierte und sie dort mit den Daumen streichelte. Louisa öffnete sich ihm ein wenig, und so war sie es, die langsam damit begann, sich leicht emporzuheben, um sich gleich darauf wieder auf ihn zu senken und ihn in sich hineingleiten zu lassen. Maximilian seufzte, umfasste ihre Hüfte und unterstützte sie dabei, sich auf und ab zu schieben. Sie fanden einen Rhythmus, bewegten sich im Gleichklang, wurden schneller. Er glitt dabei halb aus ihr hinaus und stieß wieder in sie, sein Atem wurde lauter, keuchender. Louisa stöhnte, als seine Bewegungen nun heftiger und intensiver wurden, als seine Hände sie fester packten, sein Glied tief in sie eindrang und einen Punkt in ihr berührte, der sie zum Erbeben brachte und die Lust in Wellen durch ihren Körper jagte. Sie nahm seine Hände, führte sie ihren Körper aufwärts zu ihren Brüsten. Sie wollte, dass er sie dort berührte, und sogleich umspielten seine Finger ihre Brustspitzen, zogen sanft daran, rollten sie zwischen Daumen und Zeigefinger, was das Gefühl in ihrem Inneren nur noch verstärkte. Louisa spürte, wie sie feuchter wurde, ihr Atem kam stoßweise. Sie musste sich nach vorne beugen und neben Maximilians Kopf abstützen.

Diese Gelegenheit nutzte Maximilian, um ihre Brust jetzt mit dem Mund zu verwöhnen, und wieder entfleuchte Louisa ein Stöhnen, als er sie mit den Zähnen reizte, was gleich darauf in Maximilians Küssen unterging, da seine Lippen nun die ihren fanden. Sie öffnete den Mund, kostete den Kuss voll aus, neckte mit ihrer Zungenspitze die seine. Im selben Moment spürte sie, wie Maximilian wieder tief in sie stieß, wie er sie auf sich zog und sie festhielt, um dieses Mal nicht halb aus ihr hinauszugleiten. Wieder traf er den Punkt in ihrem Inneren, der alles in ihr zum Erbeben brachte, wieder schickte er die Wellen, die alle Härchen auf ihrer Haut aufstellten, durch ihren Körper, als hätte man einen Stein ins Wasser geworfen. Louisa schrie leicht auf, eine Mischung aus Lust und Verlangen, Verlangen nach dem Wunsch, diese süße Verheißung endlich zu spüren, die sie mit ihm schon einmal gespürt hatte, damals in der Bibliothek. Doch dieses Mal würde es intensiver sein, dessen war sie sich sicher, denn schon jetzt fühlte sich jede Berührung, jeder seiner Stöße heftiger und leidenschaftlicher an. Ihr Unterleib zog sich zusammen, um seinen Schaft noch fester zu umschließen. Wenn sie ihn so noch eine Weile ritt, würde sie bald dieses sehnsuchtsvolle Ziehen beenden, würde einer seiner Stöße endlich ihrem Körper die ersehnte Erlösung bringen.

»Louisa«, hauchte Maximilian rau, doch sein Atem war so abgehackt, dass er kein weiteres Wort hervorbrachte. Stattdessen wanderten seine Hände wieder ihren Körper hinauf, er verlangsamte das Tempo, stieß nun weniger tief in sie. Anscheinend wollte er den Moment noch etwas hinauszögern, aber Louisa wollte es schnell, sie wollte es jetzt. Dann würde sie eben die Führung übernehmen. Sie richtete sich wieder auf, was den Winkel, in dem er in sie drang, intensivierte. Sie nahm ihn tief in sich auf, umschloss ihn fest, umschloss ihn ganz. Louisa steigerte ihre Bewegungen, wölbte sich auf ihm, ritt ihn, streichelte sich, was Maximilian keuchen und seufzen ließ.

Er legte den Kopf in den Nacken, vergrub die Hände in das Laken unter sich, schloss die Augen, öffnete sie wieder, um sie anzusehen. Erneut ließ er seine eine Hand zu den ihren an ihre Brüste wandern, streichelte sie mit ihr zusammen, die andere legte er an ihre Hüfte, bedeutete ihr mit bestimmtem Druck, dass sie sich nicht von ihm lösen sollte.

Doch das wollte Louisa auch gar nicht. Sie wollte genau das. Ihre Brüste wippten im Takt ihrer Bewegungen auf und ab, Maximilian liebkoste sie mit einer Hand, hielt sie mit der anderen bei sich, ehe seine Bewegungen schneller wurden, sein Streicheln fahriger, bis er sich schließlich aufbäumte und wieder kehlig rau ihren Namen flüsterte. Etwas in ihr wurde feucht, floss aus ihr hinaus, an ihren Schenkeln hinab. Louisa stöhnte, und die kleinen Bewegungen, die er jetzt machte, waren so intensiv, dass sie sein Pulsieren fühlte. Sie bewegte sich noch ein wenig schneller, angetrieben von seiner Feuchtigkeit und dem sanften Pulsieren, und explodierte gleich darauf in tausend Farben, während sie nur noch leise »Max« hauchen konnte …

18

Maximilian

Er lag auf der Seite, hielt sie fest im Arm, dicht aneinandergeschmiegt, ihr warmer Rücken an seiner verschwitzten Brust, die Beine ineinander verschlungen. Ihre Atemzüge waren ruhig, ihr Herz schlug gleichmäßig, Maximilian spürte es leise klopfen, im Takt mit seinem. Zärtlich hauchte er ihr einen Kuss ins Haar. Zwei Mal hatten sie sich an diesem Morgen geliebt, zwei Mal waren sie einander so nahe gewesen, dass er alles andere um sich herum vergessen hatte, ehe Louisa in seinen Armen eingeschlafen war. Beim zweiten Mal hatte er ihren Wunsch erfüllt und sich auf sie gelegt, war in sie gedrungen, als sie bereit dafür gewesen war. Aber es hatte dennoch eine Weile gebraucht, bis sich Louisa schließlich wohlig seufzend unter ihm wand, bis sie ihrer Lust und ihrem Verlangen nachgegeben hatte. Fast hatte Maximilian den Eindruck gehabt, sie müsse etwas verarbeiten, eine Erinnerung oder etwas, was sie einmal gesehen hatte, doch er fragte sie nicht danach.

Louisa bewegte sich in seinen Armen, drehte sich zu ihm um, schlug die Augen auf, und wieder verlor er sich in diesem leuchtenden Blau. »Guten Morgen«, flüsterte sie.

»Ein Morgen, der so beginnt, kann nur gut werden.« Maximilian streichelte ihr liebevoll über die Wange.

»Ich bin eingeschlafen, nicht wahr?«

»Kurz«, gab Maximilian zu und küsste sie sanft. »Aber ich könnte mich daran gewöhnen, so jeden Morgen aufzuwachen.«

Louisa legte die Stirn in Falten. »Du machst dich über mich lustig.«

»Nein, ich meine es ernst.« Er sah Louisa mit festem Blick an. »Ich mache dich zu meiner Frau. Gräfin Louisa von Seybach.«

Louisa knuffte ihn kopfschüttelnd in die Seite. »Hör auf«, wisperte sie. »Die Saturnalien sind vorbei. Ich bin eure Dienstbotin.«

»Und bald meine Frau.«

»Max!«, rief Louisa empört. »Der Alkohol steigt dir zu Kopf. Wie viel hast du letzte Nacht getrunken?«

»Keinen Tropfen«, sagte Maximilian wahrheitsgemäß. »Du und ich – wir verändern die Welt.« Er nahm ihre Hände in seine. »Wir eröffnen unsere eigenen Behandlungsräume. Behandlungsräume für Menschen, die sie am dringendsten brauchen. Du assistierst mir, und ich behandle. Du kennst dich in der Kräuterkunde aus, in Hausmitteln und den gewöhnlichen Dingen. Ich weiß, wie ich Kranke schulmedizinisch behandeln kann.«

Sie legte ihre Hände an seine Wangen und gab ihm einen Kuss auf die Nasenspitze. »Das klingt wunderschön, aber es sind Träume.«

»Die Königin sieht das anders.«

»Königin Therese?« Jetzt wurde Louisas Blick spöttisch.

»Was? Sieh mich nicht so an! Ich habe erfahren, dass sie solche Projekte fördert, und mit ein bissen Glück …«

»Max …« Louisa seufzte leicht. »Unsereins hat kein Glück in solchen Dingen.«

»Glaube mir.«

»Nein«, widersprach Louisa sanft, »es klingt wunderschön, aber das ist nicht die wirkliche Welt. Ich weiß es. Glaube *mir*.«

»Als meine Mutter starb, habe ich mir geschworen, dass ich Medizin studieren werde und mit meinem Können etwas Sinnvolles anfangen will. Sie hat darum gekämpft, dass ich diese Beinschiene erhalte, hat mehrere Ärzte kommen lassen, weil ich nur noch schlecht gehen konnte. Es war mir kaum möglich, das Bein zu belasten, aber sie hat mir gezeigt, was es heißt, für seine Ziele zu kämpfen. Ich werde Behandlungsräume für die Armen eröffnen und den Menschen helfen, die es am dringendsten brauchen.«

»Ich bin mir sicher, das wirst du.«

»Und du wirst mich dabei unterstützen!« Maximilian setzte sich entschlossen auf. »Ich will keine Sekunde länger ohne dich sein.«

Jetzt hatte sich auch Louisa in seinem Bett hingesetzt und sah ihn mit einem wehmütigen Lächeln an. »Und was ist mit deiner bevorstehenden Hochzeit? Die Komtess de Neuville und du – ihr seid so gut wie verlobt.«

»Das ist mir egal«, sagte Maximilian. »Ich liebe sie nicht. Und sie liebt mich auch nicht. Es ist eine arrangierte Ehe, die rein aus Vernunftgründen geschlossen würde, bedacht auf gesellschaftliches Ansehen und den Vorteil der Familien. Doch darauf gebe ich nichts. Es wäre falsch, Sophie zu heiraten. Sie hat die Chance, eine andere gute Partie zu machen, jemanden zu finden, den sie liebt, und sie weiß, dass ich etwas für dich empfinde.«

»Und jetzt gehen wir alle diesen Weg, lassen Gesellschaft und Konventionen hinter uns und befolgen nur noch, was uns das Herz diktiert?« Sie schüttelte den Kopf.

»Louisa.« Maximilian nahm wieder ihre Hände in seine und blickte sie fest an. »Ich liebe dich. Ich liebe dich mehr, als ich mir das hätte vorstellen können. Tag und Nacht denke ich an dich. Du bist meine Sterne, meine Sonne. Jeder Gedanke von mir gehört dir, von morgens, wenn ich aufwache, bis abends, wenn ich einschlafe. Und in der Nacht folgst du mir in meine Träume. Ich werde niemals einer anderen Frau als dir mein Jawort geben, niemals mehr mit einer anderen ein Bett teilen. Sei dir dessen gewiss, denn keine andere Frau liebe ich so wie dich. Keine könnte jemals neben dir bestehen.«

Er sah, wie es in Louisas Gesicht arbeitete, bemerkte, dass er sie mit seinen Worten berührt hatte.

»Max, ich …« Louisa wurde von einem Scheppern von draußen unterbrochen, gleich darauf hörte man Stimmen. Das Leben im Lilienpalais erwachte, und so erwachte es auch in ihr. »Wie spät ist es?«

»Etwas nach zehn.«

»Was?« Louisa stieg schlagartig aus dem Bett. »Ich muss gehen! Wenn jemand reinkommt und mich sieht! Außerdem muss alles fertig sein, wenn deine Familie aus der Kirche zurückkommt.« Sie hob das türkisfarbene Kleid auf, das zusammen mit den anderen Wäschestücken vor dem Bett auf dem Fußboden gelandet war, doch Maximilian hielt sie sanft am Handgelenk zurück.

»Bleib«, flüsterte er und zog sie wieder zu sich ins Bett, denn die Matratze neben ihm erschien ihm mit einem Mal viel zu leer. Zärtlich verwickelte er Louisa in einen weiteren Kuss, aber Louisa beendete ihn rasch.

»Es geht nicht, ich muss gehen.« Sie löste sich aus seiner Umarmung und stand auf.

»Meine Familie weiß doch, dass nach dem Ball der guten Seelen das Personal eher eingeschränkt zur Verfügung steht, und gegebenenfalls auch nicht alle gleich am Morgen.«

»Trotzdem möchte ich nicht riskieren, Frau Haberl zu enttäuschen«, sagte Louisa, während sie eilig ihre Kleider zusammensammelte.

»Na schön.« Maximilian seufzte und verschränkte die Hände hinter dem Kopf. »Wenn du willst, kannst du dich bei mir noch frisch machen.«

Louisa ging zu seinem Frisiertisch, doch als sie sich noch einmal zu ihm umdrehte, erstarrte sie in ihrer Bewegung und deutete auf das Bild, das er gestern Abend unter dem Baldachin direkt über seiner Bettmitte am Kopfende von Albrecht hatte anbringen lassen und das man vom Eingang aus nicht – vom Waschtisch aber sehr wohl – sehen konnte. »Hat uns diese Dame hier etwa die ganze Zeit beobachtet?«

Maximilian schielte verschämt nach oben. »Ich bitte dich, die Gute ist selbst nahezu halb nackt.« Er musterte das Bild der leicht bekleideten Frau, die sich nymphengleich im Schatten der Bäume streckte – ein Bild Johannas, das sie während einer ihrer Hausarreste hier gemalt hatte, um Großmutter eins auszuwischen. Zum

Glück betrat Henriette nahezu nie Maximilians Zimmer, und wenn, näherte sie sich dem Bett nicht auf eine solche Distanz, dass sie es so dicht unter dem Baldachin erblicken würde. Auch Louisa schien es beim Eintreten des Zimmers nicht bemerkt zu haben.

»Das hat meine Cousine gemalt«, verteidigte er Johannas Gemälde. »Ich finde es ganz hübsch. Außerdem habe ich heute früh weitaus andere Dinge bei dir gesehen.«

Louisa wandte sich von ihm ab, doch er konnte sehen, wie sie errötete.

»Komm«, flüsterte er, und nun stieg er doch aus dem Bett, während die Decke von seinen Lenden rutschte und zu Boden glitt. Maximilian scherte sich nicht darum, trat auf Louisa zu und umarmte sie von hinten. Er vergrub seine Nasenspitze an ihrem Nacken, atmete ihren Duft ein, lieblich und ein wenig nach der Seife, die er ihr geschenkt hatte, gemischt mit einem Hauch von Vergissmeinnicht, ließ sich von ihren kleinen Härchen dort kitzeln. »Ich bin Johanna sehr dankbar«, raunte er, und seine Lippen streiften dabei über ihre Haut. Maximilian entging nicht, wie eine Gänsehaut über ihren Rücken und ihre Arme jagte. »Ohne sie wären wir vermutlich nicht hier.«

»Wie meinst du das?«, fragte Louisa und blickte ihn im Spiegel an.

»Sie hat mir geholfen, diesen Brief an dich zu schreiben.«

»Sie?«, wunderte sich Louisa, und Maximilian nickte.

»Meine Schrift hättest du erkannt, und meine Schwester wollte ich nicht darum bitten.« Und Nanette, die einzige weitere Dame, die ihm eingefallen war, hatte er nicht fragen wollen, da er seine Gouvernante, nun ja, für nicht sonderlich romantisch hielt. Johanna hingegen wusste genau, wie man das Herz einer Frau erreichte, und hatte seinen Formulierungen den letzten Schliff verliehen.

»Es waren wirklich schöne Zeilen.« Louisa lächelte seinem Spiegelbild zu. Dann nahm sie die Wasserkaraffe, schüttete etwas davon in die Schüssel auf seinem Frisiertisch und griff nach einem zusammengelegten Tuch. Bei jeder ihrer Bewegungen streifte ihr nackter Hintern über sein Glied, und Maximilian konnte nicht verhindern, dass er erneut erhärtete.

»Lieb mich noch einmal«, hauchte er, aber Louisa schüttelte den Kopf.

»Ich muss gehen«, sagte sie bestimmt, doch es schien ihr schwerzufallen.

Da klopfte es plötzlich an seiner Tür, und herein trat Nanette, die im selben Moment wie erstarrt stehen blieb.

»Du liebe Güte!«, rief sie und drehte sich um. Sie verließ das Zimmer ebenso schnell, wie sie es betreten hatte, schloss die Tür wieder, doch dann öffnete sie sie noch einmal einen Spaltbreit und sagte mit ihrer für sie typischen, knarzenden Stimme: »Maximilian, dein Vater will dich sehen. Sofort! Dass du beim Kirchgang gefehlt hast, konnte ich mit Kopfschmerzen entschuldigen. Aber beim familiären Frühstück darfst du mit deiner Anwesenheit glänzen.«

»Ich komme gleich!«, rief Maximilian unglücklich, als er noch einmal Nanettes Stimme vernahm, die ihn auf die missglückte Zweideutigkeit seiner Worte aufmerksam machte: »Keine weiteren Ausführungen!«

»Bitte, verrate es nicht.« Noch nie war sich Maximilian so kläglich vorgekommen, als er Nanette jetzt wispernd anflehte, während er neben ihr die Stufen auf dem Weg zum Speisezimmer hinunterstieg, wo die Familie ihr Frühstück einnahm. Er hatte sich von Albrecht ankleiden lassen und sich dann ebenfalls schnell frisch gemacht, ehe Nanette erneut an seine Zimmertür geklopft hatte, um ihn zum Frühstück zu begleiten.

»Was soll ich nicht verraten?«

»Dass du Louisa und mich … oh … danke.«

»Max, der fesche Bursche aus der Stadt«, brummte Nanette und verdrehte die Augen.

»Wie hast du denn davon erfahren?«

Seine Gouvernante warf ihm einen spöttischen Blick zu. »Und was ist das mit dir und Louisa?«, fragte sie dann.

»Das ist mir ernst. Ich habe noch nie so geliebt, Nanette. Und ich werde auch nie wieder so lieben. Das weiß ich gewiss. Ich werde die Verlobung mit Sophie absagen und mache Louisa zu meiner Gräfin.«

»Na, davon kannst du deinen Vater ja mal überzeugen ...« Nanette klopfte, gab die Tür frei und betrat hinter Maximilian das Speisezimmer.

Wie gewöhnlich saß Carl von Seybach am Kopfende der Tafel, dieses Mal in ein Schreiben vertieft. Maximilian schätzte, dass es sich um eine Korrespondenz des Königs handelte. Zu seiner Linken hatte Henriette Platz genommen und zerteilte ein Hefegebäck. Auf dem Stuhl neben ihr, der frei blieb, lag ihr Stock. Der Platz auf Carls rechter Seite war ebenfalls leer. Dort saß für gewöhnlich Maximilian. Er hatte den Platz nach dem Tod seiner Mutter eingenommen, doch wenn Maximilian nicht zu Hause war, wusste er, dass Isabella von ihrem Stuhl neben ihm zu ihrem Vater aufrückte. Heute saß sie jedoch zusammengesunken am Tisch und starrte auf ihren Teller. Nanu, was war passiert?

Maximilian grüßte mit einem freundlichen »Guten Morgen« und setzte sich zwischen seinen Vater und seine Schwester. Nanette nahm ihnen gegenüber Platz. Carl legte seine Schreibfeder beiseite. Was war denn hier los?

Irritiert griff Maximilian nach einem Brötchen, als sein Vater das Schreiben zusammenfaltete und einem Diener überreichte. Dann fixierte er Maximilian und sah ihn einen Moment lang nur prüfend an. Unter seinem Blick erschauerte Maximilian. »Bist du von allen guten Geistern verlassen?« Carl von Seybachs Blick war kalt wie Eis.

»Mit einer Dienstbotin. Maximilian, also wirklich.«

Erst jetzt bemerkte Maximilian, dass auch seine Großmutter ihn fixierte. »Das ist in der Tat unter deiner Würde.«

Neben ihm saß Isabella noch immer wie ein Häufchen Elend und sagte nichts.

»Woher wisst ihr …«

»Maximilian, bitte.« Carl sah ihn abschätzig an. »Kichernd und gackernd seid ihr die Treppe nach oben gepoltert und wollüstig übereinander hergefallen, als wärt ihr Nymphe und Satyr aus dem Gefolge des Dionysos. Meinst du, das hört man nicht?«

Maximilian presste die Lippen zusammen. Natürlich, daran hätte er denken müssen, doch der Moment mit Louisa war einfach zu verheißungsvoll gewesen, sein Verstand ganz woanders.

»Das wird ein Nachspiel haben!«, ereiferte sich seine Großmutter. »Ich werde dieses liederliche Ding entlassen! Sie wird schon sehen, was sie davon hat, den Sohn des Hauses zu verführen.«

»Nein!«, rief Maximilian sofort, und jetzt schluchzte Isabella auf. Er atmete tief durch. »Es war nicht ihre Schuld. Ich habe *sie* verführt, nicht sie mich. Wenn ihr jemanden bestrafen wollt, dann mich.«

»Nächstes Mal, wenn es dich überkommt, zahlst du dafür in einem anständigen Bordell und lässt die Finger von unserem Personal«, zischte seine Großmutter. »Wozu sonst treibst du dich dort herum?«

»Mutter! Sag so etwas nicht vor meiner Tochter.« Carl sah zu Isabella, die mit geröteten Augen versuchte, Contenance zu bewahren. Was war mit ihr passiert? Maximilian hätte sie am liebsten mit sich fortgezogen, um sie zu fragen, was geschehen war. »Aber deine Großmutter hat recht, Maximilian. Falls das Madel nun guter Hoffnung ist, müssen wir sie entlassen«, murmelte er.

Oh du liebe Güte …, dachte Maximilian, doch jetzt durfte er sich nichts anmerken lassen. Louisa hatte doch letztes Mal gesagt … Sie wusste doch … Allerdings hatte er sie gar nicht mehr gefragt, sondern sich einfach darauf verlassen beziehungsweise es beiseitegeschoben … Bleib ruhig, sagte er sich in Gedanken. Jetzt musst du erst einmal das hier klären.

Henriette erdolchte die Butter, als sie sich ein Stück davon abschnitt und es auf ihr Hefegebäck strich. »Es wäre besser, sie direkt vor die Tür zu setzen, bevor wir ein Risiko eingehen.«

»Wir setzen hier überhaupt niemanden vor die Tür«, sagte Maximilian entschieden. »Ich habe mir einen Spaß erlaubt auf dem Ball der guten Seelen, und dabei ist mir klar geworden, wie sehr ich Louisa liebe. Ich werde sie heiraten und zu meiner Gräfin machen!«

Nanette hob kurz die Brauen, blieb jedoch weiter in ihrer Rolle als stille Zuhörerin. Gleichzeitig verschluckte sich seine Großmutter beinahe an ihrem Hefegebäck.

Carl ließ seine Faust so fest auf das weiße Tischtuch donnern, dass das edle Porzellan klirrte. Isabella zuckte zusammen, und Maximilian legte ihr beruhigend eine Hand auf das Bein.

»Ich verbitte mir solche Albernheiten!«, brauste sein Vater auf. »Du heiratest Sophie de Neuville – so wie es vorgesehen ist!«

»Ich denke nicht daran!«

»Maximilian.« Die Stimme seines Vaters war nun drohend. »Treib es nicht zu weit. Wir wissen ja, dass du als Junggeselle ein ausschweifendes Leben führst, und es mag sein, dass du mit dieser Dienstbotin eine Liaison hast. Aber das hat nun ein Ende. Für die Zukunft wirst du lernen, dich zusammenzureißen. Sobald du die Ehe mit Sophie de Neuville eingegangen bist, wirst du dich mäßigen, ehe du Schande über unser Haus und das der de Neuvilles bringst.«

»Oder du musst lernen, dich wenigstens geschickter anzustellen«, brummte seine Großmutter.

»Henriette!«, zischte Carl. »Es mag sein, dass Sophie de Neuville über den einen oder anderen deiner Fehltritte hinwegsieht, doch wenn du den Ruf der Familie schädigst, werden Jacques und Angelique sicherlich nicht länger dabei zusehen, wie mein Sohn ihre Familie brüskiert.«

»Und dann noch wegen so einer Dahergelaufenen, die nicht weiß, was sich gehört.« Henriette kniff die Lippen zusammen. »Wenn ich könnte, würde ich ihr den Hals umdrehen …«

»Ich fürchte, ihr habt mich nicht verstanden«, sagte Maximilian. »Ich werde Louisa heiraten.«

»Gut, wenn das dein Wunsch ist, dann werde ich dir die Folgen deines Handels einmal kurz darlegen: Wenn du dieser Dienstbotin dein Jawort gibst, verlierst du an diesem Tag alles: dein Geld, deinen Titel und deinen Stand in der Gesellschaft. Ich werde niemals dulden, dass so jemand in meinem Hause lebt.«

In Maximilians Kopf begann es zu arbeiten. Wenn er nun wirklich das Versprechen einlöste, das er Louisa noch heute Morgen gegeben hatte, würde er das Haus verlassen müssen. Er hatte sich das so einfach vorgestellt. Er hatte Visionen – doch wie wollte er sie umsetzen, wenn ihm der finanzielle und der gesellschaftliche Rückhalt fehlte? Ohne seinen Ruf, sein Ansehen und das Erbe der Familie von Seybach und das Geld weiterer Förderer würde er niemals eine Praxis für die Armen leiten können. Da könnte er bestenfalls als einfacher Landarzt arbeiten. Doch woher nahm er die Medizin? Woher den Lohn für die Versorgung seiner Patienten? Er schluckte.

»Ich werde einen Weg finden«, sagte er entschieden. »Mit meinen eigenen Händen werde ich mir das Nötigste zum Leben verdienen.« Er reckte das Kinn.

»Und dann schlägst du dich irgendwie durchs Leben? Mein Sohn, der eine Stelle bei Hofe hätte haben können?« Carl von Seybach sah ihn lange an. »Hast du dir das gut überlegt?«

Wieder schossen Maximilian unzählige Gedanken durch den Kopf. Er würde niemals so erfolgreich sein und das erreichen können, was er als ein von Seybach für die Gesellschaft tun konnte. Er dachte an seinen Besuch bei Louisas Familie in Garching, an die armseligen Verhältnisse, in denen sie aufgewachsen war. Wollte er sie dahin zurückdrängen?

»Du schweigst?« Carl musterte ihn kühl. »Wenn das dein Wunsch ist, dann geh diesen Weg, Maximilian. Aber lass dir gesagt sein: Ich werde dich verstoßen. Und mit deinem Gehen erlischt auch unsere Linie.«

»Das kannst du nicht wollen«, flüsterte Isabella. »Du hast Mama versprochen, dass du unsere Familie in die nächste Generation führst. Es war ihr sehnlichster Wunsch auf ihrem Sterbebett …«

Maximilian wechselte einen stillen Blick mit seiner Schwester. Es stimmte. Er hatte Eloise von Seybach versprochen, einen Erben zu bekommen. Für einen kurzen Moment überlegte er, was passieren würde, wenn Louisa tatsächlich … Ihm wurde heiß.

»Ich lasse mich nicht erpressen«, sagte er, doch seine Stimme klang nicht im Ansatz so fest, wie er es gewollt hätte. Er wäre nur zu gerne aufgestanden und hätte das Speisezimmer verlassen, doch so elend, wie seine Schwester aussah, konnte er sie nicht alleine lassen.

»Maximilian ist studierter Arzt und Sohn und Erbe des Hauses, kein Bengel, über den man bestimmt, weil er Naschwerk stibitzt hat«, brummte seine Gouvernante, ohne die Miene zu verziehen. Prompt schossen die Blicke seines Vaters und seiner Großmutter zu ihr – der von Carl überrascht, der von Henriette äußerst erbost. Auch Isabella warf ihr einen Blick zu, doch als sie versuchte, ruhig zu atmen, schluchzte sie wieder leise. »Ich bin mir sicher, dass er die richtige Entscheidung treffen wird.«

»Dafür werden wir schon sorgen.« Henriette taxierte ihn mit funkelnden Augen, doch Maximilian hielt ihrem Blick stand. Er war fest entschlossen, seine Idee, die Familie zu verlassen, in die Tat umzusetzen, wenn sie für Louisa Konsequenzen planten. Dann würde er eben mit ihr gehen, auch wenn es für ihn einen Abstieg ins Elend nach sich zog. Er musste einen Weg finden, damit Louisa nicht wieder in solchen Verhältnissen leben musste. Erneut dachte er an das Versprechen, das er seiner Mutter gegeben hatte. Nein, so weit würde es nicht kommen. Er würde dafür sorgen, dass Louisa blieb, dass sie ihre Stellung nicht verlor, was auch immer seine Großmutter in diesem Moment schon wieder ausheckte. Und falls in dieser letzten Nacht wirklich etwas passiert sein sollte, dann würde er für Louisa sorgen. Er würde sich etwas überlegen. Sie stand unter seinem persönlichen Schutz, und er würde sich etwas einfallen lassen, damit er vorbereitet war, nur für den Fall, dass …

»Nun gut, ich muss an den Hof. Matthias, lassen Sie aufsatteln.« Carl sah abwesend zu seiner Tochter. »Mutter, bitte kümmere dich um Isabella. Und, was dich angeht, Maximilian: Du wirst begreifen, was das Richtige ist, vor allem in Erinnerung an deine Mutter.«

Maximilian sah wieder zu seiner Schwester. Was war passiert? Warum war sie so traurig? Hatte sie der familiäre Streit so sehr berührt?

»Nanette, bestellen Sie den Abdecker, damit wir dieses Tier aus der Küche entfernen können«, wies Henriette die Gouvernante an.

»Nein!«, rief Isabella verzweifelt und schluchzte wieder. »Caesar ist nicht irgendein Tier! Er war mein Hund!«

In Maximilians Kopf setzten sich die Bilder von Isabellas verweintem Gesicht und ihre Worte zu einem Gesamtgefüge zusammen: Oh nein, Caesar war gestorben? Wann war das passiert? Gestern Abend? Da hatte der Hund doch noch schläfrig in seinem Körbchen neben dem Herd gelegen … Wieso hatte er das nicht mitbekommen? Er war zu sehr in seine Vorbereitungen für den Ball der guten Seelen eingespannt gewesen, als dass er bemerkt hatte, was sich in der Küche zugetragen haben musste. Maximilian griff wieder nach der Hand seiner Schwester. »Selbstverständlich werden wir ein angemessenes Begräbnis für Caesar organisieren.«

Isabella drückte ihm dankbar die Hand. »Nanette, bitte sag Anton Bescheid, dass er eine Grube hinter dem Liliengewächshaus im Garten aushebt. Diese Stelle ist für unsere Gäste ohnehin nicht zugänglich, und Isabella ist es sicherlich ein Anliegen, ihren geliebten Setter bei sich in der Nähe zu haben.«

»Dass die schlechten Nachrichten auch nicht abreißen«, seufzte Carl unglücklich. »In zwei Wochen ist unser Sommerball, und die Familie hadert mit derlei Problemen.«

»Ich denke, Isabella würde eine Luftveränderung guttun«, mischte sich jetzt wieder Nanette ein.

Natürlich zog sie mit ihrer Aussage sofort Henriettes durchdringenden Blick auf sich. »Und woran hatten Sie da gedacht? Soll ich das Mädchen etwa zur Kur in die Berge schicken?«

Wie gewöhnlich überging Nanette den spitzen Kommentar seiner Großmutter. »Wahrscheinlich würde sich Isabella eher über eine Petit Tour nach Italien freuen«, widersprach die Gouvernante. »Die Künstler und Gelehrten dort werden ihren Geist beflügeln und ihre Bildung bereichern, und die warme Luft des Südens wird sich gut auf ihre Gesundheit auswirken. Wie ich hörte, trifft Marie von Treskow gerade ihre Reisevorbereitungen. Da könnte Isabella doch gut mit ihrer Tante reisen. Sie hätte sicheres Geleit und Ihre Schwester eine vortreffliche Reisekameradin«, wandte sie sich jetzt an Maximilians Vater.

Maximilian entging nicht, wie sich alle Muskeln im Körper seiner Schwester anspannten. Er wusste, wie sehr sie sich eine solche Reise wünschte, und jetzt war ihre Chance zum Greifen nahe. »Passend zu ihrem Debüt im Oktober wäre Isabella ja auch wieder da«, bekräftigte er Nanettes Vorschlag. »Gestärkt und mit frischen Eindrücken, mit denen sie bei Hofe parlieren und die Herren beeindrucken kann.«

Carl von Seybach wiegte den Kopf. »Meinetwegen«, sagte er schließlich. »Mir soll es recht sein, wenn Isabella meine Schwester begleitet.«

»Wirklich, Papa?«, hauchte Isabella. »Ich darf auf die Petit Tour?«

»Ich schicke Marie nachher einen Boten und informiere sie über meinen Beschluss«, erwiderte Carl. »Aber jetzt muss ich los. Den König lässt man nicht warten. Bis heute Abend.«

Maximilian drückte noch einmal sanft die Hand seiner Schwester. Wenigstens eine gute Neuigkeit, wo doch sonst alles im Lilienpalais aus dem Ruder zu laufen schien.

19

Louisa

Bedrückt hatte Louisa ein paar Tage später das Kleid gewaschen und geplättet und wollte es in Komtess Isabellas Ankleidezimmer zurückbringen. Doch da begegnete sie Finni, die ratlos inmitten des Zimmers stand und die kostbaren Roben anblickte.

»Die Komtess hat mich gefragt, was sie für die Petit Tour mitnehmen soll, aber ich weiß es gar nicht.« Die Zofe hob die Schultern. »Braucht sie etwas Bequemes für die Reise? Oder doch lieber was Schickes, wenn sie mit ihrer Tante am Abend speist?«

»Es tut mir leid«, sagte Louisa mit belegter Stimme, »da kann ich dir leider nicht helfen.«

»Oh …« Finni drehte sich zu ihr um und sah sie mitleidig an. »Verzeih. Du hast ganz sicher andere Probleme.«

Louisa überreichte ihr schweigend den Traum aus türkisfarbenem Chiffon und presste die Lippen zusammen. Bloß nicht weinen, ermahnte sie sich in Gedanken, doch sie konnte den Kloß in ihrem Hals kaum herunterschlucken.

»Wie schade, dass dir dieses schöne Kleid kein Glück gebracht hat«, sagte Finni, während sie es entgegennahm und an einen Haken hängte. »Ich werde es nachher aufräumen.« Sie fuhr über den zarten Stoff. »Ist das nicht traurig? Da hätte der Ball für dich so schön sein können, und dann passiert all das.«

Louisa nickte. »Ich muss weiterarbeiten«, murmelte sie und verließ rasch das Ankleidezimmer. Als sie die Tür hinter sich zuzog, lehnte sie sich kurz dagegen und schluchzte auf. Dass Maximilian am Tag nach dem Dienstbotenball direkt nach dem Frühstück weggeritten war, machte es nicht besser. Wohin er sich auf den Weg gemacht hatte, hatte er nicht gesagt. Er hatte seiner Familie lediglich mitgeteilt, dass er etwas Dringendes zu erledigen habe und er erst zum Sommerball wieder zurück sein werde. Ob er all seine Worte, mit denen er ihr seine Träume in schillernden Farben an jenem Morgen ausgemalt hatte, tatsächlich ernst gemeint hatte? Oder hielt er an der Heirat mit Sophie de Neuville fest, wie es seine Familie für ihn vorsah? Louisa wusste es nicht, ihr blieb nur die Hoffnung. Wieder schluchzte sie, denn sie vermisste ihn unendlich, doch sie fasste sich sofort wieder, da Cilli vorbeilief und ihr einen fragenden Blick zuwarf. Rasch drückte sie den Rücken durch und eilte die Dienstbotentreppe hinab. Nun, vermutlich war ihr Märchen jetzt also zu Ende. Sie würde für immer Louisa aus Garching bleiben – das Aschenputtel. Ganz egal, was Maximilian ihr an diesem Morgen versprochen hatte …

Am letzten Wochenende im Juli hatte die Familie von Seybach zu ihrem opulenten Sommerball geladen. Im Dienstbotentrakt ging es zu wie in einem Taubenschlag. Noch immer murmelte man, wer mit wem wie lange auf dem Ball der guten Seelen getanzt hatte und welches Pärchen zusammen das Fest verlassen hatte. Natürlich war dem Personal auch nicht entgangen, dass sich Louisa mit dem Sohn des Hauses im Morgengrauen davongeschlichen und sich auf ihn eingelassen hatte und welche Konsequenzen daraufhin in der Beletage gefolgt waren. Doch da Maximilian danach das Lilienpalais verlassen hatte, waren weitere Spekulationen über eine Liaison der beiden schnell aus dem Weg geräumt. Und auch Afra Haberl trug mit ihrem Generalston – zu Louisas Erleichterung – dazu bei, die Gerüchte darüber im Keim zu ersticken, indem sie jedes Hausmädchen und jeden Knecht an seine Pflichten gemahnte, damit der Sommerball ein Erfolg wurde. Lediglich die mitleidigen Blicke blieben Louisa, und auch die Kühle, die von der Hausdame ausging, wenn sie sie für neue Arbeiten einteilte. Hatte sie sich alles verspielt, was sie sich in den letzten Monaten so mühsam aufgebaut hatte? Sie hätte sich am liebsten selbst für ihren Leichtsinn bestraft und sich eine neue Stelle in einem anderen Haus gesucht, um alles zu vergessen, doch das leise Hoffen, dass Maximilian seine Liebesschwüre womöglich doch ernst gemeint hatte und einen Weg für sie beide fand, blieb.

Nanette warf ihr immer wieder einen Blick zu, der lange und forschend auf ihr ruhte, doch sie sagte nichts.

Heute, am Tag des Sommerballs, schälten sich Gretel und Annelies die Finger wund und schnitten Gemüse klein, während Berti ein Gericht nach dem anderen zauberte, das Cilli und Bärbel in den großen Speisesaal trugen, in dem das Büfett aufgebaut war. Anton, der Gärtner, hatte das ganze Palais mit üppigen Blumenschalen und Rosengestecken geschmückt, im Ballsaal warteten die Kerzenleuchter darauf, zu vorgerückter Stunde entzündet zu werden, und im Garten parlierte die Gesellschaft munter über die Geburt des neuen Königskindes, ihres zukünftigen Thronfolgers, der vor ein paar Tagen das Licht der Welt erblickt hatte. Anna, Louisa und Matthias bedienten die Gäste, servierten Getränke, Erfrischungen und Häppchen.

Doch Louisa fühlte sich wackelig auf den Beinen, was vermutlich nicht zuletzt daran lag, dass gestern Abend Maximilian von Seybach wieder zurückgekehrt war. Jedenfalls würde das ihr flatterndes Herz und ihre weichen Knie erklären. Hinzu kam, dass sie schon den ganzen Morgen mit einem flauen Gefühl zu kämpfen hatte. Die letzten Tage waren anstrengend gewesen. Sie hatte die Tischtücher plätten, die Leuchter polieren und die Gartenstühle putzen müssen, sodass sie erst spät am Abend ins Bett gekommen war und am nächsten Morgen gleich wieder früh aufstehen musste, und jetzt fühlte sie sich unendlich müde. Und dann diese eigenartigen Blicke des Erbgrafen, die auf ihr ruhten. Hatte er eine Lösung gefunden? Durfte sie hoffen? Ihr wurde schon wieder schwummrig. Sie schloss für einen Moment die Augen und atmete tief durch.

Wenn sie sich doch nur ein bisschen hinlegen könnte. Aber es war später Nachmittag, die Feierlichkeiten hatten gerade erst begonnen, ihr Bett würde noch lange auf sie warten müssen. Also nahm sie sich zusammen und drehte mit dem Gläsertablett die nächste Runde durch den Garten.

Henriette von Seybach begrüßte die Gäste mit einer herzlichen Rede und deutete an, dass dieser Abend noch die eine oder andere Überraschung bereithalten werde. Louisa sah hinüber zu Maximilian, und ihre Blicke trafen sich erneut. Louisa sah schnell wieder weg. Sie wollte sich gar nicht ausmalen, wie erst das Wiedersehen von ihm und der Komtess de Neuville ausfallen würde, wenn es ihr schon den Boden unter den Füßen wegzog, dass er jetzt nach zwei Wochen wieder da war, denn die Komtess war heute natürlich auch als Gast geladen.

In den Bäumen hingen Lampions, die Wege waren mit Kerzen in Gläsern gesäumt. Sicherlich würde sich der Garten, sobald es dunkel geworden war, in einen geheimnisvollen Ort verwandeln, aber Louisa sehnte nur das Ende der Feierlichkeiten herbei. Dieses Fest war nicht für sie bestimmt. Sie bot den Gräfinnen und Baronen, Freifrauen und Fürsten Getränke an, sammelte leere Gläser ein und hielt sich fern von Anna, die die Häppchen reichte, oder dem kleinen Büfett, das im Garten aufgebaut war, denn sobald ihr der Geruch von Essen in die Nase stieg, hätte sie sich am liebsten übergeben mögen.

Sie bemerkte Gräfin Johanna, der Alexander gerade einen Stuhl brachte, damit sie sich setzen konnte. Seit sie guter Hoffnung war, wurde sie von Alexander rundum umsorgt. »Könntest du mir vielleicht noch eine Kleinigkeit vom Büfett bringen?«, bat sie ihren Mann mit einem liebevollen Lächeln. »Am liebsten etwas von Bertis Wurstsalat mit Bratkartoffeln und eines von den leckeren Gugelhupftörtchen. Aber mit Sahne. Und noch eine eingelegte Gurke.«

Graf Alexander schnitt eine Grimasse. »Ganz wie du willst.«

Nachdem er sich entfernt hatte, trat Louisa zu ihr und bot ihr eine Erfrischung an. Sicherlich würde ihr in der Hitze etwas Kühles guttun.

»Das ist jetzt genau das, was ich brauche. Vielen Dank, Louisa.«

»Ich danke Ihnen«, flüsterte sie, doch die Gräfin sah sie nur überrascht an. »Für den schönen Brief, meine ich, den Sie zusammen mit Maximilian für mich geschrieben haben.«

Sie wusste, dass es ihr verboten war, mit der Gräfin zu sprechen, noch dazu über so etwas Privates, aber sie musste das einfach loswerden.

»Ach so.« Jetzt trat ein Lächeln auf Gräfin Johannas Lippen. »Ich habe es gern getan. Es freut mich, dass ich meinem lieben Cousin doch noch etwas zurückgeben konnte, auch wenn der Brief dich anscheinend in Schwierigkeiten gebracht hat.« Sie sah Louisa besorgt an.

Dann hatte sich das also auch schon bis zum Palais von Reuss herumgesprochen? Natürlich, Maximilian und Alexander waren eng befreundet, und vermutlich wusste mittlerweile nicht nur der Graf davon. Verstohlen blickte sich Louisa um, doch niemand schien von ihr Notiz zu nehmen. Für die Anwesenden war sie nur Personal, eine einfache Dienstbotin, so bedeutsam wie eine Kommode oder der Gartentisch. Ein Glück, dann hatte ihre Liebesbeziehung mit Maximilian wenigstens noch keine Kreise nach außen gezogen.

»Ich habe mich selbst in Schwierigkeiten gebracht«, murmelte Louisa und lächelte matt.

»Ich weiß, dass mein Cousin dich liebt, Louisa. Liebe lässt sich nicht auslöschen wie ein Feuer im Herd. Und sie lässt sich auch nicht unterdrücken. Sie findet ihren Weg, um ein Herz zu entflammen, und wenn zwei Herzen füreinander brennen, dann werden sie dies so lange tun, bis sie schließlich verglühen.«

Louisa nickte kaum merklich, doch so recht daran glauben konnte sie nicht. Für eine Gräfin war es leicht, so etwas zu sagen. Ihr als Dienstbotin blieb nicht zu hoffen, dass man sie aus ihrem Stand heben und zu einer Komtess oder gar Gräfin machen würde. Doch welchen Ausweg gab es dann? Hatte Maximilian eine Möglichkeit für sie gefunden, oder liefen ihre Gefühle für ihn ins Leere? Würde sie immer die einfache Dienstbotin bleiben, der die Türen in diese andere, opulente Welt verschlossen blieben? Louisa hatte miterlebt, dass Johanna von Reuss einen steinigen Weg gegangen war, bis ihr Herz zu Graf Alexander gefunden hatte. Die Gräfin wusste also, wovon sie sprach, und so fand Louisa ihre Worte dennoch tröstlich.

»Ich fürchte, dass wir vor noch größeren Hindernissen stehen als Sie, Gräfin. Hindernisse, die sich nicht überwinden lassen werden. Aber ich danke Ihnen dennoch. Ohne Sie hätte ich einen meiner schönsten Momente nicht erlebt.« Sie deutete einen Knicks an und ging weiter. Louisa wollte nach drinnen gehen, um neue Gläser zu befüllen, doch an der Treppe wurde ihr schwindelig. Sie stolperte, das Tablett fiel zu Boden, und die Gläser zersprangen klirrend. Alle Blicke wanderten in ihre Richtung.

»Schnell«, raunte Anna, die wie aus dem Nichts neben ihr auftauchte und sich neben sie kniete. »Nimm mein Tablett mit den Kanapees, dann denken die Leute, dass ich es war.«

Louisa wollte widersprechen, doch sie fühlte sich zu matt. Sie griff nach dem Tablett und wisperte einen Dank, als auch schon Afra Haberl zu ihnen trat.

»Es war meine Schuld, Frau Haberl«, beeilte sich Anna zu sagen. »Ich habe Louisa nicht von der Seite kommen sehen.«

Die Hausdame schien zu überlegen, ob sie etwas sagen sollte, doch da ein Teil der Gäste noch immer neugierig zu ihnen sah, rauschte sie davon, und im nächsten Augenblick erschien Cilli und half Anna und Louisa dabei, die Scherben einzusammeln. Jetzt galt es, erst einmal das Chaos zu beheben. Die Strafe würde später in der Küche folgen. Bärbel eilte mit Besen und Kehrblech herbei und half ebenfalls bei der Beseitigung des Malheurs. Louisa wagte kaum zu atmen. Wenn sie sich doch nicht so hundeelend fühlen würde.

Der Abend zog sich, endlich brach die Dämmerung herein, und die Lampions und Kerzen wurden angezündet und tauchten den

Garten in ein goldenes Licht. Mittlerweile war auch Sophie de Neuville mit ihren Eltern eingetroffen, in einem Kleid aus beerenfarbenem Brokat, goldene Stickereien zierten den Saum, an den Ärmeln und dem Halsausschnitt feinste Brüsseler Spitze. Die junge Frau parlierte hier und da mit den Gästen, und Louisa entging nicht, wie sie immer wieder ein neckisches Lächeln in Maximilians Richtung schickte. Schließlich griff Carl von Seybach nach seinem Glas und schlug mit einem Löffel dagegen. Die Unterhaltungen der Gäste verstummten, und man versammelte sich um den Gastgeber.

»Meine Damen und Herren, verehrte Gäste«, tönte sein sonorer Bass durch den Garten. »Es freut mich sehr, dass Sie alle so zahlreich unserer Einladung gefolgt sind. Heute ist ein besonderer Tag im Hause von Seybach, ein besonderer Tag für uns als Familie.« Er schenkte Maximilian, der in seiner unmittelbaren Nähe stand, ein gütiges Lächeln.

Louisa entging nicht, dass er mit Johanna einen raschen, irritierten Blick tauschte. Doch sofort hatten sich beide wieder gefasst und folgten Carl von Seybachs Worten.

»Ich möchte es gerne in den Worten Johann Wolfgang von Goethes sagen. Als Eltern soll man seinen Kindern zwei Dinge auf den Weg mitgeben: Wurzeln und Flügel. Wie Sie alle wissen, wird mein jüngstes Kind dieses Jahr in die Gesellschaft eingeführt. Aber meine liebreizende Tochter bat mich schon seit einiger Zeit, ihr einen Wunsch zu erfüllen. Einen Wunsch, der sie schon lange umtreibt. Nun, da sie ihre Wurzeln mittlerweile hier im Hause von Seybach bekommen hat, war es an der Zeit, ihr Flügel zu schenken. Es freut mich sehr, dass ich meine Isabella vor ihrem Debüt im Herbst mit meiner Schwester, ihrer lieben Tante Marie, auf eine Petit Tour nach Italien schicken konnte. Deshalb ist Isabella heute auch nicht anwesend, wie viele von Ihnen sicherlich schon bemerkt haben.«

Die Zuhörer raunten verstehend, einige applaudierten sogar.

Louisa hoffte, dass der Komtess nach dem Tod ihres geliebten Hundes die Petit Tour helfen würde, sich wieder zu sammeln, und es war bestimmt eine schöne Gelegenheit für sie, Erfahrungen zu machen und die Welt zu sehen.

»Etwas anders geht es da meinem Sohn Maximilian«, fuhr der Graf von Seybach jetzt fort. »Er hat seine Flügel bereits genutzt.« Die Gäste lachten. »Doch jetzt, da er wieder ins Lilienpalais zurückgekehrt ist, möchten wir ihm die Wurzeln schenken, die ein Mann braucht, um über sich hinauszuwachsen. Und ich bin mir sicher, das wirst du, mein Sohn, wenn du bald deine Stellung als Leibarzt bei Hofe antrittst. Und umso mehr freut es mich, dass du dabei nicht allein sein wirst. Denn in dein neues Leben wird dich Sophie de Neuville begleiten. Meine Damen und Herren, erheben Sie das Glas und stoßen Sie mit mir zusammen auf die bevorstehende Verlobung meines Sohnes an!«

Die Zuhörerinnen und Zuhörer brachen in Jubel aus, sie skandierten »Hurra-hurra-hurra«-Rufe, und als jetzt Sophie de Neuville grazil und anmutig neben Maximilian trat, wurde es Louisa heiß und kalt zugleich. Sie sah, wie Sophie die Hand auf seinen Arm legte – die Stelle, die Louisa noch vor wenigen Tagen berührt hatte –, sah, wie sie ihm in die Augen blickte – die Augen, in denen Louisa an jenem Abend noch seine Liebe für sie zu lesen geglaubt hatte –, sah, wie die Komtess ihm jetzt ihr lieblichstes Lächeln schenkte.

Und später würde sie ihn küssen, dachte Louisa bitter, die Lippen, die auch sie geküsst hatte, die an jenem Morgen über ihre Haut gewandert waren, sie in Flammen gesetzt und ihren Körper zum Beben gebracht hatten, dass sie die Wogen der Lust noch immer fühlte und sich noch immer nach ihm verzehrte.

Etwas in ihrem Unterleib zog sich zusammen, als sie daran dachte – und als ihr bewusst wurde, dass sie all das jetzt nie, nie wieder haben würde, drehte sich ihr der Magen um. Ihr wurde flau, nein, speiübel, und sie musste sich irgendwo festhalten. Sie taumelte, stolperte, ihre Hand wollte sich an der Hauswand abstützen, doch sie griff ins Leere. Louisa fiel, und dann stürzte sie in samtene Dunkelheit, die sie gnädig umfing, sich wie eine Decke um sie legte, sie einhüllte, erst ihren Blick und schließlich auch die Geräusche dämpfte, ehe auch sie gänzlich verhallten und Louisa nichts mehr wahrnahm als die endlose Schwärze.

Jemand tätschelte ihr unsanft die Wange, Stimmen murmelten, die Farben kamen verlaufen zurück, ehe sie sich zu festen Konturen formten.

»Ich glaube, sie wacht auf«, hörte sie eine Frau.

»Wird auch langsam Zeit«, sagte eine zweite, unfreundlichere Stimme. Afra Haberl.

Louisa blinzelte, und tatsächlich blickte sie gleich darauf in das starre Gesicht der Hausdame. Sie erkannte Umrisse eines Raums, Balken an der Decke, fühlte Wärme um sich herum. Sie war also nicht mehr draußen im Garten. Küche – erinnerte sie sich, als sie die kupferfarbenen Pfannen hinter der Hausdame an der Wand wahrnahm.

»Bi dem Pensum, was Sie der Louisa uffbrummt hem, däd i au umflieaga«, vernahm sie jetzt Bertis Stimme tadelnd und brummend von irgendwoher aus dem Raum. »Des arme Meidle, bis schbot in dia Nacht dia Arbeit von den Vorbereitunga fürs Sommerfescht. Des ka koanor schaffa, it amol dia bescht Dienschtbotin.«

Afra murrte etwas Unverständliches, doch sie sagte nichts weiter. Anscheinend musste Berti ihr einen finsteren Blick zugeworfen haben.

Louisa setzte sich auf. »Danke, es geht schon wie…« Sie schwankte.

»Nint git's!« Jetzt spürte sie Bertis Hand schwer auf ihrer Schulter, die sie zurück auf die Holzbank drückte, auf der sie eben noch gelegen hatte. »Jetzt wurd ebbes Anständiges gessa, un no ruhsch du dich us.« Wieder ein giftiger Blick in Afra Haberls Richtung, und zu Louisas Verwunderung wagte die Hausdame nicht, zu widersprechen.

Louisas Magen flatterte. Ohnehin spielte seit einigen Tagen alles in ihr verrückt. In der einen Minute noch hätte sie am liebsten alles gegessen, was Berti zum Abendbrot hinstellte, in der nächsten war ihr der Appetit schon wieder vergangen. Und sie war müde, so entsetzlich müde.

»Geht's wieder?«, murmelte Anna, als Louisa einen Bissen gegessen hatte und sie Louisa hoch in ihre Mansarde begleitete.

Louisa nickte schwach. »Es war nur die Aufregung. Die Neuigkeit, dass sich Maximilian …« Ihr versagte die Stimme, und Tränen traten in ihre Augen, ließen die Stufen vor ihr verschwimmen. War das der Grund, wieso er für zwei Wochen verreist war? Hatte er sich gar nicht auf die Suche nach einem Weg für sie beide gemacht, sondern etwas für seine Verlobung mit Sophie de Neuville organisiert? Oh, sie war so dumm! Louisa kämpfte gegen die aufsteigenden Tränen an. Wie hatte sie nur so leichtsinnig sein und sich noch einmal auf ihn einlassen können? Und dann hatte sie auch noch ihr Herz an ihn verschenkt. Ihr Herz, das gerade bei der offiziellen Ankündigung Carl von Seybachs in Abertausend Stücke zersprungen war. Sie schwankte wieder, doch Anna packte fester ihren Arm, sodass es schon beinahe schmerzte, und zerrte sie die Stufen hinauf.

»Ich weiß«, wisperte sie. »So etwas tut entsetzlich weh. Vor allem, wenn man ein Kind erwartet.«

Louisa riss die Augen auf, sie fühlte sich wie geohrfeigt. »Was sagst du da?«, flüsterte sie.

»Ich weiß, wie man sich da fühlt, Louisa, ich kenne das Schwanken, die Kraftlosigkeit, das flaue Gefühl am Morgen, und wenn man etwas essen will, aber es nicht geht.« Sie schenkte ihr einen mitleidigen Blick. »Hat der Graf von Seybach mit dir … habt ihr …« Sie blickte auf Louisas Bauch.

Louisa presste die Lippen aufeinander, konnte aber nicht verhindern, dass sich neue Tränen den Weg aus ihren Augen suchten und über ihre Wangen rannen. »Du darfst es keinem sagen«, wisperte sie. »Bitte, Anna. Ich bin verloren!«

»Die anderen werden es ohnehin bald erfahren, wenn's bleibt …«

Louisa musste schwer schlucken. Sie wusste, dass Anna recht hatte. »Aber vielleicht ist ja auch gar nichts passiert«, sagte sie leise. »Vielleicht kommt mein monatliches Unwohlsein ja noch.«

Anna nickte und half ihr die steile Holztreppe zur Mansarde hinauf. Dort legte sich Louisa auf ihr Bett.

»Ich muss wieder hinunter«, sagte Anna. »Jetzt, wo du ausfällst, wird uns das Gifthaberl nur umso mehr scheuchen.«

»Es tut mir so leid«, flüsterte Louisa und drückte sanft Annas Hand.

»Sei froh, so musst du wenigstens die restlichen Glückwünsche und Feierlichkeiten im Ballsaal nicht mit ansehen.«

Maximilian würde sich nun also definitiv verloben. Wieder hatte Louisa das Gefühl, als hätte ihr jemand ein Messer in die Brust gerammt. Wieso hatte er ihr nichts gesagt? Wieso hatte Maximilian ihr nicht gesagt, dass er sein Herz einer anderen versprechen würde? Er hätte sie doch wenigstens kurz nach seiner Rückkehr darüber informieren können ... Hatte er nicht einmal den Anstand, ehrlich zu ihr zu sein und ihre kurze Liebe zu beenden? Er hatte ihr eine Zukunft versprochen, von Behandlungsräumen für die Armen geträumt, in denen sie ihm helfen sollte. Und trotzdem hatte er nichts getan, um die bevorstehende Verlobung zu verhindern. Im Gegenteil, es schien ihm sogar sehr ernst damit zu sein, wenn der Hausherr diese bereits verkündete, bevor sie offiziell stattgefunden hatte. Aber Johanna von Reuss hatte doch gesagt, dass er immer noch Gefühle für sie, Louisa, habe, dass er sie liebe ... Konnte sie sich so in ihm getäuscht haben? Je länger Louisa allein mit ihren Gedanken war, umso schmerzhafter wurden sie. Maximilian und sie – das war doch mehr als eine Liebelei. Das war doch Liebe.

Louisa schlug die Decke zurück und stand auf. Sie hob das lose Dielenbrett an, legte es beiseite und nahm die Zigarrenkiste heraus, in der sie ihre wenigen wichtigen Habseligkeiten versteckte. Die ersten Schreibübungen mit Maximilian, ihrer beider Namen auf einem Blatt, sein Taschentuch mit dem Monogramm, die Einladung zum Ball der guten Seelen, die Gräfin Johanna für sie geschrieben hatte, das Vergissmeinnicht, das Maximilian ihr im Morgengrauen geschenkt hatte. Louisa schluchzte. All das war nun Vergangenheit. Es hatte keinen Wert mehr, keine Bedeutung, war welk und blassblau in ihrer Erinnerung wie das Vergissmeinnicht, das sie getrocknet hatte. Denn an Maximilians Seite stand jetzt Sophie de Neuville, lächelte und parlierte und fieberte ihrem Glück entgegen, während Louisa der heutige Abend ins Unglück stürzte.

Die Erkenntnis tat weh, und Louisa begann bitterlich zu weinen. Wenn Anna recht behalten würde, wenn da tatsächlich ein Kind unter ihrem Herzen heranwuchs … Oh Gott, was hatte sie getan? Sie hatte gesündigt, mehrfach gesündigt, hatte sich ihrer Lust und Maximilian hingegeben, hatte alles aufs Spiel gesetzt und verloren … Ihr Herz begann zu bluten, und Louisa hatte nur eine Hoffnung: dass sie es auch bald täte …

20

Maximilian

»Ach, hier bist du.« Leopold betrat den offenen Rosenpavillon, an dessen Säulen sich das satte Grün der Pflanzen rankte. Schweigend setzte er sich neben Maximilian, und sie sahen den Kerzenflammen dabei zu, wie sie in der milden Abendluft flackerten. »Glückwunsch zu deiner Verlobung«, murmelte er schließlich.

»Danke.«

»Dann macht dein Vater jetzt also ernst. Du hast nichts gewusst, stimmt's?«

Maximilian schüttelte den Kopf. »Aber ich hätte es ahnen müssen.« Er seufzte, und als Leopold ihn fragend ansah, fuhr er fort: »Ich hatte einen entsetzlichen Disput mit ihm. Da hätte mir klar sein müssen, dass er Nägel mit Köpfen macht und die bevorstehende Verlobung mit Sophie offiziell bekannt gibt.«

»Für ihn nicht nur eine gute Partie für seinen Sohn, sondern auch eine ausgezeichnete Möglichkeit, um dich dafür geradestehen zu lassen, dass du dich mit Louisa auf dem Ball der guten Seelen vergnügt hast? Und nicht nur dort?«, hakte Leopold nach.

»Woher weißt du das denn?«

»Nun ja, was man eben so hört.« Leopold zuckte mit den Schultern. »Liebst du sie?«

»Sophie?«, fragte Maximilian.

Das brachte ihm von Leopold einen Stoß mit dem Ellbogen ein. »Louisa natürlich. Jetzt stell dich nicht so dumm.«

»Ich liebe keine andere Frau als Louisa. Tag und Nacht denke ich nur an sie.«

»Störe ich?« Das war Alexander, der anscheinend ebenfalls den Ballsaal verlassen hatte, um etwas frische Luft zu schnappen.

»Nein.« Maximilian bedeutete ihm, näher zu kommen.

»Ein feiner Schachzug deiner Familie«, sagte Alexander.

»Ja, matt in drei Zügen: Verlobung, Ehe, Leibarzt bei Hofe.«

Alexander reichte ihm sein Whiskeyglas, das Maximilian in einem Zug leerte. »Danke, das habe ich jetzt gebraucht.« Er stellte das Glas auf das halbhohe Geländer des Pavillons und sah hinüber zum Lilienpalais.

»Johanna ist entsetzt, dass du dich deinem Vater nicht in den Weg stellst.«

Ein wehmütiges Lächeln huschte über Maximilians Lippen, als er sich daran erinnerte, wie er an einem Abend das Briefchen für Louisa mit ihr zusammen verfasst hatte. Seine Cousine war sich so sicher gewesen, dass dies alles verändern würde. Und in gewisser Weise hatte es das ja auch …

»Direkt bei der Ankündigung konnte ich nichts sagen, das hätte ihn brüskiert, aber ich denke ernsthaft darüber nach, Alexander. Ich habe alles in die Wege geleitet, die letzten zwei Wochen habe ich in Stuttgart verbracht. Der Chefarzt, mit dem ich hier zusammenarbeiten wollte, hat Kontakte zum erst kürzlich erbauten Katharinenhospital, das Anfang des Jahres eröffnet wurde. Ich habe dort vorgesprochen und mich um eine Stelle beworben. Sogar eine geräumige Wohnung habe ich für Louisa und mich gefunden. Stuttgart wäre weit genug weg, dass der Skandal, dass ich mich in eine Dienstbotin verliebt habe, bis dorthin keine Wellen schlagen würde. Dort könnten Louisa und ich als Frischvermählte ein neues Leben beginnen.«

»Und was sagt deine Familie dazu?«

»Das ist der Grund, warum ich zögere. Mein Vater hat mir klargemacht, dass er einer Ehe mit Louisa niemals zustimmen wird. Also müsste ich mit der Familie brechen. Ich müsste meinen Titel ablegen und auf alle Annehmlichkeiten verzichten, aber das wäre mir egal. Hauptsache, ich bin bei ihr.«

Alexander sah ihn mit festem Blick an. »Das ist ein hoher Preis, den du zahlen würdest.«

»Und dennoch wäre es mir das wert. Es ist alles vorbereitet. Ich muss sie nur noch fragen, ob sie mitgeht.«

»Was lässt dich also zögern?«, fragte Alexander.

»Das Versprechen an seine Mutter«, murmelte Leopold. Als er nach seiner Grand Tour damals in großer Not gewesen war, war Maximilian ihm eine wichtige Stütze gewesen. Er hatte seinen Freund aus seinem tiefen Loch geholt, als die Nacht am düstersten gewesen war, denn seit dem Tod seiner Mutter hatte Maximilian gewusst, wie es sich anfühlte, einen geliebten Menschen zu verlieren. Maximilian hatte ihm von seinem Gespräch mit Eloise erzählt, in dem sie ihm beteuert hatte, wie froh sie sei, so einen Sohn zu haben, und wie glücklich, dass sie einige Jahre später auch noch mit Isabella beschenkt worden war. Auf ihrem Sterbebett hatte sie ihm daher das Versprechen abgenommen, dass er selbst eine Familie gründe, dass er die Linie derer von Seybach weiterführe und dieses größte Glück in sein Leben ließ.

»Das Verrückte ist, dass ich das womöglich schon eingelöst habe.«

Alexander lehnte sich gegen eine Säule des Pavillons und verschränkte die Arme. »Ihr habt … Du hast … Oh.« Er runzelte die Stirn. »Und du hast also nicht …«

»Nein.«

»Herrgott, Maximilian, bist du denn von allen guten Geistern verlassen? Mir hältst du eine Moralpredigt, dass ich Johanna antun könnte, sie schwanger zum Altar zu führen, und selbst vergnügst du dich mit dem Dienstpersonal und triffst nicht mal Vorkehrungen?«

Maximilian vergrub das Gesicht in den Händen. »Ich weiß, Alexander. Ich habe versucht, gegen meine Gefühle anzukämpfen, aber es ging nicht. Ich liebe sie, verdammt, ich liebe sie so sehr, dass es mir den Verstand raubt, wenn ich an sie denke. Kannst du das denn nicht verstehen?«

Alexander seufzte. »Doch, das kann ich. Trotzdem hättest du daran denken müssen.«

»Ich weiß …«

»Hast du schon mit ihr darüber gesprochen?«

»Es hat sich nicht ergeben. Ich wollte zuerst Vorkehrungen treffen, für den Fall, schnell handeln zu müssen. Mein Vater und meine Großmutter haben mir deutlich gemacht, dass sie Louisa des Hauses verweisen, sollte sie tatsächlich …«

»Wie lange ist es her? Etwa um die zwei Wochen?«

Maximilian nickte, denn auch er hatte schon zu rechnen begonnen. »Sie hat gesagt, sie weiß, wie man aufpasst. Dennoch, falls etwas passiert sein sollte, werde ich selbstverständlich für sie sorgen.«

»Wenigstens hast du noch einen Funken Anstand. Verdammt, Maximilian, du musst das klären.«

»Das weiß ich doch, herrje. Alexander, halte mich für verrückt, aber mir geht es wie dir damals mit Johanna. Ich kann nicht mehr klar denken. Ich würde am liebsten auf alles verzichten.«

»Und was wird aus deiner Arbeit?«, fragte Alexander. »Du wirst den Armen nur schwerlich helfen können, wenn du selbst jeden Tag zusehen musst, wo du bleibst.«

»Du hast recht. Auch das ist ein Grund, warum ich noch nicht mit Louisa gesprochen habe. Es ist nicht so, dass ich ein solches Leben scheue. Ich bin bereit, mit meiner eigenen Hände Arbeit das zu erwirtschaften, was Louisa und ich brauchen. Aber ich kann ihr kein solches Leben mehr zumuten, nachdem ich gesehen habe, aus welchen Verhältnissen sie kommt. Dahin darf sie nicht zurück.«

»Selbst wenn du als einfacher Arzt Erfolg hättest, die Unterstützung für ihre Familie fiele weg – und nicht nur die«, gab Leopold zu bedenken. »Auch der Kontakt zu ihr. Der Weg nach Stuttgart ist weit.«

Maximilian ließ die Schultern sinken. Diesen Aspekt hatte er noch gar nicht bedacht. »Du hast recht. Ich wünsche mir nichts mehr als ein Leben mit Louisa. Ich habe noch nie so für jemanden empfunden wie für sie. Doch so, wie die Sache liegt, kann ich nicht einfach meinem Herzen folgen, und alles wird gut. Die Entscheidung zu gehen, würde sie ins Unglück stürzen. Ich weiß nicht mehr, was ich tun soll.«

»Nun warten wir es erst einmal ab. Noch ist nichts sicher, und vielleicht zerbrichst du dir ja auch umsonst den Kopf«, versuchte Alexander, ihm ein wenig Mut zu machen.

»Meine Gefühle für sie bleiben dennoch.«

Alexander seufzte und vergrub die Hände in den Hosentaschen. »Ich kann dich so gut verstehen, Maximilian.«

»Also, noch mal von vorn.« Leopold atmete tief durch. »Einen Ausweg für dich und Louisa gibt es nicht, denn deine einzige Möglichkeit, um Ansehen, Titel und finanzielle Mittel zu behalten, ist, dass du einer Ehe mit Sophie zustimmst.«

»Nun, so eine Vernunftehe ist ja nichts Schlechtes«, sagte Maximilian halbherzig. »Das kann funktionieren. Die Verbindung meiner Eltern zum Beispiel. Und Sophie de Neuville ist eine besondere Frau. Sie ist der Musik zugeneigt, legt Wert auf die schönen Dinge des Lebens, hat Einfluss bei Hofe, trifft sich sogar mit der Königin. Sie wäre die geeignete Partie für mich.«

»Und trotzdem schlägt dein Herz für eine andere.«

Maximilian seufzte tief. »Allein, wenn ich mir vorstelle, wie sehr Louisa diese Nachricht getroffen haben muss.«

»Hast du sie denn gesehen?«, fragte Alexander.

»Vorhin ist sie mir immer mal wieder zwischen den Gästen aufgefallen, doch als ich mit ihr sprechen wollte, war sie verschwunden. Und seit ein paar Stunden ist sie weg. Ich vermute, dass sie in der Küche hilft, aber ich konnte bisher nicht zu ihr.«

»Was ist, wenn du mit Sophie de Neuville ein Abkommen triffst?«, schlug Leopold vor. »Es wäre nicht die erste arrangierte Ehe, die damit auskommt.«

Maximilian erinnerte sich, dass sie ihm genau das vorgeschlagen hatte. Er selbst hatte diese Option sogar kurz in Erwägung gezogen, dann aber wieder verworfen. Doch nun lagen die Karten anders. Er könnte diese Ehe eingehen – offiziell –, Ansehen, Ruf und Mäzene behalten, und Sophie würde ihm im Hintergrund alle Freiheiten lassen. Doch konnte er sich darauf einlassen? War das die Lösung, die alle zufriedenstellte? Er versuchte sich vorzustellen, wie er sich heimlich zu Louisa schlich. Nein, das würde ihr niemals gerecht werden. So ein Leben konnte und wollte er nicht mit ihr führen. Denn abgesehen davon, dass ihn das selbst niemals zufriedenstellen würde, dachte er an Louisa und an das Gerede, das auf sie zukam, wenn er diesen Weg für sie beide wählte. Daran würde sie zerbrechen.

»Ist es nicht eigenartig, dass mir Sophie genau das auch angeboten hat?« Maximilian sah seine Freunde an.

»Scheint wohl tatsächlich was dran zu sein, dass man mit ihr Spaß haben kann«, rutschte es Leopold heraus.

»Vorausgesetzt, man trifft dabei nicht auf Hasso von Warhellberg«, brummte Maximilian.

»Na, der wird sich freuen, wenn er erfährt, dass eure Verlobung nun offiziell wird.« Alexander schnitt eine Grimasse.

»Erinnere mich nicht dran. Aber abgesehen davon, ich kann mir das nicht vorstellen. Für Louisa wäre es die Hölle. Das Einzige, was mir bleibt, ist, idealistisch den Armen zu helfen, Louisas und meinen Traum zu leben, während ich sie jeden Tag sehe und sie für mich doch gleichzeitig unerreichbar bleibt. Und währenddessen führe ich eine Ehe mit Sophie. Das ist doch auch ihr gegenüber nicht gerecht. Wenn sie liebt, tut sie es richtig, mit allen Sinnen und auf allen Ebenen. Sonst hätte sie mir dieses Angebot ja nicht gemacht.«

»Tja, wenn du an der Aufrichtigkeit ihrer Gefühle für dich nicht zweifelst, dann hat sie anscheinend so viel Liebe zu vergeben, dass es sogar noch für jemand Zweiten reicht«, erwiderte Alexander trocken.

»Wie meinst du das denn?«

»Ich habe sie zusammen mit Philipp von Hohenberg gesehen. Bei der Soiree gestern sind sie kurz nacheinander im Bad verschwunden.«

Maximilians Augen weiteten sich ungläubig. »Nicht im Ernst.«

»Wenn ich es dir sage.«

»Dann hat sie mich die ganze Zeit nur benutzt!« Er dachte nach. »Jetzt verstehe ich auch ihre Anspielungen. Das galt überhaupt nicht mir, sondern war einzig und allein in ihrem eigenen Interesse.«

Alexander klopfte seinem Freund auf die Schulter. »Du wirst drüber hinwegkommen.«

Maximilian ließ sich ihren Spaziergang im Park durch den Kopf gehen. Er erinnerte sich, wie sie verlegen zu Boden geblickt hatte, als Philipp von Hohenberg an ihnen vorbeigeritten war. »Aber wieso strebt sie dann nicht eine Ehe mit ihm an, wenn sie Gefühle für ihn hat?«

»Verarmter Adel«, sagte Leopold. »Wahrscheinlich wäre ihre Familie mit ihrer Wahl nicht einverstanden.«

»Das ist alles so aberwitzig. Sie liebt einen anderen, mein Herz gehört Louisa, und zusammen stürzen wir alle ins Unglück …« Er legte den Kopf in den Nacken und atmete die milde Abendluft ein. Es musste doch irgendeinen Ausweg geben. Er seufzte tief. Warum waren Beziehungen immer so kompliziert? »Wie klappt es eigentlich inzwischen mit Johanna und deiner Familie? Versteht sie sich nun besser mit deinem Vater?«

»Nun ja. Die räumliche Distanz zu meinem Elternhaus und unserem neuen Palais tut ihr gut, aber sie fühlt sich von meiner Familie sehr unter Druck gesetzt, nun einen Stammhalter zu gebären. Vor allem mein Vater spekuliert auf einen Sohn, der Titel und Erbe in die nächste Generation trägt.«

»Als ob ein Mädchen nicht genauso viel wert wäre«, brummte Maximilian.

Das brachte Alexander zum Schmunzeln. »Du siehst es von

deiner Stellung als Arzt. Für dich sind Mann und Frau gleich, für die Gesellschaft gilt das leider noch lange nicht.«

»Eines Tages wird es das, wenn wir daran arbeiten.«

Leopold seufzte. »Ich befürchte, es ist ein Ziel in weiter Ferne mit einem langen, steinigen Weg.«

»Anscheinend sehen all meine Wege so aus.« Maximilian verzog spöttisch den Mund. »Und doch lohnt es sich, ihn zu gehen. Isabella zum Beispiel: Sie träumt von so viel mehr als nur davon, Ehefrau zu sein. Und ich bin mir sicher, dass es vielen anderen jungen Frauen ebenfalls so geht, die ihre Träume und Talente nicht verwirklichen können. Louisa zum Beispiel. Sie hat so viel Wissen über Kräuter und Hausmittel, aber sie kann es kaum nutzen. Für eine Gesellschaft wäre es von Vorteil, wenn jeder das tun könnte, was ihm liegt.« Sein Blick wanderte an Alexander vorbei aus dem Palais, denn eine Gestalt löste sich aus den Schatten. Das Licht der Flammen zuckte auf ihrem Kleid, und als sie näher kam, erkannte er sie: Nanette.

»Ich suche den zukünftigen Frischverlobten, der vor Glück strotzt, aber hier scheint er nicht zu sein«, ließ sich Nanette vernehmen. »Man vermisst dich bereits im Ballsaal, Maximilian. Die Tänze mag man dir ersparen wegen deines Beins, aber du solltest wenigstens durch deine Anwesenheit Wertschätzung zeigen.«

»Danke, Nanette.« Wenn es doch bloß das elende Bein wäre, dachte er, dabei schmerzte ihn der Riss in seinem Herzen gerade deutlich mehr, und vermutlich würde er eine genauso unschöne Narbe hinterlassen, die nie richtig verheilte wie damals sein Reitunfall. Und dieses Mal würde auch kein Maientau helfen, um sie je wieder verschwinden zu lassen.

21

Louisa

Louisa ging es in der nächsten Woche nicht besser. Sie schleppte sich durch die Tage, hatte Mühe, sich auf den Beinen zu halten, und kämpfte gegen jede Welle der Übelkeit, jeden Schwächeanfall an. Hoffentlich bemerkte niemand ihr Unwohlsein. So gut es ging, versuchte sie, ihren Zustand zu vertuschen. Immerhin wurde sie so nicht zum Servieren bei der Familie von Seybach eingesetzt, wodurch ihr ein Wiedersehen mit Maximilian erspart blieb. Und den Rest des Tages bemühte sie sich, ihm aus dem Weg zu gehen. So gesehen hatte es auch etwas Gutes, dass Afra Haberl sie kaum aus den Augen ließ.

»Cilli, du säuberst den Teppich im Empfangszimmer. Ludovika ist dort schon wieder ein Malheur passiert. Geh sofort, ehe die Gräfin etwas mitbekommt und Komtess Isabella erneut Hausarrest erhält, weil das Tier noch immer nicht stubenrein ist. Louisa, du deckst den Tisch im Speisezimmer für das Abendessen mit Gräfin Johanna und Graf Alexander von Reuss. Und danach holst du die Wäsche von Henriette von Seybach.«

Louisa knickste vor der Hausdame und verließ die Küche. Im Flur packte sie jemand am Handgelenk und zog sie in eine Nische. Louisas Herz setzte für einen Schlag aus, und dann blickte sie in Maximilians grünbraune Augen dicht vor ihrem Gesicht. »Maximilian«, flüsterte sie, und sie konnte sehen, dass in seinem Blick etwas aufflammte.

»Ich habe dich so vermisst.« Er legte die Hände an ihre Wangen, zog sie zu sich und küsste sie leidenschaftlich. »Die Haberl bewacht dich mit Argusaugen. Ich dachte schon, du kommst heute überhaupt nicht mehr aus der Küche«, raunte er zwischen zwei Küssen, doch Louisa drückte ihn von sich.

»Herr Dr. von …« Louisa hatte Mühe zu atmen.

»Herr Doktor? Wirklich?« Maximilian warf ihr einen gespielt beleidigten Blick zu. »Waren wir neulich nicht schon weiter?«

»Das ist mir egal«, murmelte sie. »Wenn uns jemand beobachtet.«

»Hier ist niemand«, wisperte er dicht an ihren Lippen. »Die letzten Tage sehe ich dich immer wieder in meiner Nähe, und doch scheinst du weiter weg zu sein als je zuvor.« Er streichelte mit den Fingerrücken über ihre Schläfe, und Louisa zuckte zurück. Zu sehr schmerzte sie die Berührung und die Erinnerung an ihre gemeinsame Nacht – und die Tatsache, dass er bald verlobt war.

»Was machst du heute Abend?«

Louisa sah ihn wütend an. War das etwa eine Einladung? Das konnte doch wohl nicht sein Ernst sein! »Nachdem Sie mit Ihrer Cousine gespeist haben, spüle ich die Teller.«

Maximilian hob überrascht die Brauen. »Louisa, ich weiß, dass ich dich gekränkt habe. Glaube mir, ich wollte schon eher mit dir sprechen, aber ich wusste nicht, wie.«

»Weil es so schwer ist, mir zu sagen, dass du dich verloben wirst, wenn du gleichzeitig lieber mit mir ins Bett steigen möchtest?«

»Ich wusste nicht, dass mein Vater die Verlobung offiziell ankündigen würde.« Maximilian seufzte. »Das heißt, ich hätte es wissen können, das stimmt. Und ich hätte dich darauf vorbereiten müssen.«

»Wieso? Ich bin ja doch nur eine Dienstbotin in eurem Hause. Man kann mich herumschieben wie eine Kommode, und wenn ich nicht mehr passe oder gefalle, werde ich eben ausrangiert.«

»Was redest du denn da?« Maximilian sah sie einen Moment lang an, und Louisa glaubte, die Sehnsucht in seinem Blick zu erkennen, die auch sie bewegte. »Du weißt selbst, dass es nicht so ist.« Er fuhr mit dem Daumen ihre Wange hinab, zeichnete ihr Kinn nach. Als sie Schritte hörten, zog Maximilian sie dicht an sich, damit sie sich hinter dem Vorhang verbergen konnten, der die Nische vom Flur abtrennte. Wieder waren sie einander so nahe, dass Louisa kaum zu atmen wagte. Ihre Brüste drängten sich gegen seinen Oberkörper, seine Hände umfassten ihre Arme, hielten sie fest, und Louisa hätte am liebsten den Kopf gegen ihn gelehnt und noch einmal seine Nähe genossen, aber sie wusste, dass es nicht ging. Er gehörte nun schon bald einer anderen, und sie musste zusehen, dass sie ihr Leben wieder in geordnete Bahnen lenkte.

Als die Schritte verklungen waren, machte sie sich von Maximilian los. »Ich muss gehen«, sagte sie mit seltsam rauer Stimme, die ihr nicht so recht gehorchen wollte.

»Louisa, bitte komm nachher in mein Arbeitszimmer. Dort können wir noch einmal in Ruhe über alles sprechen. Ich werde dir helfen, falls …« Er brach ab. »Ich muss es dich fragen: Hast du schon geblutet?«

Statt zu antworten, versetzte Louisa ihm eine schallende Ohrfeige, wandte sich ab und ging. Sie lief mit wehenden Röcken nach draußen in den Garten, lehnte sich dort gegen die Mauer des Gewächshauses, vergrub das Gesicht in den Händen und begann bitterlich zu schluchzen.

Was hatte sich Maximilian nur dabei gedacht, sie so etwas Schamhaftes zu fragen? Und was würde er tun, wenn er davon erfuhr, dass es nicht so war? Wollte er sie sich als seine Geliebte halten, als Gespielin, während er offiziell mit Sophie de Neuville vor den Traualtar trat? Würde er ihr eine Wohnung besorgen in der Portia-Prangers-Gasse und sie dort besuchen, wenn er nicht zu seiner Frau ins Bett steigen wollte, wie der König es mit seinen Mätressen hielt?

Louisa war selbst hin und wieder an den noblen Häusern entlanggegangen, wenn sie auf dem Weg zur Salvatorkirche gewesen war. Und dann? Wäre sie von der Gesellschaft als seine Geliebte gebrandmarkt, die womöglich auch noch sein Kind zur Welt brachte?

Louisas Herz wurde schwer wie Blei, und sie schluchzte noch mehr. Oh, wenn sie doch nur endlich ihr monatliches Unwohlsein bekäme. War das die Strafe für ihren Fehltritt, ihr Vergehen? Für ihre Gefühle zu Maximilian? Man würde sie verstoßen, wenn da tatsächlich ein Kind in ihrem Schoß heranwuchs. Sie würde in diesem Falle ganz sicher ihre Stellung im Hause Seybach verlieren, Afra würde sie, ohne mit der Wimper zu zucken, vor die Tür setzen. Bei ihr würde sie kein Erbarmen haben wie damals bei Anna. Sie suchte doch schon lange nach einem Grund, um sie zu entlassen, vor allem, nachdem sie ihr damals die Stirn geboten hatte. Sie müsste sich ihr Einkommen als Pechsiederin erarbeiten oder ihren Körper für ein paar Kreuzer verkaufen, um für sich und das Kleine … Oder sollte sie womöglich zur Engelmacherin gehen? Der Gedanke schnürte Louisa die Kehle zu, und sie weinte heftiger. Sie konnte doch nicht ihr Kind töten, Maximilians Kind … Ein Kind, das voller Liebe gezeugt worden war – jedenfalls hatte sie das damals noch geglaubt – und das die falsche Mutter hatte …

Louisa quälte sich am darauffolgenden Sonntag durch die Frühmesse, kniete vor der Jungfrau Maria nieder und schickte ihr das eine oder andere Stoßgebet, von dem sie hoffte, dass es erhört wurde. Sie zuckte erschrocken zusammen, als Anna sich neben sie kniete und die Hände faltete.

»Und?«, wisperte sie.

Louisa schüttelte den Kopf, woraufhin Anna sie mitleidig von der Seite ansah.

»Du musst es ihm sagen. Ich bin mir sicher, der Herr Dr. von Seybach wird zu seinen Taten stehen.«

»Das vielleicht. Aber es geht nicht«, flüsterte Louisa zurück. »Dann verliere ich alles.«

»Früher oder später wird es herauskommen. Den Zustand kannst du nicht ewig verbergen, und je weiter du bist, desto weniger Zeit bleibt dir.«

Louisa fühlte den Kloß im Hals, der ihr die Luft zum Atmen nahm.

»Leg dich zu Schorsch …«

Louisa wandte den Kopf zu ihr, wieder den Tränen nahe. »Und gebe dem Kind einen anderen Vater?«

Anna zuckte mit den Schultern. »Was macht das schon?«, murmelte sie. »Schorsch liebt dich noch immer, und du und das Kleine wären versorgt.«

»Das kann ich nicht«, flüsterte Louisa. »Damit würde ich Maximilian verraten. Und außerdem hat Schorsch doch jetzt die Annelies.«

»Du musst an dich denken«, wisperte Anna, löste ihre Hände und ging.

Auch wenn die Zeit nur kurz war und sich ein Besuch kaum lohnte, entschied Louisa, an ihrem freien Tag zu ihrer Familie zu gehen. Sie vermisste sie so schmerzlich, und sie sehnte sich danach, mit jemandem über ihre Situation zu sprechen. Den ganzen langen Weg dachte sie über Annas Worte nach. Was, wenn sie mit Schorsch sprach? Wenn sie ihm ihre Situation erklärte. Vielleicht würde er zu ihr stehen, sie trotzdem heiraten und sie so vor dem Schlimmsten bewahren. Er war doch ein anständiger Bursche … Aber konnte sie das? Einem anderen Mann ihr Jawort geben, wenn ihr Herz bei Maximilian war? Und dann würde sie später mit Schorsch Kinder bekommen? Louisa verdrängte den Gedanken. Sie konnte das nicht, sie konnte keinen Hausstand mit Schorsch gründen und ihm eine gute Ehefrau sein. Auch wenn das bedeutete, dass sie selbst alles verlor. Vielleicht hatte ihre Mutter einen Rat für sie.

Nach einem scheinbar endlosen Weg durch die Dörfer klopfte Louisa schließlich an die Tür ihres Elternhauses. Sie war nervös und ihre Handflächen schweißnass.

»Madel, du siehst schrecklich aus«, sagte ihre Mutter, als sie ihr die Tür öffnete. »Was ist denn geschehen?«

Louisa konnte nur noch schluchzen, und als ihre Mutter sie in die Arme nahm, brachen sich ihre Tränen Bahn. Es brauchte einige Zeit, bis Louisa sich wieder beruhigt hatte, bis sie so weit war, endlich sprechen zu können.

»Ich fürchte, ich bin guter Hoffnung«, flüsterte sie und blickte auf den zerkratzten Holztisch.

Ihre Mutter schlug die Hand vor den Mund. »Gott bewahre! Was hast du getan? Hast du nichts aus Magdas Schicksal gelernt?« Sie packte Louisa an den Schultern, und ihre Finger gruben sich so fest hinein, dass es schmerzte. Kreidebleich war ihr Gesicht. »Kind, was hast du dir nur dabei gedacht? Oder hat dich etwa ein Mann genommen, ohne dass du es wolltest?«

Louisa schüttelte mit Tränen in den Augen den Kopf. »Nein«, flüsterte sie. »Er war sehr zärtlich zu mir, und ich liebe ihn.«

»Dann soll er dich heiraten«, sagte ihre Mutter, und Louisa hörte, wie verzweifelt ihre Stimme klang. »Er muss dich sogar heiraten! Das ist seine Pflicht! Oh Louisa, wie konntest du nur so dumm sein?«

»Das geht nicht«, wisperte Louisa.

»Und warum nicht? Ist er etwa schon verheiratet?«

»Nein«, flüsterte sie. »Aber er ist so gut wie verlobt.«

»Wenn er ein Kerl mit Moral und Anstand ist, wird er für das, was er getan hat, geradestehen. Er muss für das geradestehen! Du darfst nicht wie die Magda …« Sie brach ab.

»Er kann die Verlobung nicht lösen. Das wäre ein Skandal.«

»Aber mit einer anderen Frau ins Bett steigen, das kann er? Was ist das denn für ein Lump, der so etwas macht?« Sie zog die Brauen zusammen. »Was ist mit dem Arzt, mit dem du hier warst? Kann er dich nicht heiraten? Der war doch ein Netter, und so, wie ich seine Blicke gesehen hab, ist er durchaus an dir interessiert. Louisa, denk doch mal nach, ein Leben als Frau Doktor, da wärst du versorgt.«

Louisa konnte nur schluchzen.

»Was? Hast du ihn nicht gern?« Ihre Mutter griff über den Tisch hinweg und nahm ihre Hände in ihre. »Vielleicht liebst du ihn nicht so wie diesen anderen Mann, aber ich bin mir sicher, du wirst es gut bei ihm haben.«

»Es geht nicht«, wimmerte sie. »Der andere Mann und er …«

»Sie kennen sich? Sie mögen sich? Oder sind sie gar Rivalen?« Ihre Mutter sah sie ratlos an. »Was, Louisa? Was ist es?«

»Es ist dieselbe Person.«

»Aber … der Arzt … Das hätte ich nie von ihm gedacht.« Sie legte eine Pause ein und dachte nach. »Ich hab doch gleich gewusst, dass zwischen euch was ist. Eine Mutter spürt so was. Ich hab es sofort geahnt, als ihr zusammen die Stube betreten habt.« In ihre Stirn hatten sich tiefe Furchen gegraben. »Du musst etwas tun, ehe deine Herrschaft davon erfährt. Gibt es einen Burschen, den du heiraten könntest? Einen, der dich mag? Wenn dein Dienstherr erfährt, dass du guter Hoffnung bist, wird er dich entlassen.« Ihre Mutter schluckte, als Louisa nichts sagte. »Er ist auch dein Dienstherr …«, murmelte sie nach einer Weile. »Oh gütiger Gott, wie konntest du nur so leichtsinnig sein?«

Louisa presste die Lippen zusammen.

»Bist du dir ganz sicher, dass du … dass da ein Kind …«

»Mir ist seit Tagen nicht wohl«, flüsterte sie. »Aber ich arbeite auch sehr viel. Und vielleicht kommt mein monatliches Unwohlsein ja noch.«

»Wie lange bist du drüber?«

»Zwei Wochen schon.«

Ihre Mutter nickte stumm. »Geh zur Walli«, flüsterte sie. »Gegen jedes Leiden ist ein Kraut gewachsen.«

Louisa kehrte mit einem Kräutersäckchen ins Lilienpalais zurück. Sie solle sich einen Tee daraus zubereiten und diesen trinken, so die Anweisung der Nachbarin. Als sie den Eingang der Dienstboten erreichte, trat jemand aus den Schatten. Nanette.

»Du kommst spät.«

Louisa rang sich ein Lächeln ab. »Ich habe mich bei meiner Familie verplaudert.«

»Da gab es sicher einiges zu bereden.« Nanette musterte sie, als kenne sie die Antwort bereits.

Unauffällig versuchte Louisa das Säckchen in ihrer Rocktasche zu verbergen. »Alles ist gut.«

»Louisa, lass uns spazieren gehen.«

Louisa seufzte leicht, dann nickte sie. Von Nanette hatte sie nichts zu befürchten. Ihr konnte sie vertrauen, im Gegensatz zu Frau Haberl, und vielleicht wusste die Gouvernante einen Rat. Und falls nicht, so hätte sie immer noch die Kräuter … Schweigend durchquerten sie das Tor und bogen auf die Ludwigstraße ein.

»Du bist sehr blass in letzter Zeit«, sagte Nanette schließlich.

»Die viele Arbeit.«

»Die Arbeit, so«, murmelte sie. »Seit dem Ball der guten Seelen.«

Louisa schwieg.

»Ist das dieselbe Arbeit wie bei Anna damals?«

Jetzt blieb Louisa stehen und schluchzte auf.

»Dann ist es so?« Als Louisa nicht antwortete, fuhr sie fort: »Glaubst du, dass jedes Kind das Richtige ist für eine Frau, selbst wenn es sie in persönliches oder gesundheitliches Unheil stürzt?«

»Ich denke nicht, dass ich noch eine Wahl habe.«

»Man hat immer eine Wahl«, entgegnete Nanette. »Und egal, wie du dich entscheidest, für beide Möglichkeiten gibt es Wege – andere Wege als dein Kräutersäckchen.«

Louisa wollte tief durchatmen, doch ein kehliger Laut entfleuchte ihr, und im nächsten Moment hatte Nanette sie auch schon in die Arme genommen und streichelte ihr beruhigend über den Rücken.

»Nanette, ich habe mein Leben zerstört.«

»Unsinn. Von einem Fehltritt allein ist das Leben noch lange nicht ruiniert.«

»Das sagst du so einfach, doch bei mir sieht es anders aus. Ich habe gesehen, wie es meiner Schwester ging, ich habe gesehen, was

Anna beinahe bevorgestanden hätte. Das alles hätte nie passieren dürfen.«

»Dann bereust du die Nacht mit Maximilian?«

Louisa zögerte. Bereute sie, Maximilian geküsst zu haben, bereute sie, seine Nähe gespürt, bei ihm gelegen zu haben? Nein, sie bereute keine einzige Sekunde davon, aber sie wusste auch, dass sie jetzt mit den Konsequenzen leben musste. »Ich liebe ihn so sehr, Nanette«, flüsterte sie. »Wie könnte ich es bereuen?«

Über das Gesicht der Gouvernante huschte in der Dämmerung ein Lächeln. »Was wünschst du dir für deine Zukunft?«

»Was ich mir wünsche? Ich glaube nicht, dass ich in meinem Zustand noch irgendeinen Wunsch frei habe.«

»Nun, wenn du einen hättest. Wie sähe dein Leben aus?«

Louisa lachte bitter auf. »Für Maximilian und mich gibt es kein gemeinsames Leben. Aber das Kind, das darf nicht unter meinen Fehlern leiden.«

»Dann willst du es behalten?«

Sie wandte den Blick ab und fixierte ein Steinchen vor ihr auf der Straße. »Ich wünschte, ich könnte es, Nanette. Ich weiß, es ist nicht einmal sicher, ob ein Kind überhaupt lang genug lebt, selbst wenn es auf der Welt ist. Aber …« Sie legte fest ihre Hand auf ihren Unterleib und schloss kurz die Augen.

Nanette schien zu überlegen, sie musterte Louisa schweigend, nickte schließlich. »Du darfst mich hassen, wenn ich dich antreibe, zu arbeiten und zu lernen. Und ich werde dich zwingen zu schweigen. Erwarte kein Mitleid, denn die Welt hat keines. Aber wenn du nicht vergisst, dass du es bist, die entschieden hat, die entscheiden *kann*, dann verspreche ich dir, dass du auch eine Wahl haben wirst. Und es wird in deiner Hand liegen, wenn du den Mut dazu hast und die Augen öffnest. Und: Du darfst dich nicht mit dem zufriedengeben, was dir am einfachsten erscheint. Ich kann dir sagen, dass du am Abgrund entlangbalancieren wirst, dass du jeden Moment Gefahr läufst, in die Tiefe zu stürzen.«

»Nanette, wenn du so sprichst, machst du mir Angst.«

»Angst darfst du haben, aber vor allem kann man sich seiner Angst stellen. Bist du bereit dafür?«

Louisa schloss erneut die Augen und atmete tief durch. »Also gut, bitte, geh diesen Weg mit mir.«

22

Maximilian

Maximilian saß am Pianoforte, doch er schlug keine Taste an. Sein Herz schwieg, und so tat es auch die Musik im Salon. Seine Gedanken kreisten um Louisa. Warum hatte sie sich ihm nicht anvertraut? Er hatte ihr doch helfen wollen. Wieso hatte sie ihm nichts gesagt? Ja, möglicherweise war er zu direkt gewesen. Leopold hatte schon recht gehabt, als er ihm im Club davon berichtet hatte. Doch Maximilians Sorge um Louisa war zu groß gewesen, als dass er in diesem Moment darüber nachgedacht hatte. Er hatte Gewissheit über ihren Zustand haben wollen, hatte es wissen müssen! Vielleicht hätte er sie in seinen Plan einweihen müssen. Sein Plan, der nicht funktionierte, wie ihm seine Freunde auf dem Sommerball mit schmerzhafter Klarheit vor Augen geführt hatten. Sein Leben zog ihn momentan in einen Strudel, der ihn zu verschlucken drohte. Er griff nach seinem Whiskeyglas, um seine Gedanken zu beenden, als es klopfte und Nanette den Raum betrat.

»Du siehst aus wie der Tod«, stellte sie fest.

»Danke für dein unverblümtes Kompliment.« Maximilian fuhr sich mit den Händen übers Gesicht. »Nanette, wenn man etwas Unrechtes getan hat, sollte man dafür geradestehen, nicht wahr?«

Nanettes Blick lag ruhig auf ihm. »So habe ich euch erzogen.«

»Was führt dich zu mir?«

»Ich hatte ein Gespräch mit Frau Haberl. Louisa geht es schlecht, und sie bittet dich, sie zu untersuchen. Sie macht sich Sorgen, dass mit Louisa etwas ernstlich nicht in Ordnung ist, da auch einer Henriette von Seybach die gelegentliche Unpässlichkeit nicht entgangen ist.«

Maximilian blickte sie unsicher an. Es stimmte, Louisa ging es nicht gut. Aber das war auch nicht verwunderlich. Von Afra wurde sie wie eine Aussätzige behandelt, im Dienstbotentrakt tuschelte man über sie, und sie war wackelig auf den Beinen, blass und kraftlos. Zum Glück wusste er von Berti, dass sie sich ein wenig um sie kümmerte.

»Ich sehe nach ihr«, sagte er entschieden und stand auf. Leicht hinkend ging er in sein Zimmer und holte seine Ledertasche, dann kletterte er die Stufen zur Mansarde hinauf, klopfte und betrat das kleine Zimmer. »Frau Haberl bat mich, nach dir zu sehen«, sagte er angespannt. »Sie macht sich Sorgen – und ich mir im Übrigen auch.«

Sofort stand Louisa auf. Sie hatte in ihrem Bett gelegen, weiß wie die Wand, doch jetzt stützte sie sich an ihrem hölzernen Kopfteil ab, um sich auf den Beinen zu halten. »Es geht schon wieder.«

»Das sehe ich.« Maximilian sah sie voller Mitgefühl an. »Ich würde dich trotzdem gerne untersuchen, um mir selbst ein Bild zu machen.« Er räusperte sich. »Darf ich?«

Er bemerkte das Glitzern in Louisas Augen, sah, wie die erste Träne über ihre Wange rann.

»Willst du mir nicht sagen, was mit dir ist?«, fragte er besorgt.

Sie schüttelte den Kopf, presste die Lippen aufeinander, wandte den Blick von ihm ab, doch sie konnte nicht verhindern, dass er sah, wie eine weitere Träne über ihre Wange rann.

Da war es für ihn klar. »Du hast empfangen, Louisa«, flüsterte er. »Du trägst ein Kind unter deinem Herzen.« Seine Stimme war rau und nicht so fest, wie er es gewollt hätte.

Er wusste, was diese Diagnose für sie bedeutete: Verstoß, Armut, ein Schicksal, wie es so viele Dienstbotinnen erlitten …

»Louisa, sieh mal …« Als sie wieder zu schluchzen begann, zog er sie in die Arme. »Weine nicht …«

Doch das Gegenteil war der Fall, Louisa schluchzte nur noch mehr und vergrub den Kopf an seiner Brust. Er hielt sie fest, lange, und versuchte, sie zu trösten, streichelte unablässig über ihren Rücken, ihr seidenweiches Haar …

Es brauchte seine Zeit, bis sie sich beruhigt hatte, bis ihr Weinen verebbte und ihre Schultern nicht mehr bebten.

»Ich werde zu dem stehen, was ich getan habe«, sagte Maximilian entschieden.

»Nein, deine Familie … deine Stellung …« Louisa schniefte. »Du bist ruiniert. Ich kann nicht bleiben …« Wieder schluchzte sie auf.

»Und ich kann nicht zulassen, dass du gehst.« Dieses Mal war seine Stimme fest.

Aber Louisa schüttelte den Kopf. »Deine Einstellung ehrt dich, Maximilian, doch ich habe vorgesorgt, meine Entscheidung getroffen.«

Maximilian sah sich in ihrem Zimmer um. Sein Blick fiel auf ein Leinensäckchen, das neben der Waschschüssel lag. Wieso war es ihm vorher nicht aufgefallen? Er hob es auf, roch daran. Salbei, Petersilie, Johanniskraut. »Das ist deine Art, wie du vorgesorgt hast?« In seiner Stimme war der deutliche Vorwurf zu hören. »Sag mir, dass du nicht ernsthaft darüber nachgedacht hast, das zu dir zu nehmen.« Er hielt ihr provozierend das Beutelchen unter die Nase. »Sag es mir, Louisa!«

Doch sie schlug nur den Blick nieder. »In einer Welt, in der es keine Stände gäbe, in der wir keine Grenzen hätten, würde ich um dich kämpfen. Ich würde um dich und deine Liebe kämpfen und darum, dass wir eine gemeinsame Zukunft mit unserem Kind haben. Aber jetzt kann ich nichts anderes tun, als dich gehen zu lassen, um keine Schande über dich und deine Familie zu bringen.« Kraftlos setzte sie sich aufs Bett.

»In einer solchen Welt bräuchtest du nicht um mich zu kämpfen, Louisa, weil ich, ohne zu zögern, jede Sekunde meines Lebens mit dir verbringen würde.« Als Louisa den Blick jetzt wieder hob, sah er die Tränen, die erneut auf ihren Wangen glitzerten. Er steckte das Leinensäckchen ein, kniete sich vor sie, nahm ihr Gesicht in die

Hände und wischte mit den Daumen die Tränen fort. »Mach dich ein wenig frisch, dann gehen wir zu meiner Familie.«

Er war erleichtert, als Louisa jetzt aufstand, um etwas Wasser in ihre hohle Hand laufen zu lassen und sich damit das Gesicht zu waschen. Mit ein paar Handgriffen ordnete sie ihr Haar. Maximilian wartete, stand hinter ihr und konnte nur an eines denken: In ihrem Bauch wächst ein Kind heran. Sie trägt mein Kind unter ihrem Herzen.

»Geht es so?«, riss sie ihn aus seinen Gedanken.

Maximilian nickte. Ihre Augen waren vom Weinen leicht gerötet und ihre Wangen fleckig, doch das würde sich geben, bis sie die Stufen hinunter und im Blauen Salon waren. Er schenkte ihr ein aufmunterndes Lächeln. »Du bist wunderschön. Wie an jedem einzelnen Tag.«

Jetzt huschte tatsächlich ein Lächeln über Louisas Gesicht, und Maximilian zog sie noch einmal an sich und hauchte ihr einen Kuss ins Haar. »Bist du bereit?«, flüsterte er, und Louisa nickte. »Egal, was sie sagen werden, ich bin bei dir, und ich werde bei dir bleiben«, wisperte er. »Vergiss das nicht.«

Louisa nickte kaum merklich, dann verließen sie gemeinsam die Mansarde. Maximilian hatte Mühe mit der steilen Holztreppe, doch er wusste, dass dies nicht der schwerste Gang heute war. Louisa wollte die Dienstbotentreppe nehmen, doch Maximilian schüttelte den Kopf, legte behutsam eine Hand auf ihren unteren Rücken und schob sie sanft voran. Stufe für Stufe nahmen sie die große Marmortreppe des Haupttreppenhauses, und sein Puls schlug bei jedem Absatz schneller. Schließlich hatten sie den ersten Stock erreicht und näherten sich dem Kleinen Salon, aus dem Musik drang. Johanna spielte Violine – sicherlich auf die Bitte ihrer Großmutter hin, wie meistens, wenn sie zu Besuch kam. Als Maximilian klopfte, verstummte die Musik. Er warf Louisa einen letzten, prüfenden Blick zu, versuchte abzuschätzen, ob sie sich dem gewachsen fühlte, ehe er die Türklinke umfasste und sie hinunterdrückte.

»Ah, Maximilian, da bist du ja«, ließ sich seine Großmutter sofort vernehmen. Sie saß auf dem rauchblauen Kanapee, hinter ihr das Gemälde der jungen Frau, die auf einer Harfe musizierte, neben sich auf dem Rosenholztisch eine Tasse Tee, und musterte ihn. »Nun? Hast du Louisa untersucht?«

»Allerdings«, sagte Maximilian, und als er jetzt beiseitetrat und Henriettes Blick auf Louisa fiel, sah er, wie seine Großmutter erbleichte. »Und ich habe sie auch gleich mitgebracht.«

»Dann ist es also etwas Ernstes.«

»In der Tat.« Maximilian wandte sich zu Louisa. »Bitte, komm herein.« Er sah seine Großmutter mit eiskaltem Blick an.

Henriette griff nach ihrer Teetasse und trank einen Schluck. »Also«, sagte sie nun in ihrem gewohnt ruhigen Tonfall, »was fehlt ihr?«

»Unterstützung.« Und als seine Großmutter ihn noch immer ohne ein weiteres Wort musterte, fuhr er fort: »Und Verständnis.«

»So. Und wofür muss ich dieses Mal Verständnis aufbringen?«

»Louisa erwartet ein Kind«, sagte Maximilian. »Mein Kind.«

»Mir bleibt auch wirklich nichts erspart.«

23

Louisa

Es war im Morgengrauen, als Louisa das Lilienpalais verließ. Berti, die schon in aller Herrgottsfrühe in der Küche stand, hatte es sich nicht nehmen lassen, Louisa bis zum Dienstboteneingang zu begleiten, wo sie sie unter herzzerreißendem Schluchzen umarmt und verabschiedet hatte. Sogar ein kleines Paket mit Essen hatte sie ihr eingepackt. Neben ihr stand Afra Haberl, die Lippen zu einem schmalen Strich zusammengepresst, die grauen Augen voller Mitgefühl, in den Händen Louisas Dienstbotenbuch.

»Der Graf von Seybach senior bat mich, dir ein hervorragendes Zeugnis auszustellen«, sagte sie, als sie das Büchlein an Louisa überreichte. »Du wirst damit überall eine neue Stellung finden.«

Louisa schluckte schwer, als sie das kleine Buch entgegennahm. Sie erinnerte sich an den gestrigen Nachmittag, an die Unterredung, die mit dem Hausherrn stattgefunden hatte.

Man hatte Carl von Seybach in den Kleinen Salon rufen lassen, und gemeinsam mit der Gräfin hatte man über Louisas Schicksal beratschlagt, hatte über sie gesprochen, als wäre sie eine der Rosenholzkommoden, die mit ihr im Raum standen. Natürlich hatte Henriette von Seybach darauf gedrängt, sie sofort zu entlassen, doch Nanette hatte entgegnet, dass Louisas Arbeit ausgezeichnet sei und ihre Ausbildung gut vorangehe. Allein in welch kurzer Zeit sie lesen gelernt habe, sei bemerkenswert. Also hatten sie eine Heirat in Erwägung gezogen.

Louisa hatte die mitleidigen Blicke von Gräfin Johanna gesehen. Nie hätte sie gedacht, dass auch sie einmal der Heiratspolitik der

Gräfin von Seybach zum Opfer fallen würde, aber Henriette war auf einmal von ihrem Plan, Louisa mit einem Fremden zu verheiraten, ganz angetan gewesen. Einen Moment lang grübelte Louisa, ob sie Schorsch doch um seine Hilfe hätte bitten sollen, vielleicht hätte er ihr Kind angenommen, und sie hätten eine Familie werden können, aber glücklicherweise war dann Maximilian aufgefahren und hatte die Pläne seiner Großmutter mit zorniger Stimme zerstoben.

Schließlich war es der Hausherr gewesen, der entschieden hatte, Louisa zu seiner Schwester nach Potsdam zu schicken, sobald diese von ihrer Reise mit Komtess Isabella wieder zurück war. Doch noch in der Nacht war Louisa zu Nanette in die Kammer geschlichen, hatte sie gebeten, sie angefleht, ihr zu helfen, damit sie nicht so weit weggeschickt wurde. Denn sie wusste, wenn sie nach Potsdam ginge, würde sie Maximilian – und auch ihre Familie – womöglich nie mehr wiedersehen. Und so hatte Nanette sie bei Tagesanbruch aus ihrer Mansarde abgeholt und nach draußen begleitet.

Jetzt stand eine Kutsche vor dem Lilienpalais, die Louisa in ihr neues Leben bringen würde. Zitternd schob sie den Fuß auf die zwei ausgeklappten Stufen, hielt sich am Griff fest und stieg ein. Den Kutscher, der vorne auf dem Bock saß, kannte sie nicht. Wahrscheinlich war er ein Bekannter von Nanette, doch sie traute sich nicht, die Gouvernante danach zu fragen. Ein wenig hoffte sie, dass Nanette nun ebenfalls zusteigen würde, doch als sie stattdessen die Tür schloss, erlosch Louisas letzter Hoffnungsschimmer.

»Du kommst nicht mit?«, fragte sie mit bangem Klopfen in der Brust.

Nanette schüttelte den Kopf. »Meine Aufgaben sind hier«, sagte sie.

Louisa spürte, wie sich ihre Augen mit Tränen füllten. Wo war Maximilian? Sie sah auf die vordere Eingangstür, die der Familie vorbehalten war. Sie war verschlossen.

Auf einmal ging alles viel zu schnell. Louisa hörte das Schnalzen der Peitsche, die Kutsche setzte sich mit einem Ruck in Bewegung.

Louisa wurde mit dem Rücken gegen die Wand geworfen, sie umklammerte mit den Händen den Fensterrahmen, sah hinaus.

»Nanette!«, rief sie verzweifelt. »Nanette!« Doch die Gouvernante stand unbewegt im Torbogen und blickte der Kutsche nach. Louisa sah auf das große Gebäude in der Ludwigstraße, sah die vielen Fenster, die alle noch in Dunkelheit lagen. Kein Licht drang aus ihnen, niemand sonst war wach. Nicht einer der anderen Dienstboten, nicht Maximilian und auch nicht der Hausherr oder gar Gräfin Henriette. Sie ging mit den letzten Ausläufern der Dunkelheit, verließ das Palais, und wenn die Bewohner bald erwachten, war es, als hätte es sie nie gegeben.

Louisa kämpfte mit den Tränen, konnte sie nicht zurückhalten und spürte schon bald, wie sie ihr die Wangen hinunterrannen. Sie schluchzte und weinte ob der Angst, was da im Unbekannten auf sie wartete, ob des Schmerzes, ihr Zuhause verlassen zu müssen, Maximilian verlassen zu müssen – ohne ein Wort des Abschieds. Endlich, als Louisa keine Tränen mehr hatte, lehnte sie sich gegen die wackelnde Rückwand, wandte den Kopf und blickte aus dem Fenster. Der Himmel färbte sich blutrot und orange, am Horizont hob sich die Sonne, ein neuer Tag brach an, eine ungewisse Zukunft. Jetzt lehnte Louisa auch den Kopf gegen die Wand, schloss die Augen, seufzte. Eine ihrer Hände ruhte dabei auf ihrem Bauch. Sie fühlte sich kraftlos, erschöpft, verängstigt. Würde sie ihre Entscheidung bereuen?

Das Schaukeln ebbte ab, Louisa öffnete die Augen. Die Kutsche hatte angehalten. Sie musste eingenickt sein, denn sie erinnerte sich nicht an den Weg, der sie hierhergeführt hatte. Sie schien sich außerhalb der Stadt zu befinden, denn als sie aus dem Fenster blickte, sah sie Felder, am Horizont einen Wald. Musste man womöglich die Pferde wechseln? Wie lange waren sie unterwegs gewesen? Louisa vermochte es nicht zu sagen.

Jemand öffnete die Tür, klappte die Stufen aus. Der Kutscher. »Wir sind da.«

Überrascht stand Louisa auf, ließ sich aus der Kutsche helfen. Sie blickte sich um. Unweit von ihr lag ein Landhaus mit einem schmiedeeisernen Tor, das geöffnet war.

»Sie müssen dort hinein.« Der Kutscher deutete auf das Haus, dessen Mauern mit Efeu bewachsen waren.

»Allein.« Ihre Worte waren eher eine Aussage als eine Frage. Allein. Das war es wohl, woran sie sich gewöhnen musste. Das Gefühl, das sie von nun an begleiten würde. Sie nahm das Bündel, das er ihr reichte, und lief den Weg entlang auf das Haus zu. Unter ihren Füßen knirschte der Kies, die abgeschnittenen Zweige der Bäume, die rechts und links des Weges standen und zwischen den frisch geschnittenen Baumkronen einen Blick auf den Himmel freigaben, hatte jemand beiseitegeharkt. Das Anwesen wurde also gepflegt. Doch wo war sie?

Louisa sah sich um, die Landschaft sah der ihres Heimatdorfs ähnlich, vielleicht ein Vorort? So lange konnte sie auch kaum geschlafen haben. Also war sie nicht allzu weit von München entfernt.

Sie erreichte das Haus, stieg die drei Sandsteinstufen zu dem grünen Portal nach oben. Dort griff sie nach dem Eisenring, klopfte. Nichts rührte sich. Louisa wandte sich um, doch der Kutscher lenkte das Pferd bereits auf die Straße zurück. Was, wenn ihr niemand öffnete? Wo sollte sie dann hin? Zögernd klopfte sie noch einmal, als die Tür endlich aufging und eine Dame in einem kamelienroten Kleid vor ihr stand. War das die Hausdame? Louisa war sich unsicher, eine solche Farbe kannte sie nicht von Dienstbotenpersonal.

»Ich …« Louisa wusste nicht, was sie sagen sollte, also zog sie ihr Dienstbotenbuch heraus. »Mein Name ist Louisa Strobel.« Sie streckte der Dame das Büchlein entgegen, doch die nahm es zu ihrer Verwunderung nicht.

»Das werden Sie von jetzt an nicht mehr brauchen«, sagte sie, trat zur Seite und bedeutete Louisa hereinzukommen.

»Komtess, Fräulein Louisa ist angekommen«, rief sie in Richtung der oberen Etagen.

Eine Dame in brillantblauem Kleid und mit roten Haaren trat an die Balustrade und schritt gleich darauf die Treppe hinunter. Louisas Innerstes gefror zu Eis: Sophie de Neuville, Maximilians zukünftige Verlobte.

»Willkommen.« Sie lächelte leicht. »Es freut mich, dass Sie mein Gast sind.«

Ihr Gast? Louisa war wie vor den Kopf gestoßen. Sie wusste nicht, was sie sagen sollte, sie musste widersprechen, doch sie fand keine Worte. Das war ein Albtraum. Ein schlechter Scherz. Sie würde gewiss gleich erwachen. Was hatte Nanette sich dabei gedacht? Sie war doch auf ihrer Seite – oder etwa nicht? War das die Strafe, die sich die Familie von Seybach für sie ausgedacht hatte? Sie hätte den Vorschlag des Grafen von Seybach annehmen und nach Potsdam zu seiner Schwester gehen sollen. Aber nein, sie hatte ja darauf beharrt, in Maximilians Nähe bleiben zu wollen, hatte Nanette angefleht, ihr zu helfen, und das war nun dabei herausgekommen. Sie würde in Maximilians Nähe sein – jeden einzelnen schrecklichen Tag. Unerreichbar nahe wie bisher. Nein, viel, viel schlimmer, denn von nun an wäre er an der Seite Sophie de Neuvilles.

»Isolde, bringen Sie Fräulein Louisa auf ihr Zimmer. Sicherlich wird sie sich ein wenig frisch machen wollen nach ihrer Reise.«

Die Angesprochene nickte und bedeutete Louisa, die breiten, mit rotem Teppich ausgelegten Holzstufen hinaufzugehen. Dort führte sie sie vor eine Tür und öffnete sie. »Ihr Zimmer. Ihr Gepäck wurde Ihnen ja bereits vorausgeschickt, es kam gestern Abend an, gerade rechtzeitig. Ich habe mir erlaubt, es für Sie auszupacken.«

Ihr Gepäck? Louisa stutzte. Alles, was sie besaß, hatte sie hier bei sich, in ihrer Ledertasche.

»Später zeige ich Ihnen das Anwesen. Davor erwarten wir Sie um fünfzehn Uhr zum Tee.« Damit verließ sie das Zimmer wieder, und Louisa war allein.

Man wollte ihr das Anwesen zeigen und erwartete sie zur Teestunde? Louisa konnte das alles nicht zuordnen. Sie öffnete die Tür, hinter der sich ein kleines Ankleidezimmer befand, und blickte auf eine Handvoll edler Stoffe, die sie noch nie zuvor in ihrem Leben gesehen hatte. Sie musste Sophie de Neuville sagen, dass es hier ein Missverständnis gab. Dass sie nicht der Gast war, den sie anscheinend erwartete. Dass es sich hier um eine Verwechslung handelte, um eine böse, schreckliche Verwechslung.

Sie schob die Kleider beiseite und überlegte, ob sie sich nun für eines entscheiden musste, das sie womöglich später tragen wollte, als sie einen Brokatstoff bemerkte, der ihr bekannt vorkam. Hatte sie den nicht in Komtess Isabellas Ankleidezimmer gesehen, als sie das Kleid vom Ball der guten Seelen zurückgebracht hatte? Was hatte das zu bedeuten? Sie trat an den Waschtisch und schenkte sich etwas Wasser aus der Karaffe in eine mit Blumen bemalte Waschschüssel ein. Da entdeckte sie einen Brief, der gegen den Spiegel lehnte, beschriftet an sie, Louisa. Sie drehte ihn um, brach das Siegel, das sie nicht kannte, und faltete das Papier auseinander.

Vertrau uns. Johanna.

Drei Worte. Drei Worte, die Louisas Herz heftig zum Schlagen brachten. War das Gräfin Johanna von Reuss? Was hatte sie mit alldem zu tun? Wieso sollte sie ihr helfen?

Louisa wusch sich, suchte sich ein Kleid heraus und begann sich umzukleiden.

Es klopfte, und die Dame in dem kamelienroten Kleid trat ein. Isolde, erinnerte sich Louisa.

»Was tun Sie denn da?«, fragte sie bestürzt.

Sie hatte es gewusst! Keines dieser Kleider war für sie gedacht. Bestimmt hatte sich jetzt herausgestellt, dass sie nicht der erwartete Gast war.

»Warten Sie, ich helfe Ihnen. Drehen Sie sich um.« Und dann schnürte Isolde ihr das Korsett und half Louisa dabei, in die Stofflagen zu steigen. Mit ein paar Handgriffen steckte sie ihr eine Frisur, die denen von Finni in nichts nachstand. Sie legte ihr sogar eine Kette mit einem kleinen Anhänger an, die Louisa ebenfalls von Komtess Isabella kannte.

Als sie fertig war, ging Louisa die Stufen hinab. Sie musste raten, welche Tür wohl zum Salon führte, in dem der Tee eingenommen wurde. Unschlüssig blieb sie auf dem Treppenabsatz stehen, als sie eine Dienstbotin in dunkelgrauem Kleid mit weißer Spitzenschürze bemerkte, die ein Tablett mit einer Teekanne trug. Die Dienstbotin klopfte gegen eine vertäfelte Tür und verschwand gleich darauf in dem Raum. Louisa folgte ihr und stand nun in einem Salon. Rosafarbene Sessel umstanden einen ovalen Tisch, an der Wand gegenüber gab es ein Pianoforte.

»Sie spielen vermutlich nicht?«, fragte Sophie de Neuville, die ihren Blick auf das Instrument bemerkt haben musste.

»Nein.«

»Gut, dann werden Sie es lernen. Hin und wieder ist ein wenig musikalische Unterhaltung gewünscht.« Sie bedeutete Louisa mit einer Handbewegung, ihr gegenüber Platz zu nehmen. »Ich werde für Ihre Ausbildung Musikstunden veranlassen.«

Louisa sagte nichts. Schweigend hatte sie sich auf den weichen Sessel gesetzt, in dem sie beinahe versunken wäre.

»Grämen Sie sich nicht. Man sagte mir bereits, dass Sie noch recht unerfahren sind. Aber wir bekommen das schon hin«, fügte sie nach einer kurzen Pause mit einem Lächeln hinzu. »Wo liegen Ihre Stärken?«

»Ich …« Louisa zögerte. Sollte sie Sophie de Neuville erzählen, dass sie Komtess Isabellas Wäsche hervorragend gewaschen hatte? Oder wunderbar Gemüse putzen konnte? Doch dann erinnerte sie sich an den Stoff von Isabellas Kleid, an den Brief, der nur mit »Johanna« unterzeichnet war.

»Ich mache gerne Handarbeiten«, sagte sie deshalb, da es ihr so vorkam, als entspräche das am ehesten der Wahrheit. Immerhin, im Löcherstopfen der Kleidung ihrer Herrschaft hatte sie Erfahrung. »Und ich lese gerne«, fiel ihr dann ein, auch wenn sie sogleich einen Stich im Herzen verspürte, da sie an Maximilian denken musste.

»Das freut mich. Was mögen Sie besonders?«

»Medizin«, sagte Louisa knapp.

Sophie de Neuville musterte sie mit ihren veilchenblauen Augen. Dann huschte ein Lächeln über ihr Gesicht. »Wie Maximilian von Seybach. Wie schön!«

Wie entsetzlich, dachte Louisa, doch sie versuchte, das Lächeln zu erwidern. Mitspielen, sagte sie sich. Du musst mitspielen.

»Louisa, Sie haben keine Ahnung, warum Sie hier sind, nicht wahr?«

Louisa schüttelte den Kopf.

»Also schön, dann werde ich Ihnen das einmal erklären: In zwei Wochen wird Maximilian in aller Förmlichkeit um meine Hand anhalten. Die Verlobung wurde zwar bereits verkündet, aber der offizielle Antrag für mich fehlt noch. Jedenfalls werden Sie mich an diesem bedeutsamen Tag begleiten. Das wird Ihr großer Auftritt werden. Und bis dahin lernen Sie alles, was Sie können müssen, um mir als meine Freundin zur Seite zu stehen. Tee?« Sie gab dem Stubenmädchen ein Zeichen, das gleich darauf die Kanne nahm und Sophie und Louisa einschenkte.

Louisa spürte, dass ihr die Farbe aus dem Gesicht gewichen war. »Wie bitte?«, fragte sie ungläubig.

»Sie haben schon richtig gehört. Ich will Ihnen helfen. Ach, und bitte, nennen Sie mich von jetzt an Sophie. Wir werden ja nun als Freundinnen auftreten.«

Als Sophie dann auch noch die Hand über die blütenweiße Muselintischdecke herüberstreckte und auf ihre legte, vergaß Louisa für einen Moment sogar das Atmen. Oh Gott, wohinein war sie da nur geraten? Was hatte Nanette sich bloß dabei gedacht?

»Und wie stellen Sie sich …« Sie zögerte. »Wie stellst du dir meinen Auftritt genau vor?« Es fiel ihr schwer, die Komtess so vertraut anzusprechen.

»Also, das Ganze sieht wie folgt aus …«, begann Sophie de Neuville, und dann erzählte sie ihr ausführlich, was sie zusammen mit Nanette ausgeheckt hatte …

24

Maximilian

»Noch immer keine Nachricht?« Alexander paffte eine Rauchwolke in die Luft, während er sich auf der Ledercouch des Clubs zurücklehnte.

Maximilian schüttelte den Kopf. »Seit jenem Nachmittag, als ich meiner Familie verkündet habe, dass Louisa ein Kind – mein Kind – bekommt, fehlt von ihr jede Spur. Ich habe sie bereits mit Reitern suchen lassen, doch sie ist wie vom Erdboden verschluckt. Selbst in ihrem Dorf war sie nicht.« Er leerte sein Cognacglas und hob es leicht in die Höhe, um dem Kellner zu bedeuten, dass er ihm ein neues bringen sollte.

»Wie kann das sein, dass sie einfach verschwunden ist?«, fragte Leopold.

Maximilian zuckte mit den Schultern. »Wir gehen davon aus, dass sie weggelaufen ist. Wahrscheinlich war es der idiotische Plan meines Vaters, sie nach Potsdam zu Tante Marie zu verfrachten und sie dort zu verheiraten, der sie verschreckt hat. All ihre persönlichen Sachen fehlen, sie hat das Lilienpalais wohl im Morgengrauen verlassen. Verdammt, wenn ich das gewusst hätte, wäre ich mit ihr gegangen. Zusammen hätten wir uns eine neue Existenz in Stuttgart aufbauen können, wie ich es geplant hatte. Aber so allein, mit einem Kind … Hoffentlich ist ihr nichts passiert. Es macht mich verrückt, nicht zu wissen, wo sie ist oder wie es ihr geht.«

»Und keiner hat sie gesehen?«, wunderte sich Alexander.

»Nein. Das Personal hat nichts mitbekommen, und Nanette schweigt eisern zu diesem Thema.«

»Seltsam.« Leopold legte die Stirn in Falten.

»Oh Gott, ich mag mir gar nicht ausmalen, was ihr alles geschehen sein könnte …« Er fuhr sich mit der Hand übers Gesicht. »Ich hoffe, sie hat keine Dummheit gemacht. Sie wäre nicht die Erste, die ein Kind empfängt und vor lauter Schwierigkeiten, die sich ihr in den Weg stellen …« Er verstummte.

»Ich denke nicht, dass ihr etwas zugestoßen ist«, sagte Alexander. »Wenn sie eine derartige Absicht gehabt hätte, hätte sie ihre Sachen nicht gepackt, sondern wäre einfach so gegangen.«

Maximilian drehte das leere Glas in den Händen. Die Worte seines Freundes gaben ihm ein wenig Hoffnung. Trotzdem wünschte er sich so sehr, ein Lebenszeichen von Louisa zu erhalten. Wenn sie ihm doch wenigstens eine Nachricht zukommen ließe. Hatte er ihr nicht geschworen, sie zu unterstützen? Wieso war sie davongelaufen, ohne noch einmal mit ihm zu reden? Glaubte sie ihm womöglich nicht? Er seufzte.

Er wollte die Verlobung mit Sophie de Neuville nicht. Er wollte sie auch nicht heiraten, und Sophie wollte ihn im Grunde genommen genauso wenig. Er hatte ihr sagen wollen, dass er auf dem Sommerball von den Plänen seiner Familie überrumpelt worden war. Aber jedes Mal, wenn er einen Boten zu ihr schickte, um sie um ein Gespräch zu bitten, kam dieser mit den Worten zurück, Sophie de Neuville sei nicht zugegen.

Und jetzt drängten ihn sein Vater und seine Großmutter weiter in diese Verbindung. Für das kommende Wochenende hatten sie die Verlobungsfeier angesetzt. Johanna war eingeladen, zusammen mit Alexander, und natürlich auch Leopold.

»Ich muss mit Sophie sprechen«, sagte Maximilian, als der Kellner ihm ein frisches Glas gebracht hatte. »Wir können uns doch nicht das Jawort geben, wenn jeder von uns jemand anderen liebt. Wie verrückt ist das denn? So stürzen nicht nur zwei, nein, sogar vier Menschen ins Unglück, weil die Gesellschaft der Meinung ist, dass die Liebe zweier Menschen nicht angemessen ist.«

»Weiß dein Vater schon davon?« Leopold sah ihn mit erhobenen Augenbrauen an.

»Noch nicht, aber ich denke, am Sonntag ist ein guter Zeitpunkt, um ihn dahin gehend zu informieren.« Maximilian straffte die Schultern. »Ich werde meine Behandlungsräume eröffnen, so viel ist sicher, und Sophie hat das Recht, ebenfalls das zu tun, was sie glücklich macht. Sie soll mich nicht unter falschen Voraussetzungen ehelichen, weil unsere Familien das so wollen. Es reicht, wenn ich unglücklich bin, weil Louisa wie vom Erdboden verschluckt ist. Da muss ich nicht auch noch Sophie mit ins Unglück reißen, und ich kann sie nicht zu meiner Frau nehmen und mit ihr einen Nachkommen zeugen, wenn ihr Herz jemand anderem gehört und ich weiß, dass mein Erbe irgendwo dort draußen lebt!«

»Jetzt müsst ihr davon nur noch eure Familien überzeugen«, gab Leopold zu bedenken.

»Das Härteste kommt immer zum Schluss. Aber vielleicht ist genau dieser schwere Weg notwendig, damit mein Vater und meine Großmutter endlich begreifen, worum es wirklich geht: der Fortbestand der Seybach'schen Linie.« Maximilian seufzte. »Jedenfalls ist es meine einzige Möglichkeit, eine Zukunft mit Louisa zu haben. Und wenn ich jeden Stein umdrehen muss, um sie zu finden.«

Die Tage vergingen. Für Maximilian verflogen sie ebenso schnell, wie sie sich andererseits zogen. Dachte er an seine bevorstehende Verlobung, hätte er am liebsten die Zeit angehalten, wartete er jedoch auf eine Nachricht von Louisa, hätte er die Uhr am liebsten vorangedreht. Wie konnte etwas so widersprüchlich sein? Doch ebenso waren es seine Gefühle. Einerseits würde er alles dafür tun, um Louisa zu finden, während er auf der anderen Seite wusste, dass seine Pläne, sie zu heiraten, ein Skandal für seine Familie und den Verstoß seitens seines Vaters bedeuteten. Zudem wusste er ja nicht einmal, ob Louisa das überhaupt wollte. Ein Leben mit ihm in Armut … War die Tatsache, dass sie weggelaufen war, bereits Antwort genug? Er war krank vor Sorge, vermisste Louisa mit jeder Faser seines Körpers. Selbst wenn sie eine Hochzeit ablehnte, er würde für sie sorgen und dem Kind eine gute Ausbildung zuteilwerden lassen. Und er selbst würde für seinen Beruf leben. Wenn dies sein Weg sein sollte, dann würde er sich mit diesem neuen Leben arrangieren. Hauptsache, Louisa ging es gut. Ihr und ihrem gemeinsamen Kind.

Er starrte grübelnd auf die Schreibtischplatte, vor ihm ein cremefarbenes Papier mit dem Wasserzeichen der Lilie. Hier hatte alles zwischen ihnen begonnen. Hier hatte er Louisa das Schreiben beigebracht, und jetzt sollte er an der gleichen Stelle auf dieses Blatt seine Verlobungsrede verfassen. Stattdessen musste er Worte finden, um seiner Familie zu erklären, dass er Sophie nicht liebte und auch nicht heiraten würde.

Er hätte ja Isabella um Rat gefragt, doch bis sie ihm mit einer Depesche aus Italien antworten würde, war die Verlobung passé, und Johanna, die gut in solchen Dingen war, war ausgerechnet in den letzten Tagen unpässlich gewesen. Maximilian hatte angeboten, einmal nach ihr zu sehen, doch Alexander hatte abgelehnt, mit der Begründung, sie wünsche sich Ruhe.

Also starrte er auf den blütenweißen Bogen Papier, der ebenso ausdruckslos zurückstarrte. Nanette hatte ihn gerügt, dass er sich auch ja nicht wieder blicken lassen solle, ehe er die Rede nicht ausformuliert hatte, und war für ihn indes zum Juwelier gegangen, um den Verlobungsring abzuholen. Was sie dort in Auftrag gegeben hatte, Maximilian wusste es nicht. Es war ihm auch gleichgültig. Sollte sie doch irgendeinen Klunker kaufen, er würde an Sophie de Neuvilles Finger glitzern wie jeder andere.

»Bist du fertig?«, hörte er die strenge Stimme der Gouvernante.

»Ich verleihe der Rede gerade den letzten Schliff.«

»Wo?« Nanette trat hinter ihn und blickte über seine Schulter auf das Papier. »So, geschrieben mit Zaubertinte also.«

Maximilian verzog das Gesicht. »Ach, Nanette, nun quäl mich

nicht. Ich werde ihr einfach das sagen, was mir in dem Moment durch den Kopf geht.«

»Und ich hatte immer geglaubt, so etwas verfasse man aus dem Herzen.«

»Wenn da etwas wäre …«

»Hier ist der Ring.« Sie schob ihm das Kästchen zu.

»Schön.«

»Sieh ihn dir wenigstens an, ehe du urteilst.«

Maximilian legte widerwillig die Feder weg und klappte das Kästchen auf. Ein ovaler Aquamarin, der mittig auf einem schmalen Goldring saß und eingefasst war von zwölf Brillanten. Er schluckte und presste die Lippen aufeinander. Der Ring war genauso gearbeitet wie der, den seine Mutter auf dem großen Bildnis in der Eingangshalle trug, nur der Stein war ein anderer. Eloise hatte einen Smaragd. Er wusste, dass dies kein Zufall war.

»Wie die zwölf Sterne der Madonna, hat der Juwelier erklärt. Weil die Verlobung an Mariä Himmelfahrt ist. Er meinte, das sei eine schöne Symbolik – was weiß denn ich. Nächstens gibst du ihn selbst in Auftrag, ehe ich mir so ein gefühlsduseliges Zeug anhören muss.«

Maximilian klappte das Kästchen wieder zu.

»Nanette, sag Schorsch, er soll Melodie satteln. Ich möchte noch einmal ausreiten, ehe mir die Ketten angelegt werden.« Er wollte sich noch ein letztes Mal frei fühlen, und das konnte er nur auf dem Rücken seiner Stute – oder in den Armen von Louisa.

Jetzt flackerte etwas in den Augen seiner Gouvernante, und ein Lächeln zuckte um ihre Mundwinkel. »Endlich zeigt meine Arbeit Früchte.«

Als der nächste Tag gekommen war, ließ sich Maximilian von Albrecht in seinen Anzug helfen. Fertig gekleidet stand er vor dem großen Spiegel, das Holzkästchen in der Hand. Als es klopfte, ließ Maximilian es in seiner Fracktasche verschwinden.

Sein Vater trat ein. »Störe ich?«

Maximilian schüttelte den Kopf.

»Ein großer Tag heute«, begann Carl das Gespräch. »Ich weiß noch, wie aufgeregt ich damals war, als ich um die Hand eurer Mutter angehalten habe.« Er lächelte versonnen und schien für einen Augenblick seinen Erinnerungen nachzuhängen. »Sie wäre heute sicherlich gerne dabei.«

Maximilian spürte Groll in sich aufsteigen. »Ich glaube nicht, dass Mutter mich in diese arrangierte Ehe gedrängt hätte.«

»Auch unsere Ehe war arrangiert«, erinnerte Carl ihn. »Und dennoch haben sich unsere Herzen gefunden. Ich bin mir sicher, dass auch du mit Sophie glücklich werden kannst. Sie ist eine gute Partie, und bei Hofe hat sie großen Einfluss. Selbst wenn du es jetzt noch nicht sehen kannst, langfristig wird es gut sein für dich – für dich und das Haus von Seybach. Ihr werdet viele Erben zeugen und …«

»Ich habe bereits einen Erben«, erinnerte Maximilian ihn, und seine Stimme klang bitter. »Nur hast du ihn vertrieben, zusammen mit seiner Mutter.«

Carl sah ihn an, die Miene voller Trauer und Schmerz. »Mein Sohn, ich weiß, du liebst diese Dienstbotin, doch ich habe mit ihrem Verschwinden nichts zu tun. Sie wäre versorgt gewesen bei meiner Schwester. Ich habe Frau Haberl beauftragt, dass sie Louisa das beste Zeugnis ausstellt, was man sich nur denken kann. Ihr Kind hätte bei Marie eine gute Ausbildung erhalten. Aber wenn sie unsere Hilfe nicht annehmen will, so ist das ihre Entscheidung. Vergiss sie, Maximilian.«

Maximilian stand auf und trat ans Fenster. »Das kann ich nicht. Niemals.« Er ballte die Hände zu Fäusten, und in diesem Moment schwor er sich etwas. »Ich werde niemals meine Pflichten als Ehemann erfüllen, Vater. Großmutter und du, ihr könnt mich in diese Ehe drängen oder in jede andere, ihr könnt gesellschaftlich dafür sorgen, dass dieser Bund geschlossen wird. Doch ich werde meine Pflicht nicht vollziehen.«

»Und was ist mit dem Versprechen, das du deiner Mutter gegeben hast? Unsere Linie wird erlöschen, wenn du dich weigerst, deinen ehelichen Pflichten nachzukommen.«

»Nein, Vater. Unsere Linie wird erlöschen, wenn du dich weigerst, mein Kind anzuerkennen. Es gibt bereits einen Erben von Seybach – und er ist irgendwo dort draußen.«

Als er sich jetzt umdrehte, sah er, wie bleich sein Vater war. Er rang nach Worten, nach Fassung, doch dann atmete er nur aus.

»Diese Manschettenknöpfe wollte ich dir eigentlich übergeben und dir sagen, wie stolz ich auf dich bin.« Er legte sie auf den Holztisch, einer davon rollte herunter und fiel zu Boden. »Ich habe sie von meinem Vater erhalten, der sie wiederum von seinem Vater bekam. Und ich wollte dir sagen, dass ich hoffe, es noch zu erleben, wie du sie an deinen Sohn weitergibst. Aber wenn dein Entschluss feststeht …« Er schluckte, nickte, wandte sich ab und ging.

Mein Sohn, dachte Maximilian. Ob Louisa wohl einen Sohn unter ihrem Herzen trug? Oder gar eine kleine Komtess? Wo sollte er nur nach ihr suchen? Es war ihm egal, und wenn er das ganze Land nach ihr durchstreifen müsste. Er würde sie finden, sie und sein Kind.

25

Louisa

»Halte dich gerade!« Sophie de Neuvilles Stimme war sanft, aber bestimmt und Louisa mittlerweile den Tränen nahe.

»Wie soll ich an den Tisch kommen, wenn du mich festgebunden hast?«, rief sie verzweifelt. Um ihren Oberkörper hatte Sophie ein Seidentuch geschlungen, sodass Louisa sich kaum von der Rückenlehne ihres Stuhls wegbewegen konnte.

»Das sorgt dafür, dass du bei Teegesellschaften anständig sitzt und nicht auf dem Stuhl herumhampelst wie ein hoppelndes Kaninchen. Die Gräfin von Seybach legt großen Wert auf Manieren und Haltung. Und wenn du dich nicht wie eine feine Dame zu bewegen und zu benehmen verstehst, wird unser Schwindel morgen bei der Verlobungsfeier auffallen.«

In Louisa zog sich alles zusammen. Wie oft wollte Sophie de Neuville sie eigentlich noch daran erinnern? Sie tat seit zwei Wochen doch schon alles, was in ihrer Macht stand. Im Grunde war sie Sophie auch dankbar für ihre Strenge, aber sie wünschte sich im Moment nichts mehr als eine Pause.

»Für heute Nachmittag habe ich den Musiklehrer herbestellt. Das ist deine letzte Probe vor dem großen Auftritt. Vergreife dich nicht wieder im sechzehnten Takt. Henriette von Seybach wird entzückt sein, wenn du ein Lied zum Besten gibst. Sie liebt Musik.«

»Und wenn sie noch eines hören will?«, fragte Louisa mutlos.

Sophie winkte ab. »Da werden wir eine Ausrede finden. Wir sagen einfach, dass du das Pianofortespielen erst lernst, da wird sie Verständnis haben. Wohingegen sie bei fehlenden Manieren weniger

Milde walten lassen wird. Also, noch einmal zur Haltung.« Sie bedeutete Isolde, aus der Karaffe Wasser in Louisas Tasse nachzufüllen.

»Ich kann keine Tasse aus dieser Distanz erreichen, wenn ich mich nicht wenigstens ein bisschen dem Tisch entgegenbeuge!«

Louisa war müde, und sie wünschte sich gerade sehr einen Teller von Bertis kräftiger Gemüsesuppe anstelle Wasser zum Üben. Und danach wollte sie sich hinlegen und ein wenig die Augen schließen. Ihr war entsetzlich flau, und sie fühlte sich schlapp. Sie war sich sicher, wenn sie eine weitere Stunde hier auf diesem unbequemen Holzstuhl sitzen musste, würde das Seidentuch sie auch daran hindern, bei einer Ohnmacht mit dem Kopf voran auf den Boden aufzuschlagen, vorausgesetzt, Sophie de Neuville hatte den Knoten fest genug gezogen. Doch angesichts ihres Ehrgeizes war davon auszugehen.

»Louisa, ich weiß, dass es schwer für dich ist, aber ich weiß ebenso, dass du es schaffen kannst. Erinnere dich an die letzte Woche, als du für mich meine Stickarbeit übernommen hast, damit ich mich aus dem Haus schleichen und mit Philipp treffen konnte. Maman hat deine Kreuzstiche in den höchsten Tönen gelobt. Sie sagte, so gut seien sie mir noch nie gelungen. Noch dazu in dem Tempo.«

»Ja, aber da ging es um Handarbeit. Nähen kann ich, das lässt sich leicht aufs Sticken übertragen. Doch hier bin ich restlos verloren.«

»Unsinn«, wehrte Sophie sanft ab. »Essen kannst du auch. Nur Mut. Wir üben es gleich noch einmal.«

Als Louisa jetzt scheppernd mit dem Löffel gegen die Porzellantasse stieß, bei dem Versuch, Zucker in ebendiese zu rühren, konnte Sophie kaum an sich halten. »Louisa! So wirst du dich morgen blamieren!«

»Das ist ohnehin alles eine furchtbare Idee!« Sie spürte, wie ihr Tränen in die Augen traten. »Ich kann das nicht, und ich werde das auch niemals können!«

»Oh doch«, hörte sie eine ihr vertraute Stimme hinter sich. »Du kannst. Und du wirst.«

Es war Nanette, die sich bei Sophies Eltern als die Lieferantin der Hofschneiderin vorgestellt hatte, um die Kleider für den besonderen Tag zu bringen, und als sie Louisas verzweifelte Stimme gehört hatte, war sie in den Salon gekommen und wusch ihr nun ordentlich den Kopf.

Am nächsten Nachmittag stand Louisa in einem nachtblauen Traum aus Taft vor dem Lilienpalais, während sich ihr der Magen umdrehte. Und das kam nicht nur von der Kutschfahrt, die holprig und wackelig gewesen war. Ihr graute vor dem, was ihr bevorstand.

Sophie de Neuville schien es da ganz anders zu gehen. Sie hob gerade die Röcke ihres salbeigrünen Seidenkleids an, das sie elfengleich wirken ließ, und schwebte die vier Stufen hinauf, hinter ihr ihre Eltern.

Louisa folgte ihnen still. Es war eigenartig, das Lilienpalais wieder zu betreten. Vor einem knappen halben Monat hätte sie nicht gedacht, je wieder hierherzukommen, und jetzt betrat sie das Palais durch die imposante Vordertür. Wie viel sich in so kurzer Zeit doch verändert hatte. Ihre Knie waren weich, als sie durch die Eingangshalle schritt, der Ort, an dem sie Maximilian zum ersten Mal begegnet war. Sie warf einen Blick auf das lebensgroße Porträt der Gräfin von Seybach, deren gütiger Blick sie empfing. Ob sie Louisa akzeptiert hätte? Sie wusste es nicht. Als Anna jetzt auf sie zukam, um ihr den Mantel abzunehmen, hielt sie die Luft an. Was, wenn sie erkannt wurde? Sie hatte das Gesicht unter einem kleinen Schleier verborgen, wie auch Sophie de Neuville. Die vermeintliche Lieferantin der Hofschneiderin war der Ansicht gewesen, das mache die Atmosphäre geheimnisvoller, und Angelique de Neuville war von dieser Idee sofort entzückt gewesen. Jetzt dankte Louisa Nanette im Stillen für diesen Vorschlag, denn so konnte sie sich noch ein bisschen dahinter verbergen.

Auch sonst schien niemand so richtig auf sie zu achten. Zu aufgeregt waren die Anwesenden ob des Anlasses. Sie spürte die Anspannung deutlich beim Personal, denn Louisa wusste selbst nur zu gut, was für eine harte Arbeit dahintersteckte, dass an so einem bedeutsamen Tag nichts schiefging, und wer rechnete auch damit, dass sie, Louisa Strobel, das einfache Dienstmädchen, jetzt als Freundin von Sophie de Neuville ins Lilienpalais zurückkehrte?

Man bat sie in das Musikzimmer, ausgerechnet das Musikzimmer, wo sich die Familie bereits versammelt hatte. Dort betrieb man höflich Konversation. Bestimmt hätte man es als ein Treffen in netter Runde angesehen, doch Louisa spürte die Anspannung, die von Carl und Henriette von Seybach ausging. Auch Maximilian schien in keiner guten Verfassung zu sein. Hatten sie womöglich gestritten? Sie hob leicht den Kopf und versuchte, in den Mienen der Anwesenden zu lesen, doch sie schienen ihr eigenes Schauspiel zu spielen, eines, von dem Louisa die Schriftfassung nicht kannte. Sie erlebte den höflichen Austausch über Belangloses fast schon als Bedrohung, die über der ganzen Szenerie schwebte. Ob es daran lag, dass sie in solcherlei Dingen noch nicht ausreichend geschult war? Bisher kannte sie ja nur die Tischgespräche, wenn sie bedient hatte. Wie war es da wohl, wenn man auf einem Ball war?

Jetzt ging Matthias mit einem Tablett voller Erfrischungen an ihr vorbei. Als er ihr etwas anbot, senkte sie den Blick und griff mit der behandschuhten Hand nach einem Glas.

Halte es ruhig, sagte sie sich, doch sie zitterte so sehr, dass sie beinahe etwas verschüttete. Kein Wunder, ihr Schicksal und das ihres Kindes hing vom Verlauf dieses Nachmittags ab.

»Wie geht es dir?«, fragte Gräfin Johanna, die jetzt neben sie getreten war, leise.

»Entsetzlich«, wisperte Louisa.

»Mach dir keine Sorgen. Alles wird gut gehen.« Sie lächelte ihr aufmunternd zu. »Hast du denn mittlerweile etwas von deiner Familie gehört?«

»Heute Morgen überbrachte mir Nanette einen Brief von meiner Mutter, den sie ans Lilienpalais geschrieben hat. Sie weiß ja nicht, dass ich nicht mehr dort bin, ich durfte ihr nichts sagen. Stellen Sie sich vor, Gräfin Johanna, meine Eltern sollen von nun an als Verwalterehepaar ein Gut bewirtschaften. Mutter hat mir sogar angeboten, dass ich zu ihnen kommen und mein Kind dort großziehen kann. Ich kann all das gar nicht begreifen. Wie kommen meine Eltern denn auf einmal zu so einem Stück Land? Hat mein Vater womöglich beim Spielen mal etwas gewonnen?«

Graf Alexander von Reuss, der neben ihnen stand, schien ein Schmunzeln zu unterdrücken. »Es sei ihm gegönnt, wenn er so ein Händchen hat.«

Louisa war froh und dankbar über die Gesellschaft der beiden. Wenigstens musste sie sich so nichts Originelles für eine Konversation ausdenken, sondern konnte einfach darüber sprechen, was sie bewegte.

»Großmutter sieht herüber«, flüsterte Johanna. »Louisa, sag mir Bertis Sonntagssuppenrezept auf, dann wirkt es so, als würden wir uns angeregt unterhalten.«

»Fünf Möhren«, murmelte Louisa, »eine Knolle Sellerie, eine Beinscheibe vom Rind …«

»Und wie wunderbar Ihre Freundin parlieren kann«, hörte sie die Gräfin von Seybach großmütig sprechen. »Sehen Sie nur, sie ist ganz in ein Gespräch mit meiner Enkelin vertieft. Findet sie immer so schnell Anschluss?«

»Durchaus, und sie weiß auch zu unterhalten«, sagte Sophie.

»Seit Kurzem nimmt sie sogar Musikstunden am Pianoforte«, ergänzte Angelique de Neuville. »So entzückt war sie vom Spiel unserer Tochter, dass sie es auch erlernen wollte.«

Oh nein, dachte Louisa, und ihr sank der Mut. Sie wurde vorgeführt wie auf dem Präsentierteller. Aber es half nichts. Sie musste sich an das Musikinstrument setzen.

»Welches Stück wollen Sie spielen?«, fragte Maximilian, der sich bis eben noch mit dem Grafen und der Gräfin de Neuville unterhalten hatte.

»Händels Gavotte in G-Dur«, hauchte Louisa.

»Ausgezeichnet«, bemerkte Henriette von Seybach. »Ein gutes Anfängerstück. Maximilian, willst du sie nicht begleiten?«

Gräfin Johanna gluckste, versteckte das Gesicht jedoch schnell hinter ihrem Fächer.

»Ich kann jedoch nur dieses eine Lied.«

»So haben wir es wenigstens schnell hinter uns.« Maximilian setzte sich neben sie ans Pianoforte, würdigte sie jedoch keines Blickes.

Louisa zog es das Herz zusammen, dass er sie nicht erkannte. Das Herz, unter dem ihr gemeinsames Kind heranwuchs. Oder hatte er bereits alles durchschaut und wollte sie gar nicht mehr? Nein, dann hätte er anders reagiert … Sie konnte nur zu gut verstehen, wie er sich momentan fühlte, aber er musste doch wenigstens einen Verdacht schöpfen! Natürlich bestand ihr Verwechslungsspiel darin, dass die anderen nichts bemerkten, aber Maximilian musste sie doch erkennen! Sonst wäre alles umsonst gewesen. Sollte sie ihm einen Hinweis geben oder lieber noch warten, um ihr heikles Spiel nicht vorzeitig zu beenden und alles zu gefährden? Oder wollte er sie womöglich gar nicht erkennen, weil es nur schöne Worte gewesen waren? Sie wusste nicht, was sie tun sollte, wann der richtige Zeitpunkt gekommen war, es zu wagen. Mit zitternden Fingern zog sie ihre Handschuhe aus, und als sie jetzt gemeinsam die ersten Töne anschlugen, bildete sich ein dicker Kloß in ihrem Hals. So nahe waren sie sich, aber sie wusste dennoch nicht, ob sie ihm ein Zeichen geben sollte. Dabei spürte sie die Wärme, die von ihm abstrahlte. Sie spürte das Kribbeln, das die wenigen Zentimeter zwischen ihnen überbrückte, als berührten sie sich direkt. Das musste er doch auch bemerken!

Gemeinsam spielten sie das Stück, und die Anwesenden applaudierten angemessen. Die Gräfin von Seybach gestand zu, wie talentiert Sophie de Neuvilles Freundin sei. Es schien, als würde sie heute nichts aus der Ruhe bringen.

»Nun, wollen wir den offiziellen Teil hinter uns bringen, ehe wir zum Diner übergehen?« Sie warf einen Blick in Maximilians Richtung.

Maximilian erhob sich träge und ließ sich von Albrecht einen Blumenstrauß reichen, ein Gebinde aus Lilien.

Wie auch immer es ausgehen mochte, sie musste es jetzt riskieren. Die Zeit lief ihr davon. Was sollte sie nur tun? Unsicher blickte sie zu Nanette, doch die sprach jetzt mit Gräfin Johanna.

»Das sind sehr schöne Blumen«, flüsterte Louisa, die sich nun ebenfalls erhoben hatte und sich in seine Nähe stellte.

»Die Lieblingsblumen meiner Mutter«, murmelte er. »Ich habe mich nicht einmal nach den Lieblingsblumen meiner Zukünftigen erkundigt.«

»Bestimmt waren Sie zu aufgeregt und zu eingespannt in die Vorbereitungen.«

»Sie sind sehr gütig. Wenn Sie meine Verlobte wären, hätte ich Sie sicher sofort gefragt, was Ihre Lieblingsblumen sind.«

Louisa stockte der Atem. Jetzt, dachte sie. Jetzt musste sie es wagen, ehe alles zu spät war.

»Vergissmeinnicht«, hauchte sie.

Maximilian wandte den Kopf, drehte sich zu ihr um. Seine Augen weiteten sich, Erkennen glomm darin auf, und dann Verwunderung und unverhohlene Freude. In einem unbeobachteten Moment legte Nanette ihren Zeigefinger an ihre Lippen, und Louisa senkte die Lider wieder. Maximilian nickte kaum merklich. Ein sanftes Lächeln umspielte seine Lippen.

»Also dann, ich bitte um Aufstellung!«

Johanna, Alexander, Leopold und Nanette traten zur Fensterseite des Raumes, Henriette und Carl von Seybach begaben sich auf die andere Seite in die Nähe der Harfe und des Pianofortes, neben ihnen Sophie de Neuvilles Eltern. In der Mitte vor dem Kamin nahm Sophie ihren Platz ein, ein wenig dahinter Louisa.

Carl von Seybach nickte seinem Sohn zu, das Zeichen, dass der offizielle Teil beginnen konnte.

Maximilian räusperte sich. »Meine Hochverehrte«, begann er, und jetzt war seine Stimme deutlich beschwingter. »Unser Weg war schwierig, und anfangs wollten wir ihn nicht gehen. Doch sosehr wir uns auch gewehrt haben, jede Abzweigung brachte uns wieder zueinander zurück. Schon als ich dich das erste Mal gesehen habe, war es um mich geschehen, doch ich wusste, dass unsere Liebe es nicht leicht haben würde. Jedes Mal, wenn ich nicht bei dir sein konnte, fühlte ich mich leer, und in den dunklen Nächten vermisse ich dich umso mehr. Anfangs habe ich mich gewehrt, doch es ging nicht.«

Auf dem Gesicht der Gräfin von Seybach breitete sich ein gönnerhaftes Lächeln aus, während Louisas Puls zu rasen begann wie damals in der Bibliothek.

»Meine Teuerste, jeden Tag, an dem wir zusammen sind, erfüllst du mein Leben mit Liebe und Freude, und die Entscheidung, dich zur Frau zu nehmen, macht mich zum glücklichsten Menschen auf Erden. Heute haben wir allen bewiesen, dass Liebe alles überwinden kann, und so frage ich dich, Louisa Strobel, willst du mich heiraten?«

Louisa sah, wie Maximilian ein wenig ungelenk, aber entschlossen vor ihr auf die Knie ging und ihr den Blumenstrauß reichte. Und dann passierte plötzlich alles auf einmal: Sie hörte das amüsierte Kichern von Sophie, den entsetzten Aufschrei ihrer Mutter, das empörte Einatmen der Gräfin von Seybach. Sie beobachtete, wie Carl von Seybach um Fassung rang, und dann hallte kurz Nanettes raues Lachen durch den Raum.

Es brauchte eine Weile, ehe sich Angelique de Neuville wieder gefasst hatte. Nanette hatte die Gräfin zusammen mit ihrem Mann zur Chaiselongue begleitet und ihr erst einmal Luft zufächeln müssen. »Ein Skandal ist das«, murmelte sie immer wieder. »Ein entsetzlicher Skandal.«

»Nein, Maman, ein Skandal ist es, dass sowohl ihr als auch Maximilians Familie an dieser Ehe festhaltet, wo ihr doch alle wisst, dass wir beide uns nicht lieben. Unsere Herzen gehören jemand anderem, doch ihr wollt es nicht begreifen.«

»Wenn du meinst, dass ich einer Ehe mit diesem von Hohenberg zustimme, hast du dich aber getäuscht«, donnerte Jacques de Neuville. »Bettelarm ist er – wie eine Kirchenmaus.«

»Und doch hat er den Schneid, sein Können in den Dienst des Königs zu stellen«, erwiderte Nanette gelassen. »Wie ich hörte, hat er eine Stelle im königlichen Regiment erhalten.«

Angelique de Neuville fächelte sich noch eifriger als zuvor Luft zu. »Ist das wahr?«, hauchte sie. »Hörst du das, Jacques?«

»Im Grenadier-Garde-Regiment, um genau zu sein«, sagte Sophie.

»Das Infanterie-Leib-Regiment des Königs?« Jacques de Neuville erbleichte.

»Donnerwetter.« Leopold von Löwenstein ließ einen Pfiff durch die Zähne entweichen. »Soweit ich weiß, werden dorthin nur die größten und schönsten Leute versetzt.«

Auch Maximilian hob überrascht die Brauen. »Beeindruckend. Und so jemanden lehnen Sie für Ihre Tochter ab?«

»Also schön.« Jacques de Neuville versuchte sich wieder zu fassen. »Wenn er denn will, soll er in den nächsten Tagen vorbeikommen und dir seine Aufwartung machen. Dann sehe ich ihn mir noch einmal genauer an.«

Gräfin Johanna kicherte, presste aber sogleich die Lippen zusammen, als Henriette von Seybach sie mit einem Blick rügte.

»Wie kommt es eigentlich, dass unser Stubenmädchen Gast in so einem noblen Haus ist?« Die Gräfin von Seybach blickte argwöhnisch in die Runde. »Wer hat das ausgeheckt?«

»Das war meine Entscheidung«, sagte Sophie de Neuville mit ruhiger Stimme. »Als ich von ihren Gefühlen zu Maximilian erfahren habe, habe ich mich an meine eigene Situation erinnert gefühlt. Es ist schrecklich, wenn man nicht mit dem Menschen zusammen sein kann, den man liebt. Daher habe ich auch keine Sekunde gezögert, als Nanette mich bat, dass ich ihre Ausbildung übernehme.«

»Nun ja, und ganz so uneigennützig war es dann ja doch nicht«, brummte Nanette, und Sophie de Neuville schmunzelte belustigt.

»Natürlich steckt wieder unsere Gouvernante dahinter.« Gräfin Henriette von Seybachs Lippen waren ein schmaler Strich, ihre Augen verengt zu Schlitzen, als sie erst der Gouvernante, dann Louisa einen scharfen Blick zuwarf.

Louisa wurde es flau.

»Sie müssen zugeben, dass sich Fräulein Louisa gar nicht so schlecht gemacht hat. Es gab einiges zu lernen, und sicherlich haben wir nicht alles Nötige in den zwei Wochen geschafft, aber haben Sie sie vorhin nicht selbst noch gelobt? Und ich bin mir sicher, dass sie auch alles Weitere lernen wird, was sie benötigt, um sich auf dem gesellschaftlichen Parkett angemessen bewegen zu können.«

Fräulein Louisa … Louisas Wangen wurden heiß. So hatte Sophie de Neuville sie schon einmal angesprochen.

»Jedenfalls steht mein Entschluss fest. Sosehr ich Ihren Sohn beziehungsweise Enkel auch schätze, ich werde Maximilian nicht mein Jawort geben. Sein Herz gehört einer anderen, und meines – wie Sie nun ja wissen – auch.«

»Wenn das so ist, brauchen wir für Maximilian eine andere Partie«, sagte Carl nachdenklich.

»Die ich mir bereits gesucht habe.« Maximilian umschloss Louisas Hand ein wenig fester.

»Darüber muss ich mich mit deiner Großmutter beratschlagen.«

Henriette und Carl von Seybach zogen sich in den Blauen Salon zurück, während die Familie de Neuville sich höflich verabschiedete.

»Das Schlimmste hast du überstanden«, sagte Sophie, als sie Louisa umarmte. »Sei gewiss, jetzt wird sich alles fügen.«

Maximilian nickte Sophie formvollendet zu. »Danke, dass du uns geholfen hast.«

»Sehr gerne.« Sie sah ihn mit einem warmen Lächeln an.

»Eine Frage noch. Warum …«

»… ich das getan habe?«, übernahm sie seinen begonnenen Satz. »Ich weiß nicht nur von dir und Louisa, sondern auch von eurem Geheimnis.« Louisa wollte etwas sagen, doch Sophie hob leicht die Hand. »Nanette hat es mir erzählt, selbstverständlich ganz im Vertrauen. Es brach mir das Herz, als ich davon hörte. Ich weiß, wie schmerzlich es ist, unglücklich zu lieben, und ich weiß, was Mädchen und jungen Frauen wie ihr in einer solchen Situation bevorsteht. Ich wollte nicht, dass auch dich dieses Schicksal ereilt«, sie wandte sich jetzt wieder an Louisa, »schon gar nicht, wenn ich dazu beitragen kann, es zu verhindern.«

Nanette räusperte sich hörbar im Hintergrund.

»Nun gut, und ich will ganz ehrlich sein«, sagte sie mit einem spitzbübischen Lächeln. »Auch ich habe davon profitiert, dass ich euch geholfen habe. Deine Gouvernante hat einen Weg gesucht, damit auch meine Liebe zu Philipp von Hohenberg gesellschaftlich akzeptiert wird. Und anscheinend hat sie es geschafft, so schnell, wie Papa sich hat umstimmen lassen.«

»Danke«, wiederholte Maximilian rau. »Und dir und Philipp alles Gute.«

Als Sophie gegangen war, brauchte Maximilian einen Moment, um sich zu sammeln. »Ihr habt meine Familie und Sophies Eltern ganz schön an der Nase herumgeführt – und mich im Übrigen auch.« In seiner Stimme schwang ein leiser Vorwurf mit. »Ich weiß nicht, ob ich dir dankbar oder auf dich sauer sein soll.« Grimmig blickte er Nanette an, die sich auf einem der cremeweißen Kanapees mit den roten Sitzkissen niedergelassen hatte, doch die Gouvernante zuckte bloß mit den Schultern. »Und du …« Er wandte sich zu Louisa. »Ich bin so froh, dass du wieder da bist!« Zärtlich legte er eine Hand an ihre Wange. »Ich habe dich überall gesucht. Ich habe mir solche Sorgen gemacht.«

»Nanette hat mich bei Komtess Sophie in der Sommerresidenz untergebracht, damit ich lerne, wie sich eine Gräfin verhält.«

»Louisa hätte in dieser kurzen Zeit keine bessere Erziehung erhalten können als bei Sophie in den letzten zwei Wochen«, sagte Johanna. Sie hatte sich mit Alexander vor eines der hohen Fenster zurückgezogen, vor dem die rotsamtenen Vorhänge zurückgerafft waren und einen Blick auf das Nachbargebäude freigaben.

»Dann hast du etwa auch davon gewusst?« Maximilian funkelte seine Cousine an, doch die lächelte nur freundlich zurück.

»Wer kann denn ahnen, dass du dich auf dem Sommerball mit Sophie de Neuville verloben lässt? Ich war damals wenigstens klug genug, gar nicht erst bei meiner Verlobung zu erscheinen. Und abgesehen davon bin ich davon ausgegangen, nach dem Ball der guten Seelen sei zwischen euch beiden alles geklärt und ihr findet euren Weg.«

Nanette ließ ein Schnauben vernehmen. »Ich habe es dir schon vor zwei Wochen gesagt, als wir Louisa zu Sophie geschafft haben. Maximilian braucht manchmal einfach etwas länger. Um ein Haar hätte er sich heute ja auch mit der Falschen verlobt.«

Leopold, der auf einem mit rotem Samt bezogenen Stuhl der Sitzgruppe Platz genommen hatte, kicherte.

»Na, schönen Dank auch.« Maximilian sah Nanette vorwurfsvoll an. »Ihr hättet mich wenigstens dahin gehend einmal einweihen können. Ich bin beinahe gestorben vor Sorge um Louisa und unser Kind!«

»Es ging nicht«, sagte Louisa, und ihre Stimme war samtweich. »Du hättest es nicht durchgehalten. Selbst mir ist es schwergefallen, dir und meiner Familie nichts zu erzählen. Aber du …«, sie sah ihn voller Liebe an, »… der du das Herz auf der Zunge trägst und beinahe nur aus Gefühl bestehst … Sicher wärst du zu deinem Vater gegangen und hättest ihm von unserem Plan erzählt, ihn um Vernunft gebeten.«

Maximilian brummte. »Wenn es hätte sein müssen, hätte ich auch das Lilienpalais für dich verlassen.«

»Ich weiß«, hauchte Louisa. »Doch das hätte ich nicht gewollt. Mit dieser Entscheidung wärst du niemals glücklich geworden.«

»Und beinahe hättest du damit auch unseren schönen Plan vereitelt«, sagte Nanette. »Eigentlich müsste ich dich für so viel Eigeninitiative loben, zeigt sie doch, dass du wahrlich keine Gouvernante mehr brauchst, aber nächstes Mal erzählst du mir gefälligst etwas früher, was du vorhast. Wenn ich Louisa an diesem Morgen nicht in aller Herrgottsfrühe weggeschafft hätte, wärst du mit ihr womöglich doch noch getürmt, und meine schöne Organisation im Hintergrund wäre umsonst gewesen. Weißt du, wie schwer es war, für Philipp von Hohenberg die Stelle im Regiment zu bekommen?« Sie brummte. »Nach Stuttgart. Also wirklich …«

»Selbstverständlich werde ich mich umgehend bei deiner Familie für dieses Verwechslungsspiel entschuldigen«, sagte Louisa.

»Du agierst in der Tat schon wie eine Gräfin von Seybach.« Als Maximilian das sagte, bemerkte sie das amüsierte Zucken um seine Mundwinkel.

»Meinst du, dass deine Familie mich aufnehmen wird?« In Louisas Worten schwang nun doch Unsicherheit mit. »Ich fühle mich furchtbar. Das hier war ein Skandal. Ich hätte vielleicht doch nicht mitspielen sollen.«

»Das hier war eine Notwendigkeit, um ihnen die Augen zu öffnen«, erwiderte Gräfin Johanna vom Fenster aus, und jetzt trat sie auf Louisa zu. »Auf andere Weise hätte Großmutter nie verstanden, dass du den zukünftigen Erben oder die zukünftige Erbin der Familie unter deinem Herzen trägst.« Sie umarmte sie herzlich, und Louisa spürte, wie sie ein wenig ruhiger wurde.

»Es war trotzdem nicht richtig, sie zu überrumpeln. Welchen Start habe ich denn jetzt? – Sollte ich überhaupt einen haben …«

»Oh, einen ganz vorzüglichen«, sagte Nanette. »Carl von Seybach ist heute Morgen klar geworden, dass er bei einer Hochzeit mit Sophie de Neuville riskiert, dass die Seybach'sche Linie erlischt.«

»Ich werde nachher noch einmal in Ruhe mit ihm sprechen und all das klären«, sagte Maximilian. »Ich denke, das ist dringend nötig. Als er mich zu der Ehe mit Sophie gedrängt hat, gab es einen unschönen Zwist zwischen uns.«

»Das tut mir sehr leid.«

Nanette winkte ab. »Es wird nichts so heiß gegessen, wie es gekocht wird. Ich schätze im Übrigen, Henriette überlegt gerade fieberhaft, welchen Titel man dir angedeihen lassen kann, um dich als Baronin in die Gesellschaft einzuführen, nachdem sie vorhin noch so entzückt von dir als Sophies Freundin war.«

»Als Baronin?«, fragte Louisa, und nun fehlten ihr tatsächlich einen Augenblick lang die Worte.

»Als Stubenmädchen wirst du Maximilian wohl schlecht heiraten können.« Nanette schnitt eine Grimasse. »Und an so einer Adelung ist nichts Großes dran. Nahezu jede Familie hat irgendwo noch einen angestaubten Titel herumliegen, den man verleihen kann. Eine Zeremonie hier, ein Ritterschlag da, eine Dokumentenunterzeichnung für die Formalitäten.«

Louisa dachte nach. »Sind meine Eltern deshalb Besitzer eines Guts geworden?«

»Ganz ohne Vermögen kann man dich ja schließlich schlecht starten lassen. Verarmter Adel wird nicht so gerne gesehen.«

»Und woher hast du jetzt ein Gut aus dem Hut gezaubert?«

»Ich weiß, wen ich zu fragen habe«, sagte Nanette. »Bedanken kannst du dich beim Grafen Alexander von Reuss.«

Louisas Blick wanderte zu dem Grafen, der nun neben seine Frau trat und ihr einen Arm um die Taille legte.

»Ich habe es zufällig beim Billardspielen gewonnen.«

»Wie kommt man denn da an ein Gut?«, wunderte sich Maximilian.

»Oh, ich hatte das Vergnügen, gegen Hasso von Warhellberg zu spielen. Als ich Johannas und mein Palais gesetzt habe, fühlte er sich herausgefordert und hat Gut Waldeck als Einsatz ins Spiel gebracht.«

»Du hast unser Palais gesetzt?«, fragte Johanna entsetzt. »Wieso hast du mir das nicht erzählt? Was, wenn du verloren hättest?«

»Liebling, jeder hat seine kleinen Geheimnisse. Und nachdem wir Sophie de Neuville und Philipp von Hohenberg zusammen auf der Soiree gesehen haben, konnte ich meinen Freund doch nicht hängen lassen. Abgesehen davon ist Hasso ein so entsetzlich schlechter Billardspieler, sodass da gar nichts schiefgehen konnte. Außerdem dachte ich, es schadet nicht, wenn er für den Vorfall auf der Johannisfeier bezahlt, als er Maximilian begegnet ist.«

Maximilian schmunzelte. »Auf meine Freunde ist also doch Verlass.«

»Das ist sehr großzügig von Ihnen, Graf von Reuss, doch das können meine Familie und ich nicht annehmen.«

Alexander winkte ab. »Betrachte es als vorzeitiges Hochzeitsgeschenk deines Schwagers und deiner Schwägerin.«

»Aber gewöhn deinem Vater das Spielen ab, bevor das schlimm endet«, setzte Leopold hinzu.

»Woher wissen Sie, dass er spielt?«, fragte Louisa bang.

»Nun, das Gut musste ja irgendwie in euren Besitz übergehen, also habe ich ihn im Wirtshaus beim Würfeln ein paarmal gewinnen lassen. Er hat sich königlich amüsiert, gegen einen Edelmann haushoch zu gewinnen.«

»Und kümmere dich am besten gleich auch noch um seine Begeisterung für Alkohol«, setzte Nanette hinzu. »Einen Trunkenbold sieht niemand gerne auf einer Hochzeit.«

»Oh Gott, wenn Gräfin Henriette und Carl von Seybach jetzt wirklich … Also, wenn Maximilian und ich tatsächlich heiraten, dann brauchen meine Eltern ja ebenfalls einen Benimmkurs. Mutter wird keine Ahnung haben, wie man sich in einem so noblen Haus bewegt.«

»Mach dir darum keine Gedanken. Sie erhalten auf Gut Waldeck bereits Unterricht von einem begabten Schauspieler, und ein anonymer Förderer hat ihnen das notwendige Personal zur Seite gestellt.«

Louisa schüttelte kaum merklich den Kopf. »Wie ist das alles möglich?«

»Manche nennen es Schicksal, andere Glück, wieder andere sprechen von der Magie der Liebe. Ich nenne es die Früchte mühsamer Arbeit. Kennst du den Ausdruck *Reich wie ein zu Treutheim*?«

»Nein.«

»Egal, das wirst du schon noch …«

Gräfin Johanna und Graf Alexander warfen einander einen kurzen Blick zu. »Liebling, lass uns in den Garten gehen«, sagte Johanna. »Ich glaube, ein bisschen Bewegung könnte mir jetzt nicht schaden, und ich war schon so lange nicht mehr am Rosenpavillon.« Sie strich sich über ihren wohlgerundeten Bauch.

»Wenn es euch recht ist, begleite ich euch«, sagte Leopold und stand auf. Zusammen verließen sie das Musikzimmer.

»Ich hoffe so sehr, dass deine Familie ihr Einverständnis zu dieser Ehe gibt«, sagte Louisa. »Das hier darf nicht alles umsonst gewesen sein.«

»Was das angeht, sollte ich vielleicht mal nach ihnen sehen.« Nanette erhob sich von dem Kanapee. »Nicht, dass ihre Entschlüsse nun doch noch in die falsche Richtung gehen. Und danach mache ich mich auf die Suche nach Johanna, um euch eine Anstandsdame hereinzuschicken, aber ich fürchte, ich werde einige Zeit brauchen, bis ich sie im Garten bei Alexander und Leopold gefunden habe.«

Louisa schmunzelte, und als Nanette jetzt ebenfalls gegangen war, wandte sich Maximilian ihr zu.

»Hier haben wir uns zum ersten Mal geküsst«, sagte er und nahm ihre Hände in seine.

Louisas Körper durchrieselte es heiß und kalt. »Das ganze Palais ist voll von Erinnerung an dich.«

»Die liebste ist mir die in meinem Schlafzimmer … Oder nein, warte, in der Bibliothek. Oder doch das Musikzimmer, weil du hier Ja gesagt hast?«

»Habe ich das?«, fragte Louisa amüsiert und hob die Brauen.

Maximilian senkte die Lippen auf ihre und küsste sie zärtlich. »Das will ich doch hoffen, sonst wäre das höchst ungehörig, was wir hier tun.« Er ließ seine Nasenspitze über ihren Hals wandern, hauchte Küsse auf ihre empfindliche Haut.

Louisa erschauerte wohlig, schlang die Arme um seinen Nacken und schloss die Augen. »Als ob dich das je interessiert hätte …«

»Stimmt auch wieder«, raunte Maximilian und küsste sie erneut. »Andererseits bist du in der Stunde meiner höchsten Not hier erschienen, wie das normalerweise nur Prinzen im Märchen tun, und hast mich vor einer Zukunft bewahrt, die ich nicht wollte. Und ich hoffe, nicht ohne Grund. Also, was ist nun?«

Louisa beendete den Kuss und schob Maximilian ganz von sich. »Ich komme ja überhaupt nicht dazu, etwas zu sagen«, kicherte sie.

»Du hattest nun schon über fünf Sekunden. Was brauchst du so lange für deine Antwort?«

»Vielleicht muss ich mir erst einmal durch den Kopf gehen lassen, ob ich in so eine eigenwillige Familie wirklich einheiraten will.«

»Eigenwillige Familie?« Maximilian sah sie spöttisch an. »Vergiss nicht, dass die nächste Generation dieser Familie bereits in dir heranwächst.« Zärtlich legte er eine Hand auf ihren Bauch und streichelte ihn sanft.

»Wie könnte ich das vergessen?«, wisperte Louisa.

»Ich liebe dich«, hauchte Maximilian. »Euch.«

»Ich liebe dich auch, Maximilian. Und ich möchte nichts lieber als mit dir zusammen sein. Aber versprich mir, dass du für unser Kind eine andere Gouvernante suchst. Nanettes Erziehungsmethoden sind mir doch ein wenig zu … unkonventionell.«

»Oje, hiermit entschuldige ich mich hoch und heilig für alles, was sie dir angetan hat!«

»Ist schon gut.« Louisa lächelte. »Lassen wir es einfach auf sich beruhen.«

»Wobei ich schon neugierig bin, alles zu erfahren …«

»Vielleicht erzähle ich es dir irgendwann einmal. Doch bis dahin versprich mir, dass sie nicht unsere Hochzeitsreise organisiert.«

Maximilian lachte. »Keinesfalls!«

»Aber bei unserer Hochzeit muss sie trotzdem unbedingt dabei sein.«

»Dann heißt das also ja?«

Louisa knuffte ihn in die Seite. »Was dachtest du denn?«

Maximilian streichelte ihr zärtlich über die Wange. »Als du von Nanette angefangen hast, hatte ich wirklich für einen Moment die Hoffnung verloren.«

»Keine Sorge, so schnell wirst du mich nicht los.«

Maximilian zog ein Holzkästchen aus seiner Fracktasche und klappte es auf. Zum Vorschein kam ein ovaler Ring, der in allen Regenbogenfarben funkelte, in der Mitte ein blauer Aquamarin.

»Der ist atemberaubend«, flüsterte Louisa. Sie wagte gar nicht erst abzuschätzen, was er gekostet haben mochte.

»Für die atemberaubendste Frau, die ich kenne«, sagte Maximilian, als er ihr den Ring über den Finger streifte. »Und jetzt verstehe ich auch, wieso Nanette ihn dem Verlobungsring meiner Mutter nachempfunden hat, bis auf den Aquamarin.« Er blickte Louisa in die Augen. »So blau wie deine Iris. Und so strahlend wie dein Lächeln.«

»Oh bitte, Maximilian!« Louisa lachte und schlang wieder die Arme um seinen Nacken. »Aber wenn Nanette so romantisch ist, sollten wir vielleicht doch überlegen, sie unsere Hochzeitsreise planen zu lassen.«

»Alles, was du willst, meine Liebste«, hauchte Maximilian, und dann fanden sich ihre Lippen wieder zu einem langen, zärtlichen Kuss.

Epilog

Es war ein sonniger Oktobertag, schon am Morgen ungewöhnlich warm für diese Jahreszeit. Die Baumkronen strahlten in Kupfer, Bronze und Feuerrot, die Ludwigstraße war bedeckt mit einem Blätterteppich aus Gold. Ein Herbsttag, wie er sich für eine zukünftige Gräfin von Seybach gehörte, ließ sich Berti stolz vernehmen. Seit fünf Uhr früh war sie wach und bereitete den Krustenbraten zu, rollte zusammen mit Gretel unzählige Knödel und ließ Annelies Gemüse für eine ganze Kompanie schnippeln. Das Festtagssüppchen – eine ordentliche Kraftbrühe mit Eierstich, Flädle und Markklößchen – brodelte auf dem Herd, während Berti die Hochzeitstorte mit Biskuitbögen verzierte und Annelies das Obst für die Nachspeise – Palatschinken mit Aprikosen und Sahnehäubchen – vorbereitete.

Inmitten des ganzen Trubels saß Louisa an dem langen Holztisch und versuchte, ein Butterbrot mit Quittenmarmelade herunterzubekommen, doch sie war viel zu aufgeregt.

»Ess, Meidle!«, brummte Berti, der Louisas kleine Bissen nicht entgingen. »An so ama Dag muasch du bi Kräfta si!«

»Ach, hier bist du«, ertönte da Isabella von Seybachs Stimme von der Küchentür. Die Komtess war Ende September von ihrer Petit Tour zurückgekehrt und völlig außer sich vor Freude, seit sie erfahren hatte, dass Louisa ihre Schwägerin werden sollte. Dann hatten ihre Kleider, um die Nanette sie per Depesche gebeten hatte, Louisa und Maximilian doch noch zu ihrem Glück verholfen. »Finni sucht dich schon überall. Sie muss dir die Locken eindrehen und das Kleid anziehen.«

»Nint git's, bevor des Meidle it ebbes gessa hot.«

Berti zuliebe zwang sich Louisa, das Brot zu essen, den starken Tee ließ sie jedoch stehen – ihr Herz klopfte auch so schon genug – und fragte lieber, ob sie ihr nicht einen Kamillentee aufs Zimmer bringen konnte. Nachdem die Verlobung offiziell war, hatte man ihr Johannas ehemaliges Zimmer herrichten lassen, denn Carl von Seybach war der Ansicht gewesen, dass man die zukünftige Herrin des Hauses keinen Tag länger in der Mansarde schlafen lassen konnte. Natürlich hätte Louisa auch sofort in Maximilians Räume ziehen können, denn was geschehen war, war geschehen, aber man wollte den Schein wahren, und so hatten sie in den letzten zwei Monaten die Nächte getrennt voneinander verbracht – jedenfalls die meisten … Unterdessen plante Henriette von Seybach bereits die Tapisserie, die die Räume später als Kinderzimmer auskleiden sollten.

»Wie hast du geschlafen?«, fragte Isabella, als sie zusammen die Stufen nach oben stiegen.

»Gar nicht«, gab Louisa zu, und Isabella kicherte. Noch immer fiel es ihr schwer, die Vordertreppe zu nehmen, doch daran würde sie sich wohl gewöhnen müssen. Sie betraten das gemütliche Gästezimmer, in dem Finni bereits nervös auf und ab ging.

»Na endlich!«, rief sie erleichtert. »Setz dich.«

Louisa nahm an dem Frisiertisch aus Rosenholz Platz und beobachtete Finni im Spiegel, die ihre Haare auf einen Eisenstab drehte, den sie immer wieder über einer Kerze erwärmte. »Wieso tust du das? Ich habe doch schon Locken.«

»So hält es nachher besser und sieht schöner aus.« Sie steckte die einzelnen Strähnen zu einer kunstvollen Frisur auf, als es erneut klopfte. Es war Afra Haberl.

»Die Gräfin lässt fragen, wie weit Sie sind.«

»Fast fertig«, sagte Isabella, die dem Schauspiel vom Schlittenbett aus zugesehen hatte.

Die Hausdame warf Louisa einen kurzen Blick zu, nickte, deutete einen Knicks an und zog sich zurück.

»Daran werde ich mich auch erst noch gewöhnen müssen«, murmelte Louisa. Bei dem Gedanken, dass sie bald die zukünftige Gräfin von Seybach war, das Haus repräsentierte und Verantwortung für die Dienstboten hatte, wurde ihr immer noch etwas mulmig. Das meiste Personal hatte zuerst verunsichert oder überrascht, dann jedoch freudig auf die Nachricht reagiert, dass Louisa dem Erbgrafen das Jawort geben wollte.

Berti hatte die Hände vor der Brust zusammengeschlagen und eine Träne verdrückt, ehe sie Louisa an ihren fülligen Leib gedrückt hatte, Finni war ganz entzückt gewesen, dass sie sich bald um Louisa kümmern durfte, Gretel und Annelies hatten ungläubig geguckt und getuschelt und sich dann am Ende doch für sie gefreut. Sogar Schorsch hatte sie umarmt und ihr Glück gewünscht. Dann hatten alle zusammen um den großen Holztisch in der Küche gesessen und gescherzt und gegrübelt, wie man Louisa dann wohl ansprechen müsse und wie seltsam das sei, wenn sie bald nicht mehr eine von ihnen war. Aber Louisa hatte sich geschworen, dass sie jedem Einzelnen von ihnen mit Respekt und Freundlichkeit entgegentreten würde. Die meisten Dienstbotinnen und Dienstboten waren ihre Freunde geworden, und sie würde sich nicht über sie stellen und von oben herab behandeln, das wusste sie sicher. Nicht einmal Afra Haberl, mit der sie mehr verband, als die anderen wussten. Denn seit jenem Abend, als Anna beinahe des Hauses verwiesen worden war und sie das Geheimnis einer toten Schwester teilten, hatte sich zwischen ihnen etwas verändert. Louisa würde eine Gräfin sein, bei der man gern arbeitete, über die man nur Gutes sprach, und sie selbst würde sich für die Belange und Wünsche ihrer Angestellten einsetzen, damit es ihnen gut ging.

»So, jetzt hole ich das Kleid«, sagte Finni.

»Na endlich!«, rief Isabella, zu deren Füßen Ludovika und Antoinette miteinander spielten. »Ich bin so neugierig, wie es geworden ist!«

Als die Zofe aus dem Ankleidezimmer mit Louisas Kleid auf

dem Arm zurückkam, durchflutete ein aufgeregtes Kribbeln Louisas ganzen Körper. Sie erhob sich und ließ sich von Finni das Brautkleid über den Kopf stülpen. Im Spiegel sah sie den silberweißen Stoff, der sie umhüllte wie flüssiges Mondlicht, glänzend und schillernd wie der Morgentau, und doch war das Kleid so leicht und weich wie der Morgennebel, der noch in aller Frühe über dem Englischen Garten gelegen hatte. Der Schnitt zauberte eine schmale Silhouette, denn es war hoch angesetzt, im Empire-Stil, ein Rat von Frau Wertmann, der Haus- und Hofschneiderin, um eine mögliche Wölbung des Bauches kaschieren zu können. Auf der rechten Seite verstärkte eine asymmetrische Raffung des leichteren Seidenstoffs, der die obere Rockbahn bildete, und die von einer Schleife gehalten und mit einer Blumenstickerei verziert war, den Effekt. Darunter kam ein Seidenatlas zum Vorschein, der am Rocksaum ebenfalls die Blumenstickerei aufwies, die sich weit ausladend über den Rock verteilte. Louisa ließ ihre Finger über das üppig mit Blumen bestickte Oberteil gleiten, das in kleinen Puffärmeln endete, sah die schmale, angesetzte Schleppe. Hoffentlich stolperte sie bei ihrem Hochzeitstanz später nicht darüber.

Es klopfte, und Henriette von Seybach trat ein. Sie ließ ihren Blick über Louisa wandern, und Louisa wagte kaum zu atmen, ehe die Gräfin leicht nickte und tatsächlich ein Lächeln ihre Lippen umspielte. Sie übergab Louisa ein Kästchen aus Holz. »Dein Hochzeitsgeschenk.«

Louisa setzte sich an den Frisiertisch und öffnete den Deckel. In dem mit rotem Samt ausgeschlagenen Kästchen lag ein Diadem mit runden und tropfenförmigen Diamanten, die verspielt ineinander verschlungen waren. »Es ist wunderschön«, hauchte sie ehrfürchtig. Etwas Derartiges hatte sie noch nie besessen, nicht einmal davon zu träumen gewagt.

»Ein Erbstück von Eloise.« Henriette nahm es mit ihren faltigen Händen heraus, trat hinter Louisa und ließ es sich nicht nehmen, es ihr höchstselbst ins Haar zu schieben. Über den Spiegel hinweg lächelte sie ihr zu. »Eine echte Gräfin von Seybach«, murmelte sie. »Und nun wird es Zeit, sonst kommst du zu spät.«

Sie griff nach ihrem Stock, und als sich Louisa erhob, sank sie ein letztes Mal in einen tiefen Knicks vor Henriette, würdevoll und anmutig, wie es sich gehörte. Sie wartete, bis alle ihr Zimmer verlassen hatten und in den Wintergarten gegangen waren, dann schritt sie die Marmortreppe hinab. Unten stand Maximilian am Treppenabsatz, in einen dunkelblauen Frack gekleidet, seine Weste und sein Einstecktuch in der gleichen Farbe wie Louisas Kleid, seinen Spazierstock mit dem edlen Falken in der Hand, und lächelte ihr zu.

Louisa hörte die entzückten Rufe der Dienstbotenschaft, sah das Funkeln in Bertis Augen, und sogar Afra Haberl neigte den Kopf, als sie unten angekommen war. Dort überreichte Maximilian ihr den Brautstrauß, ein Gebinde aus Lilien und Vergissmeinnicht. Louisa zwickte einen kleinen Zweig Vergissmeinnichtblüten ab und steckte sie Maximilian unter dem Aufseufzen der Anwesenden ans Knopfloch. »Damit du diesen Tag nicht vergisst«, flüsterte sie.

»Niemals«, flüsterte Maximilian zurück und bot ihr den Arm.

Gemeinsam stiegen sie in den Vierspänner, der vor dem Haus auf sie wartete, und fuhren zum Dom. Drei weitere Kutschen folgten, in der ersten die Familie von Seybach, in den anderen beiden die Dienstboten, denn Louisa hatte sich gewünscht, dass diese ebenfalls an der Feierlichkeit teilnahmen. Auch wenn die Strecke nur kurz war, musste sie die ganze Zeit über an ihre erste Kutschfahrt mit Maximilian denken, und als sie am Dom angekommen waren, wartete dort ihre Familie auf sie. Carl von Seybach hatte es sich nicht nehmen lassen, auch sie mit edlen Gewändern auszustatten, und Louisa sah den stolzen Blick ihrer Mutter, das anerkennende Nicken ihres Vaters, als sie an Maximilians Arm in den Dom schritt. Vor ihr lief Caro als Blumenmädchen, an ihrer Seite begleiteten sie Anna und Isabella als Brautjungfern, Tobias als ihr Trauzeuge. Auch Resl und Franz waren gekommen.

Maximilian erhielt Unterstützung von seinen Freunden Leopold und Alexander.

Es war eine würdevolle Feier, zu der alle bedeutenden Adelsfamilien geladen waren, sogar Elisabetta Yasemina Maria war zusammen mit ihrem Vater Johann Franz Ahmet von Treufürst gekommen, eine besondere Ehre des Königshauses, da Elisabetta die erste Hofdame Thereses war.

Louisa hatte noch immer Mühe, sich zu jedem Namen ein Gesicht zu merken. Selbst Johannas Eselsbrücken halfen ihr nur bedingt weiter, aber Nanette hatte ihr versprochen, ihr als Souffleuse zur Seite zu stehen, während sich Johanna um ihre Mutter kümmern wollte, da diese sich große Sorgen machte, sich auf dem gesellschaftlichen Parkett nicht richtig zu bewegen. Isabella und Leopold hatten zugesagt, sich Louisas Vater anzunehmen, damit auch diesem kein Fauxpas unterlief. Darüber war Louisa sehr erleichtert.

Nach dem Gottesdienst fuhr man ins Lilienpalais zurück, das ebenfalls mit Lilien und Vergissmeinnicht geschmückt worden war. Das Diner im großen Speisesaal ließ keine Wünsche offen, und das ausladende Mahl wurde mit einem Kaffee – ein Geschenk des Grafen von Treufürst zur Hochzeit – beendet. Noch nie hatte Louisa so etwas Eigentümliches getrunken. Der Kaffee schmeckte ein wenig bitter, doch nachdem Maximilian ihr empfohlen hatte, etwas Zucker einzurühren, mochte sie dieses besondere Getränk.

Als der Abend anbrach, eröffneten Louisa und Maximilian im von Kerzenschein erhellten Ballsaal zu Beethovens Walzer in Es-Dur den Tanzabend.

Louisa ging nach zwei weiteren Tänzen mit ihrem Vater und ihrem Schwiegervater an den Rand des Ballsaals. Sie merkte, dass sie der Tag doch sehr anstrengte, aber sie war zu glücklich, um sich schon jetzt zurückzuziehen.

»Ich bin so stolz auf dich, mein Kind«, sagte ihre Mutter. »Jetzt hat sich auch dein Märchen erfüllt, wie Caro es für dich vorhergesehen hat.«

»Und eures auch. Ein richtiges Gut besitzt ihr nun.«

Glück glomm in den Augen ihrer Mutter auf. »Ich werde, so gut ich kann, darauf aufpassen.«

Louisa nickte, doch ihr kurzes Gespräch wurde von Carl unterbrochen, der seine Ansprache halten wollte. Louisa ging zu ihrem Ehemann und lauschte den Worten ihres Schwiegervaters, der in seiner Rede in den höchsten Tönen von Louisa schwärmte. »Darüber hinaus freut es mich, Ihnen allen mitzuteilen, dass Maximilian nun zwar nicht mehr Leibarzt bei Hofe wird, jedoch mit Unterstützung der Königin seine eigenen Behandlungsräume eröffnen kann.« Er überreichte Maximilian einen Schlüssel. »Ich wünsche dir viel Erfolg, übrigens auch von Franz Xaver Pettenkofer. Er freut sich darauf, mit dir zusammenzuarbeiten und dich mit Heilmitteln zu beliefern«, sagte er, und die Gäste applaudierten und riefen ihre Glückwünsche.

Louisa sah, wie Sophie de Neuville neben ihrem Verlobten Philipp von Hohenberg stand und ihnen lächelnd zuprostete. Sophie war für Louisa in der kurzen Zeit zu einer echten Freundin geworden.

Maximilian bedankte sich und steckte den Schlüssel ein. Er nahm zärtlich Louisas Hände in seine. »Ist es so, wie du es dir vorgestellt hast?«, fragte er sie lächelnd, als sich die Gäste wieder dem Fest widmeten.

»Besser«, wisperte Louisa.

»Ist es auch nicht zu anstrengend für dich?«

»Eine kleine Pause könnte ich schon gebrauchen«, gab sie leise zu.

»Vielleicht sollten wir unsere Behandlungsräume einmal genauer inspizieren«, schlug Maximilian flüsternd vor, doch Louisa schüttelte bloß den Kopf. »Das muss warten«, sagte sie neckend. »Die Hochzeitsnacht haben wir beide ja ohnehin schon vorgezogen.« Und als sie sich jetzt mit einem leichten Lächeln über den Bauch strich, fühlte sie die erste Regung des neuen Lebens, das in ihr wuchs. Ihr Kind. Maximilians und ihr Kind. Noch war es für alle kaum sichtbar, und wer nicht von den Umständen wusste, würde ihrer kleinen Bewegung, mit der sie scheinbar ihr Kleid glatt strich, sicherlich keine Bedeutung schenken und sie als Geste der Nervosität interpretieren. Für sie jedoch war es der Beweis dafür, dass manche Märchen wahr wurden.

Nachwort zum historischen Hintergrund und Anmerkungen:

Die neugierigen, eigensinnigen, mutigen, geheimnisvollen Figuren in und um das Lilienpalais bewegen sich im recherchierten historischen Rahmen und um die historischen Persönlichkeiten und Ereignisse im München des frühen neunzehnten Jahrhunderts. Der Zauber der Geschichten und das Lesevergnügen sind dabei vorrangig und stärker gewichtet. Die Autorinnen haben erzählerische Freiheiten bewusst genutzt, um in manchem die Gegebenheiten etwas angepasster auszulegen und/oder – durch die Brille des einundzwanzigsten Jahrhunderts – anders zu interpretieren, beispielsweise beim Umgang mit oder der Unterbringung von Personal beziehungsweise der baulichen und Wohn-Situation im damals aufblühenden München, auch die Cholera-Erkrankung ist etwas nach vorne gezogen (der erste in Deutschland dokumentierte Fall war 1831, was ein früheres Erkranken allerdings nicht ausschließt).

Trotz aller Fakten sind die Geschichten keine Dokumentationen, sondern Fiktion und Unterhaltung aus dem Blickwinkel des einundzwanzigsten Jahrhunderts zurück durch die Zeit, in eine Zeit des Aufbruchs und neuer Möglichkeiten und gleichermaßen voller Widersprüche im neunzehnten Jahrhundert:

1825 folgt Ludwig I. als König seinem Vater Max I. Joseph, Bayerns Papa-Patriarchen, auf den Thron. Ludwigs Ruf als aufgeschlossener Geist und toleranter Mäzen lockt kritische Denker, Professoren und Künstler*innen nach München. An Ludwigs Seite steht und berät die kluge, politisch weitsichtige, verzeihende und besonders vom Volk geliebte Therese. Sie wuchs am kulturreichen Hof Sachsen-Hildburghausens auf. 1810 war die Eheschließung der beiden im Oktober der Anstoß für das weltberühmte Oktoberfest.

Medizin, Hygiene, Infrastruktur entwickeln sich in den Anfangsjahren von Ludwigs Regierungszeit. Auch ist die Freude am Leben stärker gewichtet als Beschränkungen aus strukturellen und vor allem religiösen Motiven. 1811 bis 1835 entsteht der erste unterirdische Abwasserkanal. Wegen Geldmangel ist das Bauvorhaben ineffizient und wird eingestellt. Den Bildungsauftrag für sein Volk sieht Ludwig bei den Kirchen. Er fördert auch Traditionen und legt Wert auf Sittlichkeit des Volkes.

Politisch wird das Königreich Bayern zu einem der fortschrittlichsten Staaten mit ersten demokratischen Ansätzen. München entwickelt sich zu einer florierenden Metropole. Bayern wird die Sprecherin der deutschen Staaten gegenüber den Großmächten Preußen und Österreich. Vieles davon ist dem steten und klugen Rat von Königin Therese zu verdanken, die trotz Ludwigs zahlreicher Affären zu ihm steht.

Das Königspaar reformiert Bildungswesen und Steuerrecht, saniert den Staatshaushalt, fördert Künste und Wissenschaften, schafft bedeutende, noch immer das Stadtbild prägende Monumente. Der König verfolgt eine strenge Sparpolitik – gerade für den eigenen Königshaushalt –, mit der Therese hadert.

1827/1828 hebt Ludwig die Pressezensur auf. Binnen kurzer Zeit schießen allein in München fünfundzwanzig Zeitungen aus dem Boden. Ludwig bringt mit der Eisenbahn eine schnellere und bessere Logistik in den Staat und somit neue Perspektiven für die Wirtschaft.

Die entstehenden Museen beherbergen noch heute international beachtete Kunstsammlungen.

1828 eröffnet mit dem Odeon der beste Konzert- und Ballsaal Europas. Regelmäßig werden Bauten und Denkmäler eingeweiht, Opern, Konzerte, Ballett bieten Abwechslung. Die Palais in der

Ludwigsstraße, teils mit eigenen Ballsälen, nahe der Residenz, sind in Ludwigs Auftrag erbaut, um die Adligen noch stärker ins Zentrum zu ziehen.

Am bayerischen Königshof verkehren internationale Diplomaten. Ludwigs Halbschwestern sind unter anderem die spätere Erzherzogin Sophie von Österreich und Ludovika in Bayern, die Mutter der späteren Kaiserin Sisi, sowie Elisabeth von Preußen und Amalie Auguste von Sachsen.

Nach Jahren des Jonglierens zwischen den Großmächten Russland, Frankreich, Großbritannien und den Habsburgern übernimmt schließlich

1832 Thereses und Ludwigs zweiter Sohn Otto die Herrschaft Griechenlands.

1832 wird in seinem Auftrag der Grundstein zur bayerischen Staatsbibliothek gelegt, eine der noch heute größten und bedeutendsten Gedächtnisinstitutionen Europas.

1848 dankt Ludwig wegen seiner unverzeihlichen Affäre mit der irischen Tänzerin Lola Montez ab. Therese hält ihm über alle Jahre die Treue, 1854 stirbt sie als eines der letzten Opfer an Cholera, was durch bessere hygienische Zustände vermutlich hätte verhindert werden können.

Um 1880 entstand der Kocherlball, eine Tanzveranstaltung für die Münchner Dienstboten, die sich einmal im Jahr im Morgengrauen am Chinesischen Turm trafen und bis nach dem Kirchgang ihrer Herrschaft tanzten. **1904** wurde die Veranstaltung wegen »Mangels an Sittlichkeit« verboten.

Neugierig, wie es weitergeht? Dann lest jetzt exklusiv die ersten Seiten von *Wirbel um die Komtess*, dem dritten Band der großen *Lilienpalais*-Reihe!

MÜNCHEN, SEPTEMBER 1828

1

Isabella

»Du darfst mich nicht verraten. Hörst du?«

Isabella ging in die Hocke und kraulte Napoleon hinter den Ohren. Sofort stellte der Malteserhund sein Fiepen ein. Sie ließ sich auf den Boden nieder, und Napoleon kuschelte den Kopf in ihre Handfläche. Fast schien es, als wolle er gleich am ersten Abend alle Streicheleinheiten nachholen, auf die er in den vergangenen Wochen hatte verzichten müssen.

»Ich gehe nicht mehr so lange weg. Versprochen!«, flüsterte Isabella. Mit der Hand strich sie über das weiche Fell und warf dabei einen Blick auf die verschnörkelten Zeiger der Uhr auf ihrer Kommode. Kurz vor elf. Nun musste sie wirklich los. Zweimal hatte sie sich bereits angeschickt, ihr Zimmer zu verlassen, und immer hatte Napoleon so ein Theater gemacht, dass sie sich zu ihm setzen musste, um ihn zu beruhigen. Seit ihrer Rückkehr aus Italien vor elf Stunden war er nicht von ihrer Seite gewichen, und offenbar hatte er auch weiterhin nicht vor, sie allein irgendwohin gehen zu lassen.

Isabella drückte sich hoch und zupfte ihr fliederfarbenes Kleid zurecht. Sogleich sprang Napoleon auf, lief vor ihren Füßen hin und her und wedelte freudig mit dem Schwanz. Mit dem Kopf stupste er gegen ihr Schienbein, und ihr Herz schmolz.

»In Ordnung!«, seufzte sie. »Ich nehme dich mit.« Mahnend hob sie den Zeigefinger. »Du darfst aber nicht bellen. Hörst du? Keinen Laut.«

Napoleon blieb stehen und hob den Kopf, als hätte er verstanden, dass ihm eine Mission bevorstand, die größter Geheimhaltung bedurfte.

Isabella holte tief Luft. Ihr Herz klopfte wie wild, und sie legte sich die Hand an die Brust, als könne sie es auf diese Weise beruhigen. Sie legte sich ein Tuch über die Schultern, ergriff das Bündel, das auf dem gestreiften Sessel lag, öffnete ihre Zimmertür einen Spalt, ließ den Hund nach draußen schlüpfen und schob sich selbst hinterher. Leise schloss sie die Tür und horchte. Alles war ruhig. Die Bewohner des Lilienpalais schienen tief und fest zu schlafen.

Bis jetzt war es immer gut gegangen, dann wird es das auch heute, beruhigte sie sich, als sie – Napoleon immer neben sich – den Gang hinunterhuschte. Sie erreichte die Treppe zum Dachgeschoss und erklomm barfuß die Stufen. Napoleons Pfoten tapsten auf den Holzdielen.

Es war leichtsinnig, geradezu töricht, den Hund mitzunehmen, aber hatte sie eine Wahl gehabt? Nein! Die Gefahr war groß, dass sein Fiepen oder – Gott bewahre – Kratzen an der Tür die Großmutter aufwecken würde.

Nichts verabscheute Henriette von Seybach so sehr wie ungehorsame Hunde. Außer vielleicht aufmüpfiges Dienstpersonal oder einen Fleck auf dem Tafelsilber. Isabella wusste allerdings, dass ihre Großmama des Nachts herumstreunende Enkelinnen noch weniger gutheißen würde als nachlässig poliertes Besteck. Nicht nur deswegen galt es die Entdeckung ihrer nächtlichen Partie unbedingt zu vermeiden. Sie hoffte, dass Großmutters Schlaf durch den erlesenen Wein, den Papa zur Feier der Rückkehr seines Nesthäkchens hatte öffnen lassen, etwas tiefer als gewöhnlich war und auch niemand sonst im Haus das Tapsen der Pfoten auf den Stufen hören würde.

Oben hielt sie kurz inne und lauschte, ob sich im Haus jemand regte. Sie hörte nichts. Jedenfalls nichts, was darauf hindeutete, dass ein Familienmitglied oder einer der Angestellten erwacht war. Ein Balken über ihr knarrte, aus einem der Dienstbotenzimmer ertönte ein Schnarchen. Sie hatte es fast geschafft! Vor ihr lag das Dachfenster im Flur zwischen Speicher und Dienstbotenunterkünften.

Die Scharniere quietschten verräterisch, als sie den Knauf drehte und das Fenster ein Stück aufzog. Isabella atmete aus und hob den Fensterrahmen an, bis dieser ganz offen stand. Wieder horchte sie. Durch die Sprossenfenster malte der Septembermond Vierecke auf den Holzboden der Dachgaube.

»Eine junge Dame muss die Contenance wahren«, pflegte ihre Großmutter stets zu sagen.

»Du musst dich vorsehen und immer achtgeben, was du tust. Alles wird wahrgenommen und beurteilt«, hatte ihr ihre Cousine Johanna mit auf den Weg gegeben.

Und ihre Gouvernante Nanette erinnerte sie des Öfteren: »Eine Dame bewegt sich leise und würdevoll.«

Ihr Bruder Maximilian hingegen hatte ihr beigebracht: »Du kannst alles machen, du darfst dich bloß nicht erwischen lassen!«

Die Lebensnähe dieser Ratschläge kam ihr in den Sinn, als sie mit Contenance die Truhe mit den Dienstbotenuniformen in die Dachgaube schob, achtsam auf dieselbe stieg, sich leise – und bestimmt auch würdevoll – auf die Fensterbank setzte und ihre Beine nach draußen schwang. »Wir dürfen uns nicht erwischen lassen«, flüsterte sie Napoleon zu, knotete ihren Beutel auf und warf ihm ein Stück Fleischwurst zu. Dann glitt sie hinaus aufs Dach.

Von außen zog sie die Fenster heran und hielt kurz inne, als sie ihr Spiegelbild in der Scheibe sah. »Du wirst deiner Mutter immer ähnlicher«, hatte Vater bei der Begrüßung gesagt. Und nun sah sie es selbst: die schlanke Gestalt, das diamantförmige Gesicht, die dunklen, welligen Haare. Nur ihre Augenfarbe hatte sie von Vater geerbt. Lupinenblau, so hatte ihre Mutter die Farbe einmal genannt.

Sie atmete tief durch. Zwischenzeitlich hatte sie schon geglaubt, nie hier draußen anzukommen.

Nun erstreckte sich ein rotes Dachziegelmeer rechts und links von ihr. Schnee, Regen und Wind hatten den gebrannten Ton rau werden lassen. Die Sonne hatte diesen ganzen Septembertag auf München geschienen. Isabella spürte einen Rest Spätsommerwärme unter den nackten Füßen. Sie schob sich ein Stück nach vorne, legte den Kopf in den Nacken, schloss die Augen und atmete tief ein. Genauso hatte sie sie in Erinnerung gehabt: die Münchner Nacht mit dem herbstlichen Duft der Hofgartenbäume, der maischigen Süße von den Brauereien und dem beißenden Rauch der Holzöfen. Der Wind strich ihr übers Gesicht und über die Schultern, die nur von ihrem Nachthemd und einem Tuch bedeckt wurden. Sie öffnete die Augen und blickte nach oben. Als wollte sie der Nachthimmel zu Hause begrüßen, leuchteten ihr alle Sterne entgegen, und auch der Mond stand hell und klar über der nahen königlichen Residenz.

»Willkommen daheim«, sagte sie zu sich selbst.

Isabella hatte die vergangenen Wochen mit ihrer Tante auf der »Petit Tour« verbracht. So nannte sie die Italienreise, die sie so lange herbeigesehnt hatte. Seit sie etwa fünf Jahre alt gewesen war, hatte sie ihrem Vater in den Ohren gelegen, sie wolle mit ihm auf Expedition gehen, hatte sich an sein Bein geklammert, wenn die Bediensteten die Koffer und Truhen durch die Eingangshalle zur Kutsche getragen hatten. Sie wollte nicht immer nur aus seinen Erzählungen von der Akropolis, dem Louvre oder den Pyramiden erfahren. Vielmehr wollte sie dies alles mit eigenen Augen sehen. Wieso sollten sich alle jungen Männer Münchens aufmachen, um die Kulturschätze vergangener Zeiten zu besuchen, während sie nur im Salon sitzen und Deckchen besticken durfte? Die Freunde ihres Bruders reisten monatelang von Griechenland bis London, von Rom bis Amsterdam, einige wagten sich sogar bis ins Heilige Land oder nach Kairo vor. Und sie durfte ohne Gouvernante noch nicht einmal spazieren gehen. Doch sosehr sie auch gebettelt hatte, der Vater war hart geblieben. Als dann im Sommer ihr geliebter Caesar, ein irischer Setter, gestorben war und Tante Marie sich als Reisegefährtin und Aufpasserin erboten hatte, hatte Papa sein Einverständnis gegeben. Endlich! Zwar nur für ein paar Wochen und nur für die Italienreise, aber es war ein Anfang. Nun hatte sie selbst Genua und Bologna besucht, die Ponte Vecchio in Florenz überschritten und im Konservatorenpalast in Rom den Dornauszieher und die kapitolinische Wölfin bestaunen können.

Das gesamte Abendessen lang hatte sie von den Gasthöfen und Hotels berichtet, von den unbekannten Speisen geschwärmt, die Berti unbedingt einmal nachkochen müsse. Von dieser Idee war auch ihre Cousine Johanna sehr angetan, die mit ihrem Mann Alexander zum Familiendiner gekommen war, um Isabella willkommen zu heißen. Großmutter hatte mit ihrem Stock auf das Eichenparkett gedonnert, als ihre Enkelin gescherzt hatte, dass sie jetzt wisse, warum man Kutschen als »Knochenknacker« oder »Marterkasten« bezeichnete.

Als Tante Marie hinzugefügt hatte, dass ihr Kutscher Sebastian das Gepäck mit Ketten gesichert habe, damit die Briganten, die gefürchteten Straßenräuber, sie nicht einfach kappen könnten, wie es bei den für gewöhnlich verwendeten Lederriemen ein Leichtes gewesen wäre, hatte ihre zukünftige Schwägerin Louisa einen undamenhaft großen Schluck aus ihrem Weinglas genommen. Ihr Bruder Maximilian hatte seinerseits Reisegeschichten beigesteuert, und auch Papa hatte sich zu der einen oder anderen Anekdote hinreißen lassen. Nach dem Dessert hatte Henriette von Seybach festgestellt, dass die Enkelin ja nun ihre Abenteuerlust habe stillen und sich endlich den gesellschaftlichen Aktivitäten würde widmen können, und Isabella hatte ein Lächeln aufgesetzt. Offenbar hatte Großmutter dies als Zustimmung interpretiert und nicht bemerkt, dass das Lächeln nur Teil von Isabellas Plan war. Ihres großen und vielschichtigen Planes. Keine Aufmerksamkeit zu erregen und die brave Debütantin zu spielen gehörte dazu.

Sie richtete sich auf und balancierte an den Dachluken entlang in Richtung Schornstein. Auf dieser Seite lagen die Speicherräume mit den Möbeln der Urgroßeltern, den Uniformen des verstorbenen

Großvaters und dem Spielzeug. Sie konnte also vor den Fenstern vorbeispazieren, ohne dass sie Gefahr lief, entdeckt zu werden. Die Dienstboten schliefen auf der anderen Seite.

Noch ein paar Schritte und ein kurzer Aufstieg, dann hatte Isabella ihr Ziel erreicht: die Plattform zwischen den Schornsteinen. Jemand hatte auf dem Dach des Lilienpalais ein hölzernes Podest errichtet, das den letzten von Seybach'schen Schornstein mit dem ersten von Löwenstein'schen Kamin verband. Vielleicht der Rauchfangkehrer, damit er seiner Arbeit leichter nachgehen konnte. Vielleicht stammte es auch von den Dachdeckern, und man hatte schlicht vergessen, es abzureißen. Wie auch immer, für Isabella war die Plattform ein Glücksfall. Sie war groß genug, dass sich zwei Menschen darauf ausstrecken und in den Himmel schauen konnten. Eine gezimmerte Insel mitten im vornehmsten Teil Münchens, nur wenige Steinwürfe von der königlichen Residenz entfernt, aber Welten von Benimmregeln, Stickrahmenbildern und Debütantinnenplänen. Zudem waren die Holzdielen zweifelsohne bequemer als die Dachziegel, und man musste sich auf der Plattform nicht so vorsehen wie auf den Schrägen.

Zwar trugen die Palais der Ludwigstraße allesamt flachere Dächer, dennoch bestand immer die Gefahr, auf den Ziegeln auszurutschen, und Großmutter würde es ihr niemals verzeihen, wenn sie durch einen Dachsturz ums Leben käme. Bestimmt würde sie ihr auch dann noch Vorhaltungen machen: »Isabella, solch ein Tod geziemt sich nicht für eine junge Dame. Man stirbt nach langer Malaise im Bett. Einen Reitunfall kann ich noch akzeptieren. *C'est l'exception qui confirme la règle.* Aber nachtwandeln und zu Tode stürzen, das schickt sich nicht. Bitte denke doch an deine Familie, an deinen Bruder und deinen Vater.«

Isabella lächelte. Sogar das hatte sie vermisst, die nie enden wollenden Ermahnungen ihrer Großmama. Deswegen war sie auch – nachdem sie ihren Vater, den Obersthofmeister Carl von Seybach, ihren Bruder Maximilian, seine Verlobte Louisa und auch ihre

Gouvernante Nanette stürmisch begrüßt hatte – noch einmal zu ihrer Großmutter gegangen und hatte ihr einen Kuss auf die faltige Wange gedrückt. Dies hatte die alte Dame kurz erstarren lassen, und ihre Hand schloss sich fester um den Knauf ihres Stockes. Eine Ermahnung war ihr jedoch nicht über die Lippen gekommen. Dafür hatte sie diese Liebesbezeugung wohl zu sehr überrascht oder – im Geheimen – erfreut.

Ein paar Schritte noch, dann würde Isabella sich auf alle viere niederlassen und zur Plattform klettern. Sie hatte sich kaum auf die Hände gestützt, da vernahm sie ein leises Knarren und kurz darauf ein Ächzen. Sie war nicht allein.

Ein Lächeln breitete sich auf ihrem Gesicht aus. Hatte er es also nicht vergessen. Mühelos krabbelte sie zum Schornstein und richtete sich auf.

»Buona sera, mia cara«, sagte er.

Der warme Klang seiner Stimme ließ sie innehalten. Wie hatte sie ihn vermisst.

»Buona sera … Was heißt ›Eure Exzellenz‹ auf Italienisch?«

»Sua Eccellenza … denke ich … Aber bis dahin ist es noch ein weiter Weg«, sagte Leopold von Löwenstein.

»Da habe ich heute anderes vernommen«, meinte Isabella. »Seine Majestät hat dich als bisher jüngsten Vertreter Bayerns nach Frankfurt berufen, und sogar ich weiß, dass diese Ehre nur den hoffnungsvollsten Kandidaten gebührt.«

Er legte den Kopf zur Seite, wie er das immer tat, wenn er sich geschmeichelt fühlte, es aber nicht zugeben wollte.

»Und fürs Protokoll: Ich werde dich niemals ernsthaft ›Exzellenz‹ nennen.«

»Kommst du irgendwann hoch? Oder willst du die halbe Nacht dort vorne verbringen?« Leopold streckte die Hand aus und half ihr auf die Plattform. Isabella ließ sich neben ihm auf dem hölzernen Podest nieder. Eine Weile hielt er ihre Hand noch fest. Mit dem Daumen strich er ihr über den Handrücken. Sie schloss ihre Finger fest um seine. Sein Lächeln war vertraut und liebevoll, und Isabella durchströmte das Gefühl, nun tatsächlich zu Hause zu sein.

Leopold von Löwenstein. Die Haare mandelbraun, ebenso die Augen, der Körper schlank. Leopold: Reiter, Ruderer, Komplize und Vertrauter. Er überragte sie immer noch um einen Kopf, und daran würde sich wohl nichts mehr ändern. Mit neunzehn war sie das, was man ausgewachsen nannte.

Sein Blick fand den ihren, und ein Kribbeln überzog ihre Haut von den Schultern bis zu den Zehen.

Sie löste ihre Hand, schlang sie um ihre angezogenen Knie und legte den Kopf schief. »Nicht einmal Caesar konnte so treuherzig …«

Leopold legte ihr den Finger auf die Lippen und hieß sie verstummen.

Isabella kniff die Augen zusammen, als er sich hochdrückte und zum Schornstein begab. In der Dunkelheit konnte sie nicht erkennen, was Leopold tat, offenbar nestelte er an einer Schnur. Er zog etwas hinter dem gemauerten Kamin hervor und schob es sanft in ihre Richtung. War das …?

»Willkommen daheim!«, sagte Leopold heiser.

»Ein Ballon!«, rief Isabella verzückt aus. »Oh, wie wunderbar!«

Ein Miniaturheißluftballon in Rot und Blau glitt auf sie zu oder wurde vielmehr von Leopold in ihre Richtung geleitet.

Isabella klatschte begeistert in die Hände.

»Du musst ihn aufhalten!«, sagte er. »Sonst fliegt unser Willkommensmahl davon.«

Sie streckte die Hände aus, zog den Ballon zu sich her und löste eine Schachtel aus den Tragschnüren unterhalb der luftgefüllten Hülle. Isabella betrachtete die dunkelblaue Schachtel, die mit goldenen Lettern verziert war. Vorsichtig öffnete sie den Deckel. Schokoladenduft strömte ihr entgegen.

»Die habe ich von Armansperg persönlich bekommen. Und ich habe sie mir für einen besonderen Moment aufgehoben.«

Isabellas Mund verzog sich zu einem Lächeln. Es war in der Tat eine Besonderheit, dass der Außenminister, den ihr Papa immer als spröde und unnahbar beschrieb, Leopold auf diese Art auszeichnete. Und dass Leopold diese Kostbarkeit mit ihr teilen wollte, erfüllte sie mit Dankbarkeit.

»Die sind aus Brüssel und damit weiter gereist als die meisten Münchnerinnen. Ich dachte, das passt ganz gut.«

Leopold entfernte das schützende Papier, und Isabella wählte nach langem Überlegen eine schokoladenumhüllte Kugel, die mit zarten, hellen Streifen verziert war. Leopold entnahm der Packung eine viereckige Praline mit Walnussdekoration.

»Auf die weitgereisteste Frau, die ich kenne.«

»Auf den Mann, der Bayern bald in der ganzen Welt vertreten wird – und der seine Grammatik nicht beherrscht. Weitgereistest. Wirklich?«

»Das ist eine Wortneuschöpfung, gerade du solltest sie zu schätzen wissen.«

Isabella wiegte den Kopf, als müsse sie nachdenken. Ein Schmunzeln umspielte Leopolds Mund. Er hielt die Praline hoch, und sie stupste mit ihrer dagegen. Dann genossen sie die luxuriöse Süßigkeit. Isabella ließ die Schokolade langsam auf der Zunge zergehen und versuchte jedes Gramm der Süße voll auszukosten. Eine Praline aus Brüssel. Gebracht von einem Heißluftballon. Wie grandios!

»Wie weit bist du mit deinen Plänen?«, fragte sie.

»Es nimmt Form an. Der alte von Hegenberg überlässt mir eine Scheune in Schwabing. Da kann ich tüfteln, wann immer ich dafür Zeit finde.« Er lächelte versonnen. »Und irgendwann nehme ich dich dann mit. Im großen Bruder dieses Pralinenluftschiffs!«

»Ich kann es kaum erwarten.«

»Ein wenig musst du deine Ungeduld noch zügeln. Ich bin dabei, das Material zu organisieren. Bis zum ersten Flugversuch werden Monate vergehen.«

»Stimmt, von Frankfurt aus wirst du schlecht bauen können!«, seufzte sie.

»Woher weißt du eigentlich, dass ich nach Frankfurt berufen wurde? Die Nachricht ist noch keinen halben Tag alt.«

»Es wäre einfacher, wenn du mich fragst, wer es mir gegenüber heute noch nicht erwähnt hat. Mein Vater hat so geschwärmt, als wäre er selbst befördert worden. Maximilian bedauert, dass er dich nur noch selten sehen wird, und Großmutter hat die ihr bekannten Frankfurter Familien aufgezählt, die Töchter im heiratsfähigen Alter haben.«

Leopold zuckte mit den Schultern, als könne er dadurch die Enttäuschung abschütteln, dass er ihr diese Botschaft nicht selbst hatte verkünden können.

Sie stupste mit ihrem Kopf gegen seine Schulter. Dann richtete sie sich auf und reckte den Hals. »Du bist ja immer noch so riesig. Zwingt dich die Last deiner neuen Aufgaben nicht in die Knie?«

Er grinste. »Nein, die Arbeit über den Akten hat mich nicht zusammenschrumpfen lassen.« Er zeigte auf seinen Rücken. »Bucklig bin ich glücklicherweise auch noch nicht.« Er zwinkerte ihr zu. »Schön, dass du wieder da bist. Und noch dazu in einem Stück. Nach dem, was du geschrieben hast, hatte ich Bedenken.«

»Hättest du nicht haben müssen. Tante Maries Kutscher hätte jeden in die Flucht geschlagen, der uns zu nahe gekommen wäre. Leider hatte er nie Gelegenheit dazu.« Allein bei der Vorstellung stahl sich ein Grinsen auf Isabellas Gesicht.

Er wiederholte ihr »leider« mit einem spöttischen Kopfschütteln. »Das ist in der Tat tragisch.«

»Für die Räuber ist es gut. Tante Marie bestand darauf, dass wir unser eigenes Bettzeug mitnehmen, wegen des Ungeziefers. Und Becher und Teller und was weiß ich noch. Wenn es also keine Briganten gewesen wären, die großen Wert auf Komfort bei der Nachtruhe legten, wären sie wohl ziemlich enttäuscht worden.« Sie kniff die Augen zusammen. »Außerdem hat Papa gesagt, die Straßenräuber, die seine Schwester und mich rauben, bringen uns am nächsten Morgen freiwillig zurück.«

Leopold prustete los. »Ich habe mir auch weniger um dich Sorgen gemacht als um die armen Briganten. Du hättest so lange den *Sommernachtstraum* rezitiert, bis der Hauptmann das Weite gesucht hätte, und dann hättest du seinen Haufen übernommen und Angst und Schrecken zwischen Florenz und Terracina verbreitet.«

Sie nickte gespielt ernsthaft. »Das hätte ich wirklich tun sollen. In Rom habe ich erfahren, dass es die Räuber vor allem auf die einheimischen Kaufleute abgesehen haben. Das ist doch ungerecht. Haben die keine Ehre im Leib?«

»Das ist wirklich unerhört!« Leopold schlug mit der Hand auf sein Knie, als könne er seiner Empörung kaum Herr werden. »Ich werde gleich morgen eine Depesche an unsere Gesandtschaften in den italienischen Staaten abschicken, sie sollen sich dieser Missstände umgehend annehmen. *Erbitte mehr Überfälle auf Touristen. Umgehenden Kontakt mit Verantwortlichen aufnehmen.* Was meinst du? Unterhalten Räuber eigene Telegrafenstationen?«

»Sie sollten es tun! Meine Räuberbande hätte mindestens zwei. Dann würden wir unser Lager nur verlassen, wenn wir fette Beute zu erwarten hätten.«

Er lachte.

Wie hatte sie diese Frotzeleien vermisst! Sie spürte eine Leichtigkeit in ihrem Bauch. Der Nachtwind strich ihr übers Gesicht, und sie rutschte etwas näher an ihren Freund heran, um seine Wärme zu spüren.

Er bot ihr seine Jacke an, aber sie schüttelte den Kopf und zog ihr Tuch etwas fester um ihre Schultern.

»Was ist eigentlich mit deinen hochfliegenden Plänen?«, fragte er.

»Zunächst zur Beute.« Isabella lächelte geheimnisvoll, griff nach ihrem Beutel, der neben ihr auf dem Podest lag, und kramte darin. Sie zog eine Stoffserviette heraus, breitete sie aus und legte Bertis Schätze darauf: ein Stück Weichkäse, etwas Brot, ein großes Stück Zitronenkuchen und die restliche Fleischwurst.

»Oh, Berti bekommt immer noch die Lieferungen von ihrem Bruder«, jubilierte Leopold. Dann hielt er inne und betrachtete die abgerissene Wurst.

»Das ist mein Wegzoll gewesen. Ich musste verhindern, dass Napoleon die ganze Familie zusammenfiept.«

»In diesem Fall teile ich gerne mit Napoleon. Außerdem fühle ich mich geehrt, dass du daran gedacht hast.«

Die Fleischwurst hatte Isabella vor dem Zubettgehen aus der Speisekammer gemopst. Wobei gemopst nicht ganz korrekt war: Die Köchin, die jeder – außer Großmama – nur Berti nannte, hatte »ihrem Mädchen« einen ganzen Ring davon zugesteckt, als Isabella nach dem Abendmahl noch einmal in den Dienstbotentrakt geschlichen war, um ihren Hunden Ludovika und Henry einen Willkommensbesuch abzustatten. Ihre heiß geliebten Streuner waren seit einem Vorfall, der Großmutters Lieblingskissen, ein Mahagonitischbein und ein mehrmals gehobenes Hundebeinchen involviert hatte, in den hochherrschaftlichen Räumen nicht mehr geduldet. Dieses Privileg genoss allein Napoleon.

Leopold nickte und nahm sich ein Stück. Ihm musste sie nichts von den Sehenswürdigkeiten der italienischen Renaissancestädte erzählen, das hatte sie in ihren Briefen bereits ausführlich getan. Außerdem hatte er sie selbst auf seiner Kavalierstour gesehen. Auch war es nicht nötig, dass er ihr von seinem Aufenthalt in Wien und den Verhandlungen dort berichtete. Sie kannte diese aus seinen Antworten. Er hatte ihr vor der Reise die Adressen der bayrischen Gesandtschaften in Turin, Florenz und Rom gegeben, und Isabella hatte sich dort jeweils einen Stapel Briefe abholen können. Tante Marie hatte diskret geschwiegen, wenn ihre Nichte im Hotelzimmer saß und in den Briefen versank, doch Isabella hatte sie aufgeklärt, dass Leopold als Bruder ihrer besten Freundin Amalie auch quasi ihr Bruder sei. Was sie ihrer Tante verschwieg, war, dass sie vor zwei Jahren begonnen hatte, ihren Wunschbruder, der nicht unter dem von Seybach'schen Dach wohnte, auf demselben zu treffen. Dafür hätte auch die progressiv denkende Tante kaum Verständnis gezeigt. Aber wenn die Gesellschaft schon so strenge Regeln aufstellte und so peinlich genau auf deren Einhaltung pochte, musste man eben einfallsreich werden und Wege finden, seinen Ruf zu wahren und dennoch nach seiner Façon zu leben.

»Ich habe auch etwas für dich«, sagte sie und zog ein Päckchen aus dem Beutel.

Leopold richtete sich auf, nahm die Schachtel entgegen und behutsam den Deckel ab. Sie glaubte zu sehen, wie seine Augen aufleuchteten.

In Rom hatte Isabella die Dependance eines französischen Parfümeurs besucht und für sich, Amalie, Johanna und auch Louisa ein Parfüm erstanden. Bei einem für Männer kreierten Duft aus Lavendel, Minze und Orange hatte sie sofort an Leopold denken müssen.

»Magst du es?«, fragte sie, als er die Glaskugel anhob, die das Fläschchen verschloss, und daran schnupperte.

Er nickte. »Das ist ganz wunderbar.«

Sie atmete erleichtert aus. »Tante Marie hat mir Vorhaltungen gemacht. Sie meinte: ›Ein solch privates Geschenk geziemt sich nicht!‹ Aber ich habe es trotzdem erstanden, weil ich mich andernfalls die ganze Fahrt über geärgert hätte. Ich bin so froh, dass du es magst.«

Er legte ihr die Hand auf die Schulter und sah ihr in die Augen. Isabellas Magen reagierte mit einem freudigen Kribbeln.

»Vielen, vielen Dank. Und jetzt, da ich weiß, dass du auch noch Ärger auf dich genommen hast, um es zu erwerben, werde ich es noch mehr schätzen.«

»Schätzen ist gut, tragen wäre noch besser«, zog sie ihn auf und knuffte ihn freundschaftlich gegen den Oberarm.

Leopold öffnete erneut den Flakon und führte ihn an die Nase, um ihn dann wieder vorsichtig in die Verpackung zu legen.

»Was bist du nun eigentlich genau?«, fragte Isabella, nachdem sie sich ein Stückchen Zitronenkuchen genommen hatte. »Also, wie nennt man dich, wenn du im Ministerium bist?«

»Ich bin Sekretär des Außenministers. Attaché, um genau zu sein.«

»Mensch, Leopold, das ist ja fabelhaft! Ich gratuliere dir. Unglaublich. Bald wirst du Unsere Majestät in London vertreten. Oder in Übersee. Aber, wie ich schon sagte, Exzellenz werde ich dich trotzdem nicht nennen.« Sie zwinkerte ihm zu.

»Das habe ich auch nicht erwartet.« Er hielt ihr erneut die Schachtel hin, und Isabella nahm sich eine Praline mit roséfarbener Glasur. »Wie geht es deiner Familie?«

»Da hat sich kaum etwas geändert. Maximilian hat mich beim Abendmahl über alle Ereignisse rund um die Residenz beziehungsweise rund um die anderen Hochwohlgeborenen aufgeklärt. Und Großmutter hat sich darauf verlegt, mir die heiratsfähigen Junggesellen aufzuzählen.« Sie verdrehte die Augen.

»Das scheint heute ein beliebtes Thema beim Diner gewesen zu sein«, sagte Leopold. »Nur hat sich meine Frau Mama nicht ausschließlich mit dem Aufzählen der heiratsfähigen Damen zufriedengegeben. Sie hat mir den Stammbaum und die Anzahl der infrage kommenden Schwestern – so es welche gab – gleich mitgeliefert.«

Isabellas Magen zog sich zusammen. Bisher hatte Leopold die Bestrebungen seiner Mutter abgetan, lange würde er dies allerdings nicht durchhalten können. Vor allem, nachdem seine besten Freunde, Maximilian und Alexander, die Damen ihres Herzens gefunden hatten. Bei Leopold konnte und wollte sie sich nicht vorstellen, dass er sich eine Frau nahm. Sie war nicht bereit, ihren besten Freund zu teilen. Aber daran wollte sie jetzt nicht denken. Nicht an ihrem ersten gemeinsamen Abend nach so langer Zeit.

Leopold seufzte. »Fast hatte ich Angst, dass sie in der Bibliothek noch die Porträts der jungen Damen aufgereiht hat.«

»Porträts der Debütantinnen?« Isabellas Augen blitzten. »Das wäre doch amüsant. Oder noch besser: Stell dir vor, es würden zur Abwechslung einmal die Damen ihre Aufwartung machen. Euer

Salon voll mit adligen Töchtern, die versuchen, dich mit ihrem Liebreiz und ihrem Witz zu beeindrucken. Und am Ende gehst du zu der Bücherwand, legst die Porträts mancher Damen um und sagst: ›Die Damen, deren Porträts jetzt noch stehen, dürfen beim nächsten Ball auf einen Tanz hoffen. Den anderen Damen: herzlichen Dank.‹«

Leopold hob die Augenbrauen und musterte sie kurz. »Du bist ziemlich grausam. Die armen Frauen.«

Sie schüttelte den Kopf. »Momentan ist es doch nicht anders, nur dass es die Männer sind, die derzeit so behandelt werden, und dass keine Bilder umgelegt werden. Ich prophezeie dir, in ein paar Jahren wird das genauso ablaufen. Frauen werden um die Hand der Männer anhalten. Maria Theresia und Katharina von Russland waren nur der Anfang, bald werden viele Frauen auf den Thronen der Großmächte sitzen. Vielleicht werden es sogar Bürgerliche sein – wie in den Vereinigten Staaten.«

»John Quincy Adams ist ein Mann, nach allem, was man hört, und auch bei seinen Vorgängern bin ich mir dessen ziemlich sicher.«

»Findest du meine Vorstellung so abwegig?« Isabella sah ihn herausfordernd an.

»Nein, im Gegenteil«, beeilte er sich zu beteuern. »Ich finde sie großartig. Und es würde mir gefallen, wenn eine Frau sich vor die Versammlung in Frankfurt stellt und Metternich einmal die Leviten liest. Ich wundere mich nur ein wenig, dass du dich so für Politik interessierst.«

»Nicht mehr oder weniger als sonst.« Sie zuckte mit den Schultern. »Aber ich muss doch etwas zum Reden haben, wenn ich mich auf den Bällen nach einem geeigneten Ehemann umsehen soll.«

»Meine Mutter setzt bei meiner Schwester eher auf Kunst und Literatur.«

»So ist es meistens und dabei doch irgendwie schade, oder nicht? Ich will nicht darauf beschränkt werden. Und wenn du von Politik erzählst, höre ich dir gern zu.« Isabella griff wieder in die Pralinenschachtel. »Außerdem will ich mich abheben.«

»Das tust du ohnehin. Ich kenne keine andere Münchner Adelstochter, die Italien bereist hat. Nach allem, was ich gehört habe, sind die Junggesellen sehr gespannt auf dich. Schönheit und Bildung haben fast alle der Debütantinnen. Aber was Weltgewandtheit und Reiseerfahrung angeht, lässt du sie weit hinter dir.« Leopold sah sie an, und sie hatte das Gefühl, dass Stolz in seiner Stimme mitschwang. »Kein Mann in München wird eine andere ansehen, bevor er nicht mit dir getanzt und um deine Gunst geworben hat.«

»Da irrst du dich. Zuerst tanzen sie mit Julie von Hegenberg. Dem Stern aller Ballnächte.« Isabella verlieh ihrer Stimme einen ironischen Singsang. Großmutter hatte ihr alle Von-Hegenberg-Schwestern immer als leuchtendes Beispiel genannt, wenn sie sich – und das kam oft vor – über die Unzulänglichkeiten ihrer Enkelin beschwert hatte. Gerade Julie von Hegenberg! Dieses elfengleiche Manieren- und Charme-Exempel, das sich nie einen Fehler leistete und immer das Richtige sagte und tat. Fürchterlich! Oder vielleicht eher bedauernswert?

»Ich denke, du irrst dich. Ich höre nämlich, was man so redet, und die jungen Männer sind sehr angetan, dass es in den Reihen der Debütantinnen eine Frau gibt, die Schönheit, Geist und Abenteuerlust vereint.« Er verzog spöttisch den Mund. »Bis auf Karl Theodor von Arendshorst vielleicht, der leidet unter Reisekrankheit und wird einen großen Bogen um dich machen. Aus Furcht, dass du am Reisen Geschmack gefunden hast.«

»Aber das ist ja ganz furchtbar.« Isabella riss die Augen weit auf und zog die Stirn in Falten.

»Ach, Arendshorst hat dein Interesse geweckt? Das hätte ich nicht gedacht.« Leopold zwinkerte belustigt.

»Nein, das ist es nicht. Es ist das Interesse der anderen, das mir Sorgen bereitet.« Sie zog die Unterlippe nach innen und kaute darauf herum. Viele interessierte Bewerber und am Ende noch einer, der womöglich tatsächlich infrage kam, waren das Letzte, was sie jetzt wollte. Wenn sie auf dieser Reise eine Gewissheit erlangt hatte, dann diese.

Leopold schmunzelte. »Meine Mutter sorgt sich, dass Amalie niemanden abbekommt und wir auf die zweite Saison hoffen müssen. Sie hält die Arme mit dem Essen kurz und lässt sie Fingerhüte tragen, damit ihre Fingerkuppen unter den Handschuhen schmal aussehen. Du bist die einzige Debütantin in München, ach nein, im gesamten Deutschen Bund, vielleicht in ganz Europa, die Angst hat, womöglich zu viele Verehrer zu haben.«

»Ich bin auch die einzige Debütantin, die andere Ambitionen hat. Amalie ist doch seit Jahren in Friedi verliebt – und er in sie. Die Frage ist nur, wie oft er sich traut, sich in ihre Tanzkarte einzutragen.« Sie sah Leopold an. »Was ist eigentlich mit dir? Hast du ein Auge auf eine der hoffnungsvollen Debütantinnen geworfen?«

Er ließ den Kopf in den Nacken fallen. »Beide Augen ruhen momentan auf den Akten, die mir mein Vorgesetzter übertragen hat. Ich habe keine Zeit, mich um die schönen Münchnerinnen zu kümmern.«

»Wenn es nach deiner Mutter geht, sollst du dich auch nur um die schönen *adligen* Münchnerinnen kümmern. Kümmerst du dich etwa um andere?«

»Komtess von Seybach, wo führen Ihre Gedanken Sie nur immer hin?«

»Lenk nicht ab, was ist jetzt? Oder vielmehr, wer ist es?« Sie richtete sich auf und sah ihn forsch an. Dabei hoffte sie, dass er es bei seiner vehementen Ablehnung belassen würde.

»Ich habe gerade wirklich keine Zeit, mich damit zu beschäftigen«, sagte er, und Isabella merkte, wie sie sich innerlich entspannte. »In den nächsten Wochen geht es für mich entweder nach Wien oder nach Frankfurt«, fuhr er fort, »und ich muss nicht nur meine Akten kennen, sondern auch die der Donaumonarchie, damit sie uns bei den Verhandlungen nicht über den Tisch ziehen. Demnächst stehen Treffen mit England und Russland an. Irgendwann wird sich eine junge Dame finden, vor der es mir nicht graut, wenn ich nach Hause komme, und die mit mir das Fortbestehen derer von Löwenstein sichert. Und ob sich das diese Saison ergibt oder in der nächsten, wird sich zeigen.«

»Das ist alles? Das sind deine Ansprüche? Dass deine Zukünftige kleine von Löwensteins in die Welt setzt und der Spiegel nicht zerspringt, wenn sie vorbeigeht?«

Müsste sie diese Ankündigung nicht eigentlich frohgemut stimmen? Doch irgendwie tat sie das nicht, und Isabella wusste selbst nicht, wieso. Schließlich würde ihr eine solche Frau den Rang als Vertraute nicht streitig machen.

»Es wäre von Vorteil, wenn sie etwas Humor hat und nicht nur über Literatur plaudern kann. Im Ernst, Isa, ich werde diese Frau kaum sehen. Ich werde im Dienste Seiner Majestät unterwegs sein, und mein Herz brennt für Bayern.«

»Ich kann das gar nicht hören! Weißt du was?« Sie legte ihm die Hand auf den Arm. »Ich werde mich für dich umsehen. Wir beide vereinbaren ein geheimes Zeichen, dann werde ich mit den Damen parlieren, und wenn ich eine Kandidatin aufgespürt habe, gebe ich dir ein Signal, und du trägst dich in ihre Tanzkarte ein.«

»Das klingt nach einem fulminanten Plan.«

Isabella fand das auch. So ergab sich für sie wenigstens eine kleine Chance, dass sich Leopold nicht an eine der adligen Zuchtstuten binden würde, die seine Mutter für ihn auswählen würde. Zuchtstuten, so nannte ihre Gouvernante Nanette die Debütantinnen der Saison, und es wunderte sie, dass ihr gerade diese Bezeichnung durch den Kopf schwirrte. Am liebsten wäre es ihr, sie fände niemanden. Weder für sich noch für Leopold. Dann würden sie noch ewig hier auf dem Dach sitzen können. Ungestört von irgendwelchen Ehegatten oder Ehegattinnen.

Leopold musterte sie, zwischen interessiert und amüsiert. »Noch einmal zu dir: Du hast mir immer noch nicht verraten, warum du dich diese Saison nicht binden willst.«

»Die ganze Welt ist eine Bühne, Leo, und all die Menschen sind nur Schauspieler.« Sie zwinkerte. »Und jetzt muss ich los, damit ich morgen ausgeschlafen bin, um die anständige Tochter zu spielen. Außerdem habe ich in den nächsten Tagen Termine, die ich nicht aufschieben kann – und den Tee mit deiner Schwester natürlich.«

»Und von mindestens einem deiner Termine hat deine Großmutter nicht den Hauch einer Ahnung, vermute ich.«

»Wie gut du mich kennst«, sagte Isabella mit einem verschmitzten Lächeln und drückte sich hoch.

Leopold griff nach ihrer Hand. »Sieh dich vor, du Abenteuerprinzessin.« Er zwinkerte ihr ermunternd zu, und trotzdem lag da Sorge in seinem Blick.

»Was ich vorhabe, ist weniger gefährlich, als sich in einem Korb an einen mit heißer Luft gefüllten Stoffsack zu hängen und abzuheben«, sagte sie mit geschürzten Lippen. »Aber genauso spannend. Außerdem habe ich nicht vor abzuheben und abzustürzen. Ich werde fliegen, und für meine Landung gedenke ich allerlei Vorkehrungen zu treffen, damit diese sanft erfolgt.«

»Stürze auf dem glatten Parkett der Münchner Gesellschaft können schmerzhaft sein. Vor allem, wenn man hoch oben auf einer *Bühne* steht und fällt.« Er hob die Augenbrauen und schien auf ihre Reaktion zu warten.

Isabella sah ihm in die Augen. Bisher hatte sie niemanden in ihre Pläne eingeweiht, auch gegenüber Leopold hatte sie nur Andeutungen darüber gemacht, dass sie in diesem Herbst tatsächlich bei einem Theater vorsprechen wollte. Doch vor ihm konnte sie nichts verbergen, er las in ihr wie in einem offenen Dramentext. Einen Moment lang genoss sie noch das Gefühl der Vertrautheit. Dann drückte sie seine Hand.

»Ich gedenke nicht zu stürzen oder zu fallen.« Sie begann ihren Abstieg. »Buona notte, mein lieber Bedenkenträger.«

»Ich weiß, dass du fliegen wirst, aber wenn doch etwas schiefgeht, fange ich dich auf«, hörte sie ihn hinter sich. Normalerweise hätte sie ihm etwas Freches entgegnet. Dennoch fühlte es sich schön an, zu wissen, dass da jemand war, der für sie da sein wollte, sollten alle Vorkehrungen nichts bringen.

2

Isabella

Isabella hatte von klein auf gewusst, dass jede Saison ihre Favoriten hatte. Sobald die Debütantinnen die Tanzschuhe von den Füßen gestreift und sich notdürftig von der Ballnacht erholt hatten, erhofften sie den Besuch eines Herrn, den sie am Vorabend beeindruckt, womöglich sogar fasziniert hatten. Dass sie in den Genuss dieser Aufwartung kamen, war insbesondere den Münchner Schneidern und Kleidermacherinnen zu verdanken, denen vor Beginn der Ballsaison die Hauptrolle zukam. Musste man unterm Jahr Tage auf einen Termin warten, war es in den Wochen vor dem ersten Ball unmöglich, eine dieser Nähkünstlerinnen ins Haus zu bekommen, wenn man dies nicht Monate im Voraus vereinbart hatte.

Henriette von Seybach hatte selbstverständlich vorgesorgt und bereits vor Isabellas Abreise die Hoflieferantin Frau Wertmann bestellt, damit sich diese nicht nur um das Hochzeitskleid für Maximilians Braut Louisa, sondern auch um die Ballgarderobe der Enkelin kümmerte. Isabella vermochte sich nicht auszumalen, was geschehen wäre, wenn ein Achsbruch oder anderweitig Unvorhergesehenes ihre Ankunft verzögert hätte. Großmutter hätte vermutlich einen Stoßtrupp entsandt, der die Enkelin aus der havarierten Kutsche und vor die Schneiderin gezerrt hätte. Glücklicherweise hatte für solche Maßnahmen keine Notwendigkeit bestanden, und so fand sich Isabella am Donnerstagmorgen im Blauen Salon für ihren Termin mit der Kleidermacherin ein, die auch die Garderobe der Königin anfertigte.

Seide in Byzantinischblau, Jadegrün, Sienagelb, Stoffe mit Rosen-

Irismuster, griechische Nadelspitze und Brüsseler Spitzen bedeckten den Kirschbaumtisch. Auf der Sitzbank lagen Rot- und Violetttöne sowie weitere Spitzenbänder drapiert. Ein Stoff, der sie an die Farbe reifer Äpfel erinnerte, hatte es Isabella besonders angetan. Und selbstverständlich der himmelblaue Stoff mit den Lilien. Der war wie für sie gemacht! Sie reckte den Kopf, um zu erkennen, welche Farben und Muster sie noch zur Auswahl hatte.

»Sie müssen schon stillhalten, wenn ich Ihre Maße nehme. Schließlich wollen Sie ja wohl nicht, dass die Ärmel unterschiedlich lang sind oder sich Ihr Kleid auf dem Rücken ausbeult.« Die Schneiderin ließ das Maßband sinken.

»Dann würden sich auf jeden Fall alle an mich erinnern.« Isabella lächelte schelmisch.

Louisa, die sich auf einem Sessel neben dem Fenster niedergelassen hatte, kicherte, und auch Nanette verkniff sich ein Lachen. Großmutter sah mahnend auf die drei Frauen. Louisa setzte sich ein wenig aufrechter hin. Nanettes Mundwinkel verzogen sich spöttisch.

Frau Wertmann legte ihr Maßband um Isabellas Brust, und sie zwang sich, still zu stehen. Ohne den Kopf zu bewegen, versuchte sie einen weiteren Blick auf die Stoffe zu erhaschen.

»Dieser Stoff hat etwas von *Romeo und Julia.*« Nanette hob den geblümten Stoff hoch. »Findest du nicht?«

»Ich habe an Ophelia gedacht, aber ich will ja nicht dem Wahnsinn verfallen. Und Gift nehmen oder mich erstechen will ich gewiss ebenfalls nicht. Vielleicht doch Rapunzel oder Rumpelstilzchen?« Isabella besann sich darauf, dass die Schneiderin ihre Aufgabe erledigen musste, stellte sämtliche Zappeleien ein, drückte den Rücken durch und wartete regungslos ab, bis Frau Wertmann ihr Maßband an ihren Armen entlanggezogen hatte und die Angaben in ihr Notizbuch eintrug.

Die Schneiderin maß als Nächstes Isabellas Taille, stutzte und notierte den Wert.

»Die Taille müssen wir vor dem Ball naturgemäß etwas enger nähen, da die Debütantinnen vor Aufregung immer an Gewicht verlieren«, sagte die Schneiderin.

»Wollen Sie damit andeuten, dass meine Enkelin zu dick ist?« Großmutter sah von den Stoffen auf.

»Mitnichten. Um die Mittagszeit sind die Maße häufig etwas verzerrt.« Die Schneiderin lächelte. »Ihre Enkelin ist *en beauté*. Sie verfügt über die perfekte Silhouette. Schmale Taille, weibliche Rundungen und ebenmäßige Gesichtszüge.«

Frau Wertmann rollte ihr Maßband ein. »Darf ich Ihnen nun die Stoffe präsentieren?«

»Ich bitte darum.« Großmutter ließ sich auf einem der Sessel nieder. Ihr schwarzes Witwenkleid raschelte. »Und wenn wir mit der Auswahl für meine Enkelin fertig sind, benötigen wir auch für die Braut meines Enkels noch Ballgarderobe. Die Frau des künftigen Familienoberhaupts sollte jede Saison durch exquisite Kleidung von sich reden machen.«

In diesem Moment hätte Isabella ihre Großmutter am liebsten fest umarmt, hielt sich aber für den Moment zurück.

»Großmutter, was soll ich wählen? Eher den jadegrünen oder vielleicht doch den saphirblauen? Was, denkst du, ist angemessener?« Vor einem halben Jahr hätte Isabella eine Frage wie diese nicht über die Lippen gebracht. Sie lächelte in sich hinein.

Ihre Großmutter besah sich die Stoffe. »Wir sollten beide nehmen. Und selbstverständlich die Lilien.«

Isabella nickte und musste plötzlich schlucken. Alle anderen Debütantinnen erlebten diesen Moment mit ihrer Mutter. Sie schielte zu dem kleinen Bild ihrer verstorbenen Mama und biss sich auf die Lippen, als sie spürte, wie ihr die Tränen kamen. So viele Jahre war sie schon nicht mehr da, und gerade hätte Isabella alles darum gegeben, dass sie mit ihr die Stoffe auswählte und sie auf die Bälle begleitete. Mama hatte Lilien so sehr geliebt, dass sie nun im Hausnamen verewigt waren. Auch unter dem Porträt ihrer Mutter in der

Eingangshalle stand immer eine Bodenvase mit ihren Lieblingsblumen. Dass Isabellas Wahl auf den Lilienstoff fallen würde, stand außer Frage. Sie wandte sich kurz ab, wischte sich eine einzelne Träne aus dem Auge und atmete durch. Niemand sollte bemerken, wie ihr gerade zumute war.

»Es hat durchaus Vorteile, wenn man nicht dem gängigen Ideal entspricht«, meinte Isabella trocken. »Wenigstens könnte ich dann sicher sein, dass sich der junge Mann meines Charakters wegen für mich interessiert.« Sie verzog das Gesicht zu einer Grimasse.

Henriette von Seybach sah von den Stoffen auf und zu ihrer Enkelin hin.

»Für junge Männer zählt Schönheit mehr als Esprit und Charme, und dies wird sich nie ändern«, sagte Nanette in einem Ton, den Isabella nicht recht zu deuten wusste, und befühlte den jadegrünen Seidenstoff. Die Sonne schien durchs Fenster herein. Nanette schob sich eine graue Strähne hinters Ohr.

»Da haben Sie wohl recht«, sagte die Schneiderin. »Solange die Töchter schön und anmutig sind, haben sie sich am Ende der Saison eine erstklassige Verlobung gesichert. Damit beruhige ich immer die Mütter der Damen, die keine hohe Mitgift zu erwarten haben. Schönheit zählt mehr als Reichtum und Stellung und ein tadelloser Stammbaum.«

Isabella hatte bemerkt, wie Louisa bei der Erwähnung der Herkunft zusammengezuckt war. Wie immer, wenn sie sich nicht wohlfühlte, betastete sie ihre blonden Haare, als wollte sie sichergehen, dass sich keine Strähne aus dem Dutt gelöst hatte, und zupfte an ihrem Kleid, das weich über ihre Figur fiel. Vor wenigen Monaten noch hatte sie als Dienstmädchen im Hause von Seybach gearbeitet, bevor sich Maximilian in sie verliebt und Vater und Großmutter vor ein Fait accompli gestellt hatte. Sie oder keine, hatte ihr Bruder gesagt, und letztendlich hatten sie seine Wahl akzeptiert. Isabella fand, dass sich Louisa in ihrer neuen Stellung großartig machte, allerdings wusste sie, dass sie immer noch mit ihrer Rolle haderte. Bemerkungen wie die der Schneiderin trafen sie ins Mark.

»Einem Haushalt vorzustehen kann man lernen, sich zu lieben nicht«, sagte Isabella.

Die Schneiderin nahm ihr Notizbuch zur Hand und überprüfte ihre Eintragungen. »Die Fürstin von Windisch pflegt zu betonen, Liebe sei etwas für Stubenmädel.« Im Spiegel sah Isabella, wie sich Louisas Hand um die Armlehne schloss.

»Und für Erbgrafen«, entgegnete Isabella. »Ist das nicht vorzüglich? Mein Bruder ist seinem Herzen gefolgt.«

»Dafür bedarf es Courage«, meinte Frau Wertmann.

»Sie nennen es Courage, ich nenne es Intelligenz und Herzensbildung«, antwortete Isabella.

»Fortschritt«, fiel Nanette ein. »Freiheit, Gleichheit, Brüderlichkeit – wir haben einen künftigen Hausherrn, der diese Werte lebt.«

Isabella sah auf ihre Gouvernante und stellte sich vor, wie Nanette, eine Trikolore schwenkend, die Revolutionstruppen nach Versailles führte. Bestimmt hätte sie das getan, wenn sie damals schon gelebt hätte. Die Pariser wären schon allein deswegen mitgegangen, weil sich niemand getraut hätte, Nanette zu widersprechen. Obwohl sie, wenn sie lachte, jünger wirkte, verliehen ihr die grauen Strähnen, die ihr Haar durchzogen, eine Autorität, die niemand infrage stellte.

Großmutters Stock donnerte auf das Parkett. »Ich muss doch sehr bitten! Wir haben Reputation und Stammbaum genug, um zwei Familien zu equipieren. Meine Schwiegerenkelin ist eine von Seybach, dafür bedarf es keiner weiteren Erklärung.« Damit wandte sie sich wieder den Stoffen zu.

Großmama verhielt sich sonst gegenüber Außenstehenden distanziert. So gerne man sich den Tratsch über andere Familien anhörte, man wollte doch selbst keinesfalls zum Gegenstand eines solchen werden.

Isabella musste lächeln. Sie rechnete es ihrer Großmutter hoch an, dass sie sich so für Louisa einsetzte. Ein Seitenblick verriet ihr, dass auch ihre Schwägerin die Worte der Matriarchin überrascht und dankbar aufnahm. Dennoch schien es Isabella geraten, ein anderes Gesprächsthema zu suchen.

»Wenn es weiter so regnet, wird meine Haut bis zum ersten Ball wieder ganz blass sein«, sagte sie.

Prompt betrachtete Frau Wertmann Isabellas Wangen und Nase.

Obwohl sie während ihrer Italienreise immer einen Sonnenschirm getragen und sich, sofern möglich, im Schatten aufgehalten hatte, hatte ihre Haut einen sanften Bronzeton angenommen. Sie wusste, dass das nicht als chic galt, aber sie mochte diese zarte Tönung ihrer Haut. Henriette von Seybach hatte Isabellas Teint schon bei der Ankunft beanstandet. Dass die Schneiderin Ähnliches dachte, stand zu vermuten.

»Keine Angst«, sagte Isabella und lächelte, weil ihr das Ablenkungsmanöver geglückt war, »ich werde die blasseste Dame auf allen Bällen sein. Irgendeiner wird schon mit mir tanzen. Vielleicht einer, der neben meiner Taille und meinen Zügen auch bemerkt, dass ich Montgelas von Metternich unterscheiden und nicht nur über Kunst zu parlieren weiß.«

»Sie lassen sich wirklich nicht leicht entmutigen«, sagte die Schneiderin. »Den anderen Damen muss man immer raten, dass es besser ist, mit einem der weniger interessanten Herren zu tanzen, als die Wanddekoration zu geben. Wer zum ersten Ball nicht oft auf der Tanzfläche erscheint, wird dies auch auf den folgenden Bällen nicht tun.«

»Also, ich warte lieber eine Saison ab, bevor ich mir die zweite Wahl abhole.« Isabella stemmte die Arme in die Hüften und ließ zu, dass Louisa ihr einen eisvogelblauen Stoff neben das Gesicht hielt, um zu prüfen, ob ihr die Farbe stand.

Großmutter blickte verwirrt auf Isabella, und diese sah das mit Genugtuung, denn genau diese Reaktion hatte sie sich erhofft. Nun konnte sie ihre Haltung erklären und damit einen weiteren Teil ihres Plans anstoßen. »Schließlich soll ich mein ganzes Leben mit diesem Mann verbringen. Ich soll meine Interessen nach denen meines Ehemanns richten. Was ist da schon eine Saison, die ins Land geht?« Sie beobachtete, wie Großmutter auf diese Aussage reagierte, und als diese nicht sofort protestierte, fuhr sie fort. »Lieber einen Mann aus dem Briefadel, mit dem ich lachen kann, als einen Fürsten, der mich zu Tode langweilt. Ich muss mir schon genau ansehen, wer mir da ein Leben lang jeden Abend gegenübersitzt.«

»Vor allem wird er dir nicht nur gegenübersitzen«, flüsterte Louisa neben Isabellas Ohr, und die beiden Frauen kicherten. Nanette, die hinter dem Rücken der Großmutter stand, schmunzelte.

»Es ist so erfrischend, wie fröhlich und entspannt es in Ihrem Hause zugeht«, sagte Frau Wertmann. »Viele Familien, damit meine ich insbesondere die Mütter, machen sich Gedanken, dass dies eine schwierige Saison wird.«

»Wie meinen Sie?« Großmutter legte die Spitze ab und drehte sich herum.

»Nun, in den meisten Familien sind es die nachgeborenen Söhne, die nach einer Partie suchen. Erben sind selten. Alles schöne Gesichter, aber kaum Geld für einen angemessenen Lebensstil.« Die Schneiderin überprüfte, ob sie alle Maße notiert hatte.

»Meine Enkelin *ist* eine glänzende Partie, selbst wenn es nur einen infrage kommenden Mann geben sollte.« Großmutter richtete sich auf. Gleichwohl konnte Isabella wetten, dass sie – die Behauptung der Schneiderin überprüfend – in Gedanken alle entsprechenden Münchner Familien durchging.

»Da scheint ganz München d'accord zu gehen«, sagte Frau Wertmann. »Komtess Isabella ist ein weiterer Grund, weshalb die anderen Mütter bangen. Zumal sie durch ihre Reise als Amazone gilt, die viele Männer nur zu gern an ihrer Seite sähen.«

Isabella konnte der Großmutter ansehen, dass »Amazone«, so positiv der Begriff in der Gesellschaft besetzt war, nicht das Attribut war, das sie in Zusammenhang mit ihrer Enkelin hören wollte.

Auch Isabellas Begeisterung darüber, als begehrteste Debütantin gehandelt zu werden, hielt sich in Grenzen. Das lief ihrem Plan zuwider.

»Oh, die Herren werden sehen, dass ich eine eigene Meinung vertrete und es gewohnt bin, ein freies Wort zu führen. Ansonsten bin ich erzogen, meine Aufgaben als Hausherrin angemessen auszufüllen. Meine Großmutter hat mich meinen Freiheitsgeist ausleben lassen. Nun bin ich bereit für die Obliegenheiten, die mir durch mein Geschlecht zugeteilt wurden.«

Nanette hob die Augenbrauen und starrte Isabella argwöhnisch an, und Isabella quittierte diesen Blick mit einem Lächeln. Etwas im Gesicht der Gouvernante veränderte sich, und Isabella war sich sicher, dass sich diese ihr Gehirn nach dem Grund für Isabellas ungewohnte Reden zermarterte. Lange würde sie das nicht mehr tun müssen, denn Nanettes Hilfe war für das Gelingen ihres Theatervorhabens unabdingbar. Und sie wusste, dass sie in ihrer Gouvernante jemanden hatte, der beides konnte: unterstützen und schweigen.

Bei Großmutter schienen die Worte die angestrebte Wirkung zu zeigen. Sie glaubte anscheinend tatsächlich, dass die Reise ihre Enkelin geläutert, gezähmt und auf den nächsten Schritt im Leben vorbereitet hatte.

»Ich gehe davon aus, dass Sie diese Farben und Stoffe ausschließlich für meine Enkelin verwenden?« Die Strenge in der Stimme ihrer Großmutter half Isabella, sich zusammenzunehmen.

»Selbstverständlich«, erwiderte die Schneiderin. »Schnitt und Stoff – alles soll einzigartig sein.«

»Haben Sie den auch in Violett?«, fragte Isabella und zeigte auf einen gestreiften Stoff.

»In der Tat. Allerdings hat diesen bereits Ihre Nachbarin, die Komtess von Löwenstein, für sich reserviert.«

»Ach, für Amalie verzichte ich gerne«, sagte Isabella. »Die Arme wird von ihrer Mutter ohnehin schon so getriezt. Sie muss sich mit dem Essen disziplinieren, muss im Korsett schlafen und enge Fingerhüte tragen, damit ihre Finger schmal aussehen.«

»Hattest du schon Gelegenheit, mit ihr zu sprechen? Ich denke, ihr seht euch erst morgen zum Tee?« Großmutter entging nichts.

»Das mit dem Korsett musste sie schon vor meiner Abreise tun«, entgegnete Isabella schnell. Nach der Zeit mit Tante Marie, in der sie frei hatte drauflosreden können, musste sie sich erst wieder daran gewöhnen, ihre Worte mit Bedacht zu wählen. »Ich nehme an, dass sich das so kurz vor Beginn der Saison nicht geändert hat. Zudem denke ich, dass Amalie als eine der Ersten einen grandiosen Ehemann abbekommen wird.«

Sie sah ihre Großmutter unschuldig an, deutete auf einen weißen Stoff mit Röschen und bat die Schneiderin, diesen auszurollen.

»Morgen Nachmittag muss ich Amalie unbedingt fragen, welche Muster sie sich ausgewählt hat.« Isabella strahlte Louisa und ihre Gouvernante an. Nanette schüttelte den Kopf, aber ihre Mundwinkel hoben sich zu einem angedeuteten Lächeln.

»Oh, die Gräfin hat keine Kosten gescheut, um ihre Tochter in einem vorteilhaften Licht zu präsentierten«, warf die Schneiderin ein, und Isabella störte es, dass die ganze Welt annahm, Amalie bräuchte besondere Unterstützung bei der Suche nach einem Ehemann.

»Wenigstens bei ihrem Sohn muss sich Gräfin Löwenstein keine Sorgen machen«, fuhr Frau Wertmann fort. »Sie hat mir anvertraut, dass er Julie von Hegenberg den Hof macht.«

»Eine wahrlich glänzende Partie«, sagte Henriette von Seybach. »Und noch vor dem ersten Ball. Sehr vorausschauend.«

Isabella drehte sich der Magen um. Und das nicht nur wegen der Bemerkung ihrer Großmutter. Von allen Debütantinnen konnte Leopold unmöglich die von Hegenberg ins Auge fassen! Die passte gar nicht zu ihm!

Die Schneiderin lächelte. »Natürlich ist das alles noch kein *sujet de conversation*. Aber man geht davon aus, dass er schon bald bei ihren Eltern vorsprechen wird.«

»Julie von Hegenberg ist doch noch viel zu jung zum Heiraten«, warf Isabella ein.

»Oh nein, sie ist nur ein Jahr jünger als Sie, Komtess. Die weiße Seide mit den Röschen?« Großmutter nickte, und die Schneiderin hielt die Stoffwahl in ihrem Buch fest.

Isabella war nach wie vor in Gedanken bei Leopold und Julie. Warum hatte er ihr vorgestern Abend nichts von ihr gesagt? Oder war eine Vermählung mit Julie von Hegenberg auf dem Mist seiner Mutter gewachsen, und er wusste noch gar nichts von seinem Glück? Trotz ihres Unmuts musste Isabella fast lachen. Tante Maries Kutscher hatte diesen Ausdruck häufig verwendet, und selbstverständlich durfte sie so etwas hier nicht aussprechen, aber wie sollte man solch ein Ärgernis sonst benennen? Als ob Leopold so eine Puppe heiraten wollte. Isabella nahm sich vor, ihn bei nächster Gelegenheit darauf anzusprechen.

Eine Stunde später hatte auch Louisa zwei neue Kleider in Auftrag gegeben, und Isabella würde bald über eine stattliche Anzahl an neuen Ballkleidern samt Fächern und Mänteln verfügen, für die sie in Kürze einen Anprobetermin haben würde.

Kaum war die Kleidermacherin gegangen, ließ sich Großmutter ihr schwarzes Büchlein bringen, in dem sie die Namen der für Isabella infrage kommenden Junggesellen notiert hatte, und zog sich mit dem Gothaischen Genealogischen Hof-Kalender zurück, um zu überprüfen, ob ihr ein Mann entgangen war, der für ihre Enkelin eine angemessene Partie darstellte. Louisa suchte Maximilian auf, wahrscheinlich, um ihm von der Wandlung seiner Großmutter zu berichten, und Nanette kündigte an, noch Erledigungen in der Stadt machen zu müssen.

Isabella begab sich mit ihrer *Iphigenie*-Ausgabe in den Garten. Eigentlich hatte sie in ihrem Zimmer lernen wollen. Aber sie hoffte, dass Leopold draußen vorbeireiten würde, damit sie ihn nach den Heiratsplänen seiner Mutter fragen konnte. Leider passierten weder Amalie noch Leopold das Gartentor, das zum Englischen

Garten hinausging, und so musste sie irgendwann mit sicherer Textkenntnis, aber ohne Informationen über das nachbarliche Liebesleben wieder zurück ins Haus.

Die Playlist zur *Lilienpalais-Saga*

Tauch ein in eine Welt voller Skandale, Liebschaften und Geheimnisse!

SCAN ME

Brooklyn Duo, **Dancing on My Own**
Brooklyn Duo, **In My Blood**
Brooklyn Duo, **As It was**
Brooklyn Duo, **Young and Beautiful**
Brooklyn Duo, **Yellow**
Brooklyn Duo, **ME!**
Brooklyn Duo, **Hymn for the Weekend**
Brooklyn Duo, **Perfect**
Brooklyn Duo, Dover Quartet, **Fix You**
Brooklyn Duo, Dover Quartet, **Drivers License**
Brooklyn Duo, **Elastic Heart**
Brooklyn Duo, **Unforgiven/Blue Moon**
Simply Three, **Photograph**
Brooklyn Duo, **The Scientist**